追随她的旅程

路内 著

上海文艺出版社

目 次

引子 1
技校 7
一九九一年的少女帮 16
戴城往事 30
人生若只如初见 38
在河边 64
夏日即景 82
在她身边 99
谎言与安慰 118
智障者不能自拔 129
戴城青少年凶器考 143
社会渣滓 151
工厂之旅 174
曾园 191
怀孕之旅 213

上海 235

我们都是残废 248

死 270

温暖的逃亡 283

最后的历险记 301

杨一的逃亡 323

尾声 343

引 子

这是一个关于寻找的故事。

在我读过的小说中,有那么几本,多年来一直被我珍爱,其中之一是《西游记》。《西游记》不啻为一个寻找题材的好故事。四个有缺陷的人,结伴去寻找完美,当他们找到之后,世界因此改变。《西游记》的奥妙在于,在此寻找的过程中,乃至到达天路之终,作者从未试图改变这四个人的人生观。他们就这样带着缺陷成为了圣徒,他们和《天路历程》不同,和《神曲》不同。我十八岁那年读罢这本书,就觉得,像这样成为圣徒,真不知应该高兴呢还是忧伤。

爱和死,都是浓缩的结果,寻找则是一种稀释。寻找,就其本质来说,游离于爱和死之外,它所具备的神话逻辑总是使之朝着另一个方向飞去,但有时也会坠落,被引力撕裂,成为徒劳的幻象,成为爱和死的奴隶。

我是怎么来到莫镇的呢?

已经是千禧年的年尾,我躺在旅馆的床上,确切说是趴着,身体以上是一条被子,被子上压着我的棉风衣,身体以下是床单和一条薄褥子。南方的冬天来得迟,十二月末的天气并不冷,阔叶树上枯黄色的叶子飘落,漫舞着掠过窗户。我保持这个姿势已经很久。

莫镇。

先是三天前在上海见了一个女孩儿,她是我交往了半年的网友,还在读大学,一起在聊天室里打情骂俏。我们从来没见过面。有一天,她向我借钱,说自己得了一种病,需要动手术,具体什么病也没告诉我。我揣了一千块钱去上海,在中山公园附近的一所大学门口见到了她,说实话,她长得与我想象中相去甚远,比她自己所形容的就更差了,而且很健康,看上去不像有病的样子。我有点犹豫,是不是要把钱借给她。

女孩儿带我去大学里喝咖啡,并说:"原来你是个 old man 啊。"我有点生气,我才二十六岁,在她眼里已经是个老头儿了。我说:"你就不用嫌弃我了吧?"这顿咖啡喝得有点没意思。后来我还是把钱给了她,她给我写了张借条。聊了一会儿,她说去上个厕所,出了咖啡馆,往前面的教学楼走去,她就再也没有回来。留了个鼓鼓囊囊的双肩背包在椅子上,打开一看,里面塞了一团报纸。钱是被她带走了。日他大姐的。

我跑到教导处去,拿出借条问老师们:"文秘专业有这个人吗?"借条上落款的姓名是"卞宁"。老师查了一下说学校压根儿没这个人,我把她的相貌又形容了一下,老师觉得我的语言组织能力非常好,但是文秘专业怎么可能有如此难看的女孩儿呢?我很郁闷。后来有个老师说,卞宁,不就是"骗人"的意思吗?我一下子明白过来,谢谢他的智商,然后就走了。

我独自在校园里晃悠,这个学校我曾经来过,那是我十八岁的时候。那次是晚上，校园里黑乎乎的什么都看不清，事隔多年之后，我终于得以在明亮的白天浏览其全貌，只可惜我不复有当年的好奇心了。我想起那个女孩儿，不是卞宁，而是我十八岁时候遇到的，她的神情，她说话的声音。我有点头晕，好像把脑袋蒙进了水中，五感顿失，心跳加速，呼喊的声音变成一串气泡往天空中飘去。

我决定去莫镇。当我踏上一辆破烂的中巴车时，这个念头是如此强烈，事实上，汽车开出上海我就有点后悔。这辆破车，座位上的人造革皮垫全都破了，肉色的海绵奋力向外钻出来，好像一个衣衫褴褛的胖子。车子跑起来连吼带喘，全身的零件好像都要抖下来。后面的妇女开始晕车，呕吐。司机操着方言骂骂咧咧，售票员是一个长着胡子的中年妇女，沿途不断有人招手拦车，在一个前不着村后不着店的地方被强行赶下来停车吃饭，二十块钱一盘蛋炒饭，蛋少得可怜，而且很难吃。有个中年女乘客气愤地说："这是用卵蛋炒出来的饭！"——这些都尚可忍受，最离谱的是吃完饭之后，司机说："不开了。你们坐那辆车吧。"我放眼望去，路边停着一辆比原先的中巴车更破的车子，连车窗都没了，估计是从报废站里拉出来的。一个醉醺醺的司机跑到我们身边说："上车上车，我还要赶时间呢。"当这个醉鬼司机把车速拉到九十迈的时候，我开始觉得恶心，想吐。车到莫镇，脚一着地，我就觉得天旋地转，抱着电线杆吐出了两口蛋炒饭。一抬头，发现司机也在吐，他是喝酒喝的。

无论如何，这是一趟意外的旅程，有什么不爽的也很正常。我只能这么安慰自己了。

我还是第一次来到莫镇，有人曾经向我描述过它，说它很安静，位于交通线的岔道上，哪儿都不通，沿着道路再往前就是太湖，两侧是墓园，葬了成千上万的人，来自戴城，来自上海。他们的数量

3

逐年增加，总有一天会超过莫镇的生者。莫镇，就像迷宫中错误的角落。

其实根本不安静。在路上我就发现了，有很多大巴往这里开，贴着"扫墓专车"的纸条。同车的妇女告诉我，冬至了，扫墓的、落葬的，都来这里，莫镇的风水很好。到了车站一看，乌糟糟的人群，晦气冲天，有些操着上海方言，有些操着我家乡戴城的方言，有些说普通话。有人说说笑笑，有人抱着遗像哭得惊天动地，有人高喊抓小偷。我离开了这个乱哄哄的地方，按照我记忆中的地址找人问路，在错综复杂的小巷中找到了这家旅馆，住下，狠狠地睡了一觉。

现在我趴在床上，向外张望。窗外就是街道，对面是一家理发店，我注视了它很久。这种老式的理发店如今很稀罕了，只有一张破旧而厚重的理发椅，锈迹斑驳，墙上的镜子发黄，桌子上有一个电热水壶在冒着热气。除此以外，从我这个角度看过去，还有一个胖老头坐在里面，穿着脏兮兮的白大褂，他应该就是理发师。

我穿上衣服，把自己稍稍打扮了一下，走出旅馆，先到巷口的杂货店去买了一包烟，抽了一口，发现店主给我的是假烟。我扑到柜台上，揪住他的领子，露出十八岁时候的凶恶面貌，他就给我真烟了。我走回理发店门口，在那里呆立了一会儿，地上散落着花白的头发，显然，只有退休老头才愿意到这里来。理发师朝我看看，没把我当成是顾客。我就走进去，坐到理发椅上说："剃头。"只听呼啦一声，一块扎人脖子的围兜从天而降，落在我身上。

他说我不是莫镇口音，从哪里来。我说戴城。理发师叹了口气，说："现在到莫镇来的人，都是做丧事的。"我说："我来扫墓。"理发师问："家里谁在这里啊？"我说："我的老师，过世好多年了。"理发师说："昨天去坟上了？昨天冬至。"我说还没有，我都不记得节气，反正哪天去都一样，尽心了就可以。理发师说：

"说得也是。"

剃过头,我坐在理发店门口,眯着眼睛抽烟,想起好多往事。这时,有个小女孩从外面跑进来,理发师说:"到后面玩去。"小女孩答应了一声。我扔下烟头,把她抱起来,她不过五六岁的样子,我说:"叫我叔叔。"小女孩不是那种伶俐的孩子,被我抱着,有点呆头呆脑。理发师说:"她是我孙女。"

我说:"现在你带着她?"

理发师说:"前年她爸爸妈妈出事了,都不在了。夫妻两个去太湖游泳……只有我带她喽。"

小女孩伸手在我眉毛上摸了一下,说:"你这里有条疤。"是的,我眉角有条疤,眉毛是断的。去年别人给我介绍女朋友,女的一看我的眉毛就不乐意了,说我断眉短命,将来连累她做寡妇。做寡妇也就算了,关键是我穷光蛋一个,如果注定要做寡妇,那还不如去嫁个有钱老头呢。我听了这话,反正也无言以对。

小女孩问我:"你的疤怎么来的?"

我说:"被鸡啄的。"

小女孩说:"几岁被鸡啄的?"

我想了想,说:"十九岁。"

后来我把她放下来,她跑到里面去了。我继续坐着,和理发师聊天,请他抽烟。冬季的阳光,很明媚地照进理发店。过了一会儿,小女孩又跑了出来,手里拿着一本影集,摊开了对我说:"叔叔,我看见过你的。"

理发师说:"你又在做梦了。"

小女孩指着一张照片,对我说:"这是你。"

我看了看,那张照片上,我被两个女孩儿夹在中间,做出很开心的笑容,身后是上海的黄浦江,有一条白色的轮船正露出半个船身，依稀有江鸥掠过的身影。照片上的我也是像现在一样，剃着很短的头发，光头露出一点发茬。

小女孩指着左边的女孩儿说："这是妈妈。"又指着右边的女孩儿说："这是干妈，她早上去扫墓了。"

技 校

一九九一年我十八岁。

当时有一种很真实的错觉,以为生命起始于十八岁,在此之前,世界一片混沌,世界在我那个曝光过度的大脑中呈现出满版的白色,每一天都像夏季最明亮的夜晚,光线过剩,所有的声音都纠缠在一起。估计死了以后上天堂,看到的就是这幅景象。

初中老师说我们是七八点钟的太阳,初中毕业就是八九点钟,老了以后是夕阳。这种算法很光明,把人生视为白天,要是倒过来看,人生是黑夜,那么十八岁那年我正处于黄昏最美的时候,然后是漫长的黑夜,某一天死了,在天堂看到红日升起,这种计算的方式可能更接近神的逻辑。

当时我生活的地方叫戴城,我曾经写过这座城市,这是一个衰老的县级市,介于南京和上海之间,有几千年的历史。该市最高的建筑是几座明朝的古塔,它们戳在市中心,未经修缮,摇摇欲坠,听说有人半夜爬上古塔,从墙壁里挖出了舍利子,非常值钱。我们都不知道舍利子是什么,后来我哥们杨一说,舍利子就是和尚的骨灰,而且是有道高僧。我们听了很害怕,挖什么不好,非要挖些骨灰呢。

那一年我还在读技校。其实技校也不错,那时候的大学生占总人口的百分之二,非常金贵,剩下百分之九十八的人们总不能听任自己成为文盲,哪怕出于自尊也得稍微读几年书吧。技校不算太差,也不算太好,这得看你把自己当成百分之二还是百分之九十八,心态会很不一样。后来我曾经谈过一个女朋友,她是本科生,他爹差点杀了我,当着我的面对自己女儿说:"别忘了你是百分之二!"这说明他的心态很不好。

我们家族里的DNA很特别,专门出产轻型知识分子,比如说科长啦,工会主席啦,医师啦,助理工程师啦,小学老师啦。这些人在知识分子中应该算是底层吧,也谈不上很光彩,可是他们就有资格瞧不起工农兵。一个轻型知识分子在九十年代初的戴城,还是很受人尊重的。工农兵当然是傻逼,这人人都知道。亲戚们听说我读了个技校,将来铁定做工人,情绪非常激动,他们说:"老二怎么教育的小孩?"老二就是我爸爸,他排行第二。我爸爸非常羞愧。当时只有我三婶对我表示出了莫大的同情,我三婶是毛纺厂食堂里炒菜的,她是我们家唯一的工人编制。我三叔是该厂的工会主席,本来他也可以像哥哥们一样娶个干部编制的女人回家,可惜他是个瘸子,那就只能跟炒菜的配对了。

三叔对我意见很大,说我懒惰、粗野、狡诈,道德品质很可疑。他训斥我的时候,就会举起自己那条瘸腿,好像举着个奖杯,说:"你要像我一样,身残志不残。"我心想,去你妈的,老子身上哪个地方残废了?那一年,我他妈简直是一个会走路的电话机,随时都有可能被他们拎起来嚷一通,很没劲。

十八岁那年,我技校读到三年级,马上就要去工厂实习了。我读的是仪表维修专业,不好意思,我一个表都不会修,这不能怪我,其实我们学校的老师也不会修仪表,维修专业是请了一个化工厂的技工来给我们上课,该技工讲话时嘴里像含了个鸡巴,根本听不懂他在讲什么,他在黑板上写出来的字好像是甲骨文,我们看不懂,也懒得看。这个老技工最拿手的是偷窥女生,夏天的时候,他讲课喜欢在教室里走,走着走着就停在某个女生旁边,装模作样地念着书,眼睛看的是女生的低胸衬衫,有时候太投入了,会把唾沫星子喷到女生的胸口。我们建议他躺在地上上课,这样就可以看见女生的底裤了。此人非常讨厌,后来几个女生叫了外校的一伙流氓,在学校门口揍了他一顿,把他门牙打下来四个,他就再也不敢来上课了,这门课也就没人教了。

我那个学校叫"戴城化工技校",简称"化技",本校的女生被称为化技女,男生化技男。不要觉得是羞辱,所有的技校都是技男技女。

这学校真不是一般的寒酸,统共只有一幢楼房,两层高,楼下是教室,楼上是办公室。六间教室,一年级和二年级八个班的学生只能轮番上课,读到三年级就直接送到工厂里去实习,找不到实习单位就在家睡觉,搞得像山区小学一样。该校没有操场,体育老师倒有三个。起初我也奇怪,怎么这破学校竟然会有这么多老师?后来才知道,化工技校隶属戴城化工系统,很多化工厂的干部都情愿调到这里来教书,图清闲,福利也不错,每年还有寒暑假,这待遇都快赶上加拿大了。该校有两个语文老师,数学老师三个,物理老师三个,政治老师四个,机械制图老师五个,化学老师那简直满天飞,大概有八个,还有校长、副校长、党委、教导主任、班级辅导员、团支书、总务科、财务科、保卫科……这帮人坐满了整个二楼。不客气地说,要是我们逃课稍微勤快一点,该校的老师数量就会超过学生。

由于教室不够用,八个班级就得轮换上课,具体的办法是:六

9

个班级上文化课，另外两个班级就上体育课，到大街上去跑步，跑完之后再轮换。跑步的时候我们必须背着书包。这简直太扎眼了，一百来个学生背着书包在街上跑，他们中间有穿高跟鞋的，有穿太子裤的，有长头发男生，有板寸头女生。为了耍酷，我们都把双手抄在裤兜里跑步，嘴里叼着香烟，沿途骂娘，顺带偷东西。群众看见我们冲过来，都会惊慌失措地让路，小贩更是鼠窜而去。说实话，我们当时绝对比现在的城管更嚣张。

化工技校沿河而建，那栋教学楼是五十年代的房子，红砖砌成，外墙有很多弹坑。这是我能感受到的历史。有个老师告诉我，武斗那年，这里是桥头堡，两派人隔着河对打，子弹横飞，还有人半夜泅水过来偷袭，这边就用带钩子的竹篙往水里扎，把一个大活人像鳟鱼一样钓起来，然后用钢钎照着俘虏的肛门里猛戳。钢钎从肛门进去，从嘴巴里出来，够牛逼吧？我们听得毛骨悚然，虽然也经常打架，用砖头砍来砍去，但想象不出肛门被捅穿是什么滋味。

那些弹坑，那些被捅穿了屁眼的年轻人，大概就是这所学校的恶咒，硬生生把我们都诅咒成了社会渣滓。我们学校的男老师很多都患有痔疮，女老师痔疮少点，也免不了有口疮。他们说这是冤魂在报复。

学校紧靠着的河，就是著名的京杭大运河，它是交通运输线，同时也是戴城的护城河。后来我才知道，京杭大运河是人类文明史上的奇迹，为了挖这条河曾经死过很多人。我一直以为戴城是一座平庸的城市，化工技校是一所操蛋的学校，没想到它们竟然与奇迹毗邻，而我本人竟没有从这奇迹中沾染到丝毫的灵气。

期末考试结束后，我骑着自行车到学校去拿成绩单，路上和两个赤膊少年撞了一下，他们把我从车上拽下来，抡开四个拳头照着我脑袋乱摇,我招架不住,弃车而逃。这两个人体格粗壮,但跑不过我。我徒步来到学校,头发蓬乱,脸上沾满鼻血,身上的汗衫已经被撕成一条一条的。这形象非常唬人,跑进教室,同学都笑翻了。

我迟到了。校长正在广播里说:暑假就要来啦,你们这帮技校生,也不用考大学,日子过得跟神仙一样,这就容易滋长出资产阶级自由化思想,打架斗殴迟到早退旷课早恋,都是因为资产阶级自由化,暑假里没人管你们,要注意杜绝这种倾向,坚持四项基本原则。班主任指着我鼻子说:"路小路,你这个资产阶级自由化,站到门口去!"我心里很想不通,我这个穷光蛋,唯一的财产是我那辆自行车,刚才还弄丢了,我怎么成了资产阶级?

我们那位班主任很神奇,五七年的右派,被送到北大荒去劳动,起先他还很牛逼,对人民民主专政表示不满,后来到了"文革",判了他十年徒刑,不知怎么的还被人在腿上打了一枪,这下子彻底服气。他被抓进去的时候还是艾森豪威尔总统时代,放出来的时候尼克松都已经下台了。关了二十来年,挨了枪子儿,他总算明白了两件事:第一,凡事都要跟着领导走;第二,当年打他的那群小伙子与如今的技校学生一样,全都是资产阶级自由化!

挨过枪子儿坐过牢的人,本来应该是牛逼的,可惜班主任仅仅是把牛逼耍在我们头上。他是东北人,平反以后,他来到戴城,我们这座瘟山瘟水的城市非常适合他这个老窦娥疗养身心。领导上还给他配了个老婆,一位非常剽悍的苏北大妈,带着三个身强力壮的儿子。苏北大妈听不懂东北话,班主任听不懂苏北话,也不知道他们之间是怎么交流的。这位苏北大妈患有严重的更年期综合征,控制不住自己的情绪,就要在班主任身上发泄。更可怕的是,她一来劲,她的三个儿子也会跟着犯病,其症状就是揍我们班主任,打得老头满屋子乱窜。他们把老头擒住以后,按在床上狂揍,他们憎恨他犹如汉武帝憎恨司马迁，打的都是要害部位，老头都不好意思亮出来给别人看。挨打之后，他就会叉着两条腿来上班，嘴里发出咝咝的声音，不知道的人还以为身边有条蛇。

我们也恨他，但我们不能揍他，一个技校生妄图揍班主任，那是认错了时代，毕竟是一九九一年了，不是一九六六年。认错了时代的人，比生错了时代还可悲。假如恨一个人，就照着他脑后一棍来解决问题，那样的时代也太没意思了，我怀疑会是我自己首先被人敲死，而不是我去敲死别人。

那天我心情不错，拿到成绩单，我就升三年级，过了暑假到工厂去实习，我从此跟班主任没有任何关系。我在教室门口站着，走廊里有风，还挺凉快。有几个女生对着我挤眉弄眼，我都懒得去搭理她们，这并非因为我不解风情，而是她们太难看了。我们技校的女生本来就很少，和男生的比例是一比十，其中有几个好看的女生，早就被学生干部泡过了，或长期霸占，或轮番使用。剩下我们这些社会渣滓，留给我们的女生也是人间糟粕，没意思。我们虽然渣滓，但长得都很帅，不能把后半生交到这几个丑丫头手里。

我还是喜欢那种安静的、清纯的女孩儿。活在世界上没什么乐趣，又不能把戴城改造成巴黎，只能期望女孩儿能弥补这种悲伤了。

直到中午，校长才把他的发言讲完，这个话痨，我们总算可以回家了。可是班主任还意犹未尽，他对我们说："都趴在桌子上。"学生们都搞不清什么意思，这又不是午睡的时候。班主任说："趴在那里，低头思过。"结果全班三十多个学生都像烂泥那样摊开在课桌上。我在走廊里看着，忍不住笑了，亲爱的班主任，低头思过就能洗清我们身上的罪孽吗？班主任指着我说："路小路，蹲那旮旯！思过！"

蹲着比趴着累多了，半个小时之后，思过结束，好几个同学都睡着了,只有我腰酸腿痛。我看着班主任,心想,等老子毕业那天,非好好收拾你一通不可。

后来我们拿着成绩单,作鸟兽散。我坐在大飞的自行车后面,回到我挨揍的地方去找车子。三个小时过去了,我那辆车估计早就被人骑走了。到那里一看,果然什么都没了。大飞说不要紧,到对面新村里去弄一辆。于是我们跑进新村,七月的中午,太阳照得天昏地暗,新村里一个人都没有,自行车倒是停着好多。我挑了一辆九成新的二八凤凰,大模大样扛在肩上,出了新村,找了个僻静地方砸开锁。别看我不会修仪表,砸锁的功夫却非常好。我又有了一辆新车。

大飞是我的同学,他比我矮一个头,身板比我粗壮,是个打架的好手。大飞本名叫陈晓飞,按理说,他的绰号应该叫"小飞",但他嫌这个称呼太脓包,而且显得很亲热,一点也不像个混混。香港警匪片里有很多混混都叫大飞,他也就跟着叫大飞了。其实他五短身材仿佛一只站直了的甲鱼,既不大,也不像会飞的样子。

大飞说:"下午一起去打群架吧。"我吓了一跳,我虽然是个不良少年,但是对打架并不热衷,尤其是打群架,会出人命的。大飞指指我的衣服,说:"没指望你去打人,你这身血衣可以去吓唬吓唬别人。"我问他跟谁打架,大飞说:"他们要去围攻戴城中学,叫了好多人,可好玩了!"

说起戴城中学,那是戴城的骄傲。这是一所省级重点高中,出产各类大专生和本科生,与那些普通高中不可同日而语。普高比较烂,净出一些营业员和服务员,或者是宾馆里的门童,普高做早操都有数钱和拉门的动作。

九十年代初,读高中是件很没前途的事,大学录取率那么低,高中毕业之后假如考不上大学,那就像一个因为矜持而嫁不出去的老处女，跑到哪里都很丢人。既然如此，还不如做一个技校生，从一开始就铁了心做荡妇，名气虽然很臭，但比做老处女快乐而且实惠。当然，重点高中不一样，他们就像是选帝妃的，即使做不了皇后，至少也可以混一个嫔妃、采女什么的，他们既不用担心做老处女也不用屈尊去做荡妇。

重点高中的学生非常骄傲，你很容易就能把他们从人群中辨认出来，他们学校给学生发了一身校服，橙色的运动服，好像环卫工人的安全背心。这种颜色如此扎眼，让我们这帮技校生无法忽视他们的存在，比如你在游戏房打游戏，忽然发现人群中有一道橙色的身影在晃动，这时你就会忍不住走到他身边，揪住他的衣领，说："借点钱。"又比如你在街上打架，打得鼻血横飞，忽然发现围观者之中有好几个人都穿着橙色校服，用一种嘲笑的眼神看着你，这时你就会忍不住走到他们面前，抬手一个巴掌扇在他们脑袋上。

不仅如此，重点高中还有校徽，一个铝制的长方形牌子，银光闪闪的，刻着"戴城中学"。我们技校压根没这玩意儿，技校还要什么校徽啊？谁见过妓女还有工作证的？我们看见那个校徽，就像妓女看见了贞节牌坊，有一种说不出的愤怒。尤其是校徽别在女孩子的胸口，十分招摇，让人不由得去注意她们的胸。重点高中的女孩儿很像一种叫天鹅的动物，我虽然没见过天鹅，也把她们想象为天鹅。她们从不跟技校的男生说话，我们靠在马路栏杆上对她们抛媚眼，她们就像没看见一样，铝制的校徽在日光下闪烁着，铿铿地发光。这时，我们就指着她们的校徽，大声喊道："平胸！平胸！"这么喊话很有效，再骄傲的女孩儿都会觉得羞辱不堪，曾经有一次，一个戴眼镜的高中女生被我们喊得昏倒在七月的大街上。

我们喜欢欺负重点高中的男生，他们通常都很瘦弱，而且胆小，身上总是带着零花钱，可以解决我们的经济危机。但我们不喜欢去泡重点高中的女生，因为她们太有文化，太矜持，没什么大意思。我们喊喊平胸就已经满足了。

听说要去围攻戴中，我还挺好奇，问大飞："打他们学校有什么意思啊？还叫这么多人？三个人过去就踩平了。"

大飞说："你不要小看他们，他们学校有个足球队，也很能打的。前天我们有个人到他们学校去，被足球队给打了。"

"为什么打他？"

"他抢足球。"

"神经病。"

"反正今天叫了很多人，说要去踩平他们，把足球队的人都打死。闲着也是闲着，去的人都有点心吃的。"

打架吃点心，是我们当时的规矩。打群架必然要喊上很多人，认识的不认识的都有，无非是去助威，也不用真打，就站在那里壮壮声势。事毕之后，主事的人掏钱请客，有时候一人发一个包子，有时候一人一根红塔山，有时候是冰棍，端午节的时候吃粽子，如此而已。要是真打起来，助威者往往一哄而散，那就吃不上点心了。当然，也有一些人，本来是去助威的，忽然脑子发热冲上去打人，甚至把人打坏了，或者自己被人打得头破血流铩羽而归。这种人精神可嘉，值得鼓励，他们可以吃两个包子，两根冰棍。

听说要灭了戴中的足球队，我打算去看看。原因很简单，我生平最好的哥们杨一，就是戴中足球队的。

一九九一年的少女帮

很多年以前,我只有一个朋友,这就是杨一。很多年以后我想起他,他还活着,经常到我家来,跟我一起打PS2,一边打游戏一边向我传授MBA的管理思路,杰克·韦尔奇的财富理念。我就很奇怪,为什么二十年来我都没有烦透他呢?那时我已经三十岁了,世界上绝大部分的人都令我厌烦,就连跟我上过床的女孩,我都不想再看见她们。只有杨一,好像一块化石,勾勒出我年轻时代的轮廓,令我难以释然。

我们同岁,我们的爸爸是同事,都是戴城农药厂的。九岁那年,农药厂造了一批新公房,我们在同一时间搬入了同一幢楼,他家在三楼,我家在二楼,我家的天花板就是他家的地板。读小学的时候,我们在同一个学校,分到同一个班上,坐在同一张课桌上,我们共用课本和玩具,共用衣服鞋子乃至游泳裤,抽同一包烟,打同一个电子游戏,伙着花钱,伙着吃饭。每当想起这些,我就感到自己像个同性恋。

初中时候我们依旧是同班同学,学习成绩渐渐分出高下,杨一是全年级的尖子生,我学业平平,混迹于大众。最后杨一考取了戴中，我混了个技校，从此分道扬镳。

那几年，我和杨一经常串联着玩，我把他带到技校里，和我们学校的小混混一起抽烟打牌，满大街追女孩儿，他把我带到重点高中里，踢足球，和那些有文化的女孩儿坐在一起。这么玩久了，彼此都有一种错觉，他是重点高中的小混混，我是技校里的知识分子。

杨一就要升高三了，他和我的情况正好相反，我越来越闲，他越来越紧张，每天早出晚归，背着一个比炸药包还大的书包，星期天都要去学校补习。就算休息在家，他也会在家门口贴张纸条"复习功课，请勿打扰"，搞得楼道里好像宾馆一样，走过的人都不由得蹑手蹑脚的，生怕惊动了他这个高考生。

其实，以杨一的聪明才智，考个二类本科轻而易举，完全不用这么努力，但他的理想实在高得有点过头了，他要考清华。清华大学人人都知道，著名的高等院校，我们这座小城市，一百年来只有一个学生考取过清华，那是在一九九〇年，他的事迹见诸《戴城晚报》。我很佩服这种高才生，倒是杨一显得不屑一顾，说那个呆逼运气好，九〇年根本没人敢去考北京的大学，他偏偏填了个清华，还就真的考上了。杨一说，这种便宜事以后不会有了，考清华还是要凭实力的，不能指望年年闹动乱。

我早上出门的时候遇见了他，当时我叼着香烟，他叼着油条。我从他嘴里掰下半根油条，边吃边问他，这么急匆匆的去干吗，期末考试都结束了，已经放暑假了。杨一说，重点高中根本不存在期末考试，真正的期末考试是高考，现在他要去学校补习功课了，然后他就跳上自行车消失在上班的人流中。

听说要去攻打重点中学，我乐坏了，我得去保护杨一。论打架，杨一绝不是我们这伙人的对手，重点中学的男生都是脓包，三个持刀的小混混可以在他们学校如入无人之境，撵得所有人上蹿下跳。

鉴于我和杨一拜把子兄弟的关系，我好歹不能让他在高考前被打成植物人。

我和大飞骑车到了那里，一看，重点中学校门口早已聚了三五十号人，还有人陆续往这里赶过来，都是些小混混，手里拎着镀锌管、木棍、铁链、板砖。这时还没开打，所有人都装出若无其事的样子，站在马路上抽烟聊天。

重点中学就是不一样，比我们技校气派多了，新盖的四层教学大楼，墙粉刷得惨白惨白的。那伙学生都趴在四楼的阳台上看着我们。他们一个都不肯下来，深知走出校门就有可能被乱棍打残。学校大门紧闭，秃头门房刘大爷死死地堵在脚门前面，他还特地套了个红臂章，以为那是护身符，可惜臂章上写着"卫生值日"四个字，不免贻笑大方。

刘大爷问："你们是干什么的？"

小混混答："我们路过，在这里歇歇。"

刘大爷说："走开，不要在这里歇。"

小混混哈哈大笑，说："操你妈，这是你家的地盘啊？"

刘大爷说："这里是中学！是学习的地方！"

小混混答："我们也是中学生啊，我们也在这里学习啊。"

刘大爷斗嘴不是小混混的对手，无可奈何，只能继续用警惕的眼光监视着我们。

凡打群架，必有很多熟人，这次也不例外，都是平时在游戏房里混的，其中还有几个是我们化工技校的。我注意到有一个瘦小干枯的蒜包眼在人堆里大声吹嘘，说他把戴中足球队的人打得屁滚尿流，乃至跪在他面前求饶。旁边的人听着，嘲笑地说："你他妈的这么能打，你还要我们来这里干吗？"蒜包眼说："好汉架不住人多，后来他们十几个人打我一个，我当然打不过啦。"

大飞对我说："他就是那天被打的人，他叫虾皮。"我说："他好像没有受伤嘛。"大飞说："也就是眼睛被打青了，这个傻逼，不要去理他。"我说："大飞，我饿死了，你不是说有点心吃吗？"大飞皱着眉头说："还没开始打呢，怎么会有点心呢？打完了再吃吧。"我指着虾皮说："这个怂货有钱请客吗？"

大飞说："不是他请客，是少女帮。"

我问他，什么是少女帮，这个名字听起来下流兮兮的。大飞说我没见过世面，光知道打游戏，从来不关心时局。他很神秘地告诉我："少女帮是几个女的搞出来的，她们都特别厉害。"

"有多厉害啊？"

"你听说过五哥吧？"

"听说过，大流氓啊，以前坐过牢，现在开饭馆了。"

"她们少女帮就是五哥罩着的，没人敢惹她们，"大飞凑到我耳朵边上说，"作风特别淫荡，在床上也很厉害。"

我听得心旌荡漾，问大飞："你搞过她们吗？"

大飞摇摇头说："还没有，我只搞过舞厅里的阿姨。"

"你就别提那几个阿姨了，年纪都快赶上你外婆了。"

大飞说："那也比你强，你他妈的还是个处男。"

我比较看不起大飞的就是这一点，他老爱吹嘘自己搞过女人，嘲笑其他人是处男。大飞平时给舞厅看场子，挣点外快，这些舞厅都不是什么正经地方，光线昏暗，空气浑浊，跟煤窑差不多。大飞在里面打工，除了负责治安，还要客串舞男，他学会了一种叫作Bo的舞蹈，很黄很下流，跳舞的时候腿基本上不动，双手在腰部以下摸索。一般的男青年，跳个二十分钟就歇菜了，大飞身体壮，可以跳一个小时，不过也够累的。一来二去，他跟几个常年泡在舞厅里的老女人产生了感情。这些女人都三四十岁，没什么正经工作，长得也不好看，泡上她们完全没有荣誉感可言，偏偏大飞不知羞耻，老爱跟我们讲这档子事。大飞最拿手的就是学女人叫，我们班上的男生在一起玩，只要发给他一根香烟就能让他叫一遍。他学得非常像，每次学过之后，就有几个人的裤子要搭起帐篷来。当时我们都是处男，根本禁受不住这种刺激，哪怕叫唤的是大飞这么个男人。

大飞私下里对我说，自己也想和同龄女孩儿谈恋爱，但是被老女人缠上了身，很难摆脱这种诱惑。我说他活该。

我问大飞，他有没有参加少女帮，可不可以帮我介绍一下，我也很想认识认识女流氓。大飞说他也没见过少女帮，只是听说而已，倒是那个叫虾皮的，他是少女帮的狗腿子。大飞说："听说今天那几个女的都要过来，正好饱饱眼福。"正说着，街道那头又来了几十个人，都是技校的，化工技校，轻工技校，烹饪技校，其中有戴眼镜的，瘦得跟豆芽菜一样的，上嘴唇还留着细黑汗毛的，这都不是什么小混混了，而是小傻逼。我问他们："你们来干什么？"他们说："听说今天有女流氓，我们来看热闹。"我心想，完了，照这样发展下去，我只能自己去买点心吃了。片刻之后，上百人堵在重点中学门口，抽烟的，聊天的，吃冰棍的，带着女朋友卿卿我我的，甚至还有自己人和自己人打起来的。太不专业了，打群架这么庄严的事情，被搞得像赶集一样。

传说中的女流氓迟迟没有出现。

这时我想起来，我该关心关心杨一了，他现在一定也趴在教学楼上吓得不知所措吧。我跑到脚门口看了看，门房刘大爷抄着一根笤帚，对着我们虎视眈眈，看样子是混不进去了。我正想找个地方翻墙进去，忽然屁股上被人踢了一脚，不由大怒，说："谁他妈的敢踢我！"回头一看，杨一叼着香烟正笑嘻嘻地冲我做鬼脸。

杨一指着我那一身血衣，说："你怎么搞成这样？"我说："早上跟人打架，一个打三个。"杨一说："扯淡，你是被人打了吧？"打架这种事情，当然是要夸大事实，明明是被两个人打了，就要说成自己以一敌三，这样即使打输了也很有面子，要是三个打人家一个呢，就要说对方被打得跪地求饶，这样才够刺激。不过，经常吹嘘也容易被人识破。我不跟杨一理论这些，我只问他，怎么这么不怕死，居然跑出来了。

杨一说："校服一脱，校徽一摘，谁知道我是重点中学的？我出来打探打探消息。"杨一告诉我，这群小混混来得完全不是时候，学校已经放假了，来上课的都是高三补习班的，而动手打人的足球队都在家里歇着呢。我问他："你不是足球队的吗？"杨一说："我早就退出了，我都升高三了，哪有时间踢足球？"

我指着人堆里滔滔不绝的虾皮，说："那就是被足球队打的人。"

杨一不屑地说："呆逼，一个人跑到我们学校来，正好足球队在练球，他嚣张得要死，抱起足球就走。足球队去追他，他看见人家那身国际米兰的球服很漂亮，就扒人家衣服。他能不挨打吗？"

"一个人就这么嚣张？"

"智商有问题。"杨一说，"其实打得也不重，你想想，我们学校的人哪会打架啊，十几个人揍他一个，也就把他眼睛打青了，这小子立马就跑了。谁知道今天喊了这么多人来。"

"他是少女帮的。"我煞有介事地说。

杨一说："嘿，我也听说啦，女流氓，我也想见识见识呢。怎么女流氓还没来？"

我说："女人都很磨蹭的。我快饿死了，借我两块钱，我去买几个包子吃。"

杨一说："我也没吃呢。"

我和杨一溜出去吃中饭，把大飞撂在那里了。这不能怪我不仗义,大飞饭量惊人,一顿饭能吃六个大肉包。当时有一种保健品叫"太阳神",跟鸡血一样,大飞每天都喝那玩意儿,结果饭量增至一顿十个肉包子。请他吃饭,我就等着破产吧。

我骑着自行车,驮着杨一,路上他还问我:"新车啊,你他妈的又去偷车啦?"我说:"我原来那车弄丢了。"杨一说:"原来那车也是偷的吧?你要是被联防队捉住,你就死定了。"我说:"操,你个乌鸦嘴。"

戴中附近都是些机关院校,没什么吃饭的地方,我们绕到大马路上,找了个馄饨店,三口两口就吃干净了。吃完了杨一付账,我发给他一根香烟,两个人坐在馄饨店门口看风景。七月的中午,街上静悄悄的,只有几个放了暑假的小学生在吃冰棍。沿街的大树遮蔽着酷烈的阳光,微风带来一丝凉意。

杨一说:"小路,你见过女流氓吗?"

"没有。"

"我对女流氓很好奇。"

"我也是。"

"你不一样,你天天生活在流氓堆里,以后也是个流氓。我要是考上清华,就不太有机会参观流氓了。"

"去你的。"

我扑过去,试图用手肘夹住他的脖子,他哈哈大笑,奋力抵挡,把馄饨碗打翻了,掉在地上摔成了两瓣。店里的女服务员走过来说:"赔钱吧,三块钱。"

杨一说:"没钱,明天给你送个碗过来。"女服务员说:"你敢!"这时杨一就把我推过去,我一身血衣,看上去好像刚从战场上撤下来,非常唬人。谁知那女的根本不怕我,她把手指扣在嘴里,打了个唿哨,后面走出来两个下馄饨的大妈,都是黑脸大胸巨臀,好像动过变性手术的李逵,一个拎着菜刀,一个拎着笊篱,说:"小赤佬,赔不赔?不赔把你们鸡巴切碎了做馄饨馅儿。"我立刻举手投降:"我赔,我赔。"

出了馄饨店,我再一次对杨一表示了不满。这孩子从小就聪明,好奇心特别重,又有点骄傲,乃至手闲脚闲。比如我跟他出去玩,他会莫名其妙跑到街边去研究摩托车。别人停在那里的车子,他东摸西摸,然后就看见车主从老远的地方飞奔过来揪住他的领子,说他是偷车贼。又比如我跟他在街上吃东西,看见有人随地吐痰,他会心血来潮地喊道:"吐痰罚款。"没想到吐痰的不是退休老头,而是胳膊上纹着青龙白虎的老流氓,老流氓走过来照着我和杨一的鼻子各打了一拳。还有一次,我们看见一个老太摔倒在地上,杨一很主动地去扶她,我想制止已经来不及了,老太揪住杨一的裤子说:"就是你撞了我!"

我说:"你别给我惹麻烦,你这两年惹了多少麻烦吧?搞得好像你是流氓我是高才生一样。"

杨一说:"别以为我做不了流氓。"

正说着,有一队自行车急速地掠过我们身边,骑车的都是男的,年纪比我们大,肌肉都鼓着,其中有好几个光头,一看就是厉害角色,每辆自行车后面都坐着一个女的。车队旋风般往戴中方向驶去。我立刻反应过来,说:"女流氓!"杨一嗖地跳上自行车,说:"等的就是她们!快上车,我带你。"

我们到戴中门口,那地方已经乱了套,围了上百号人,男男女女都有。那几个女的一出现,人群自动给她们闪出一条道。其中有一个烫着爆炸头的女孩儿,大胸,短腿,穿着鲜红的低胸衬衫,两个乳房简直呼之欲出。她指着戴中的大门说:"还等什么?把他们学校踩平了!"后面上百号人齐声呐喊,可是一个人都不动,敢情

23

都是来呐喊的。

门房刘大爷喊道："不许胡闹！"这大爷很英勇，据杨一说，此人以前在码头上扛包的，力气大得吓人，武斗的时候他曾经用长矛和六个人拼杀过，绝对见过大世面。刘大爷抡起笤帚，大喝一声："警察就要来了！"后面呼啦啦一片推自行车的声音，好多人都吓得要逃。爆炸头少女大怒，说："把这老东西给我拖走！"

第一个冲上去动手的不是别人，正是被打青了眼睛的虾皮。虾皮冲到刘大爷面前，并且向我们招手，说："大家冲啊，为我报仇！"后面的人嘻嘻哈哈的，很不正经地瞧着他，说："你算什么东西啊，为你报仇？"又有人说："什么少女帮啊，还没有纺织中专的女生好看，走吧走吧。"虾皮非常愤怒，扑到刘大爷怀里，说："老甲鱼，你去死吧。"刘大爷身高一米八，将军肚，花白头发，满脸横肉；虾皮身高一米六，瘦得好像营养不良的非洲儿童。虾皮试图把刘大爷推倒在地，结果被刘大爷叉住了脖子，虾皮的两个拳头绝望地在空中挥舞着。后面看热闹的人全都笑翻了。

后来，那几个剃光头的冲上去，把虾皮解救下来，并且对着刘大爷打出一通组合拳。这下老头招架不住，只得往后退去。爆炸头少女说："把他们学校的招牌砸了！"虾皮立刻冲过去，试图把那块"戴城中学"的长条形木牌摘下来，不料钉得非常牢，内侧好像还有暗扣，根本搬不动。虾皮涨红了脸，捡了块砖头，开始乒乒乓乓地砸传达室的玻璃。

那天，戴中门口围得人山人海，大部分人都是来看热闹的，体验体验什么叫女流氓。后来发现她们并不漂亮，而且也没有要请我们吃包子的意思，大家就很失望，只能盼望着看到一场酷烈的战斗，最好死掉几个人，以弥补我们的无聊。

后来脚门那边走出来一个中年人，梳着个背头，非常威严地看着我们。背头说:"你们不要在这里寻衅滋事,搞这种资产阶级自由化!我已经打电话叫警察了。"

虾皮托着一块红砖,走到背头面前,问:"你是谁?"

背头严肃地说:"我是教导主任。你叫什么名字?!"

我一闭眼睛,心想,这教导主任有点五谷不分的,对着小流氓还这么严肃,这是找死。虾皮说:"我是你爸爸!"红砖直直地拍在教导主任的前额,受害人踉跄了一下,停了两秒钟,鲜血像幕布一样由头顶泻下,盖住了他的脸。他直挺挺地倒在刘大爷怀里,被刘大爷倒拖了进去。这时虾皮回过头来,仿佛两军阵前单挑获胜的将领,举起了他的手,还有那块闯祸的红砖。

那天杨一和我爬到一棵大树上观战,杨一顺便充当了解说员的工作。他先是向我介绍了刘大爷的光荣战绩:刘大爷,那才是第一代的流氓。等到教导主任出现,杨一又说,这个家伙很坏,最好收拾收拾他。我问他,教导主任坏在哪里。杨一说,他们学校那身橙色的校服就是这个家伙设计的,太醒目了,跑到哪里都被人欺负,学生都不肯穿这身要命的校服,又是这个教导主任规定:不穿校服就要处分。这个结果,直接导致了很多学生白白地被人欺负。等到教导主任一头鲜血败下阵来,我正要祝贺杨一,却发现他忧心忡忡地望着树下,我顺着他的目光看去,那爆炸头女流氓的胸,从俯视角度来看,近似"m"状呈现在我眼前。

我伸手去摸杨一裤裆,说:"硬了硬了。"触手之处,只觉他阳具衰微,阴囊紧缩,好像冬天挨了冻一样。

杨一指着爆炸头女孩儿,低声问我:"你知道她是谁吗?"

"不知道,你认识她?"

杨一说:"她就是黄莺。"

我蹲在树上，不由得打了个哆嗦，情欲和斗志齐刷刷退去。

四年前，我和杨一还在念初中，当时杨一是好孩子，副班长，数学课代表，深受老师的宠爱。初二的时候，班上来了一批留级生，其中有个女孩儿叫黄莺，在学校里非常著名。她从小学到初中一共留了三级，也就是说，当我们还是十三四岁的孩子时，她已经是一个十六七岁的半大姑娘了。这女孩儿脑子不大灵光，搞不清分子分母，背不出床前明月光，可是身体发育却异常激烈，二八年华，她的胸部就超过了中学里所有的女老师（除了最胖的音乐老师）。你可以想象，这么一位人间尤物，和一群没长毛的小男孩坐在一起，那是一件多么无聊的事，对我们来说又是多么地煎熬。我们就像一群哺乳期的小狼崽，牙口还没长全，但对肉类已经表现出了浓厚的兴趣。

那时学校提倡"传帮带"，好学生要跟坏学生同桌，像杨一这种最优秀的孩子，就必须跟最差的同学坐在一起。老师非常残忍地把黄莺分配给了杨一。我们都羡慕他，认为他艳福不浅，事实上，杨一同学备受煎熬。两尺六寸长的课桌，这女孩往那儿一坐就占了三分之二的宽度，那个大胸与杨一的胳膊仅仅毫厘之隔，随便伸个懒腰就能碰到。更可怕的是，黄莺还喷香水，那种香味离远了闻不到，只有坐在旁边，香味才会幽幽地钻到鼻孔里，据说还有催情作用。下课铃声一响，杨一就会佝偻着身子以小碎步狂奔到厕所里，后来他索性穿了宽大的军裤来上课。

这种状况非常影响杨一的学习，可是又不能对老师明说。说黄莺让他性欲勃发？这也太离谱了。聪明的杨一就要故意制造矛盾。某一天他和黄莺吵了起来，当着全班同学的面说："你是双叉奶！"我们都笑昏了过去。女孩儿大怒，一拳打在杨一脸上，揍出两道鲜红的鼻血，也是双叉形的。再后来，老师就把黄莺送到最后一排单独坐着了。

有关双叉奶,并不是杨一杜撰的。戴城本地有一种鲜奶,叫作双叉牌牛奶,非常热销,只要是订牛奶的人家,门口都会有一个橘黄色的奶箱,上面写着"双叉奶"。至于牛奶为什么会叫"双叉",那就只有鬼知道了。

双叉奶的绰号很快就在学校里叫响了,双叉奶黄莺名声赫赫,一拳打昏了好孩子杨一。当然,事情没么容易结束。有一天我和杨一放学回家,被三五个男孩子拦住,问我们:"你们就是给黄莺起绰号的?"我尖叫:"没我什么事!"话音未落,头上脸上挨了好几十拳,那边杨一挣脱包围,撒腿就跑。我醒过来的时候发现自己躺在医院里,杨一拿着一束康乃馨站在我身边。

双叉奶没能报复到杨一,后来她被学校开除了。我们都不知道她去了哪里,有人说她在南京做生意,有人说她和几个老流氓混在一起,反正她再也没有出现过。杨一很快就把她忘记了,这么一个粗暴、肉感的女生在他的人生中不会占有任何地位,她仿佛是一个笑话,随着时间的推移已经丧失了最初的滑稽感。唯独在我的记忆中,双叉奶黄莺烙下了深深的印记,因为我在替杨一赎罪,我被打成了脑震荡,每次想到黄莺我就会头痛恶心。

那个七月的中午,我蹲在树上俯瞰黄莺。除了 m 形的胸部以外,我几乎已经认不出她。她的胸比从前更大了,个子却一点也没长,这使得她整个体形趋向于短粗,那个爆炸头使她的脑袋看起来像一朵冉冉升起的蘑菇云。

杨一问我:"你说她还记得我们吗?"

我说:"你对她的伤害太深了,我估计她只记得你,不会记得我。"

"我只骂过她双叉奶,你把双叉奶写在了黑板上,你忘记了?"

"我不记得了,我他妈什么时候写过双叉奶?"

"其实是我写的,我对她说是你写的。"

"操你大爷。"我终于知道自己为什么会被打成脑震荡了。

我跳下树,壮着胆子从她身边走过,以确定她是否能把我认出来。她根本没注意到我。岁月催人老,我早已不是初中时代那个任人暴打的小屁孩了,从前我和杨一比她矮半个头,现在我们都是身高一米八的青年,虽然很瘦,但是肌肉正在蓬勃生长,嘴唇上的汗毛也逐渐变成了胡子。这时我不由得感到惆怅,从前那个令我们神志昏迷的大胸少女,已经彻底变成一个矮胖、粗暴、汗津津的女青年了。

虾皮把教导主任打翻之后,后面观战的人都疯了:终于见血了!砖头石块雨点般飞向学校,这么干很过瘾,我也跟着扔了几块土坷垃。这时,大飞推着自行车从我身边经过,对我说:"呆逼,还不赶紧跑,把教导主任都打伤了,马上警察就会来了。"我恍然大悟,回过头问杨一:"你怎么办?"杨一说:"我还得回学校去上课呢。"

我撂下杨一,跳上自行车,跟着大飞往外逃,还没骑出巷子就听到警笛声从远处传来。大飞催我动作快点,万一被警察捋进去,那可不是闹着玩的,我这一身血衣,谁见了都会抓我。我们从一条僻静的窄巷穿出去,那地方警车开不进来。

路上,我向大飞抱怨,什么他妈的少女帮,搞了半天连冰棍都没吃到一根,还好意思出来混。大飞也很不满意,说虾皮这个白痴,根本算不上小混混,连基本常识都没有,一砖头把别人学校的领导打伤了,这根本不是打群架,而是刑事犯罪。不过大飞又说,那几个女的长得都不错,胸很大,而且时髦。我错愕地看着大飞,这他妈的也叫"不错"?我心里很同情他,大飞每天跟舞厅里的老阿姨混在一起，黑灯瞎火的，全凭手感来鉴别美丑，他的眼睛已经丧失了审美能力，相反，那种摸上去凹凹凸凸的，对他而言就是美。

一九九一年的夏天，戴城的少女帮一战成名，她们把重点中学的教导主任拍花了头，当时我是目击证人。教导主任的脑袋能不能拍，这倒是其次，重要的是，这件事情居然是几个女孩子带头干的，这就太伟大了。她们的事迹很快在戴城流传开来，传说她们都穿着大红色的衣服，烫着爆炸头，身后站着几十个剃光头的少年。她们心狠手辣，风姿万千，手下打手如云。这简直太刺激了。

那年暑假里，红衣爆炸头忽然成为戴城最醒目的装束，很多女孩都这么打扮自己。我们这些小混混跑到街上，看见这种女孩，也不知道她什么路数，都不敢惹她们。这股风潮席卷戴城，到夏天结束以后，我忽然看见我三婶也穿着红色T衫，烫着一个冲天而飞的爆炸头，下面穿着紧身踏脚裤，整个人看上去就像一只野兽。我吓得要死，以为三婶也去做淫荡女魔头了，结果她告诉我：这是今年最流行的打扮，是从香港传过来的。

戴 城 往 事

　　从前,戴城是个很无聊的地方,尤其是对技校生而言,去哪儿都是一样,几个游戏房,几个录像室,几个舞厅,如此而已。我所能做的就是在游戏房消磨时光,或者到录像室里看香港烂片,有时运气好也会遇到播放生殖健康的科教片,看到显微镜之下的精子卵子,跟动物世界差不多。假如我再胆大一点,就可以跟着大飞去黑擦擦的舞厅里跳 Bo,可惜那地方全是阿姨,没什么意思,至少在我十八岁那年,我还是喜欢和同龄的女孩儿在一起,这也算是我的个人口味吧。我直到二十岁以后才喜欢姐姐型的女孩儿,她们比较懂事,也比我有钱,这些都是题外话了。

　　戴城很小,马路都很窄,但是人口挺多的。上班的时候,成百上千的人就被堵在路上,假如这时刚好开过一辆大粪车,那就惨了,人和屎都寸步难行,离粪车近的人经常被熏得昏过去。就在这种街道上,我见识过戴城流氓的群殴场面,两伙人拿着棍棒在巷子里打,堵得严严实实的,棍子还没抡起来,两旁住户的玻璃窗全都碎了。后面不知情的群众还在问:"怎么啦怎么啦?又抢购什么东西啊?"小流氓回身大吼一声:"打架!"群众更起劲了,堵在巷子两头看热闹，几百辆自行车停在那里。流氓打完架想撤退，那就得找个交警先疏通一下道路。

在这种小城市里，所谓的流氓，说白了就是些混混，很难混出什么名堂。贩毒绑架抢银行这些事情根本轮不到他们来做，他们主要的工作是给各种舞厅、录像室、游戏房看场子，工资微薄，难以为继。即便如此，还要竞争上岗。有些流氓平时在包子铺里兼职，大清早起来擀面粉，中午脱掉围裙，换上军裤去看场子，晚上——晚上的流氓是不干活的，否则就成劳模了。另一些流氓，连包子铺都不敢要他们，他们就出来打劫初中生。

我和杨一念初中的时候，几乎每个星期都会被人拦在学校门口，抢钱。要是掏不出钱，就会挨耳光。流氓不会亲自动手，他们把受害人拎到墙角，让这些人互相抽耳光，直打到他们满意为止。挨了耳光，只能怪自己运气不好，为什么不带钱，为什么又偏偏遇到流氓。回忆初中时代，我和杨一经常互抽耳光，有时抽得过于认真，乃至真的打起来，小流氓就会过来批评我们不守纪律，然后赏我们一人一个大耳光。

那时候我们也去拜大哥，找个地面上的混混，请他吃饭，平时给点钱，他就能罩着我们。即便如此我们也会遇到骗子，附近包子铺里有个伙计，绰号飞天大侠，早上擀面，下午就穿了一条军裤，背着一把中国式的宝剑出来晃悠，极度威风。我们这伙初中生跟他有点熟，他答应做我们的保护人，条件是必须去他店里吃包子。飞天大侠的背景很深，据说他是戴城大流氓"五哥"的小弟，我们都深信不疑。结果，小混混来抢钱时，我们报出飞天大侠的名号，小混混哈哈大笑，说从来没听说过这个人。有人跑到包子铺，把飞天大侠喊出来，这哥们倒也真不含糊，拎着宝剑骂骂咧咧冲过来，还没把剑拔出来，脑袋上挨了一板砖，躺在地上。小混混踩着飞天大侠的脑袋,问:"你再说说,你跟谁混的?"飞天大侠哭着说:"我谁也不跟,放了我吧。"

结论是:装傻最安全。把大钱藏在内裤里,身上只揣硬币,尽量在人多的时候上下学,没有成年人陪同就不去公共场所,独自出入时候动作要快,不要相信你的同学,不存在集体的力量,挨打的时候护住脑袋,大声惨叫,绝对不要用仇恨的目光注视流氓,低头,跪下,喊他们爷叔。最后,你就盼着时间尽快流逝,噩梦一般的初中生涯结束,就可以加入混混的行列。

从不良少年,到小混混,到流氓,到大流氓,这是一个漫长的过程。真正成为大流氓的人很少,而小混混又是如此地无趣,并不能让我立志投身其中。天哪,我的故乡是一个多么无聊的地方,在这里,就连做流氓都乏善可陈。

整个初中时代,老师都为我们担心,这群孩子天天跟暴力打交道,将来长大了,要是国家不打仗,简直不知道干什么好。老师也经常教育我们,少去那种三乱场所,要做个爱学习的文明孩子,躲在家里看书是最安全的,最好去图书馆借点课外书啦。我们响应老师的号召,跑到戴城图书馆,那是一幢很老的洋房,年久失修,墙面都酥了,老鼠沿着落水管爬上爬下。我们办了借阅卡,借了两本书,《约翰·克里斯朵夫》,我借了上册,杨一借了下册。这本书是语文老师让我们读的,他说:"不读《约翰·克里斯朵夫》就不知道什么是理想。"借到书,我们心里很得意,觉得自己像个有理想的孩子。刚走到街上,迎面来了一群小混混,看到我们就非常亲热,用手臂夹着我们的脖子,拖到附近的小巷里,先把我们身上的零钱都抄走了,有一个戴眼镜的小混混看见我们手里拿着《约翰·克里斯朵夫》,就把书抢过去,卷起来抽我们的脑壳。我们说,干吗打人,钱都给你们了。戴眼镜的流氓说:"谁让你们爱看书的?还看

《约翰·克里斯朵夫》！你们就欠一顿抽！"我和杨一哭得涕泪横流，不知道约翰·克里斯朵夫怎么得罪他了。

"我操你妈啊！！！"我至今记得杨一在十四岁那年的惨叫。

那以后，我们再也不去图书馆了。我们躲在家里，混迹于同样胆小如鼠的同龄人之中，战战兢兢地长出了胡子和喉结，模仿香港录像片里的打斗动作，随兴地练练肌肉，和小混混结交，混在人堆里看群殴。后来我们就长大了。

我和杨一经常讨论，戴城到底是个什么样的地方。后来我们得出一个结论，这是个非常无聊的城市，生活着很多傻逼，一群自以为是的傻逼和一群自以为什么都不是的傻逼。面对这样一座城市，唯一的办法就是离开它，forever，再也不要回来。

很多年以后，我和杨一都长大了，离开了戴城。我们在一个派对上遇到个女孩儿，她穿得很暴露，鼻翼上拴着耳环，耳朵上挂着项链，脖子上有一个玫瑰花的刺青。别人告诉我们，这女孩儿是戴城人，很风骚，把她搞上床非常容易。我从来没有想到，戴城这座乡下小城也会出产这样的奇异果。我和杨一都想和她睡觉，我们走过去搭讪，说："嗨，我们也是戴城的！"女孩儿说："你们这两个乡逼，滚远点。"这让我们很羞愧。"乡逼"这种骂人话，是戴城的特产，那座城市被农村所包围，仅隔一条运河，就能区分城里人或乡下人。城里人管乡下人叫乡逼，乡下人管更乡下的人也叫乡逼，到了上海我们被上海人称为巴子。巴子这种骂人话很恶毒，但比起乡逼真是善良了一千倍。她用这句戴城特有的脏话证明了自己和我们是同乡。显然，她不愿意再和戴城的男人发生任何关系，她的身体排斥着故乡，或许还排斥着祖国。其实我和她一样，假如我能走得更远，我就把身后的一切归结为：乡逼。

书上说，人在十七岁的时候是一个转折。在此之前，所有的快乐和悲伤都和这个世界没什么关系，那都是你与生俱来的东西。在此之后，你就会被逐渐折磨成一个傻逼，快乐也好，悲伤也好，都是这个世界按照一定比例分配给你的。

九〇年，我暗恋上一个女孩儿，那年我正好十七岁，已经学坏了，但是还没谈过恋爱。那女孩儿是杨一的同班同学，叫欧阳慧，我第一次见到她是在戴中的操场上。那时我经常混进重点中学，跟着杨一他们一起踢足球。我耐力惊人，绰号"跑不死"，虽然球技差了点，但满场飞奔，十分扎眼。

为了混进重点中学，我总是借杨一的校服穿在身上，他们都以为我是本校的学生。那些看球的女孩毫不吝啬地将掌声赐予了我，还有人夸我帅呢！我兴奋死了，跑得跟兔子一样快，带球突破啊，我带着球往女孩子堆里钻，杨一在旁边喊："传球！传球！你他妈的想把球带哪儿去啊？"我根本不理他，杨一大怒，冲过来一个扫堂腿。我啃了一嘴的野草，跳起来想打人，后来看见一个女孩对着我笑。她就是欧阳慧。

这女孩儿长得很美，细长的身材，眼睛弯弯的，皮肤雪白，有两片非常好看的嘴唇，连我这样的小混混都不禁心潮澎湃，而且莫名其妙地感到惭愧。我立刻将她记在心里。回家路上我问杨一，那个最美的女孩儿是谁。杨一说她叫欧阳慧，是文科班的高才生，重点中学的校花。杨一说："你别打她的主意啦，我们学校追她的男生不知道有多少。"我说："你是说你自己吧？"杨一说："我要到清华去找女朋友的。"我嘲笑他："笨蛋，清华大学有什么美女啊？人家说清华的女生全是丑八怪。"杨一不耐烦地说："你还是回你的技校去找女人吧。"

其实我喜欢的女孩儿就是欧阳慧这种类型的，比较清纯，而且很有前途，她很快会成为一个美丽的女大学生，这种落差感让我心驰神往。我们技校里当然也有美女，但是一想到她们很快就会成为美丽的女工人，我就觉得很沮丧。我又不是王子，找个灰姑娘有何妙趣可言？我一个技校生，喜欢未来的女大学生，应该也是一种高尚的情操吧？于是我认定，这种情操就是爱情。为了接近欧阳慧，我隔三岔五地借杨一的校服，披在身上，混进重点中学。在那些晚霞灿烂的黄昏，喧闹的操场上，我一身橙色地飞奔在球场，欧阳慧和其他女孩们在跑道上看着我，她们就是我的兴奋剂，就是我的沉默的啦啦队。那时我有点懊恼，为什么不像杨一那样认真学习，考上重点中学，和她们在一个教室里朗读课文。我很想找个机会和欧阳慧搭讪，可是又害怕露馅，她离我这么近，又是这么远。我飞奔的身影无声地诉说着哀愁。

另一些时候，我独自蹲在戴中的宣传栏下，那里贴着很多学生的作文，其中就有欧阳慧的。我仔细地读着欧阳慧的文章，她娟秀的字迹深深地打动了我。女孩儿的作文似乎深得老师的欣赏，每个礼拜都会换一篇新的，有一次居然是一首诗歌。我实在忍不住了，趁着没人的时候把那张纸揭下来揣进了口袋。

夜里，我蜷缩在木板搭成的单人床上读女孩儿的诗，我也读不出个好坏，但却神魂颠倒，甚至捏着那张纸睡去。其实我那么爱她，应该去偷她的内裤，而不是诗，但我偷不到内裤就只能偷诗了。后来那张纸被我整个地捏烂了，我只能将它折起来塞进抽屉里。

有一天，我和大飞他们几个在文化宫门口闲站着，我们把上衣纽扣全部敞开，叼着香烟，对着过路的妇女同志不怀好意地笑。这完全是街头混混的做派。妇女同志都非常害怕，加快脚步从我们视线中消失。后来我们看见几个橙色的身影从人行道那边走来，哇，重点中学的妹妹。大飞扯着嗓门喊道："平胸！平胸！"我打量了一下,还真没冤屈她们,全是飞机场。那些女孩自知理亏,非常羞愧地低下头,挽着胳膊从我们眼前走过。我们一伙人尖声大笑,"平胸!平胸!"喊得满街的男人都朝她们看。其中有个女孩忽然抬起头来,快速地朝我们看了一眼,我立即认出来了,她就是欧阳慧!可惜我那张狰狞的笑脸来不及收回去,我满怀内疚,同时又是面带嘲讽地对她说:"平胸。"

第二天放学,我照样穿着杨一的校服去戴中踢球,杨一不在,我和足球队的人混得比较熟了,他们也不介意我是外校的。那天欧阳慧也不在,我踢了小半场就觉得没意思,正想回家,忽然看见欧阳慧带着门房的刘大爷和两个体育老师向我走来。欧阳慧指着我说:"他是化工技校的!"她的声音尖利而愤怒,和我骂她"平胸"时如出一辙。刘大爷手里拎着一把铁锹,两个体育老师各拿着一根跳高的竹竿,隔着老远就朝我捅过来,好像我是一条无证的野狗。刘大爷还对我嚷:"噢嘘,噢嘘,不要跑!"这句话提醒了我,我撒腿就跑,后面几个人紧追不舍,竹竿子往我屁股上直捅。有人大喊:"抓住那个化工技校的!"操场上的女生齐声尖叫。我心想,妈的,我又不是色狼,你们叫个屁啊。我仗着腿脚利索,绕着操场跑了一圈,居然又跑到了欧阳慧眼前,她非常害怕,也是尖叫一声。我对她说:"别怕,我不会害你的。"

欧阳慧说:"你这个流氓!"

我长叹一声,扔下她,继续往前跑。人生的误会就是这样,后面有一伙人想弄死你,你还能有什么机会对一个女孩儿表白呢?我认清道路,把欧阳慧彻底忘记掉,专心地往大门口逃去。这时有个足球队的哥们对我说:"路小路,大门锁上啦,你赶紧跳墙出去吧!"我转了个弯,向围墙那边跑去,有一个拿竹竿的体育老师拦在我眼前。我有点恐惧,不过看他的脸色比我更恐惧。没等他站稳,我一头撞在他肚子上,把他撞岔了气,然后翻上围墙,纵身跳入外面的世界中。

那以后,我再也没有机会混进戴中了,也永远失去了接近欧阳慧的机会。这两件事都让我痛心:不能踢足球,以及失恋。

搞不清欧阳慧怎么会知道我是化工技校的,可能她认出我们那伙人的来历。过了几天,杨一来问我:"听说你被认出来了?"我说:"是啊。"杨一说:"听说体育老师拿着竹竿捅你?"我说:"是啊。"杨一说:"你这个笨蛋。"

后来我渐渐把欧阳慧忘记了,我觉得她报复心很重,我才说了她一句平胸,她就把我的老底给揭穿了。当然,骂人家是平胸,这非常可恶,如果有人骂我是个阳痿我就会把他打残了,平胸和阳痿大概是差不多的,唯一的区别是前者用肉眼隔着衣服就能看出来。我曾经因为嘲笑黄莺是个大胸,结果被打成脑震荡,后来嘲笑欧阳慧是个平胸,她手无缚鸡之力,又不认识什么流氓给她出头,只能用比较和平的方式来报复我,但这种方式使我的心都碎了。我要为了那些过大或者过小的胸,把脑子和心灵一起报废掉。

那一声怒喝"他是化工技校的",从此在我心里生根发芽,最后长出来的植物应该是一棵仙人掌,在我内心那个不毛之地,带着无数根尖刺,不需要浇灌,不需要修剪,永无宁日地戳在那里。

在此后的一年中,我偶尔还能在街上看见欧阳慧,她当然还是个平胸,可我已经没有胆量再去调戏她,她也好像从来没有认识过我,这件事就这么过去了,像从未发生过一样。有一天我打开抽屉,忽然翻出那张写着诗的纸,四百字方格稿纸,写着她对于星辰和河流的向往。女孩儿的脸再次浮现在我眼前,这让我非常迷惘,又非常羞愧。爱情对我来说,就像一把菜刀,明明是应该用来烹饪的,我却用它砍了人。这就是我初次暗恋的故事。

人生若只如初见

一九九一年夏天,我在戴城无所事事,时间就像泥坑中的水,凝固,腐臭,倒映着天空中苍白的云。

我每天蹲在家里,找不到去处。为了防止我学坏,家里把我的零花钱降低到不可思议的水平,一个月只有五元钱。穷困到这个地步,我能找到的打工机会,只有跟着大飞去做舞男,可是我不愿意,大飞也说不行,每天跳 Bo 到筋疲力尽,别忘了我还是个处男。大飞说了,哪天我破处了,就可以去舞厅跟着他上班了。

我也不能去街上抢劫初中生,因为找不到同伙。一个人出去干这个,太危险了。至于偷车,只能偶尔为之,尽管戴城的旧车市场为每辆赃车开出十到五十元不等的价格,但我不想把这件事当一门长期生意来做。我见过偷车贼被人逮住,绑在电线杆上示众,每一个过路人都可以上去揍他一拳,一个小时挨了三五百拳,警察来的时候他都奄奄一息了。

既然什么事都干不了,我就只能歇着了。有时我到楼上去找杨一玩,但他也未必有时间接待我,他照例在房门上贴着纸条,"复习功课,请勿打扰",窗帘严闭,屋子里放着新概念英语的录音。

这时我就照着他家的门猛踹一脚，然后拔腿就跑。事后杨一还问我："是不是你踹的门？"我坚决否认，说这是四楼的智障干的。

在七月的某一天，我忽然想起一件事，我要去老丁家，给他换煤气罐。

老丁是我的语文老师，化工技校的。技校不是妓院，毕竟也要搞点文化教育，语文课当然免不了。其实技校生根本不需要学什么语文，到了厂里没人会在乎你语文水平好不好，但语文是基础课，总要象征性地学一学，更何况化工技校的老师多如牛毛，也要让他们混口饭吃。语文的存在就是为了让语文老师能养家糊口。

老丁在一年级的时候担任我们的语文老师，他早先是橡胶厂的干部，宣传科的，更早以前是个工人，他喜欢刷点小文章，那时候写文章的人比较稀罕，在报纸上发表几个小散文就可以混进宣传科。八十年代，他通了关系跑到化工技校来教语文，他妈的一个宣传科的干部，根本不是师范毕业的，教书水平很差。当然我们也不计较这个，野鸡学校的老师当然也是野鸡，我不嫌弃他，他也别嫌弃我。

老丁本人是戴城的散文家，他的文章经常发表在《戴城日报》的副刊上，署的是他的真名：丁培根。他的写作题材局限于风花雪月，比如学校围墙外面开了几朵痢痢头花，他就能攒巴出一个五百字的散文。我本来还挺佩服他的，后来我们班主任说他是不务正业，小知识分子幻想自己流芳百世。我们班主任那张臭嘴，十年改造也没改好。

老丁本来不是教我们班的，我们班上男生多，特别混乱，他身体很差，觉得应付不过来。学校体谅他，也体谅我们，就给派了个年轻美貌的女老师过来。这位女老师不知是故意的呢还是无意的，上课时候穿着很薄的白衬衫，里面是一个血红的胸罩，这种装束加速了我们的性饥渴。只要她往讲台上一站，就会招来各种或淫或贱的目光，当然，我们只敢盯着她看，不敢耍流氓，但是即便如此，她还是被这种目光所震慑，半夜做噩梦有几十个男生轮奸她，二十连发颜射的女主角。一场梦做下来，累得连腿都抬不起来。她心理压力太大了，受不了，就申请调到别的班上去了，那些班级女生比较多些，男生的目光相对温和，她也不再戴那个血红胸罩了。

接替她的人就是老丁。我们非常不满意，血红胸罩没得看了，相反，出现在我们眼前的是一个花白头发、近视眼、佝偻着腰的中年男人，红颜换作白发啊，刚刚被勾引起来的性欲无处发泄，只能用怨毒的目光看着他。化工技校上午上课时会有纠察老师巡逻，凡是不守纪律的学生立刻被拉出去，蹲在走廊里反省。到了语文课，我们班会有成批的学生被拉出去，蹲满整个走廊，教室里反而稀稀拉拉的。上座率这么低，老丁也很羞愧，就对我们说："你们上课时候不要说话啦，说话会被拉出去的啦。我允许你们打瞌睡，睡醒了你们还能学到一点点知识啦，在外面蹲着你们就什么都学不到啦。"

我真没想到，因为我上课爱睡觉，就被他看上了。这老头脑子有点不正常，老是期望着从技校学生中挖出文学苗子，什么叫缘木求鱼，我算是知道了。有一天他把我叫到办公室，翻出我的作文本说："你的作文写得不错，很有文学潜质，你来做语文课代表吧。"当时我们班的语文课代表是个女生，因为打胎被开除了，我莫名其妙地顶替了她，可惜没过多久就期末考试了，第二学年再也没有语文课了。我生平仅有的一次做课代表，做了一个月就破产了。

那个月里我犯了一件事：有一天上体育课，我们照例是到街上去跑步，大飞顺手从一个水果摊上偷了个橘子，被店主发现了，抢着菠萝刀在后面追。我和大飞关系不错,总不能任其被砍,就在店主冲过来的一瞬间我伸脚绊了他一下,不料他一头摔到了阴沟里,断了一根肋骨。这件事闹到学校,班主任坚决要把我开除出去。学校里的老师都很开心,凡是开除学生,老师们就像过节一样,要全都开除掉了,他们就能直接放大假。

我以为自己死定了,直接开除,我就可以去做流氓了。结果老丁跑到校长那里,给我说了情,鉴于他是戴城著名的散文家,校长也给了他面子。老丁还跑我面前邀功,说我本来是被开除的,现在改为留校察看一年,至于大飞,他偷橘子,本来应该送到派出所去的,现在为了维护学校的名誉,就当他什么都没干过。这来龙去脉有点混乱,反正我是没想明白。

老丁成了我的恩人,尽管我并不在乎那张技校文凭,但真要是把我开除出学校,我找不到可以混的地方,也很麻烦。我欠了他一个人情,于是,给他家换煤气罐的任务就落到了我的头上。

老丁有心脏病,嘴唇发紫,常年畏冷,不能从事任何剧烈运动。有一次上课的时候,讲着讲着就溜到桌子底下去了,我们还以为他气昏过去了,后来纠察队的老师冲进来,把他送到了医院,保住一条命。事后他对我说:"路小路,万一我昏倒了,你一定要马上把我送到医院去,一分钟也不能耽误。"我说:"有这么严重吗?"老丁就说:"我和死神之间是一场短跑比赛。"

他家住在白凤新村,六楼,用的是罐装煤气,要让他自己扛煤气罐的话,还没出门他就会死掉。我每隔一段时间会去他家换煤气,把空罐挂在自行车后面,送到化工局的煤气站,换上一瓶满的,再骑车回到白凤新村给他装上。

这老头是个离独,一个人住着一套两居室。上半年他偷偷告诉我,自己又结婚啦。结婚以前他邋里邋遢,长年累月穿一件暗蓝色的工作服，看上去像个衰老的政治犯。本来以为他婚后会变得干净点，至少有个女人能给他洗洗衣服，不料新娘比他还狠，是一位有硕士学位的地质勘探家，三十八岁还没结过婚的王牌老处女，一年四季都在沙漠里找石油，根本不回家。我很纳闷，娶了个老婆，跟没娶也差不多，这不是傻逼吗？

我从来没见到过地质学家，对此非常好奇，就问老丁："你老婆到底是什么样的？"

老丁说："你问我哪一任老婆？"

我说："当然是地质学家啦。"

老丁就仰望虚空，说："她是一个非常可爱的人。"那种神情好像半空中有个女神，只有他能看见。

我说："你吹牛吧？三十八岁还没结婚的女人，怎么可能可爱啊？"

老丁说："路小路，三十八岁的已婚女人，你觉得可爱吗？"

我摇头说："不可爱，全是悍妇。"

老丁说："那你的逻辑就出问题了，你到底喜欢三十八岁已婚的还是未婚的呢？"

我说："我全都不喜欢！"

老丁说："你的意思是，让我娶个十八岁的？"

我一下子绕不过来，只好抓自己的头皮。老丁就说我根本不了解女人，也不明白何谓可爱。后来他拿了一个木制的相框给我看，里面嵌着地质学家的照片，在一片苍茫的戈壁上，站着一个黑头黑脑的女人，脚边放着一个大背囊，她的长发被想象中的热风吹得四散飘逸。我心想，这么难看的女人，有何可爱而言。当然喽，回头再看看老丁那副怂样，他能娶到一个女硕士也不容易。女硕士对我来说简直就是火星人。

跟他混熟了，我也就不好意思喊他的绰号了，他在学校里的绰号叫"怪丁"，又叫"阿根"。我给他面子，在公共场合喊他丁老师，私下里就喊老丁，比较亲热。老头自从和我建交之后，就变得没大没小的，经常教育我，说我傻，说我没教养。我和他之间的关系太古怪了。起初，我是一个嚣张的学生，他是一个奴颜婢膝的老师，后来混熟之后，我经常向他表示出尊敬的意思，他居然变得很嚣张，动不动就嘲笑我，还他妈的让我多看书。我问他，什么样的书比较适合一个技校生。他就从家里那个散发着霉味的书架上抽出几本书，对我说："这是一套《约翰·克里斯朵夫》，傅雷先生翻译的，比较适合你。"我看到这套书，后脑勺立刻像挨了巴掌一样疼，忙不迭地落荒而逃。我搞不懂，为什么这帮语文老师都要让我读《约翰·克里斯朵夫》，我也搞不懂为什么要尊称傅雷为先生，又不认识他，干吗拍他马屁。

我骑上那辆新偷来的自行车去白凤新村。路上，我看见一群人在打架，十几个人打一个人。挨打的那位满脸是血，在街道上狂奔，后面那群人紧追不舍。挨打的那位眼看跑不掉了，忽然扑过来抢我的自行车，说："车子给我！"我说："不行，我还要去换煤气。"那个人急了，用力拽我的自行车龙头，我照着他脸上打了一拳，就这么一会儿工夫，后面那群人追了上来，瞬间将他淹没在拳脚之中。

这种场面我见多了，一点也不内疚，要是我把自行车给了他，那现在就该是我被人打死了。

这就是夏日的戴城，无数青少年像捅了窝的马蜂一样，没头没脑到处乱窜。这群乌合之众用拳头和砖头维系着彼此之间的关系，用木棍和砍刀去认识这个世界，包括我在内。

就是那天，我遇到了于小齐。她是我在欧阳慧之后遇到的又一个女孩儿，两次恋爱相隔将近一年的时间。在这一年里我的变化非常大，从我纵身跳下重点中学的围墙开始，我在空气中滑翔，快乐地向下坠落，在即将脑壳着地的时候遇到了她。

那天她坐在白凤新村六楼的一套两居室里，一边吃雪糕，一边翻弄老丁的破书。后来她听见有人用脚在踢门，以为是抄水表的，她拉开门看见一个头发蓬乱、满脸是汗的人站在眼前，此人穿着戴城农药厂的夏季工作服，一种纺绸的深紫色衬衫，下面穿着一条西装短裤，再下面是一双塑料拖鞋。他叼着半截弯弯曲曲的香烟，神色慌张，目光游移，一条左腿按照迪斯科的节奏抖动着，和街上的小混混完全一样。于小齐心想，这准不是个好人，大概是个打劫的，她试图把门关上，可是这人力气比她大，从门缝里挤进半个身子，还问她："丁培根呢？"

这个人就是我。

我没料到老丁家里会有一个女孩儿，瘦瘦长长的，齐肩的头发，长得很美。起初我以为是老丁的新娘子，后来想想不对，那黑脸娘们不可能这么年轻美貌。她和欧阳慧属于同一种类型，细长的眼睛，形状很好看的嘴巴，连发型都是一样的，更巧合的是：她也是平胸。我一下子就被她迷住了，见她要关门，努力挤进去半个身子。她慌了，用力推上门，把我压住。我像一只被拖鞋拍得半死的蟑螂，大半个身体在外面，一个脑袋和一条右臂在她眼前徒劳地挣扎着。

我说："胳膊脱臼啦！"

她稍微松了点力气，看我又要往里钻，赶紧又把我夹在门缝里。她说："丁培根出去了。"

"我是来换煤气的，让我进去。"

"广播里说了，经常有你这种冒充煤气公司的人，到别人家来抢劫。"

"他家里用的是煤气罐，每个月到化工局去换钢瓶的，哪来什么煤气公司的人？"我说，"我是丁培根的学生，我来帮他换煤气罐的。"

她将信将疑地问："那你说说，丁培根是哪个学校的？"

我叹了口气："当然是化工技校啦。他是语文老师，有心脏病，离过婚，今年又结婚了，他现在的老婆是个地质学家，勘探石油的。够清楚了吧？"

她松手让我进屋，屋子里很热，六楼到了夏天就像个大蒸笼，好在老丁本人畏冷，他三十八度的天气照样穿长袖衬衫，而且不开电风扇。这种生活对他本人而言很合适，但旁人就受不了了，首先是房间里的馊味，其次是脏乱不堪。我一进屋就开窗，去去馊味。

我问那女孩："你是谁啊？你在老丁家做什么？"她说："我是他女儿。"我吓了一跳，瞪着她，腿也忘记抖了。她说："你好，我叫于小齐。"

"我叫路路路路小路。"

老丁从来没说起他有女儿，看来我对他的了解并不深。这老头看上去老实巴交的，其实很狡猾，口风非常紧。有时，出于好奇，我会问关于他前妻的事情，为什么结婚离婚，他总是支支吾吾地搪塞过去。我很不满意他这种态度，对他说："这些事情都陈谷子烂芝麻了，有什么不好说的？"老丁就微笑着说："人要像守财奴一样守住自己的往事。"我嘲笑他，分文不值的往事，有什么可守的。直到于小齐出现，我才发现这老头暗地里藏着一手，早知道他有个这么好看的女儿，我应该对他更巴结一些才对。

我很奇怪,为什么我遇到的美丽女孩儿,通常都有一个歪瓜裂枣的爹,这简直太神奇了。像老丁这么一个又脏又老的家伙,他的女儿和他完全呈反比,你不得不认为这是上天在捉弄人。失败是成功的父亲,这句话一点没错。

我跑到厨房里,打开煤气灶试了一下,火苗微弱,确实是要换钢瓶了。我把钢瓶卸下来,单手拎起,对于小齐说:"你可别出去,半小时就能换好,等会儿我上来了你给我开门。"

于小齐说:"你放心,我不走。"

"你手上拿的什么书?"

"《西游记》,随便翻翻。"

"噢——"

我拎着煤气罐,左手拿着一根钢筋挂钩,嘴里叼着化工局的煤气卡,三步两步就冲下了楼。我动作麻利,车速飞快,回到白凤新村时只花了二十分钟,心里暗暗祈祷,那个长相酷似欧阳慧的女孩千万不要走掉。夏天的阳光照得我浑身发烫,回到老丁家里时,衬衫已经可以拧出汗水。如我所愿,于小齐还在,老丁也回来了,两个人站在客厅里压低了声音吵架。

"我要两千块,你怎么就提了八百?"于小齐说。

"这已经是我一个月的工资奖金外加稿费了,全都给你了,我这个月喝稀饭。"老丁说。

"我要两千,我要去上海学画。"

"你找你妈再要一点吧,我这儿就这么多了。"

"我以前的压岁钱呢?"

"都在你妈那儿。"

"我妈说都在你这里。"

"你妈骗你。"

"我不管，你要给我两千。"

"姑奶奶，我这儿全是死期存折，现在拿出来，利息就全没了。"

我把煤气罐蹾在地上，到冰箱里找喝的，狗屁，什么都没有，只有老丁早上喝剩下的半瓶牛奶。我把牛奶喝光了，舔了舔嘴唇上的奶迹，一声不吭地靠在门框上看他们吵架。

老丁说："尽管我和你妈已经离婚了，但我不得不说，她经常挑拨我和你之间的关系。这实质上是一种报复，当然，我希望你不要介入到这种纠纷中。"老头说话喜欢掉书包，绕得我头疼。他还朝我看了一眼，好像是担心我把他的隐私说出去。我朝他眨眨眼睛。

于小齐说："不用她挑拨，你对我很不关心的。"

老丁说："你怎么改姓于了？什么时候改的？"

"上个月。我妈让我改的，我觉得于小齐比丁小齐好听。"

老丁叹了口气，说："我还没死呢，你就改姓了。"这次不掉书袋了，总算说了句狠话。

于小齐说："反正于和丁也就差一横。"

老丁朝天翻了个白眼，再次朝我看，这时我已经笑得满脸开花了。老丁指着我说："不许笑。"于小齐也瞪着我，我只好收起笑脸，继续看他们掐架。后来两个人不吵了，黑着脸不说话。过了半晌，于小齐嘟哝说："我妈说你有新女人了，你的钱都归那个女人了。"老丁大怒，吼道："我已经离婚十年了，我不能再婚啊？！"于小齐嘟哝说："我不管，我就要两千。"我心想，你这姑娘够笨的，你只要一把眼泪一把鼻涕，老丁还不乖乖地把钱掏出来。他这个人最怕吵，心脏病人就是这样，一点噪音都受不了。

老丁说："这样吧，你到派出所去把名字改回来，我就给你两千。"

于小齐说："改名字很麻烦的，哪有上个月改过来，这个月又改回去的？"

老丁说："我不管，我就要改回去！"

于小齐瞪视老丁，好像是要把他瞪死，她的眼泪忽然浮上眼眶，对老丁说："我恨你！"然后摔门而出，楼道里传来一阵杂乱的脚步声。老丁被摔门的声音震了一下，捂着心口，做出马上就要发病的样子。

我对老丁说："我去送送她。"

老丁说："没你什么事儿，你帮我把煤气罐装上了。"

我说："你就不管她了？你丫够绝的。"

老丁说："她书包没带走，过会儿还得回来拿。"

我一边捣腾煤气炉，一边说："你真有一套，有个女儿也不告诉我一声，你这叫金屋藏娇吧？"

老丁说："金屋藏娇藏的是小老婆，不是女儿。"

我说："她挺漂亮的。"

老丁就用一种很警惕的目光看着我，问："你想干吗？"

我说："不干吗啦，老头，别着急，当心犯病。"我也说不出自己有什么企图，哥们要是有个女朋友，牵出来给大家看看也算正常，可是哥们的女儿是不是应该牵出来，这种事情还头一次遇到。

那天，老丁把他的往事讲给我听，他一九八二年离婚，老婆带着于小齐搬走了。照他的描述，他的前妻是一个有偏执狂的可怕女人，心眼很小，而且爱砸东西，一不顺心就撕老丁的书。那堆破书在十年前还是很新的，撕得老丁悲恸欲绝，趁着改革开放的春风吹来，他一横心就离婚了。前妻临走前抛下一句话："要是没有我，你活不过三年就得死。"这句话好像世纪末的诅咒，听得老丁毛骨悚然。当然，三个三年过去了，他还活着，虽然日子过得有点惨，虽然好几次送到医院去急救，但他毕竟逃过了那个恶毒的诅咒，而且还结婚了。这件事让他很得意,假如他当初不离婚,也许早就被那婆娘折腾死了。

我问他:"你既然那么恨她,当初为什么要跟她结婚?"

老丁说:"这你就不懂了,有些女人结婚之前还挺可爱的,婚后就完全变样了,人性的丑陋一面都会暴露出来。"

"不只是女人吧?"

"对对对,男人也这样。"老丁嘉许地拍拍我肩膀,"你现在很懂得举一反三啊。"

我挪开肩膀,我这人最讨厌别人拍我肩膀。

"老头,你知道我最佩服你什么吗?"

"什么?"

"你离婚十年,不沾女色,情愿没有女人,也不愿跟混账老婆生活在一起。这就叫牛逼。俗话说,死了张屠户,不吃浑毛猪。十年不吃猪肉也算一条汉子。"

老丁半信半疑地看着我,过了一会儿说:"去你的。"

其实我知道,老头的性能力很差劲的啦。有心脏病的人都不能搞这个,会得马上风的,死在女人的大腿之间。不过,我真的不是在嘲笑他,因为女人的大腿是如此地重要,即使让我死一千次,我也忍不住想爬进去尝试一下。我没搞过,他搞不动,我们也算同病相怜吧。

我说:"老头,我认识一个姑娘,重点中学的,跟于小齐长得特别像。"

老丁说:"她要是重点中学就好了,我也就不用操心了。"他告诉我,于小齐和他前妻不一样,性格很温柔,人也很善良,可惜学习成绩差得离谱,初中毕业会考,考了个全年级倒数第一。老丁身为一个语文老师,尽管只是野鸡学校的,仍然觉得羞辱不堪。结果这姑娘什么学校都没考上，十六岁就成了社会青年。按老丁的关系，把她安插到化工技校也是有可能的，但是，他一则觉得羞愧，二则也是因为化工技校太混乱，三则专业不对口，总不能让一个女孩儿到化工厂去受罪，于是就任由她晃荡了半年，第二年春天才把她送到马台镇的一个美术专业学校去。那种学校只要会涂上几笔就可以，文化考试基本等于狗屁，文盲都无所谓。老丁觉得，一个女孩学画画，总比修机器靠谱，至少也是培养一点艺术细胞。

老丁说："她今天找我，就是说要去上海学画卡通，学杂费和生活费加起来两千！"

"我要是你，我卖血都给她。"

"不是我不给，总不能两千块钱都让我出吧？"

"说到底还是你小气。"

他被我说得有点怯了，过了一会儿，说："我是不是有点过分了？"

"太过分了。"

"你身上有钱吗？借我一点。"

"我操，你一个人民教师，竟然找我借钱？"我翻开口袋让他看，每一个兜里都是空荡荡的，最后我从内裤夹缝里掏出一张十元面钞的小票，问他："这个够吗？"

我在老丁家一直待到中午，于小齐始终没回来，可能是太伤心了，连书包都不要了。这段时间里，我一直在数落老丁，说他小气，说他不是东西，残忍地盘剥自己的学生。他起先向我解释，家里的存折都是死期的，现在物价飞涨，从银行里提出来就彻底亏本了。后来我说他对自己的女儿缺乏父爱，他恼羞成怒，就下了逐客令：既然没钱，那就趁早滚蛋。我对他说：走就走，那本《西游记》借给我看看。

后来我就把《西游记》读了一遍，我以前只看过连环画和电视剧，原作没读过，这么厚的书我一看就犯晕，好在老丁的前妻把其中很多页都撕得像中国地图一样，我只能跳着看。这样很快就看完了。

那时我觉得，《西游记》讲的是一个关于时间的故事，而不是路程。大部分的童话都是在几个短小的磨难之后航向幸福的彼岸，可是《西游记》不同，九九八十一难，从头打到尾，连自己都数不清到底打死了多少个妖怪。这是一个成长的故事，它用路途来迷惑读者，事实上它在谈论的是时间。神是不会仅仅用路途来考验一个人的。

老丁曾经对我说，人生很短暂，人生也很漫长。我问他，人生到底是他妈短暂还是漫长，你不能把一件事情正着反着说，我这个技校生会感到迷惘。老丁说，爱因斯坦的相对论就是一个关于短暂和漫长的理论，你在痛苦中感觉到的时间是漫长的，相反，快乐使时间变得短暂。我想，《西游记》也是这个道理，你感到痛苦，感到在漫长的旅程中要和那么多无聊的妖怪打架，那是因为神在很远的地方。一直到旅程的最终，他们还是在打来打去，这种痛苦和漫长丝毫没有因为终点的接近而减轻，那是因为，神并不承诺他何时出现。即使你能计算出自己与神之间的距离，你仍然无法计算那个到达的时间，也许你和神只有毫厘之距，但这毫厘之间却要花掉一生的时间。

我很佩服爱因斯坦，我觉得相对论很有道理，但它已经超出了物理的范畴，简直就像一句咒语。我十八岁以前的日子，回望起来觉得飞快地流走了，那想必是快乐的日子，而暗无天日的工厂生活就要来临，这一年会比其他的年份更漫长吗？与此同时我想到于小齐，我认识她也是在这一年里，由于她的存在，这段漫长的时间同样倏忽而逝。她是漫长之中的瞬间吗？

假如痛苦的时间过得缓慢，那么，什么样的痛苦可以使时间停止？又是什么样的快乐可以让我们朝生暮死呢？

那天我从老丁家出来，在楼道里遇到于小齐，我觉得自己运气好到家了。她凶巴巴地瞪了我一眼，说："我书包忘记了！"我站在楼下等她，没多久她就下来了，也不理我，独自往前走。我推着自行车跟在她后面，说："我带你一段吧。"于小齐说："不用。"我说："这么热的天在马路上走，会晒出痱子的。"于小齐说："不要紧。"我说："最近这片儿不太平，我刚才还看见打群架的。"于小齐说："你够烦的。"

我们沿着白凤新村前面那条支离破碎的水泥路往前走，路很窄，路边草丛里的叶子不时地擦在我的脚踝上，很痒。于小齐一言不发，狠狠地走路，我跟在她后面，后来我跳上自行车，以极慢的车速在她身边晃悠着，逆向地踩着脚踏板，车链发出悦耳的咝咝声，前轮左摇右摆。我也不说话，省得她说我烦。

于小齐停下脚步，看着我，说："你遛狗啊？"我赶紧又跳下车子，说："不是啊。"于小齐说："你要想跟我说话呢，就好好地在边上走，不要晃来晃去的。"于是我推着车子，好像电影里谈恋爱的人那样，很文静地走在她身边。原来我也能文静啊，以前没发现。

我问她："听说你是学美术的。"

"是美工技校。"

"美工技校就在我家附近，老丁说你在马台镇上学。"

"我这个是美工技校的分校，在马台镇上，前年新办的学校，"于小齐说，"和美工技校一样的，不过师资力量比较差，而且不分配工作的。"

我头一昏，心里暗骂老丁这个骗子，他对我说的是"美术专业学校",其实狗屁,就是戴城著名的美工技校嘛。当时戴城有一句顺口溜,"戴中傻,二中邪,马中全是小破鞋"。说的是这三个中学的女生,戴城中学的女孩都是书呆子,第二中学的女孩是阿飞,马中是指郊区的马台中学,那学校就别提了,全市打胎的女中学生有一半都是那里的。后面还有一段是:"纺专穷,财专富,美校赛过母老虎。"说的是纺织中专的女孩都很穷,财经中专的女孩家里都有钱,工艺美术技校的女孩是又凶又难看。

美校的女孩子赛过母老虎,这句话不是吹的。那里的学生都带着又薄又快的美工刀上街,打架的时候一刀切下去,十秒钟之后才会觉得疼,然后血才飙出来。该校的女生个个都不是善茬,曾经有一个女生因为自己的男朋友花心,拎着一把美工刀,把那男孩的耳朵给切下来了,她本人当然被抓进去坐牢了。这件事就此流传开来,还登上了《戴城晚报》,成为那句顺口溜的有力佐证。别人说,割耳朵这还算轻的,要像日本女人一样把男人的鸡巴割下来才算厉害。为什么日本女人爱割鸡巴?那是因为录像店里出租一部日本的黄色电影,《感官世界》,我们都看过。

我说:"你们美工技校的人,打架也很厉害的。"

于小齐说:"我不打架的。"

我继续搭讪说:"你要两千块钱,就是想去上海念书啊?"

于小齐说:"我们学校有一个培训机会,可以到上海进修,学画卡通,你知道卡通吗?"我摇摇头。九十年代初,卡通公司在大陆很稀罕,况且我是个学仪表维修的,对卡通这种东西根本不了解。

于小齐说:"学会了,就可以到台资公司去画卡通了,工资很高的。"

"有多高?"

"一个月三千多呢,要是做原画,一个月一万。"

"哇。"我说,"我要是毕业了,一个月只有两百块工资。"

"这个机会很难得的，我们年级有十个名额，老师特地推荐我去。"

"所以你就找老丁要钱。"

"我是找他借钱，他都不肯，抠门得要死，给了我八百块就打发我走了。"

"就是嘛，其实无非是两千块钱而已。"我顺着她说。

"你有钱吗？可不可以借我一点？"

我心想，他妈的，这户人家都是什么人啊？当爹的找我借钱，做女儿的也找我借钱，口气都一模一样。我再次把衣兜翻出来给她看，那十块钱此时已经在口袋里了，我拎着这张人民币说："就十块钱。"

于小齐说："算了，跟你开个玩笑的，你能有什么钱啊？"

我说："我请你喝汽水吧。"

我们在街边的烟杂店停下，我喝可乐，于小齐喝雪碧，我再买一包烟，十块钱就此告罄。泡妞花销大，不出所料。七月的马路上好像戒严一样，一个人都没有，燠热的南风吹过树叶，吹过新村的阳台上晾晒的衣物。远处传来打桩机的声音，单调得仿佛是夏天的鼾声。

于小齐坐在自行车的书包架上，问我："路小路，你在化工技校读什么专业？"

"仪表维修。"

她打量了我一眼："你也学仪表维修？"

"你认识我们学校的人？"

"不，不认识。"她说，"只知道你们学校特别乱，名声很臭。"

我想了想，说："那要看什么人了，大部分人都挺乖的，小部分人爱捣乱。"

"你算哪部分？"

"我肯定不算乖的，有时候也闯祸吧。"

"那你说说，你都闯什么祸了。"她嘬着吸管，闲闲地问我。

我就胡编乱造说：我在学校里得罪了几个小流氓，经常跟他们打架，小流氓欺负女孩子，我就挺身而出，正义凛然，孤军奋战，以寡敌众，虽败犹荣……我把自己描绘成一个护花使者的形象，当然，护花必然要杀虫，在杀虫的时候我不免会闯祸，把人家打伤啦，打哭啦。我编完这套故事，心里叹了口气，我要真的是个护花使者就好了。我并不是真的要骗她，总不能说自己是个流氓吧？

于小齐似听非听，说："那你肯定很受女生欢迎吧？"

"还好吧，"我装出很谦虚的样子，"长得不够帅，学习成绩一般，女生还是喜欢那些学生干部。"后面这句是实话。

"技校里的学生干部。"于小齐"喊"了一声。

"你不懂，我们学校包分配的，学生干部可以去效益好的单位，农药厂啊，糖精厂啊。像我们这种学习成绩差的，又不是什么干部，将来只好去饲料厂。"

她笑了起来："饲料厂啊，太滑稽了。"

其实饲料厂挺好的，没什么污染，不像农药厂，到处都是有毒气体。我爸爸就是农药厂的，被毒气熏得内分泌失调，好像一个月经男，脾气有点阴晴不定。我才不要去农药厂，家里有一个月经男就够了。

我问于小齐："你画过裸体素描吗？"

"什么？"

"裸体素描啊。"

"噢，你说的是人体素描吧？"

"人体素描！"我纠正道。

"我们是美工技校，一般来说只要掌握基本的素描技巧就可以了，画过肖像画和人物画，你说的那种素描没学过，高等美术院校才会学这个。"

"我还以为美术学校都会画人体素描呢。"

"不画的，"于小齐说，"顶多自己找画册临摹一下。"

"那你们毕业以后去哪里工作？"

"印染厂，刺绣厂，工艺品厂。也有一些人去广告公司，专门画广告牌。我有很多同学都打算去深圳，那里工资高，不过很累的。"于小齐说，"广告装潢和卡通，是将来很赚钱的行业。"

"我还以为你们会卖画呢，外国的画家都卖画的，梵高的画就很值钱吧？"

"我们不卖画的。再说梵高活着的时候也没卖出几幅画，死了以后才值钱的。"于小齐打了个呵欠，说，"热死了，别在这里站着了。"

我看出来了，她觉得我什么都不懂，没啥好聊的。我深为自己的言语贫乏而惭愧。我一直想使自己成为一个伶牙俐嘴的人，或者很有文化，很有见地，可惜都做不到。我只有在骂人的时候才会聪明起来，见了鬼了。

于小齐说："我要回家了，你别送了，我自己坐公共汽车。"我心里有点沮丧，捏着自行车龙头不说话。她大概也觉得我很古怪，就撂下我独自往街对面走。

那天，是几个烹饪技校的学生帮了我。于小齐过马路时，正好这几个人走过，对着她喊："平胸！"她一下子愣住了，背对着我，就这么站在街心一动不动。普通的女孩遇到这种羞辱，一定是低头快步消失掉，好像踩了堆狗屎，但她偏不，她站在马路当中，回头朝我看，脸涨得通红。

烹饪技校的学生我很熟，经常和他们打架。我们化工技校是出了名地能打，对付烹饪技校不在话下，须知，化工技校将来是做工人的，烹饪技校将来做厨子，你见过工人怕厨子的吗？那帮家伙个个都是粉白肉圆的，肚子上全是肥肉，腹肌要是不行，打架肯定没套路。不过，论起抄家伙，烹饪技校是比较可怕的，每个技校的常备武器都跟他们未来的职业有着必然的关系，好比轻工技校习惯用榔头，化工技校习惯用铁管，美工技校习惯用美工刀。烹饪技校的学生都把菜刀揣在书包里，这菜刀就是他们的课本。真要是把他们打急了，菜刀抡出来，可不是闹着玩的。

三个烹饪技校的男生此时就站在马路对面的浓荫下，对着于小齐狂笑。这种笑声也曾经从我嘴里发出过，我终于意识到自己有多么不是东西。既然我把自己描绘为护花使者，这种时候就不能怂了。我穿过马路，晃着肩膀走到那三个人面前。我瞄了他们一眼，发现他们都没带书包，这就好办了，这帮厨子的菜刀都是装在书包里的。

"烹饪技校的，"我对他们说，"还认得我吗？"

"你是化工技校的。"

我夸他们记性好，我在化工技校混了两年，没干过什么惊天动地的大事情，打架也总是缩在后面，居然还有人认得我，这种感觉非常之棒。其中一个又说："我知道，你是跟着大飞混的。"

"放屁。"我勃然大怒，我怎么可能是大飞那个王八蛋的手下？再一想，大飞是我们学校出了名的小流氓，曾经带着十来个人踩过烹饪技校的场子，此时我再不狐假虎威，那就真的是个傻子了。我说："我就是大飞的哥们，那个女的是大飞的师妹。"

烹饪技校的对我冷笑，说："大飞算老几？给舞厅看场子的，专门跟老女人滚在一起。告诉你，那个舞厅是我们老大开的，大飞来了得乖乖地喊我师叔。"我听了这话，还没来得及发作，旁边两个人就过来架住我的胳膊，中间那个照着我左眼上揍了一拳。

我只听到有人喊了一声,也不知道是揍我的人在喊,还是于小齐在喊,反正我他妈的肯定没喊。我被打闷了,左眼完全看不见东西,右眼看到的都是二维图像。旁边两个人撒开手,我直挺挺地倒在人行道上,心想,今天真他妈的倒霉,送上门被人打,这不是傻逼吗?

其实我应该感谢那几个揍我的人。在有限的人生经验中,我发现,女孩子喜欢的并不是那种打手型的男性,这种人太剽悍了,缺乏安全感。女孩子喜欢的往往是那种勇气可嘉,最后却被人暴打的,所谓护花使者是也。因为他们身上有悲剧的气质,在他们保护女性的同时,也获得了她们的爱怜。当然,被人暴打很悲惨,太悲剧了,作为主人公我无法接受这种结局。

我倚着一棵树桩,半躺在人行道上,于小齐蹲在地上看着我,打我的人早已扬长而去。后来有一辆洒水车开过,她跳起来躲到一边去了,我被喷了一脸的水,稍微清醒了一点。有几个过路的冲着我哈哈大笑,说:"中暑啦?"我看着于小齐,眼神很哀怨。

于小齐问:"你怎么样?"我说:"你也太够意思了吧,我被人打了也就算了,洒水车开过来你也不拦一下,你看把我喷的!"于小齐抱歉地说:"我朝洒水车挥手,它不停,我就只好躲开了。"

"不仗义。"

"随便你怎么说吧,你眼睛充血了。"

"我现在什么样子?"

她从书包里拿出个很小的化妆盒,打开,里面有一面小镜子。我照了照,发现自己的左眼被打成了丹凤眼,眼白是血红色的,好像一个吸血鬼,那地方正在肿起来。我被自己这副熊样吓了一跳。于小齐说:"看来你的确不会打架。你这样子还跟学校的流氓打?"

我叹了口气，我只想快点回家。于小齐把我扶起来，问我："你还能骑车吗？"我说还行，但是我不能送你回家了。她抱歉地说，她本来应该把我送回家的，但是她妈妈规定，下午四点之前必须回去，所以她只能先走了。我说没问题，走吧，我自己回家。她把我扶到自行车前面，然后她沿着人行道往前走，太阳偏西，斜照在她身上，拉出一道影子，混同于细碎的树荫。在二十米开外，她忽然回过头，说："我后天下午还要去白凤新村。"我偏过头，用右眼看着她，以仅有的那点力气向她挥了挥手。

她走了以后，我独自坐在人行道上，左眼胀痛，不停地流眼泪。一直等到湿衣服被吹干了，我才离开那里。心里固然酸楚，但也有一点欣慰，我有生以来第一次为了保护女孩儿挨打，这一拳头具有里程碑式的意义。

我再次见到于小齐是在老丁家里，老丁不在，就于小齐一个人。说起那天的事情，她哈哈大笑说："路小路，我问过我爸爸了，原来你在学校里也是小混混。"我心想，老丁这个浑蛋，竟然把我给出卖了，亏得老子还给你扛煤气罐。我指着自己的左眼，说："我这眼睛，好歹是为了你被打青的吧？"这时我的眼睛已经肿得不像样子，沿着眼眶一圈是乌青色的。于小齐凑近了看我的眼睛，说："今天全都发出来啦，太好玩了，真想给你画张速写。"她身上有一股花露水的味道，很好闻。

她很夸张地说，我被打肿的眼睛很可爱，好像初生的婴儿。初生的婴儿都是这种样子吗？我不知道，我从来没见过初生的婴儿，如果真像我这样，那他们肯定很丑。我在镜子里照见自己的脸，好吧，我的左脸是婴儿，右脸仍然是个小混混。如果想彻底变成婴儿，那就应该把右眼也揍肿了，这样她就会觉得我更可爱，但我不想这样，因为揍出来的可爱是很没意思的。

我说:"都打成这样了,你还说什么风凉话。"

"好好,不说风凉话,其实真的很可爱。"于小齐笑着说,忽然又正色问我:"你当时为什么不还手?"

我说:"不能还手,三个打一个,好汉不吃眼前亏。"

"哼,你这还不是'眼前亏'?换了我,就是咬他们一口也值,总不能白白地挨一拳。"

我问她:"你见过人家打架吗?"

于小齐说:"当然见过,我们学校经常跟马台中学打,比你这种伤势严重一百倍的,我都见过。"

"好玩吗?"

她白了我一眼。

说起她的学校,她告诉我,该校在马台镇上,是戴城工艺美术技校的分校,专门招收那些没地方读书的孩子,毕业了有文凭但不分配工作。对于一个职业学校而言,不分配工作等于狗屁。

这个学校办学没几年,之所以坐落于马台镇,纯粹是因为当地的地皮便宜,该校划了几亩地,改建了两幢破房子,权当教学楼和宿舍。于小齐说,十六个女生住一间宿舍,八十个女生合用一个厕所,其惨状可想而知。教学的老师也不专业,有些老师只会画黑板报,照样也敢跑出来教素描,画出来的天安门跟城隍庙差不多。这也难怪,马台镇离戴城太远,稍微有点本事的人都不会愿意到那个地方去上班。该校面向全省招生,其实来就学的都是附近县市的,既有农村孩子也有城里孩子。学校为了挣钱,完全不考虑学生的素质,只要出钱就能到这里来读书,只要不把眼睛画到鼻子下面就算是合格。这伙学生平时被关在学校里,居然都把自己当作是艺术家,可惜他们没有艺术家的修养,倒是把艺术家的缺点都学会了,男生邋里邋遢,女生满口脏话,打架,逃课,喝酒赌博,拉帮结派,还乱搞男女关系——连老师都掺和进来。总之很烂，也没人管它烂不烂，大学都烂呢，谁会关心一个小镇上的职业学校呢？

我知道马台镇，那地方离戴城二十公里，是著名的混乱场所，我们技校这么牛逼，都不敢涉足此地。当地有一个马台中学，该校的男生经常成群结队到戴城来，他们大部分是农村的，读书之余还要干农活，或者说干农活之余读书，反正都是身材魁梧，打架不要命，而且自尊心还特别容易受挫，你要是当着他们的面说一句"乡下人"，就会被几十个人围而殴之。在我的印象中，他们总是二三十个人结伙游走于戴城的大街小巷，喜欢在"蓝国"打电子游戏，喜欢去录像厅看武打片，喜欢在舞厅里盯着女人看。他们非常容易辨认，皮肤黑，一律剃着小平头，操着硬邦邦的马台口音，腰里别着很短的自制尖刀。我们从来不去惹他们。

于小齐告诉我，美工技校的主要对手是马台中学，两个学校经常打群架。

"打得过他们吗？"我问。

"打不过，他们人多，而且是地头蛇嘛。打过几次，我们学校吃了大亏，有个学生被捅成重伤，教导处就规定学生不许外出，二十四小时都把校门锁得紧紧的，每个星期六下午，要回家的学生集体出门，由老师护送着上中巴车。就这样还是管不住，总有人忍不住会翻墙出去玩，经常被人打回来。我们学校就像个孤岛。"

"警察不管？"

"那地方只有一个小派出所，两三个警察，剩下的全是联防队，本地人，不会帮我们的。"

"那是挺没劲的，你简直跟坐牢差不多。"

"所以要去上海啊，学卡通。我不想在那个地方继续待下去了。"

我问她："钱搞到手了吗？"

"我爸说下个礼拜给我,他破了一张死期存折。"于小齐说,"这下我就不用去借钱啦。"

我问她什么时候去上海。她说:"九月初就去,培训三个月,再回来上课,到春节就可以拿毕业证书了。"她从书包里翻出一本很大的黑色硬面抄,又掏出铅笔和美工刀,麻利地削起铅笔来。她说,"不说这些了,打架这种事情我听着就讨厌。来,我给你画张速写,别动,就么坐着,这儿光线正合适。"

很可惜,我没拿到那张速写,我以为她会送给我,可她说这是她的作品,得自己留着。我看到那张画,笔触很温和,像是有斜斜的小雨下在我脸上。只是我的左眼依旧吓人,在画中像一个独眼龙,匪气十足。我是一个脸上飘过细雨的土匪。

为了再次见到她,我每天早上跑到老丁家去,她都不在。老丁很警惕,问我:"你又来找小齐?"我说我主要是来看看煤气用光了没有,另外《西游记》我也读完了,我再来借几本书。借书成了我最好的借口,我一天借一本,这种阅读速度让老丁非常困惑,什么《悲惨世界》《追忆似水年华》《战争与和平》,这些书摞起来比抽水马桶还高,我一个礼拜就读完了。后来老丁也明白了,就对我说:"你呢,来找小齐,就跟我明说。不要再糟蹋世界名著了。"我问他:"那你告诉我,于小齐什么时候来?"老丁哈哈一笑,说:"她刚走。"

这老头太坏了,吊我胃口,我有办法整他。第二天早上六点钟,我敲响他家的门。老丁穿着长袖睡衣,一副热不死的样子,睡眼惺忪,满嘴臭气,对着我大喊:"你打了鸡血啊?我是一个心脏病患者,你想把我烦死啊?"

为了讨好他,我花三块钱买了个西瓜,给他送上去。切开一看,是个白瓤,我抄起半个西瓜冲下去,找瓜贩子理论。瓜贩子居然不认账，当然，我叉住他脖子他就认账了。我当场切了他十来个瓜，挑了个最熟的，又冲上去送给老丁。结果他不开门，还说要报警。我只能坐在楼道里，吃自己的西瓜。吃完之后，于小齐还是没来。我想这么等下去不是个事，我口袋里就那么十几块钱，再买几个西瓜就全没了，并且，这个悠长的暑假也像一根点燃的香烟，不经意之间就烧得只剩下烟屁股了。有一首歌里是这么唱的：我要等的人哪，还是没出现，我要等的人哪，还是没出现，没出现啊没出现。

在 河 边

中学时代的每一个夏天,我都会去戴城南郊的运河游泳。戴城被运河环绕,南郊的水质最好,河面宽阔,船只也少。

游泳池不能去,那地方收费,一小时两块钱,还要办游泳卡,去体检,总的来说非常麻烦。只有运河才是真正属于我们的地方,在南郊的河面上,一条水泥大桥横跨而过,桥堍下是一片两百米长的河滩,形成天然的游泳场,而大桥的阴影恰好遮蔽了夏季的毒日。这儿离市区很远,荒僻之地,很少有流氓混混涉足,家长也不会跑这么远来抓捕我们。每年夏天,这里都聚集了大量的少年。

小学的时候,老师把戴城比作是运河的儿子,这个比喻很新颖,但那位傻老师完全搞错了,这座城市建于春秋战国时代,而京杭大运河是隋朝时候挖的,哪有儿子比老娘早出生一千年的?也许是后娘吧。反正老师的意思很清楚:我们需要一条母亲河,不管是亲娘还是后娘,这条运河就是娘。

无数次,我凫在水中眺望景色,北岸是一所监狱,放哨的岗楼清晰可见,那里永远挺立着一个背着自动步枪的身影。岗楼以外,戴城的某一座古塔依稀露出塔尖。南岸是郊外,一条公路沿河而去,通往上海，公路以外是成片的仓库，那冗长的灰色围墙与对岸监狱暗红色的围墙遥遥相对，夹住运河，仿佛是围墙在指引着河流的走向。在仓库的更南边，我从来没有去过，那里应该是农田，成千上万的农民好像不存在似的生活在那里。我们不去农村，会被农民打。

一九九一年暑假，我和杨一去游泳，那片河滩上热闹非凡，不远处有一个废弃的岗亭，那里就是更衣室。我们换上游泳裤，把衣服夹在自行车书包架上，然后跳进河里。所有这一切都是被老师家长禁止的，主要是担心会淹死。

河滩上停着很多自行车，一群少年在水中嬉戏。水性差的，抱着救生圈浮在一边，水性好的，敢在运河里游上一个来回。胆子更大的敢站在大桥上往河里扎，这要是被警察看见了就会把人揪走，因为曾经有人一脑袋扎在桥墩上，死了。出来游泳的人都是成群结队，人越多越好玩。独自游泳是很危险的。

在运河里游泳，第一要注意避开那些运货的拖船，第二要注意不要潜到木排下面去，第三要注意不要独自游得太远。每年都有人淹死，河水又深又宽，根本捞不着人，只能等他浸胖了自己浮上来。这就等于去另一个世界免费旅游，再回到人世，已然改头换面。也有人乐意冒险，从大桥上往水里扎，或者到木排下面去潜一圈，或者扒住拖船的船沿，在白浪中滑行，假如船上运的是西瓜，他们还会跳上去偷瓜。偷瓜的人会被船民用铁头篙子捅，捅成透心凉的也有。

那天下午暴热无比，河滩上的鹅卵石晒得都可以煎荷包蛋了，河水是温热的，我随便划了两下就觉得口干舌燥，只能蹲在浅水处喘气。杨一很潇洒地在我眼前炫耀着各种泳姿，自由泳，仰泳，蝶泳，扎猛子。这些我全不会，我只会狗刨，掉河里的话刚好够我自己逃命的。

杨一决定往对岸游,说是要挑战一下极限,我让他别找死了,这一带河水很宽。他不听我的劝阻。我对他这种不服输的性格早就习惯了。以前初中老师就说过,杨一是挑战型的,路小路是逃避型的。他展开四肢,噼啪乱响地游出河岸,没多久动作幅度就变小了,频率渐渐缓慢,果然,游到河心他就折返回来,对我喊:"太他妈渴啦,小路,去买瓶可乐。"

"上哪儿买去?"我环顾四周,这里是郊区,看不见什么行人,身后是公路和一排排的仓库,对岸是戴城监狱那高耸的围墙。

杨一说:"你骑自行车,沿着公路往南,那儿有个红梅新村,新村里有小店。一刻钟就能打来回。"

"我他妈的不想去。"

杨一游到我身边,蹲在水里,好像在大浴池里一样只露出个脑袋。他说:"你知道吗,我们学校有人自杀了。"

"为什么死啊?"

"高考没考上,前天跑到农药厂的水塔上跳下来了,摔得硬邦邦的。"

"为什么要去农药厂自杀啊?"

"不知道。"

"那水塔够高的。你们学校是不是年年都有人自杀?"

"没那么严重,就今年这一届死了个人,"杨一说,"上一届有个学生发神经病,跑到学校里说自己被保送复旦了,别人还信了他,挺羡慕的,到了下午才知道他精神崩溃了。"

"怎么会变成精神病呢?"

"太聪明的人,脑子转不过来,就会发疯。听说尼采是疯子。"

"我是疯子?滚你的,你才是疯子。"

"尼采!尼,采,是一个德国的哲学家。"杨一拍拍我的肩膀,说,"小路,你放心,你不会变成疯子的,你什么事情都不懂。"

自杀者的形象在我脑子里盘旋不去,一个人没考上大学就要去死,这件事我无法理解。我想起农药厂的水塔,我对它很熟悉,我经常去农药厂,看见它矗在那里。那座水塔像晨勃时候的阴茎,直挺挺地戳向柔软的云层,如此丑陋的建筑居然吸引一个人爬上去,还要跳下来,太不可思议了。我知道,一个重点高中生考不上大学是很惨的,好比小混混出去抢钱反而被受害人打了,这都是混不下去的典型,但是,混不下去并不意味着一定要去死,否则像我这样的人已经死过一百次了。

八月的下午,好像有十个太阳在头顶上照着,河滩上一片喧闹,四周却很安静,公路上看不到一辆车,蝉声从路旁的大树上传来。大桥上有几个女孩,嘴里叼着冰棍居高临下看热闹,她们并排趴在桥栏杆上的样子酷似一群电线上的小鸟。我隐约看见一件红色的T衫,很醒目,像我见过的少女帮。我试图看清她的脸,但阳光晃眼,她在一个逆光的位置。后来红色T衫带着那些女孩儿从桥堍上走下来,再后面还跟着一群光头少年,他们招呼都没打,踹翻了自行车,拎起衣裤开始搜我们的口袋。

一看这个架势,我们也拿起鹅卵石冲了过去,只是力量对比太悬殊,对方都穿着衣服和鞋子,我们这里全是游泳裤,还都光着脚。内行人都知道,光着身子是没法打架的,皮肉都暴露在外,打起来很吃亏。还没动手呢,那伙光头都亮出了西瓜刀,我们立刻举手投降。

红色T衫走过来,对我们说:"这个地盘以后就是我们少女帮的了,你们要来游泳,每天交五块钱。"我一看,不是别人,正是双叉奶黄莺。

我们被那伙光头驱赶着,排成三列纵队。我和杨一躲在最后面,生怕黄莺认出我们。从流氓堆里走出来一个黑不溜秋的矮个子，两腮深陷，一双蒜包眼，好像一个营养不良的非洲儿童，手里拎着一根空心铁管，对我们说："以后就是我负责这里。"这个人我也认得，就是攻打重点中学时候的虾皮。我心想，他妈的见了鬼了，这个笨蛋都敢出来收保护费。世风日下，傻逼当道，如之奈何？

为了不让黄莺认出我们，我和杨一都尽量低下头，保持低调。虾皮说："你们都记住我，我叫虾皮。"有个小孩嘟哝说："谁他妈的认识你啊？"这句话被虾皮听到了，他问："是谁说的？站出来？"纵队里好几个人指着那个小孩，立刻就把他出卖了。那小孩哭丧着脸说："不是我。"被虾皮一个耳光打闷了，揪出来，空心铁管在他裤裆上戳来戳去。这么干很色情，我们都想笑。后来虾皮试图把那小孩的裤子挑下来，把空心管子套在他鸡鸡上，小孩立刻哭了。后面走过来一个高个子长头发的女孩儿，照着虾皮屁股上踢了一脚，说："你恶心不恶心？"这个动作非常帅，我简直要为之倾倒。

那女孩儿是个杏核眼，瞪起来很好看，眉毛有点立着，好像一把张开的剪刀。她穿一件黑色衬衫，一只手抄在裤兜里，另一只手拎着一把西瓜刀。我操，如果说于小齐是我的梦中情人，那么这个女孩儿就是我噩梦中的情人。

更为吊诡的事情发生在后面，我的目光跟着那西瓜刀女孩儿，她走回流氓堆里，那儿还有好几个女孩儿。她和其中一个低声交谈着什么，我一看那个人，竟然是于小齐。当时我的脑袋鸣的一声，好像有架飞机从头顶上开过去。于小齐是少女帮的？怎么可能？

我在后面探头探脑的，于小齐也看见了我，露出惊喜的神色，又冲着那伙流氓努努嘴，对我扮了个鬼脸。这时杨一按住我的脖子，让我低下头去。

后来，黄莺又走了过来。她就像阅兵一样看着我们，踱了个来回。她矮墩墩的，长着一对大胸，烫一个爆炸头，脸上横七竖八的青春痘。她穿着那年夏天流行于戴城的红色T衫，事实上，正是她本人引导了这种恐怖装束的流行。我看着她胸口那对标志性建筑，忽然头皮发麻，多年前被打成脑震荡时的回忆又注入了我的血管，呈现出低血糖的状态，出虚汗，心跳加速，脸色苍白。与此同时，我身边的杨一往人堆里缩了缩，他轻声对我说："别发抖，她认不出我们了。"

我和杨一退缩到人群的最后面，我微微沉下头，同时用眼角的余光瞟着她。河滩上一片寂静，那对大胸好像是整个世界的消音器，只要它们一出现就肯定鸦雀无声。太罪恶了，简直不好意思再比喻下去。

她果然没认出我们。经过这好几年的时间，她从一个念初中的大胸女生成长为矮胖的大胸女人，而我变得又瘦又长，她往横里发育，我往竖里长，彼此体形的变化都挺大的。她的脑袋上很时髦地顶着一副墨镜。后来她回过头，问虾皮："搜了多少钱？"虾皮说："不多，才一百多块钱。"黄莺说："平分了。"这伙人就当着我们的面分赃，每人拿到毛票若干。我们都看得义愤填膺，零花钱本来就不多，让他们洗劫殆尽，这个暑假等于提前结束了。钱分到那个西瓜刀女孩儿时，她哈哈大笑，摇摇头。黄莺说："反正你有钱，你就算了。"又分到于小齐手里，于小齐也摇头。黄莺问西瓜刀女孩儿："她谁啊，怎么这么不开眼？"西瓜刀女孩儿说："她是乖妹，别带坏她了。"黄莺说："那就算了。"分完钱，她很屌地吹了声口哨，说："收队啦。"

玩了许多年的天然浴场，忽然就在这一天变成少女帮的地盘了，这事没天理。让虾皮这个傻逼来卖门票，不知道他会不会被打死。

当时也没深想下去，就盼着这伙人快点走，甚至连于小齐我都不想再搭理，她就是流氓团伙的成员，最好少沾惹这种女人。

那伙人簇拥着黄莺往桥堍上走，我想今天算是躲过一劫，刚想松口气，于小齐忽然回头喊我名字："路小路，路小路。咦？你躲什么啊？"这时黄莺回过头，问于小齐："谁是路小路？"于小齐茫然地指了指我。我听见杨一说："该死。"我叹了口气，仰望天空，太阳依旧耀眼。我被打成脑震荡那次，也是看到一片蓝天，蓝天上飘浮着十几个拳头。

黄莺站在那里，相隔二三十米的距离，她打量了我一会儿，然后她和那西瓜刀女孩儿耳语几句，拎着一根铜头皮带，独自走了过来。她的胸，我曾经念念不忘的胸，曾经让所有男生都提前性成熟的胸，一个指着我，一个指着杨一。

她把墨镜摘下来，很低地架在鼻梁上，眼睛从墨镜上方看着我们。我从前没有注意到她的眼睛，长得还挺水灵，我光注意她的胸部了。她手拎皮带的样子让我想起革命电影里军统局的女打手，军统局有女打手吗？我怀疑是我小时候做的春梦。

"怪不得那么眼熟。"黄莺说，"路小路，还有你，杨一。"

我们都不说话。

黄莺说："躲？躲得了吗？"

我们还是不说话。

"还记得我吗？忘记了？"她面带嘲讽，把手里的皮带抡了一圈，空气中发出咻咻的声音，"不说话？不说话就不挨打了吗？"

也不知道过了多久，杨一梗着脖子说："记得。"话音未落，脑袋上挨了一皮带。杨一捂着头蹲在地上。我看着黄莺，还没来得及害怕，忽然眼前一花，脑袋上也挨了一皮带。黄莺说："你他妈也该打，你还敢看我！"

我也蹲在地上，这一皮带抽得非常狠，疼得我浑身鸡皮疙瘩都起来了。那时我很想提醒她，杨一该打，因为他胆敢叫你"双叉奶"，而且没有遭受任何惩罚，至于我则非常冤枉，我从来没有藐视你的意思，况且我已经被你惩罚过了，我被你叫来的小流氓打成了脑震荡难道你忘记了吗？家里人都说，我被打成脑震荡，所以只能去读技校，一辈子都给毁了，我应该已经为此付出了代价，为什么还要挨打？然而，巨大的疼痛从我的头顶贯穿全身，一直沉淀到我的脚底，我什么话都说不出来。被铜头皮带抽在脑袋上，这种皮肉之痛铭心刻骨，令人意志崩溃。

她抽打我们的时候，河滩上一片肃穆。为什么这么安静，我也搞不懂。过了很多年，我发现这件事在记忆中有一种残酷的美感，我这半辈子打过人，也被人打过，都没有这种审美的境界。当时的肃穆，可能是因为围观者也被这种美所震慑。

后来她拎着皮带走掉了。我以为她会把手下人叫过来，把我们打个半死，可她没这么干。她就这么走了，我都没有目送她远去。这一皮带是我少年时代领受的纪念，仿佛不是为了惩罚我们，而是为了让我们永远地记住她。

我眼中看到的最后一幕是于小齐吓傻了的脸。

据说，一个男人经常被女人用皮鞭抽打，就会变成一个性变态，不是虐待狂就是受虐狂。若干年之后，我和杨一看 SM 录像，看到相似的场景，彼此沉默无言。那时候我才明白，在领受那一皮带的时候，为什么没有恨她，相反还有点甜蜜，这种被抽打的感觉好像是处男遭到强行开苞，虽然是羞辱，但也挺别致的。庄子曰，虽有忮心而不怨飘瓦。就是说一个人倒霉了只能怪运气不好，而不能恨那块拍在你脑袋上的砖头。当时还年轻，对这种羞辱中所包含的情色内涵无法理解。

那天我蹲在地上，流氓们扬长而去，随后那些游泳的小孩也跑光了。过了好久，我一屁股坐在地上，睁开眼睛。杨一还在我身边蹲着，河滩上孤零零地倒着两辆自行车。非常意外地，于小齐竟然还在。她站在十来步远的地方，一脸惊恐地看着我。我推推杨一，他一把拨开我的手。

我说："人都走光啦，你醒醒吧。"他把手放下，一道血杠从他发际线一直拉到眉心，与地面垂直，活像京剧里的武生。这时我意识到自己火辣辣的脑门上应该也有一条血杠。难怪于小齐那么惊恐地看着我。

于小齐说："疼吗？"

杨一说："你是女流氓团伙的！"

于小齐哭丧着脸说："你们不要瞎说了，我不是女流氓，打你们的那个人我根本不认识。"

"你不喊他的名字，我们能挨打吗？"杨一说。

"那你也不能赖我呀。"于小齐说。

杨一转过头来问我："我脑袋上是不是有血？"

我摇头说："没有，就一条血杠。"

"你也是。"

"是不是笔直的？"

"斜的。"

"妈的。"

我向于小齐介绍，这个是杨一，我的哥们，重点中学的高才生。又介绍于小齐，这个是于小齐，我语文老师的千金，美工技校的小太妹。于小齐说："我哪里小太妹了？"杨一说："你都抓了现行了，还不承认？"于小齐说："我就是跟着曾园出来玩，她说带我来看好看的,我就来了。我哪想到会打劫啊?"

我问:"谁是曾园?"

于小齐说:"就是拿西瓜刀的女孩。"

我说:"操。"

于小齐蹭到我们面前,小心翼翼地问:"你们怎么得罪那个女的了?"

我不想说这个事,双叉奶太下流了,更何况于小齐是个典型的搓板妹,这种故事讲给她听,不知是否会被误认为嘲讽。直到很久以后,她追问起这件事,我才说出来,那时她说:"吓啊,你们是挺欠揍的。"

那天我和杨一捂着头,都觉得没意思,灰头土脸地要回家。于小齐说:"你不会到我爸爸面前去告状吧?"我说:"干吗?你怕他啊?"她摇头说:"他有心脏病的,万一被吓死就惨了,刚结婚就让他老婆做寡妇。"说完,她自己都忍不住乐了。我端详了她半天,竖着大拇指说:"你真牛逼。"

我们回到自行车那里,找到衣服鞋子,钻到岗亭里去换衣服。我对杨一说,这就是我最近暗恋的女孩儿,长得跟欧阳慧有点像。杨一忧心忡忡地说:"你还在想念欧阳慧?"我说不是,我现在只想于小齐。杨一说我这是弗洛伊德所说的情结,不是真的爱情。去他的弗洛伊德吧。换了衣服出来,于小齐笑了。我一看,我和杨一都穿着农药厂的夏季工作服,一种深紫色的衬衫,下面是西装短裤,西装短裤下面是人字拖鞋。于小齐说:"你们怎么跟双胞胎一样?"

杨一叹了口气,对我说:"这妞有点没心没肺的,跟欧阳慧不大一样。"

我和杨一说要回家,于小齐说:"还疼吗?到我家去擦点药吧。"这个提议不错,漫长的下午只过去了一半。河滩上非常热,我开始

73

觉得渴了。于小齐又说一起去喝点可乐,看在我和杨一被洗劫的份上,由她来请客。杨一说:"这里很荒的,那边红梅新村有个小烟杂店。"

于小齐说:"你混得挺熟啊,红梅新村都去过。我家就住在红梅。"

我们收拾起自行车,我的车胎快要没气了,杨一带着于小齐。我们上了公路,一直往南走。那天下午,路上一辆车也没有,太阳照在空荡荡的柏油路上,路面被晒得黏糊糊的。两侧的野草有半人多高,叶子上都蒙着灰,不时地有蚂蚱跳出来。杨一把车骑得飞快。我弓起身子,双手捏在龙头中间,紧跟在他后面,和于小齐保持在同一线上。她双腿略带交叉坐在书包架上,右手轻轻搭在自行车坐垫下面。有时她抬头看看天,有时看看我。

那天杨一显得很兴奋,两条小细腿踩着脚踏板像活塞一样。我说:"骑慢点,前面要来个车,你就飞出去啦。"杨一说:"这么骑,有风,凉快。"于小齐说:"是挺凉快的。"杨一忽然大喊:"操!我要去考警校!我要把你们这群流氓全都抓起来!"于小齐快乐地笑了起来:"那你再骑快点。"

真奇怪,那条公路从来就没这么空过,我印象中都是外地卡车轮番呼啸而过,卷起暴雪一样的尘土,喇叭叫得像挨了烫的猫。可能是因为天气太热了,那天没有车,从河边到红梅新村,五分钟的路程里空无一人。所有的一切仿佛都是为了让我们尽情地狂飙。

我注意到于小齐也穿着一件红色T恤,T恤上有一个男人的头像,抿着嘴,昂着头,傲然注视着天空。当时我不知道这是格瓦拉的头像,这种T恤流行起来是很久以后的事情,我还以为那是个好莱坞明星。于小齐的侧脸很好看,鼻子微微地翘着,嘴唇上的血色很淡。阳光使周围的景物泛着刺目的白光。

我问于小齐："你衣服上印的是谁啊？"她说："你连格瓦拉都不知道？他是古巴的革命领袖，卡斯特罗的亲密战友。"古巴我知道，地理课的时候在地图上见过，那地方离美国很近。我以前的地理老师经常说，在古巴架起导弹可以把美国轰平了。那老师有点变态，老是教我们架着导弹轰什么地方。

于小齐问我："你觉得这件衣服怎么样？"

"好看，"我说，"这个格瓦拉一脸牛逼。"

"还是你识货，这衣服是曾园送给我的，香港货。"

到了红梅新村，那是郊区的一个小新村，十来栋房子，往前是农机厂，往后是好大一片的仓库，不远处是运河，所谓前不着村后不着店的地方。房子都很旧，红砖砌出来的，外墙也没粉刷。新村入口处有个小竹棚，里面果然是一间烟杂店。

我们很快喝完了三罐冰镇可乐。于小齐问我们还要喝吗，我点点头，她又买了两罐。杨一说："能给我们买包烟吗？我烟也被抄走了。"于小齐又从口袋里掏出小钱包，数出一张五元的纸币，交给杨一，说："你自己买吧，店里的人看见我买烟，要说闲话的。"

杨一买了一包牡丹，又饶了一盒火柴，把找头还给于小齐。我们点上烟，姿态生硬地在新村门口吞云吐雾。店里的老头打趣说："你们哪个学校的，这么大就学抽烟？"杨一说："他是化工技校的，我是戴城中学的。"老头指了指杨一受伤的额头，说："鬼扯，戴中是重点中学，你哪像重点中学的？"杨一满不在乎地说："我们学校抽烟的多了，这个伤口是我不小心撞出来的。"然后从口袋里摸出校徽给老头看："瞧，我有校徽的。"老头说："有校徽你还不戴着？揣口袋里干吗？"杨一说："戴着校徽像个傻逼。"老头说："我孙女明年也考高中，就想进戴中。"杨一说："那挺好啊，可惜明年我都毕业了。"老头摇头说："你可惜个屁啊。"

于小齐说:"我也想读高中,考大学。读技校真没劲。"

杨一很矫情地说,其实读高中也没意思,苦得要死,每天钻在一堆课本和参考书里,毫无自由可言。考不上大学就是死路一条,考上了也未必就是活路,大学也分三六九等,什么一本二本大专,档次分得清清楚楚,即使考上一本也很难说,有人读了历史系,将来不是去档案馆就是去做老师,有人读了个什么无线电专业,其实是研究声呐和鱼雷的,后半辈子都得在潜水艇里度过,跟判了无期徒刑一样,即使上了岸,国家也不会允许这种人随便乱跑,因为满脑子都是军事秘密。杨一说:"理科现在只有计算机和医学院最吃香,将来我们国家最缺的就是程序开发员和外科医生。"我说:"你乱讲,外面都说拿手术刀不如拿切菜刀,造原子弹不如卖茶叶蛋。"杨一说:"你以为那帮个体户能混到天上去?都是山上下来的,没前途的。"

于小齐说:"你说了半天又绕回来了,还是读大学好嘛。"

杨一说:"咳,混得好,都好,混不好,都不好。有什么可争论的呢?"

于小齐问:"杨一想考什么大学啊?"

我说:"他要考清华的,他还要到清华去找女朋友。"

于小齐认真地说:"那很厉害啊。"

杨一有点不好意思了,讪讪地说:"其实清华没什么美女的,就算有美女也给那些高干子弟霸占了。"

我说:"那倒跟我们化工技校差不多,我们学校的美女全都给学生干部抢走了,一人一个,学生会主席霸占了两个,剩下一些垃圾货留给我们。"

于小齐说:"你这话真难听,人家女孩怎么成垃圾货了?"

我说:"说错了,其实我自己才是垃圾货。"

后来杨一说，这么蹲在外面太热了，虽然有树荫挡着，他还是受不了。于小齐说："我也糊涂了，刚才还想着给你们擦红药水来着。你们跟我来。"她端着可乐罐子往前走，绕过花坛，沿着树荫拐了个大弯，走进一幢房子。这是一幢一梯四户的老式公房，楼道里很暗，堆着杂七杂八的箱子箩筐，自行车都锁在楼梯扶手上。于小齐低声说："我家四楼，你们声音轻点，这楼里全是碎嘴老太，会告诉我妈的。"杨一也低声说："我们楼里也是，退休老太都蹲在楼下站岗的。"于小齐说："今天太热了，她们都躲在屋里，平时也都在楼下的。"经过二楼的时候，她示意我们弯下身子，从一户人家的窗户下面钻过去。她低声说："这家老太最坏了，老是喜欢在我妈面前嚼舌头。"

在那样黑暗的楼道中穿行，有一种梦幻的感觉，而且不是夜梦，是下午睡觉时那种很浅的梦，仿佛在知觉与谵妄之间的一次短暂摇摆。到三楼时，我听见猫叫的声音，趁着微光望去，一只花猫在角落里注视着我们。这猫的毛色很奇怪，白底上漂着一块乌云状的花纹，覆盖着背部，看上去像只带壳的乌龟。再走近一点，发现它只有一只左耳，右耳缺了半块，大概是被同类咬掉了。于小齐小声叫唤它："文森特，文森特。"

"干吗叫它文森特？"

"文森特·梵高啊，笨蛋。"于小齐说。

"噢，"我想起来了，"梵高就是被人割掉一只耳朵的。"

"他自己割的。"杨一说，"梵高和尼采一样，都有精神病。"

我说："你好像是精神病医院的护士？"

猫伏在角落里叫了一声，于小齐伸手去拍它，它顺从地伸了伸脖子。我问于小齐："你养的猫？"于小齐说："不是的，楼下那个老太婆的，不过它最听我的话。"她伸手抓住猫的后颈，把它从角落里拽出来，用双手托住猫的胳肢窝。猫像一个穿了太多衣服的小孩，四肢悬空地竖在我们眼前。于小齐说："文森特，跟我回家，我给你吃鱼干。"杨一说："靠，是只母猫哎，怎么叫文森特？"于小齐说："那你想想有没有掉了耳朵的女人？"杨一摇摇头："没有。"

于小齐家住在403，是那种最常见的一室半户。进去之后，闻到一股淡淡的异味，她说这是丙烯味，最近她在画丙烯画。她把猫放在地上，猫像一尊泥雕，放那儿还是保持着原状。于小齐从桌上拆了一包鱼干片，撕下一块扔给它。猫连闻都没闻，叼起来就吃。这只猫看来已经养得很熟了。

于小齐说："我老想把文森特偷回家来养着。"

"是挺乖的，养得很熟了。"

于小齐对猫说："要不跟我一起去美工技校吧，怎么样，文森特？我们宿舍里有老鼠。"

猫看了她一眼，不置可否地打了个呵欠。

"你怕老鼠？"

"不怕，不过很讨厌，美校的老鼠喜欢吃颜料，还啃铅笔和画纸，营养不良，所以个头都很小，抓起来很麻烦。有一次用老鼠笼子抓住一只，我和曾园给它画了几张素描，还喂了几个花生，算是模特津贴。"

"然后呢？"

"然后用开水烫死啊。做完了模特，它还是得恢复老鼠的身份。"

"场面肯定很残忍吧？"

"惨叫啊，我们宿舍有一个礼拜都没有老鼠敢进来。她们想了个主意，抓住老鼠就折磨，把惨叫声用录音机录下来，晚上睡觉前就在宿舍里放，效果可好了，老鼠都吓跑了。不过时间久了就没用了，老鼠也很精的，知道我们在吓唬它们。"

我在她家里转了一圈。她家很小,家具陈旧,光线暗淡,阳台上撑着的帆布凉篷遮蔽了夏季炽烈的光线。里屋有一张双人床,床上放着两个枕头,我听于小齐说过,她的妈妈,也就是我的前任师母,离婚之后一直没有再嫁。我在五斗橱的玻璃下面看到了前任师母的照片,是一个烫着鸡窝头的女人,脸上没有化妆,依稀能看出年轻时候的姿色。看来老丁的审美还是不错的,像他这么个废人居然还能娶个美女,而且在十年之后又迎来了第二春,简直匪夷所思。我继续看下去,五斗橱的一角还压着一张照片。这是一张合影,师母看起来还年轻,梳着齐耳短发,脸上微微带笑,好像是不远处的空气中有什么事情令她感到一丝宽慰,她的笑容中有一种无法弥补的茫然。在她左侧是于小齐,那时她还小,瘦瘦的,表情既不严肃也不欢乐,就是一种平淡无奇的神色。于小齐的左侧是一个空空的人影,被剪刀沿着人物的轮廓断然绞去,空得好像三岁以前的记忆。我知道这个人就是老丁。

除了家具以外,屋子里还有一个画架,用一块蓝布兜着,看不到内容。墙上贴着几张素描和水彩,都是静物。我在屋子里参观的时候,杨一迫不及待地跑到厕所里去照镜子,一会儿又跑到厨房去开水龙头,大概在洗伤口,发出咝咝的呻吟声,后来他就大声骂起来:"我操,把我打成这样。"

于小齐说:"哎呀,我这个脑子,又忘记给你们擦红药水了。"

她让杨一先坐下,杨一头上的那道伤痕比我重,显然双叉奶对他的仇恨远甚于对我的。她用一根火柴缠上药水棉球,蘸了红药水,轻轻涂在杨一的伤口上。我夸她动作熟练,她说:"你不知道了吧,我妈妈是护士。"

擦药的时候,杨一闭着眼睛,仿佛很受用。我有点不爽,故意问他:"舒服吗?"

杨一闭着眼睛，说："滚。"

等他涂好了，我一看，还真不赖，鲜红的一条杠子，好像某一种珍稀鸟类。于小齐说："尽量画得好看一点哈。"杨一又跑到卫生间去照镜子，轮到我坐下，于小齐说："你这条我画不好啦，斜的。"我说："你随便画，反正我也不是第一次在你面前出糗了，手脚轻点就好。"她说："这你放心。"

我闭上眼睛，我觉得这个动作确实挺无耻的，好像在享受着她的抚摸，不过，既然杨一都这么干，我就更没理由拒绝了。额头上凉飕飕的，微痛，感觉到她的手指在移动。她说："这一皮带要是再往下一点，就把你的左眼弄瞎了。"

我说："前几天我那眼睛还肿着呢。"

她说："啧，那次好像也是我闯的祸。"

我说："那次我心甘情愿的，这次有点冤。"

她说："疼吗？"

我说："不疼。"

蝉声从窗外传来，这已经是夏季的尾声了，唯一的那只蝉，还在贪恋着一九九一年的夏季。我一直搞不明白，这么小的一只昆虫，它也能声嘶力竭到这种程度。过了一会儿，它又不叫了，它既享受着自己制造的噪音，也享受着噪音之外的宁静。

于小齐说："好啦。"

我睁开眼睛，定了定神。

她说："你不去照照镜子？"

我跑到卫生间门口，门反锁了。我用力敲门，说："杨一，你他妈的在里面干吗？"杨一瓮声瓮气地说："我他妈的在小便！"

那天下午，我和杨一从红梅新村出来时，太阳斜到了新村围墙之上，把墙头的玻璃碴子照得熠熠闪光。从粮食仓库那里飞来的野鸟，成群掠过头顶，远处运河里的货船拉响汽笛。时近黄昏，暑意渐消，下班的人三三两两从我们身边经过。

我们跳上自行车，往城里去，骑到水泥桥上，我的自行车后轮彻底没气了，只能下来推着走。那时夕阳已经落在河心，天上一轮，水里一轮，很好看。云霞像岩浆一样，把河水的气势完全压倒。此前游泳的河滩上空无一人。

我说车子没气了，杨一让我坐在他的自行车后面，我扶着自己那辆车子的龙头。进了城，找到一个修车摊，摊主是一个瘸子。就是他了，因为我和杨一身无分文。打完气之后，我们跳上自行车就跑，瘸子大怒，在后面大呼小叫追我们。我操，我从来不知道一个瘸子竟然可以跑那么快，就五分钱的打气费，他矢志不渝地追，还朝我们扔砖头，整块的红砖嗖嗖地从我身边飞过。杨一哈哈大笑，玩了个双脱手，居然还能转过身子，对瘸子喊道："瘸逼！你去参加奥运会吧！"

夏 日 即 景

有一天,我有意无意向于小齐打听曾园,于小齐告诉我,曾园是大款之女,和她同班同学,也在马台镇的美工技校读书。我搞不懂,为什么大款之女还要去那个乡下地方,于小齐说因为曾园的男朋友在那个学校读书,她基本上就是过去陪读的,曾园不会画画,交了学费也就是混着。

于小齐淡淡地问我:"你是不是对曾园有兴趣啊?"我说:"我就是好奇,一个女孩儿,拿着西瓜刀到处跑。"于小齐说:"她就是这样的。你喜欢她也没用,人家男朋友是大帅哥,比你帅多了。"我说:"我已经是化工技校的头号帅哥了。"于小齐说:"那你井底之蛙了,人家帅得像明星,你也就是一个小混混的帅吧。"

帅哥我不感兴趣,我继续问西瓜刀女孩儿的事情。于小齐说,曾园是她的好朋友,住一个宿舍已经有一年多了。她的爸爸,也就是那位大款,是戴城著名的"鸿运酒楼"的老板。我知道鸿运酒楼,在戴城市中心的解放路上,那根本就是个黑店,里面全是老流氓。老流氓们每天上午在鸿运酒楼吃过早茶,中午到澡堂里去泡一泡,下午睡在澡堂里,晚上晃出来,又去鸿运酒楼,他们过的是神仙一样的生活。鸿运酒楼基本上就是接待这种顾客的，也有农民不小心跑进去，那就惨了，一碗蛋炒饭五十块，里面只有饭，没有蛋，偏偏还能吃出蛋壳，也不知道是怎么回事。最可气的是，这个饭馆后面院子里养着两条狼狗，你去看看那狗食，绝对比五十块钱的蛋炒饭丰盛。农民要是拒付饭钱，曾园她爹就会放出狼狗，能把农民一直追到郊区去。我们这种技校生，平时横行霸道，看见这种开黑店的老流氓，就只能绕着道走。

于小齐说："这么厉害啊，我倒没去过。"

我说："你跟曾园这么要好，去去也没什么。"

于小齐告诉我，曾园和她的男朋友马上就要出国了，去美国学艺术。我感叹良久，原来老流氓的女儿也可以成为艺术家。我们一生中最大的心愿，不就是娶一个流氓的女儿吗？这是从《上海滩》里面看来的，可惜曾园不是冯程程，她拿着西瓜刀的形象我将终生难忘。

于小齐说："路小路，我想学游泳，你和杨一能教我吗？"

我说："那就去游泳池吧。"

于小齐说："那明天就带我去。"

第二天，我和杨一来到红梅新村，那是上午，早晨留下的那一点凉气早已无影无踪，天空万里无云，太阳依然如故，像是要把整个世界都烤成灰烬。我们骑着自行车，在马路上追逐着，红梅新村就在不远处了。很多年以来我一直想说，这个新村就是我十八岁时最靓丽的风景线。有个做记者的朋友曾经告诉我，新闻稿中最讨厌的就是"靓丽的风景线"，这都是猪脑子写出来的。我知道这个比喻很俗气，可是在我十八岁的时候，那个破破烂烂的新村，靠近粮仓和公路，几幢筒子楼，种着稀稀拉拉的香樟树，我们隔着运河远眺新村楼顶的水箱，在炎夏的烈日中那一片灰色的水泥房子始终散发着女孩儿身上的香味。它是我在戴城唯一能够看到的风景线。

进了新村,一眼就看见于小齐,她正在杂货店买雪糕,见我们来了,她冲着花坛那边招招手,有个女孩儿正在树荫下闲闲地剔指甲。于小齐喊道:"曾园,他们来了。"女孩儿猛抬头,果然是她,西瓜刀女孩儿。于小齐说:"曾园一起去。"

曾园双手插在裤兜里,走到我们面前,上下打量了我们一番,特地看了看脑门。那时我们额头上的鞭伤还没好,她眼里露出嘲笑的神色。我根本无所谓,打都打了,我还怕别人笑?

曾园对我说:"嚯,帅哥啊。听说还是重点中学的。"

于小齐指指杨一:"他才是重点中学的。"又指指我,"他是化工技校的,是我爸爸的学生。"

曾园说:"你们化工技校很有名啊,打架都是几十个人冲出来的。"

我说:"还好还好,比你们少女帮差远了。"

曾园说:"什么他妈的少女帮,跟我没什么关系,那个是黄莺带着玩的。骗人的,两三个人凑在一起,抢抢中学生,那也叫帮派?"

我说:"不是有一大群光头吗?"

曾园说:"光头啊,那些人都是我爸爸的建筑队的,临时借来凑凑数的。"

我说:"你爸爸还有建筑队?他造的房子谁敢住啊?"

曾园瞪了我一眼,显然我这种轻蔑的口气惹恼了她。她说:"我爸爸的建筑工程队,只管拆房子,不管造房子。"一听这句话,我就知道那伙人是什么玩意儿了。

杨一淡淡地说:"那你比少女帮牛逼多了。"

曾园说:"讨厌,说话注意点,想死啊?"

后来于小齐说:"你们能不能别斗嘴了?早点走吧,去晚了游泳池很挤的。"

我拍拍自行车书包架，说："上来。"于小齐说："不用，曾园开车来的。"我和杨一目瞪口呆，以为听错了。开车？然后听见花坛那儿一阵汽车引擎发动的声音，曾园坐在一辆白色桑塔纳的驾驶座上，按了按喇叭。

九十年代初，在戴城这样的县级市，桑车属于高档车，不像现在，连出租车都嫌寒碜。那时候戴城的人根本不打车，只乘那种带顶棚的三轮摩托，全都是黑车，不打表，跑起来屁股放烟，浑身颤抖，司机的素质也很差，动不动就宰客。我还从来没坐过桑塔纳，那是有级别的干部才能享受的。

女孩儿开车太骚包了，我简直喜出望外。杨一也有点克制不住，杨一从小的梦想就是开着轿车去上班。有一次我和他在新村里玩，顺手把香烟屁股扔到了一辆轿车的顶上，他还指责我道德败坏："如果我有汽车，别人也这么干，我会怎么想？"这是他矫情的又一个证据。杨一绕着白色桑塔纳转了好几圈，上上下下地打量。曾园故作平淡地说："愣什么？快上来吧，车里太热了。"

那天于小齐坐在副驾，我和杨一坐在后面。杨一非常激动，话也多起来。

"你爸爸真有钱！好几十万呢。"

曾园说："这是旧车，二手的，不值这么多钱。"

"那你爸爸也挺有钱的，我连二手的自行车都买不起。"

"哼。"

"有录音机吗？有空调吗？"

"哼。"

"你有驾驶执照吗？"

"开车要什么执照啊？"曾园恼了，口气非常狂妄。

于小齐回过头来，对我挤眼睛。杨一兀自没有觉察，从口袋里掏出一根牡丹烟,点上。曾园说:"不要在我车里抽烟!"杨一愣了一下,随后把整根香烟朝公路上扔去。于小齐在前面哈哈大笑,说:"园园,你别吓唬杨一了,你自己还不是在车里抽烟。"曾园又哼了一声,说:"没见过这么啰唆的人。"抬手扔过来一包烟,我一看,是金灿灿的"三五"。

曾园自己也叼起烟,把嘴凑到于小齐前面,于小齐很乖地给她点上烟。汽车开过公路,进了市区,斑斓的树荫透过车窗在我们身上划过。街道上很安静,几乎看不到行人。我们到文化宫门口,曾园把车停在路边。我们几个下了车,手里拎着塑料袋,袋子里装着游泳衣和毛巾,并排一溜往里走。

戴城文化宫是一个像公园一样的地方,里面有展览馆、录像厅、游泳池,以及一块堆着假山的草坪。那假山真他妈的假,你看到它,想到的不是山,而是一块块从天而降的陨石。展览馆里正在展出人体标本,玻璃瓶里装着心肝脾胃,还有各种各样的怪胎,还有女人的子宫和男人的鸡巴。这个展览已经搞了三个月,上学期我和大飞曾经来看过,恶心得不行。并且我认为,那些器官也很可疑,买一块猪肝放在那里也能冒充人肝。这里面只有鸡巴是确凿无疑的,我认得,不可能是猪鞭。

游泳池在最里面。我们沿着小路往里走,走到门口发现挂着块牌子:停业。

于小齐说:"这也太不巧了。"

杨一说:"门都没锁啊,进去看看。"他探头探脑往里钻,忽然从门后面闪出一条大汉,光头,花格子衬衫,军裤,拖鞋,戴一副墨镜,一根金项链。这人叉住杨一的脖子,把他往外推,说:"看什么看?今天包场,滚远点。"

"我靠,游泳池还有包场?"

流氓说:"再啰唆我就打你。"

这是一个真流氓,这种装束我们都知道,典型的打手。这人身材比我们壮一倍,身上刺一条花色盘龙,从衣领后面伸出来,绕过脖子,龙头在后脑勺上。这条龙把我镇住了,杨一也傻了,被那人叉出三五米远,一句话都不敢说。

既然流氓要包场,我们就只能回去了。小混混遇到大流氓,就像科长遇到局长,直属单位的领导,没什么好争的。曾园说:"你们知道那是谁吗?那是白锦龙。"我和杨一面面相觑,一起点头。只有于小齐不知道,问:"白锦龙厉害吗?"我说:"厉害,戴城讨债队的第一打手,会打二十四路梅花拳,能使两把西瓜刀。以前坐过牢,这两年又放出来了。"于小齐说:"听上去挺吓人的,嗯,看上去也吓人。"曾园说:"这个人心黑手狠,动不动就翻脸,我爸爸都不愿意跟他打交道。"我心想,你爸再厉害也就是个开饭馆的,能跟白锦龙比?要知道,在我整个的少年时代,白锦龙就是我的偶像,我虽然没见过他,但对他非常崇拜。他最神奇的故事是去吴县讨债,被当地的流氓堵在一间屋子里,以一敌六,打到对方集体歇菜。一个打六个,这是特种兵的水准。虽然我不喜欢老流氓,但对一个打六个的,还是很敬佩。

我们在文化宫里闲逛着,后来在假山后面遇到几个小混混,他们正在劫道,抓住一对谈恋爱的初中生,几个小流氓非常恶劣地当着女孩的面殴打那个男孩,用脚把他踹来踹去。女孩吓得大哭,男孩哭得比她还响亮。我心想,就这点斤两,还跑到文化宫来谈恋爱,这不是找死吗?

那几个混混也是有男有女,男的负责打人,女的负责做啦啦队。后来那挨打的男孩说:"别打了,我爸爸是公安局的。"这话说出口,小混混都乐翻了,没头没脸照着他脑袋捶,说:"打的就是你公安局的!"

曾园对那群人喊道:"虾皮!"其中有个人回过头来,我一看,正是那个非洲小流氓。这个暑假里我已经是第三次遇到这傻逼,真是受不了。虾皮一见曾园,立刻扔下手里的工作,跑到她面前说:"姑姑,你怎么在这里?"旁边除了那对挨打的小孩以外,其他人都笑了,这他妈都什么辈分啊?

曾园对虾皮说:"你又在干坏事。"虾皮说:"没钱了,出来弄点分。"于小齐说:"你快把人家放了,你看那女孩儿都吓成什么样子了?"虾皮斜着眼睛说:"关你屁事啊?"话音未落,曾园一巴掌扇在他后脑勺上,说:"这是我妹妹,你讲话注意点,喊小姑姑。"虾皮老老实实地喊:"小姑姑。"于小齐翻了个白眼,不理他。虾皮又指着我和杨一说:"咦?我认识你们,你们就是那天被黄莺打的傻逼。"曾园说:"不关你屁事。"

小流氓和大流氓毕竟还是有区别,从白锦龙和虾皮身上就能看出来。比如,大流氓都是成年男人,身材健壮,肌肉丰满,还有胸毛助阵;小流氓就很寒酸,都是未成年男孩,瘦了吧唧的,嘴上的汗毛又细又软。大流氓都有很专业的刺青,纹得非常好看;小流氓大多数是光板,偶尔有刺青的也只是在手臂上刺一个"义",字体歪歪斜斜,好像大字报不小心写到了身上。最重要的是,大流氓看上去都很有钱,金项链,铜鼓式的大金戒指,腰里佩着 BP 机;小流氓就别提了,浑身上下没有值钱的东西,有时候连吃顿饭都要跑到街上去现抢钱,抢的还都是放学回家的初中生。区分大流氓和小流氓是非常容易的事情,这还只是九十年代初的区分法,以后就更容易了:有汽车的全是大流氓,骑自行车和助动车的全是小流氓。

在曾园和于小齐的干涉下,那伙小流氓把初中生放了,一男一女哭哭啼啼跑了。

曾园说：“虾皮，你以后少干点这种事，没出息的东西。”虾皮说：“我缺钱。”曾园说：“你他妈的不会去找份工作啊？”虾皮抓抓脑袋说：“我想找工作啊，没人要我。”曾园说：“你看看自己这副怂样吧。”曾园从口袋里掏出二十块钱，扔到虾皮脸上，说：“拿去吧！”虾皮捧住钱，贼忒兮兮地说：“你想打谁，我帮你去打。”曾园说：“去你的，你这副身板也就欺负欺负初中生吧。”虾皮说：“反正永远都有初中生给我欺负，嘻嘻。”

后来曾园说起游泳的事。虾皮很严肃地说，白锦龙是陪着"五哥"来游泳的，好像还带着几个女人，他们从早上开始就把场子包下来了，搞得好像香港的黑社会老大。虾皮说：“那帮人都是坏蛋，我们惹不起的。”曾园说：“我看你才是坏蛋。我也没让你去惹他们，我就随便问问。”虾皮很神秘地说：“我听说他们在做那个生意。”说着把大拇指伸到鼻子边上，做了个吸白粉的动作。曾园说：“我靠。”虾皮指着我和杨一说：“不要出去乱说啊，当心被人砍死。”杨一冷冷地说：“关我屁事啊，当心你自己被砍死吧。”

曾园说：“虾皮，还有什么地方可以游泳的？”虾皮说：“运河。”曾园说：“你见过女的到运河去游泳的吗？”虾皮说：“没有，逼会长脓疮的，那河太脏。”曾园不耐烦地说：“没有你还跟我说什么运河？你他妈的怎么这么蠢？想不出来就把二十块钱还给我！”虾皮说：“有！有！去吴县，那儿有游泳池，不过有点远了。”

曾园说：“我开车了。”她回过头对于小齐说：“去不去？”

于小齐说：“反正也出来了，我要去。”又问我们：“你们去吗？”

我把杨一勾到一边，说：“跟虾皮这个傻逼有什么好玩的？”杨一说：“怕什么？你看他打得过我们吗？”我说：“这倒也是，但这个逼实在太讨厌了。”这时于小齐在我们身后喊：“你们到底去不去？”杨一回过头，从口袋里掏出香烟，叼在嘴里说：“去啊，干嘛不去？"

虾皮很亲热地跑过来，勾住杨一的脖子，说："兄弟，有烟大家抽，发一根给我。"

白色桑塔纳上坐着九个人。

除了虾皮之外，那伙劫道的小流氓还有两男两女，都是虾皮的朋友。两个女的长得奇丑无比，一问才知道，原来是一对姐妹，大的叫金花，小的叫银花。这么丑的姐妹，我估计她们爹妈肯定很绝望。那两个男的，壮的那个叫大圈，瘦的叫山口，这都是绰号，估计是他们自己取的，大圈帮和山口组嘛。

其实曾园并不想带他们去，可这伙人赖着，没办法。曾园开车，于小齐和金花坐在副驾上，金花恬不知耻地坐在于小齐腿上，于小齐抱怨说："你把我裙子都弄皱了。"后座一溜排开坐着五个男的，都被挤得变形了。银花无处可坐，只好横躺在我们腿上，一路上还在抱怨有人捏她的屁股。下车以后银花指着我们五个人破口大骂，说自己屁股都被捏肿了。这个瘦了吧唧的柴禾妞，居然好意思说自己屁股肿。

曾园说，去吴县大概半个小时能到，但她车技比较差，最好开慢点。路况不错，只是车子里挤得发昏，这么多人塞在一起，我根本看不见沿途的景色，只记得身上的汗水像拧毛巾一样往外流，车厢里一股酸臭味，混杂着女人的尖叫和小流氓的淫笑。

去吴县的路上，我们经过了马台镇。于小齐忽然说："看，那就是我们学校，在左边。"我低头往车窗外张望，只见一幢黑黝黝的房子一闪而过，紧跟着出现的是鳞次栉比的摩配商店和温州发廊，道路旁看不见一根树木。镇上很安静，行人稀少，这与我想象中的流氓小镇相去甚远。汽车穿过马台镇，继续向南，后来我闻到浓重的水泥味道。于小齐说:"前面是水泥厂。"

到了吴县,县政府后面就有一个游泳池。我已经渴得冒烟,靠在汽车后备箱上喘气。曾园说:"路小路,帮我开一下后备箱。"我打开后备箱一看,是半箱可乐。曾园数了一下说:"正好九听,省着点喝啊,喝光了就没啦。"这时我看见后备箱里还有一把木吉他,忍不住问她:"你还会弹吉他?"曾园说:"玩玩。"

那时候我还没见过会弹吉他的女孩,杨一也没见过。我们见过的音乐女孩都是弹琵琶的。念初中的时候,学校里有一帮女孩弹琵琶,尖着嗓子唱他妈的苏州评弹,小小年纪就把头发绾成一个髻,前面光秃秃,后面沉甸甸,而且嗓音逼人,表情咋呼。我想象中的吉他女孩,是那种长发飘逸,坐在河边,嗓音温柔。这和琵琶女孩简直是天壤之别。我还见过弹钢琴的男孩,初一文艺汇演,我们班上有个男生穿着奶白色的西装在学校大礼堂演奏《小草》,我和杨一都嘲笑他是傻逼。他果然是个傻逼,到了初三文艺汇演,他演奏的还是他妈的《小草》。说实话,我对音乐一点都不了解,自从读技校以后,见到的女孩都是那种又傻又粗、马上就要去做女工人的。她们不会玩任何乐器,只会跑着调门唱卡拉 OK。

我好奇地拨弄琴弦,听到自己的手指发出一串空洞的声音。于小齐说:"园园,弹一个,给他开开眼。"曾园说:"这把琴坏了。"

于小齐告诉我,曾园会弹吉他,她隔一段时间就要去南京,跟那里的老师学琴。于小齐说:"我也跟曾园去过南京的,那里真好玩。"虾皮凑过来说:"南京有什么好玩的?那里全是苏北人。"曾园说:"你这个呆逼能不能少说几句?"

我说:"弹琴的人都特别爱惜自己手指,你怎么还拿着西瓜刀呢?"

曾园说:"我随便玩玩,又不靠这个吃饭。"

于小齐说:"路小路对你拿着西瓜刀的样子很着迷。"

曾园瞟了我一眼，说："是吗？"

我说："不是不是，我还是喜欢女孩儿拿着吉他。"

我们喝光了可乐，把铝制罐头叮叮当当扔在街上，跑到游泳池，买票。这次全是曾园出钱。在男更衣室里，我们一起脱光了换游泳裤，虾皮又跟了过来，说："把游泳裤给我。"我说："我的游泳裤，为什么要给你？"虾皮说："我没带游泳裤，你他妈的快把裤子给我。"说完动手就抢。我心想，这王八蛋真是疯了，没钱就去抢，没香烟也去抢，连他妈的游泳裤都抢。他眼中的世界是什么样的，我简直无法理解，就好像人类无法理解苍蝇的复眼所看到的一切。我揪住虾皮的头发，杨一叉住他脖子，我们两个都是一米八的个子，虾皮身高不会超过一米六五，我们很快把他按倒在地上。听到喊叫声，大圈和山口也跑了过来，问我们怎么回事，我们说虾皮要抢游泳裤，他们哈哈大笑，对我们说："他抢上瘾了，你们打，我们不帮他。"

虾皮见同伙不肯帮手，立刻喊投降，他爬起来，对我们说："我今天没带刀子，放你们一马。"

我指着虾皮的鼻子骂道："虾皮，你他妈的懂不懂规矩？一起出来玩的，你见什么抢什么，你当我们是傻逼啊？"

虾皮嘴硬，说："那又怎么样？我爱抢谁就抢谁。你们就是傻逼。"

我懒得跟这个王八蛋费口舌，反正讲道理他也听不懂。我朝他屁股上踢了一脚，让他滚远点。我和杨一撇下那几个混混，跑到泳池边上，这是个露天池子，阳光炽热，水很清，我心情稍微好了一点，看见曾园和于小齐。曾园穿着一件深蓝色游泳衣，戴着白色游泳帽，额头上顶着一副潜水眼镜，她身材高挑，腰肢柔软，浅褐色的皮肤不知是天生的还是被夏季的阳光晒出来的。与此同时，于小齐穿着一件碎花游泳衣，还带小裙子的，腰里兜着一个救生圈，别别扭扭地走到池边。她很瘦,身材和曾园没法比。

虾皮在远处打了一个响亮的唿哨。曾园喊道:"虾皮,滚远点,不许下来!"

我问她:"为什么不许他下来?"

曾园说:"他会在水里撒尿的。"

杨一下到水里浸了一下,又爬上跳台,以一个漂亮的鱼跃动作扎进游泳池里,在十多米远的地方伸出头来,吐出一片水雾,像一条白色的江豚。于小齐说:"哇,真漂亮,路小路也来一个。"我说:"不好意思,我只会狗刨。"那边又传来哗啦一声水响,曾园同样干净利落地跃入池中,伸出头来对于小齐说:"小齐,下来,我教你。"

于小齐说:"噢,我到浅水区去。"

曾园说:"怕什么,你有救生圈的。"她伸手摘住于小齐的脚脖子,于小齐站立不稳,尖叫一声掉入水中。

我们玩得很惬意。曾园托着于小齐,于小齐在水面上扑腾。杨一独自在深水区反复地练习跳水。这时我看见大圈和山口也下了水,他们临时买了游泳裤。岸上只剩下金花银花和虾皮。

我一直在浅水区泡着,不太想动弹。过了一会儿,于小齐抱着游泳圈来到我身边,说:"游不动了,喝了好几口水。"

我说:"学会了吗?"

于小齐说:"没有啊,不过呢,我今天一定要学会游泳。"

我说:"这也不是马上就能学会的,要逐渐领悟的。"

于小齐说:"不行,我对自己说的,一定要学会。"

我说:"那你要放松,感觉到自己就像一块泡沫塑料,而不是一块海绵或者是铁块。你的身体和水是一样的。要是太紧张了就不行。"

于小齐说:"他们都说我紧张,我做什么事情都紧张。我再试试。"

那天我一直在看着她，她在我眼前使劲地扑腾着，笨拙地想要游出去，却始终在原地不动。后来她"啊"地叫了一声，说："腿，腿，腿抽筋了。"我游过去把她捞起来，扳住她的脚面。她被水呛了一口，不停咳嗽，说："疼死了。"

我说："越拼命越练不好。"

于小齐说："疼死了，你还说风凉话。"

抽筋了就不能下水了，我陪她坐在水池边，于小齐说："我一开学就去上海啦。"

我说："你还回来吗？"

"当然要回来，我就去三个月，过了春节就可以去实习单位了。"

"去上海工作？"

"我想去广州，我妈不让我去，说那里不适合我。她就想让我到檀香扇厂去上班。"

"檀香扇厂有什么好玩的？"

"上班又不是图好玩。我妈托关系走后门，在那里给我找了工作，以后进去做设计员，天天给他们描图，"于小齐皱着鼻子说，"说起来是挺无聊的。"

"你妈是不是很可怕啊？我听你爸爸说过的。"

"他还说什么了？"

"说你妈经常发脾气，一发脾气就把他的书都撕了，撕得他心都碎了。"

于小齐沉默了一会儿，说："我妈是做护士的，在单位里又要受领导的气，又要受病人的气，还要上夜班，回家就要发脾气。那时候我还小，我爸又不会带小孩，我妈一回家看见我们两个，一个比一个脏，当然要发飙。护士嘛，都是有点洁癖的。吵啊吵啊，就只好分手了。其实我妈也挺不容易的，这么多年一直没嫁人，就是怕我吃亏。我爸倒是很开心,又结婚了。喂,我问你,他那个新娘长得好看吗?"

我说:"真不瞒你,非常难看!我看见过照片,又黑又瘦。"

于小齐说:"他那个审美标准很古怪的,一个技校老师,以前是橡胶厂的小干部,非要把自己弄得跟外国人一样。"

"外国人?"

"对啊。外国男人都喜欢那种长得很丑的中国女人,他们觉得美。"

我叹了口气,这个好消息应该告诉我们学校的女生,或者是金花银花那对姐妹。

于小齐说:"喂,我爸在你们学校混得怎么样啊?他老说自己在学校很受尊敬,可是我不信,你们化工技校那帮学生,都很流氓的,怎么可能尊敬他?"

我说:"是这样的——前两个月我差点被学校开除,是你爸爸给我求情,才把我保下来的。我们学校的老师都特别坏,拿我们班主任来说吧,什么课他都不会教,专门负责管学生的思想品德,他妈的居然说我是资产阶级自由化。我们班上本来有五十多个学生,第一年在他手里就开除掉了九个,今年又开除掉了七个,他都乐坏了。你说哪有一个班主任会因为开除学生而高兴的?他就是。简直不知羞耻。这么着比下来,还是你爸爸比较仗义,其他老师都是王八蛋。我他妈的最讨厌的就是老师,什么人类灵魂工程师,我看是灵魂拆迁队。我这灵魂交给他们,就是造好了也是个垃圾工程。"

我们正说着话,虾皮穿着短裤走了过来,对于小齐说:"小妹妹。"于小齐瞪了他一眼,说:"谁是你妹妹?"虾皮有点不爽,盯着于小齐看了半天,嘟哝说:"平胸嘛。"我大怒,跳起来按住他脖子,虾皮猛烈地挣扎,我索性把他的脖子夹在胳膊底下,拎起他一条腿,往水池里扔进去。轰的一声,虾皮掉进游泳池,这时大圈和山口游过来，说："虾皮，你个傻逼，来，喝几口水玩玩。"按说大圈和山口是虾皮的哥们，不应该这么戏弄他，但他们显然把虾皮当成是个取乐的玩具，把他按在水里，又拎起来，又按下去。后来虾皮连滚带爬地上了岸，趴在水池边上，一口一口往外吐水，说："我，我，我操你妈……"曾园走过来，一脚踩在虾皮的后脖子上，说："虾皮，你真是又臭又硬。"

那天搞完虾皮之后，我们心满意足地离开了游泳池，回戴城。车子开在公路上，虾皮骂不绝口，曾园说："操他妈的，你烦死了，闭嘴。"虾皮果然很听她的话，闭嘴不说了。没过多久，曾园停了车，打开车盖，说散热器里面没水了，要去弄点水。我们九个人下了车，两边全是农田，水倒不少，就是没容器。后备箱打开，只见一把吉他。虾皮说，用吉他去舀水，被曾园扇了一巴掌，让他滚蛋。后来杨一提议，用汗衫去浸了水，再拧出来。这个主意不错，曾园对虾皮说："你，脱衣服，去拧水。"虾皮说："凭什么我一个人去？"曾园说："你他妈的穿得最破，最多我赔你一件汗衫。"虾皮又很听话，脱了衣服老老实实跑到沟边上去了。我们看见他那惨相，一起笑，没人去帮他。

于小齐指着远处，说："那儿有一片树林。"我望过去，那是一片很整齐的人工林，离得很远，前面还有一片鱼塘。树林在岸上，空中的云堆积在树林上方。于小齐说："那个树林就像一把牙刷，云像牙膏。"又说："你看，那树林是蓝色的。"我仔细看了看，还真是有点发蓝，很奇怪。于小齐说："这种密林，近看是绿的，远看就会呈现蓝色，你在塞尚的画里就能发现。"我说："哦，塞尚……"

"看啊，大鸟，大鸟。"于小齐招呼我们看，此时有两只鹳鸟一前一后，从我们头上飞过，向着密林方向飞去。

于小齐说："真好看。"

后来虾皮从田埂下面爬上来，水都拧好了，他手里捧着一把黄瓜，说："我刚摘的，吃啊。"我们都不要吃，嫌他脏了吧唧的。虾皮一边啃着黄瓜，一边说："你们真傻，这黄瓜比菜市场的新鲜多了，回家还能烧菜吃。"大圈说："快走吧，当心农民打死你。"

　　正说着，田埂上爬出来一个乡下老头，六十多岁，牙齿掉了一大半，站在虾皮身边不说话。虾皮吓了一跳，嘴里叼着黄瓜，对老头说："乡巴佬，滚开！"老头张着没牙的嘴巴，对虾皮说："你偷黄瓜。"虾皮踹了他一脚说："关你屁事！滚！"老头说："黄瓜是我的，你不能偷，给钱。"虾皮说："偷你又怎么样？我还抢你呢！"老头乐呵呵地说："刚喷过农药。"

　　虾皮听见"农药"两个字，半根黄瓜堵在嗓子眼，再也咽不下去。他在公路上手舞足蹈，像抽风一样，并且对着众人喊："我中毒啦！不好了我中毒啦！"曾园正在和于小齐说话，回过头说："你这个傻逼又在搞什么鬼？"虾皮绕着汽车跑了一圈，对曾园说："快把我送回去，我真的中毒了，我把农药吃下去了！"曾园说："滚滚滚，听不懂你在说什么。"后来金花银花跑过来，说："虾皮吃的黄瓜是带农药的，再不送医院，他就要死了！"那个老头乐呵呵地说："我儿媳妇就是喝农药死掉的。"虾皮听了这话，双眼翻白，扑通一声倒在地上。

　　我们看见他倒下，都慌了。虾皮并没有休克过去，只是躺在那里，瞪着天空。曾园非常生气，在他脸上踩了几下，说："你这个傻逼，你又闯祸了。"虾皮抖抖索索伸出一只手："快送我去医院。"

　　我们七手八脚把虾皮抬到车上，他横躺在后座，占了很大的地方。曾园说："杨一，路小路，你们上不来了，前面就是马台镇，你们到那里可以搭中巴车回去。大圈和山口，帮忙一起把这个傻逼送到医院去。"

于小齐说："那我跟路小路一起吧，我带他们去马台镇。"这话刚说完，金花银花一起钻进了副驾。曾园说："没时间了，我先走。"乡下老头乐呵呵地说："给他灌点大粪，让他吐出来。"大圈问他，哪儿有大粪，老头指了指田里，说："那里有粪缸。"大圈跑过去一看，果然有一个大粪缸，半埋在土里，都是农民用来沤肥料的。粪倒是不少，围着无数苍蝇，又臭又稠，可是没有东西舀粪。大圈虽然是虾皮的哥们，但是也不想用自己的双手去捞粪，为了这个傻逼实在是不太值得。他们想了个主意，把虾皮拎到粪缸边上，把他脑袋按进去，让他自己喝。虾皮听了这话，立刻从后座上跳了起来，满脸是泪地喊道："我求求你们了，不要再瞎折腾了，快点开车把我送回戴城去吧！呜呜呜，我以后再也不要来这里了！"

白色桑塔纳消失之后，我、杨一和于小齐三个人呆呆地站在路上。这件事真是太莫名其妙了，跟着一群傻流氓出来，居然是这个结果，可见这些没读过书的人智商都有问题。后来那个老头乐呵呵地对我们说："我骗你们的，黄瓜是干净的。"我们一起昏倒，于小齐说："偷你几根黄瓜，你也犯不着这么整他吧？"老头说："他自己笨，活该。"这时我又改变了观点，其实农民的智商最高，只是你没有跟他们生活在一起，所以体会不到。

于小齐问："虾皮应该没事喽？"

杨一说："我也不知道，这个傻逼。"

于小齐看了看远处，说："别磨蹭了，走吧，这儿走到马台镇还不知道多远呢。"

我摇摇头，我又累又渴，而这趟旅程才刚刚开始。

在她身边

有一天我在街上遇到大飞，大飞说："小路，听说你把上女人啦？"

我谦虚地说："还没有，还没有。"我可不想在大飞面前过于地招摇，他会不停地问，有没有跟女的上过床，上床以后是怎么个过程，叫起来跟舞厅里的老阿姨是不是一样。可怜的大飞，他那点性经验都是在黑漆漆的舞厅里积累起来的。别人告诉过我，那点小玩意儿根本不算是性爱，就算弄得吱哇乱叫，其性质也就等于是在玩一个布娃娃。当然喽，大飞在我面前仍然有理由骄傲，因为我连布娃娃都没玩过，更没有像他那样牛逼到作为一个布娃娃被老女人玩的程度。

大飞说："别扯谎了，我看见你跟女的在街上的。"每当这种时候，他就露出一脸的奸笑。接着他就问我："你跟她睡过了吗？"我说："没有！没有！"大飞说："夏天搞上床最容易啦，女人穿得少，手伸进去就能摸到胸罩。千万别把胸罩拉下来，胸罩有背带很难拉下来的，要往上撸，跟你脱汗衫一样。你要是摸得她舒服了，让她干什么都可以。"我说："去你的，大飞。"

大飞说："抓紧时间啊，黄毛和阔逼上个礼拜都破处啦！"黄毛和阔逼，都是我们班上同学的绰号，黄毛是个鸡胸，阔逼是个胖子，连他们俩都搞过女人了，太不可思议了。我说："这两个白痴也能搞上女人？操！"大飞说："他们钓了一个纺织厂的女工，二十多岁了，已经破过瓜了。骗了她一起看黄片，看到一半那女的忍不住了，自己把裙子撩了起来，先跟阔逼搞了一通，阔逼半分钟就射了，那女的不满足，就把黄毛也拉上了。便宜了黄毛这个鸡胸。"

"你怎么知道得这么清楚啊？你他妈的老是打听这种事。"

"还用我打听？这两个傻逼搞过以后，逢人就说，现在人人都知道了。"大飞说，"对啦，卵七被抓进去啦。"卵七也是我们班的同学，他是化工技校为数不多的好孩子，学生会干部，无产阶级不自由化的思想品德标兵。我操，卵七居然会被抓进去，又是一个不可思议。

"他犯了什么事啊？"

"强奸未遂。"

"我操！"

大飞说："卵七嘛，你也知道，长得跟坨屎一样，没有女人肯跟他搞。他瞄上了轻工技校一个女生，长得真不赖，后来就谈上了，可是那女的不肯跟卵七上床。卵七摸她，她也不舒服，给她看黄片，她也不起性，卵七就怀疑她是个石女。卵七把她骗到家里，弄了一瓶乙醚，喷在毛巾上，把她迷翻了。卵七把她剥光了，搞了半天也没搞进去，大概真的是个石女吧。"

"后来呢？"

"后来巧了，卵七的爸爸正好回家了，看见一个赤条条的小姑娘，他爸爸吓坏了，就喊起来，还要打卵七。"

我笑坏了："再后来呢？"

"卵七一急,把毛巾兜在他爸爸脸上,把他爸爸也迷翻了。后来卵七一看没办法收场了,穿上裤子就跑了,把他爸爸和那女的扔在家里。后来那女的先醒了,立刻报警,警察来了先把卵七的爸爸抓进去了。"

"把他当成强奸犯了?"

"可不是嘛,卵七的爸爸还挺仗义的,居然认了,拼命给自己儿子顶罪。警察又不是傻子,一审就审出了马脚,后来就把卵七给抓住了。"

卵七这个王八蛋,真是活该。我想起自己刚进技校那会儿,卵七是班上仅有的两个共青团员之一,我当时还很上进,想入团,为了巴结他,我经常请他吃冷饮。结果,他在一次学生干部的内部讨论会上说我有资产阶级自由化的倾向,我们班主任听了这话,觉得卵七特别有觉悟。既然卵七是正面典型,那么路小路当然就是反面典型了。后来,每个学期我都要叫人揍卵七几顿,以消我心头之怨。现在卵七被抓进去了,没人可揍了,想想也挺失落的。

大飞拍拍我的肩膀,说:"快点上吧,别他妈的浪费时间啦。等你做了工人以后,一身臭气,原形毕露,到时候你想搞什么女人都没门了。"说完他就走了。

我呆立在街头。夏天真是一个闯祸的季节,除了打架就是搞女人,天气一热,人就活得非常本质。想想我的同学们,一个个陆续经历了成人礼,而我还在漫无目的地游荡着,隔三岔五跑到红梅新村去找于小齐,在昏暗的光线下注视着那只叫文森特的猫,说一些不知所云的话。我也不知道,自己是不是爱上了她。我站在夏日的街道上,捧着脑袋用力想了想,后来我确定自己爱上了她。事情就简单了。

十八岁还没有和女孩儿上过床,连初吻的滋味都没有体验过,手淫时候看的是《维纳斯的诞生》,体验过一次暗恋,最后被人像狗一样在操场上追来追去,这就是我。

在暑假结束之前,我过于勤快地跑到红梅新村,每天去两次,早上九点半出现在新村的花坛边,蹲在那里抽烟,仰望着她的窗口,用不了多久她的身影就会出现在窗前,向着我挥手。这个动作说明她已经起床了,而且她妈妈也上班去了,这时我就三步两步蹿上去,努力避开楼道里的老太,然后一溜烟钻进那扇防盗门里。到了中午,我又溜出来,回到家里吃饭,然后把嘴一抹,扔下碗就走。我回到红梅新村,下午我就不用站在花坛前等她招呼了,我直接跑上去敲门。到了夕阳西下时,对面楼里的玻璃窗反射过来的阳光恰好晃在她身后的墙壁上,我就知道差不多该走了。我保持着这种节奏,有时还会加班,夜里骑着车来到红梅新村,独自蹲踞在花坛上,抽烟,看着她家窗口的灯光。有时她的身影会意外地出现在窗前,像一道剪影。她夜里从不出门,据说是我的前任师母管教很严。我蹲在那里,每次都是被蚊子咬得受不了了,才依依不舍地撤退回家。

我在她家里时,通常也没什么事可干,就呆坐着。她呢,总是拿出一本素描画册在窗口临摹。我问她,我这么坐着是不是很烦人,她说有人坐着说说话也好,一个人画画其实也很闷的。这时我就给她讲化工技校的笑话,六个教室八个班级,资产阶级自由化,挨过枪子儿的班主任。我给她学班主任走路的样子,被便宜儿子狠揍以后叉着腿走路,她乐不可支,有时笑得把铅笔都掉在了地上。

她说:"路小路,你做工人可惜了,你应该去演小品。"

我得意地说:"我小时候,本来我妈要把我送到苏州评弹学校去唱评弹的,后来没去,要是真去了,我就不用做工人了。"

"那为什么没去呢?"

"我爸爸不同意,他以为我能考上大学。"我说,"我爸爸对我失望透了,他就指着我给他出人头地,结果我把他的脸全都丢光了。"

于小齐搁下铅笔,叹了口气说:"我妈也是,从小就让我要考大学,还要考医学院,将来做外科医生。我学习成绩差,看见数理化就头晕,她恨死了,一天到晚说我不争气。"

"你现在画画也挺好的。"

"别安慰我啦,我没什么画画的才能,也就是学一门手艺吧。"她笑笑说,"我很笨的,什么都学不会。"

"你以后去画卡通,就能挣很多钱啦。我做工人,干一辈子还是个穷鬼。"

她点点头说:"我要挣很多钱。"

时间久了我发现,这丫头挺老实的,性格比较善良,但是也很执拗。我试过几次,请她看录像,她说不要看那种香港武打片,我告诉她,不是武打片,是言情片,她还是不要看。她要去人民商场楼上看画展。我生平看过的唯一的画展,就是男厕所墙上的简易春宫图,其他都没见识过,不免也感兴趣,于是跟着她跑到人民商场,一看,全是他妈的水墨花鸟,红红绿绿黑黑白白,连个裸体女人都没有。我站在传统艺术前面打了一百个呵欠,她倒是很有兴致,煞有介事地把眼睛凑到画纸上,好像要去舔那幅画。

她知道很多画家的名字,我都记不住,外国人的名字实在太长。我只知道达·芬奇、徐悲鸿、毕加索,还有梵高,就这四个名字我还嫌多。什么修拉、莫迪利阿尼、莫奈、伦勃朗,她都对我说过,后来我就忘记了,重新知道这些名字是十年之后了,那时我就会回忆起她。

我一直没有对她表白什么,她也不在乎,好像根本没这回事。很多次,我蹲在黑暗中看着她窗前的样子,想起她说的,要挣很多钱，心里就觉得很悲伤。我这个穷光蛋，就算混出来，也无非是个月薪两百块的体力劳动者。艺术什么的我也不懂，也没文化，道德品质连我自己都很怀疑。我怎么就成了个傻逼呢？

她告诉我，自己有过很多梦想，一会儿是时装设计师啦，一会儿是广告设计师啦，一会儿是室内装潢设计师啦，可惜底子太差，都发展不下去。说起来，画卡通是最简单的，完全靠工作量取胜，画一张就挣一份钱，跟体力劳动也差不多。但是在我看来，这种体力劳动和我还是不同，到底哪里不同呢？后来想明白了，画画是一个人的事，做工人是跟一群傻逼混在一起，混一辈子。凡是可以一个人安静地去做的事情，都是我所向往的。

在我的印象中，卡通画师的收入曾经是九十年代初最让人羡慕的，后来就不行了，学的人太多了，收入就下来了。与此相似还有出租车司机，从前都牛到天上去了，现在跟要饭的也差不多。

暑假快要结束时，她带着我去了一趟吴县，她有个师姐就在那里画卡通。我们坐上中巴车，再次经过马台镇，到吴县下车，又走了很长的路才找到她的师姐。那女孩儿长得特别漂亮，她在台湾人开的动画公司上班，找了个男朋友是原画师，两口子一个月能挣八千块！我都傻了，于小齐说："不骗你吧，真的很挣钱，还有挣得更多的呢。"

漂亮女孩儿问于小齐："这是你的新男友？"

于小齐说："不是的。"

漂亮女孩儿说："挺帅的嘛，来，给你画张速写。"说完，在白纸上唰唰几笔，勾勒出我的脸，眼睛大得吓人。这是卡通式的画法。漂亮女孩儿对我说："这张画送给你，要对我们小齐好点儿。"

我说："知道啦。"

从女孩儿家里出来以后，我问于小齐："你以前谈过男朋友啊？"

于小齐说:"嗯。"

"是谁啊？"

"你问哪一个吧？"

我很郁闷,讪讪地把漂亮女孩儿给我画的肖像拿出来看,又小心翼翼地折起来,放在裤兜里。于小齐嘲笑地说:"挺珍惜的嘛。"

我说:"画得不像,我眼睛哪有那么大,跟铜铃一样。"

于小齐说:"讨厌。"

回戴城的路上,她在中巴车上睡着了,脑袋靠在我肩膀上,随着车子的节奏有点摇晃。那段时间我觉得温柔极了,不是她温柔,而是我温柔。我的肩膀也是头一次被女孩儿枕着。中巴车开得飞快,窗口灌进来的风吹得我的头发齐刷刷向后飘着,好像是跟着窗外的景物一起要流逝而去。夏天是如此地令人难忘啊。快要到戴城的时候,我拍拍她,她好像醒不过来,嘴里嘟哝了几句。那样子非常可爱。车停了,她拽着我的衣服,迷迷糊糊跟着我下了车,这才算醒了,指着我说:"你怎么成了个大背头了？"我说风吹的,没办法,没钱理发,头发就长了。长头发固然潇洒,但我还是比较喜欢板寸,很利索,没什么牵挂。于小齐说:"这简单,到我家去,我给你剪头发。"

我说:"你会剪头发？"

于小齐说:"你敢让我剪吗？"

我说:"这倒也没什么不敢,剪坏了最多我去剃个光头。"

我坐在她家阳台上,已经下午了,天色暗下来,外面开始打雷,闪电咻咻地照亮了四周的一切,不久,大雨滂沱。于小齐在我脖子里扎了一块毛巾,又给了我一张《戴城晚报》捧在手里,不是看报纸,是攒着我的落发。她从一个小纸匣子里拿出一把剃头剪刀,说:"正宗的理发剪刀,放心吧,曾园都让我给她剪头发呢。"雨下得很大，阳台外侧很快就被打湿了，我衣服上也沾着雨水。我说："不急，不急，你慢点剪。"刚说完这话，咔嚓一刀，前额的一撮头发掉在了报纸上。

剪头发的时候她问我："脑袋上有个疤，怎么搞的？"

我说："小时候摔出来的。"

"还以为你被人砍的。"

"笑话，谁敢砍我？"

"黄莺就敢。"

是的是的，我苦笑。我八辈子输给这个大胸妹。

于小齐说："我让你眼睛上挨了一拳，脑门上挨了一皮带，我是不是你的扫把星啊？"

我说："没关系的，我认了，这点小伤算个屁。"

她说："那你小心点，以后估计还有麻烦呢。"

我说："对啦，我前阵子从你爸爸那里借了《西游记》来看，我现在明白了，要是真的像你说的那样，那肯定就是我上辈子欠你的，这叫业报，三生三世都跑不掉。要是我投胎做了个猪，你这辈子就是吃猪肉的人，要是我投胎做了菩萨，你这辈子就是把菩萨砸烂的人。跑不了的。"

她在我身后笑着，说："下这么大的雨，早知道就给你穿件雨衣了。"

后来我问她："小齐，你有男朋友吗？"

"现在没有。"

"那我们谈恋爱吧。"

"NO。"她说。

头发剪完之后，我默默地站起来，把报纸卷起来扔到垃圾桶里。她拿了一把扫帚，在阳台上唰唰地扫了几下，剩下的碎头发都被扫到楼下去了。我跑到厕所里去照镜子,还真不赖,比理发店里剪得好看,理发店里总是把我的发型剪成平顶四方型,好像我脑袋上套着个盒子,她是按照我的颅骨形状剪出来的,圆圆的,只有一点发根。这种发型很帅气,又像流氓,又像艺术家。尽管我被她拒绝了,但是为了这个发型也值得高兴高兴。于小齐说:"哎呀,你们学校禁止剃这种头吧?"我说无所谓,反正我就要去实习了,他们管不了我。这又要说起我们班主任,他不许男生留长头发,不许剃光头,也不许分头和背头,长发和光头是流氓,分头是色狼,背头是国家领导人,所以都要被禁止。日他大姐。

我走到厨房,在水龙头下面冲洗脑袋,冲了很久,忽然有一种被凉水催眠的感觉,最好就这么一直冲洗下去。

我回到房间里,她已经盘腿坐在床上。我说:"谢谢,剪得好看。"

于小齐说:"不是不喜欢你,你挺好的。"

我说:"没关系,我脑袋不开窍,就算不喜欢也没什么。"

她让我坐下。外面的雨下得白茫茫的一片,间或有闪电和雷声。她坐在床上,那地方有点黑,看不太清她的脸,但她的声音非常清晰。我们沉默了很久,于小齐说:"我以前谈过的男朋友,是你们化工技校的。"

我问:"谁啊?我认得吗?"

"比你高一届。"

"那一届全是流氓,没几个好东西。前年我们跟他们打过一架。"我摸着自己的脑袋,说,"你那个男朋友我肯定认识的。"

于小齐不说话。

我问:"他叫什么名字?"

"我不会告诉你的。"

"那你跟我说这个事干吗?"我说,"你是不是还喜欢着这个人啊?"

"不,我就随口说说,你别再问了。"于小齐从床上跳下来,说,"你想喝莲子羹吗?我给你盛一碗。"

"莲子羹……"

"我妈一到夏天就给我煮莲子羹,说是吃了不容易生青春痘。"

我定定地看着她离开的身影,嘹亮的雨声几乎要盖过她说话的声音。莲子羹这三个字死死地抵住我的思路,让我的脑子一下子堵塞了。忽然有一根小头发落在我眼睛里,我从椅子上站起来,弯下腰揉眼睛。

有一天她对我说:"你看过《梵高书信》吗?"我说没有,我就看过革命烈士书信集,那帮人超级剽悍。于小齐说:"两码事嘛。"说着递给我一本书,我一看,书名叫《亲爱的提奥》。我问她,提奥是何许人也,她说提奥是梵高的弟弟,梵高的信寄给提奥,写了很多,就编成了书。我很失望地说:"我还以为提奥是个女人呢,干吗是'亲爱的'?"于小齐说:"亲爱的人是不分男女的。"

后来她站了起来,说:"路小路,你挺瘦的。"

我说:"对啊。"

"给我做一次人体模特吧。"

"什么?"

"人体模特,你不是说我没画过裸体吗?"她咬着铅笔说,"画卡通,很重要的一关就是画人体,我对人体姿态不熟悉……"

"现在就画?"

"来吧。"

我慌手慌脚从椅子上站起来,伸手去解裤带,说:"全脱光吗?"于小齐用力摆手:"脱上衣就够了,谁让你脱裤子了!"我说：“上半身你又不是没看见过。”于小齐说："少贫嘴吧你，脱了，站到窗口去。"

我很沮丧，还以为能脱个全裸，谁知只有半裸，跟乘凉没什么区别。当然，我这也就是说说而已，真要让我脱个精光，我还不干呢。我经常梦见自己光着屁股在大街上跑，周围都是女孩儿，指着我狂笑。这种裸体的尴尬我早就在梦里体会过了，那绝对是个噩梦。

我把衬衫脱了，按照她的吩咐站到窗口，摆了个健美的造型，她立刻笑倒了，说："不是这样的。"然后走过来，把我身体的角度调整了一下，双臂摆到一个比较放松的位置，脖子扭过去，再扭过去，她说这样可以表现出颈部肌肉的线条，我说我知道的，那个没穿裤子的大卫雕像就是这么扭着脖子瞪着眼睛，手里还拿着石头，好像要跟身边的人打架。于小齐笑得前仰后合，说："你还知道大卫啊。"显然对我的智商很轻视。

她坐到椅子上，睁着一只眼睛，竖起铅笔对着我比划了一下，说："身体比例有点不对。"我问她哪里不对，她说我腿有点短，臀部显大，大概是穿着西装短裤的原因。我说："这条短裤是我爸爸厂里发的，尺码不对。"她说："索性也脱了。"我说："脱了里面就剩内裤了。"于小齐说："为艺术牺牲一把。"我说："我可就牺牲到内裤为止，再脱我就要喊人了。"她说："再脱我就喊人，说你耍流氓，你说别人是信你呢还是信我？"

我解开裤带，把西装短裤也脱了，我曾经多次穿着游泳裤在她面前招摇过，所以也无所谓，并不觉得害羞。等我脱了西装短裤，立刻后悔了，因为昨天晚上洗过澡之后，我没找到自己的短裤，顺手把我爸爸的平脚裤抓过来穿上了。这条平脚裤又肥又大，可以直接拉到我奶头下面，而且他妈的是天蓝色的，一点也不性感。于小齐看着我的样子，忽然哈哈大笑起来，说："你太像蓝精灵了！"

我无地自容。她继续笑,说:"我从小就想养个蓝精灵做宠物。"我心想,操他大爷,难道所有的画家都是这么嘲笑他的人体模特的吗?

那天她给我画了三张速写,其中两张都是穿着短裤的,另外一张是我的背影,见鬼了,短裤没了,而是一个光溜溜的屁股蛋。我夸她有想象力。于小齐说:"画得很差劲,不过我已经竭尽全力了。"我说:"能不能送我一张啊?上次画肖像,你都没给我。"她说:"上次只画了一张,这次有三张,你可以挑一张拿走。"我想了想,拿了一张有短裤的。我的屁股就留给她自己去欣赏吧。

想跟女孩儿套近乎,就必须有共同语言,女孩儿的兴趣爱好我也要培养起来。这事情说起来就让我头疼,那些画家,那些世界名画,透视笔触色彩光线,根本不是我能搞得清的。后来我做了一次人体模特,总算找到了共同语言,所幸她不是学医的,我也就脱光了展示一下表皮,不至于把五脏六腑都掏出来让她研究。

她对我说:"明天中午我要去解放路,画一块广告牌,我们同学接的活,我负责写美术字。你来看吧。就在波顿商场旁边。"

我说:"好的,我一定来。"

那天我心情特别好,大概穿着内裤和她在一起,也算是拉近了距离吧。回去对杨一说了这件事,杨一疑惑地说:"搞了半天,你就是把自己脱光了?"我说:"没脱光,还穿着内裤的。"杨一说:"你太失败了。"我把那张素描拿给他看,他端详了半天,说:"画得倒是挺像的。"

我懒得跟他讨论,他和我一样,没接触过艺术,看画就知道像不像,看摄影就知道清不清楚,听音乐就知道好不好听,很低级,没什么修养。其实他们重点中学也就这么回事,除了对付那几张考卷,其他方面跟我们化工技校也没什么区别。

我说:"跟你讲这些你也不懂,我要回家去看《亲爱的提奥》了。"杨一问:"是黄书吗?"我听了这话,骂他是个傻逼。到家把素描纸塞进抽屉里,坐在那儿发呆。后来我在抽屉里发现了另一张纸,那是欧阳慧的诗,我从戴中的宣传栏里偷来的。欧阳慧的笔迹,于小齐的笔迹,我看了这张看那张,心里很迷惘。你是怎么从喜欢一个人变成喜欢另一个人的呢?这件事是否就像上学念书一样,读完了这学期,就是下学期。如此简单?还是像一个人死了又投生人间,接受轮回之苦。如此艰难?还是像旅途上经过的车站,所有的车站都要离我而去,除了终点以外。如此惆怅?还是像一幕电影,连终点都没有,只是看到一个又一个的角色在眼前晃动,最后灯光亮起,我一个人回家。如此悲伤?

夜里又下起大雨,很快就停了,雷声在我头顶滚动,我又想起了莲子羹。下半夜我一直醒着,到了早晨才迷迷糊糊睡过去。醒来一看闹钟,已经中午十一点了,我跳进西装短裤里,在冰箱里找到一块其硬如砖的烧饼,啃了一口就发现自己的门牙都快被它撬下来,只好饿着肚子出门去找于小齐。

解放路是戴城唯一可称繁华的街道,在九十年代初,所有的乡下人跑到城里来都要去解放路观光,它的地位就相当于上海的南京路,因此它也有一个很无耻的绰号:小南京路。乡下人搞不清楚,就叫它"解放南京路"。很多年以后,戴城还把运河南岸的一片棉花仓库和破瓦房改造成酒吧区,号称模仿"新天地",自称"小新天地",乍一听还以为是蜡笔小新投资的。

解放路上有一些商场,一些布店,还有乱七八糟的社会饭店,这种社会饭店我们都不敢进去,好比曾园家里的鸿运酒楼,我要是跑进去就是霉运当头了。我们去解放路,通常就是吃点冷饮,在新华书店买几盒港台歌星的磁带，要不就是成群结队在街边蹲着，伏击那些过路的女孩儿。

解放路在白天是步行街，汽车三轮自行车都不能通过，我把自行车停在街口，徒步走进去。八月的大街被太阳照着，黑色的路面明晃晃的，好像一把磨亮的菜刀，街上连人影子都没有，商店里的营业员昏昏欲睡，几家音像店在空无的大街上放着音乐。我很快找到了波顿商场，这个名字听起来很洋派，其实跟李察·波顿或者麦克尔·波顿没有任何关系，店里光线很暗，为了省电把所有的电灯都关了，几个吊扇在头顶半死不活地转着，只有脱光了衣服才能感受到一点点风。营业员都是女同志，当然不可能脱光，她们随身带着蒲扇，在柜台里呼啦呼啦地扇着，根本懒得看我一眼。我在商场里转了一圈，一个顾客都没有，更别提于小齐了。

我走出商场，听见她在头顶上喊我："路小路，路小路。"我抬头，看见她站在一把梯子上，对着我笑。她穿着长袖衬衫，一条长裤大概有十几个裤兜，戴着一顶很破的棒球帽，把头发都夹在耳朵后面，手里拎着一把小刷子，面对着一块广告牌。梯子上还挂着个小油漆桶，乍一看，她就像个油漆工。原来这就是画广告牌啊，我退后几步，看了看牌子上，上面画着两个穿三点式的女人，这是一个内衣广告。

于小齐说："帮我扶着梯子！"我用脚蹬住梯子，问她："你怎么一个人啊？"于小齐说："他们都回家了，我做最后一道工序，把美术字写好就结束。你来得太晚，我都快写完了。"我说："干这点活，你能挣多少钱啊？"她不好意思地笑笑，说："我就写二十个美术字，他们分给我一百块钱，算是照顾我吧。"我说："热吧？连个树荫都没有。"

"你不懂了吧，广告牌当然不能有树荫啊，不然就全挡住啦。"

她用刷子敲敲油漆桶说，"行啦，收工。"说完很麻利地从梯子上爬了下来。我看看上面，一串美术字写着：淑女之选，樱花内衣。

"这什么破广告语啊，谁想出来的？"我说，"难道不是淑女就不戴胸罩了吗？"

"你神经病，"于小齐说："这是我想出来的！他们想了很多条，人家商场都不满意，后来我想了几条，商场觉得挺好的，就用了一个。要不是这条广告语，哪里轮得到我来画广告牌啊？喂，真的很糟糕吗？"

"嗯，现在看看这个广告语还不错，很有深度。"

"反正只要客户喜欢就好。"她说，"帮我把梯子扛进去吧，劳驾。"

我扛着梯子，她带着我进了商场，从一个楼道下了地下室。里面还挺大的，特别阴凉，我以前从来没去过。她说："这里是仓库。"

她带着我绕了几个弯，在日光灯幽微的角落里，四周都是破箩筐和烂布头，还有一辆支离破碎的自行车，积着很厚的灰尘。她说："就放这里吧，商场里的人会来拿的。"说完把油漆桶和刷子一并扔在地上。我放下梯子，沿着地下室走廊兜进去，仅仅是出于好奇。那里面就是仓库了，挂着"闲人止步"的牌子。

于小齐说："喂，有烟吗？"

"你要抽烟？"

她笑笑，两根手指放在嘴边摆了摆，说："不要告诉我爸爸。"

我从裤兜里摸出一包牡丹，弹出一根，她很熟练地叼在嘴角，我给她点上火，顺便自己也点上一根烟。我看见墙上写着：仓库重地，严禁烟火。我看见这种招牌基本上无动于衷，反正它也不会爆炸，最多燃烧而已，撒泡尿就可以灭火。

于小齐说："这儿还挺凉快的。"她一屁股坐在一个纸箱上，脱下帽子，说，"我真累坏了。"

那一瞬间我有点难过，想起莲子羹。好像是她站在深渊前，而我竟先于她走向万劫不复。

我靠着墙，蹲在地上，以便让她可以平视到我。隔着一条过道，我和她对望着，这距离太近，可是幽暗的过道并不是可以轻易穿越的。她把脸深深地埋在手臂交织成的盆地中，两侧的头发缓缓滑落，遮住了脸。香烟在她手指上静静地燃烧，过了一会儿，她侧过脸，看着烟缕说："你发现没有，香烟点着的时候，烟是蓝色的，如果吸进肺里再吐出来，就是白色的。"

她说："我把蓝色都留在身体里了。"

我说："是不是真的很累啊？等会儿我请你吃冷饮。"

她摇摇头，说："下个礼拜就要开学了，你去哪里？"

我想了想说："学校会分配实习单位的，肯定是家化工厂喽，去做工人。"

"做工人很苦的。"

"反正就混着吧。"

"你会修仪表？"

"不会，我们学校出来的学生，狗屁不通的，啥都不会修。"

她缓缓地张开嘴，一团烟雾从她嘴里飘出来，像墨汁在水中洇开那样变幻着形状，升过她的脸，在头顶上骤然消散。她说："我初中毕业以后也去工厂里干过几天，是玩具厂，很苦的。我流水线上做玩具。那种长毛绒的狗熊，特别可爱，抱在脸上很痒的。厂里管得特别严，上班连厕所都不给我去，我他妈差点在车间里出糗，太倒霉了。"

"哎，说脏话，还挺溜的。"

"妈的，"她哧地笑了，"你说可气吧？几十个人的车间，管得比劳教所还严。有一个四十多岁的阿姨做工头，不许吃东西，不许讲话，上厕所要打报告。车间里连扇窗都没有，早上天色刚亮走进去，夜里下班出来，天都黑了。我干了一个月就不想干了，他们连工资都没结给我。后来我想想啊，还是去美工技校读书吧。我知道这个学校很差，可是总比做工人好。"她仰起头，对着半空中吹出一缕白烟，说："刚读技校的时候根本不会画画，连线条都画不好，我是走后门进去的，没基础。读了半个学期我才学会画立方体，那时候我每天都在画素描，也根本不知道自己为什么要画画。"

"你已经画得挺好了，我穿着短裤，你都能把我屁股画出来。"我恬不知耻地说。

"靠，你这是在表扬我吗？"她说，"我呀，特别喜欢梵高，还有莫奈。起初看见梵高的画，我根本看不懂，他那些星空和麦田，画得好奇怪啊。后来我爸爸说，要眯着眼睛去看星空，死命地看，看得眼泪都出来了，就会有梵高的效果。我照着他说的，果然没错！"

"你爸爸是挺神奇的，有时好像什么都不懂，有时又好像什么都懂。"我说，"我要是这么死命地看着你，看得眼泪出来了，你会不会也变成梵高的作品啊？"

"你真逗！"

她忽然站起来，把棒球帽反戴在头上，问我："这样好看吗？"

"像个外国小混混。"

"曾园说很帅。"她对着一块积满灰尘的玻璃摆了个造型，双手叉腰，微微昂着头，一脸无所谓的表情。她说："这样算是很帅了吧？"

我说："不能叉腰，叉腰有点不着调。你得学曾园，把大拇指插在裤兜里，最好把肩膀也耸起来。"

她依样做了一遍，看着玻璃中的自己，笑着说："这倒真的像曾园了。"她把手里的烟蒂扔在地上，踩得扁平，又向我要了一根，斜叼在嘴角说："这样子是不是很像少女帮？"

"不像不像,倒像个油漆工了。"

"油漆工是这样的。"她把香烟夹在耳朵后面。

"这就更像了。"

她继续看着玻璃中的自己,我也在玻璃中。她说:"你知道吗,我特别羡慕曾园。"

"为什么?"

"嗯,人生观不一样。"

我说:"曾园也就是家里有钱吧,没什么的。"

她说:"不是的,不是钱的问题。我喜欢她那种做错了事情也无所谓的样子。我就不行,我老觉得自己在一条死路上往前跑,要是发现自己错了,那就什么地方都去不了了。"

我说:"那还是因为曾园家里有钱啊。"

于小齐说:"不是的,你不懂。"

那天坐在地下室里,我对她说,我很无知,不知人,不知己,也不知这个世界。这样下去很麻烦,就像一个关在地下室的人,把日光灯误认为是白昼,把日光灯照不到的地方误认为是黑夜,这都不对。黑夜和白昼我都可以忍受,但我无法忍受地下室的光线,那种感觉会使人绝望,一辈子都白活了。

她伸手又要了根烟,坐在纸箱上,说:"跟我一起去上海?"

我想了想说,我没本钱,上海太遥远了,我有个表姐在上海,除此以外就没有任何熟人了。我跑到上海去干吗呢?陪读?我想上海的化工厂肯定不会让我这个不会修仪表的仪表工去上班的。不只是上海,任何地方我都去不了。

我说:"我觉得自己很烂。"

于小齐说:"别这么说,将来还是有很多机会的,你别搞得这么消沉。"

我点点头，就算是吧，将来有很多机会。再过几天我就要去工厂实习了，哪怕只是为了混一张技校的文凭，我也得在工厂里忍受一年。这他妈的大概也是业报，只是不知道欠了谁的。

我尴尬极了，几分钟之前还在为她难过，现在该轮到为自己难过了。我蹲在那儿猛抽烟，烟灰像断裂的树枝，沉重地掉落在地上，碎成粉末。她还是坐在纸箱上，把棒球帽摘了，用力甩了甩头发，然后她轻轻地把棒球帽扣在我头上。我没动。整个地下室里就听见我们此起彼伏的吸烟吐烟声。

后来有个人从仓库里面走出来。

谎 言 与 安 慰

时隔多年,我终于可以平静地去说到我的十六岁,以及我当时遇到的人,其中有一个叫王宝。两年之后,他从仓库里走出来,遇见我和于小齐。

十六岁对我来说很重要,上半年还是一个被人欺负的初中生,下半年进了技校就是铁定的混混了。一个人的生命可以改变得如此迅速,可以堕落得如此彻底,这我没想到。从被人海扁到海扁他人,人的脑子一下子明白过来,如梦初醒。那一年如梦初醒的也不只我一个。

刚进技校的时候,胆子还很小,胳膊很细,也没见过什么世面,被高年级的学生称为是雏,也就是刚刚出来耍宝的意思。在学校门口,二十多个高年级学生拦住我们,交保护费,然后跟着他们一起去打架,不会打架的就站在后面呐喊,十足的小喽啰。内心深处对这种暴力行为有点反感,好像一个没吃惯海鲜的人,猛然吃了太多,就会蛋白质中毒。

时间并不太久,我就习惯于自己是个暴徒了。第一次冲出去打架,大飞还点拨我:"看见地上的血,就当是处女血,你就不害怕了,相反还会兴奋。"我说去你妈的,处女能流出一大摊血吗。我不怕血,小时候看多了红颜色,旗帜是红的,笔记本是红的,衣领子是红的,老师的嘴巴是红的,就算我是条公牛,也会对红颜色产生免疫力。不料跑去一看,有个被打伤的人,流出来的血是黑色的,我当场就腿软。你说血怎么可能是黑色的?一点也不光荣,而是无穷无尽的罪恶。第一次看打架,给我的感觉很不好,没有拳脚如飞的精彩场面,倒是有很多惨叫,挨了棍子的人立刻躺在地上,流出血来。后来习惯了,黑色的血是很正常的,因为光线的原因,因为流得太多太黏稠,用水稍微冲一冲它还是会变成红色的。

高年级学生在我们中间挑选他们的跟班,首先要身体好,能打架的,其次要有点钱的,可以时不时上贡给他们。要是又没钱又瘦弱的,那就必须会拍马屁,流氓说点黄色笑话,就跟着一起笑,流氓耍威风,就跟着竖大拇指。天生我材必有用,世界上只有不肯做流氓的人,没有做不了流氓的人。

那伙高年级的学生压了我们整整一个学期,他们都练过身体,人数多,外面喊得到人助拳,要颠覆他们太艰难了。况且我们也愿意跟着他们混,至少不会被外人欺负。打架固然危险,但也不会天天打架,很多时候我们跟着他们去游戏房打电子游戏,在街上调戏女孩子,窝在某个王八蛋家里看黄色录像,学跳慢四步,见识各种刀具和棍棒。当时大飞的任务是给他们做棍子,把铁管锯成两尺来长的一截,大飞锯了两百多根铁管,成了个肌肉男,可惜就是上身肌肉发达,很不匀称。而我的任务是给他们眷写黄色手抄本,抄了二三十万字,练出了一手颜体钢笔字。我都怀疑自己上辈子是不是个抄经的和尚,因为写了错别字,所以菩萨罚我这辈子抄黄色小说,而且没有性生活,而且是个呆逼。

那些高年级中间,有一个叫王宝的,长得很帅,风度翩翩。流氓不见得都是杀胚,也有好看的。他最初在我的印象中是个蛮有教养的人,不太爱骂脏话,也不出头打架,经常是撇着嘴站在一边冷笑,吃饭拉屎都是这个表情,你就会怀疑他是不是某个局长的儿子。他爱穿西装,有枪驳领套装,有灯芯绒休闲西装,有呢绒西装外加黑色大衣,各种颜色的领带,冒牌的温州登喜路皮带,皮鞋锃亮,长年累月吹着一个挺刮的飞机头。我们以为他很有来头,后来才知道,他和我们一样也是工人子弟,全家五口人住在一个十二平米的小平房里,完全是穷光蛋。然而,在一群化工技校的小混混中间,他显得卓尔不群,光鲜夺目。我也是穷光蛋,却从来没有想过把钱花在衣服上,我常年穿的都是农药厂的工作服,尺码合适我就谢天谢地了。说实话,穷人要是爱打扮自己,多半不是什么好东西。

他那个冷笑的表情迷倒了很多女人。

我第一次出去喊平胸,就是跟着这伙人。站在文化宫门口,王宝教我们怎么喊,然后负手站在一边冷笑。他自己不喊。喊过之后,高年级的学生把我们带到文化宫的假山后面,对我们说:"给你们看点好东西。"然后,王宝从书包里拿出一个白色的胸罩,B罩杯的,据说是我们学校某个女学生干部的随身配件。当时我们都不好意思直接看那玩意儿,烫眼睛,下面有反应。王宝说:"那个女的跟我睡过。"他用手指勾住胸罩带子,那玩意儿就在我们眼前像钟摆一样晃动。我都看傻了,大飞也傻了。大飞说:"你不怕搞大人家肚子?"王宝说:"我有这个。"他从钱包里摸出一个小塑料包装,我以为是避孕套,一看才发现,是一种叫阴道隔膜的东西,也是用来避孕的。这玩意儿如今似乎绝迹了,九十年代初曾经是很常见的避孕工具。看见阴道隔膜,简直就像看见了活生生的阴道,所有人下面都搭起帐篷。

我见过那个学生会女干部,长得不赖,大眼睛,小嘴巴,梳着政工干部一样的齐耳短发。乍一看，还以为她是个很正派的人，谁知道是个淫娃。这样的女人让我有点发疯，比看见真正的淫娃还刺激。这种心态很要命，我还以为自己的脑子出了问题，不爱红装爱武装，后来看了王晶的《制服诱惑》，总算知道是什么心理状态了，原来就是变态，压抑得太久了，想把所有的女干部都骑在下面。

据说，女干部不是王宝骗来的，而是她自己贴上来的。王宝说，他的女人没有一个是费劲追来的，全是主动送货上门，不费吹灰之力。他所要做的就是把她们喂饱了，穿上裤子滚蛋。讲完这些故事，王宝面不改色，他很优雅地把胸罩放回书包里，说："下回给你们看更刺激的。"后来的展览我就没去，我担心这个王八蛋会掏出一沓卫生巾给我们瞻仰。去过的人说，不是卫生巾，是一条花边小内裤。他的故事还在继续，从学生会女干部，到女高中生，到戴城职大的女大学生，到轻工技校的女老师，到舞厅里的女青年，每一个故事都是绘声绘色，每一个女人都是活色生香。一直到他说到一个煮莲子羹的平胸女孩儿。

有一天他说，他最近在搞一个女孩儿，年纪很小，刚刚十六岁。他刚认识她的时候，她失学在家，也不去读书。这个女孩儿长得还可以，可惜是个平胸，没什么意思。他说，唯一的刺激就是，他是在女孩儿家里搞她，她妈妈随时都可能回家。每次干完之后，女孩都会从厨房舀一碗莲子羹给他吃。我们不明白，吃莲子羹是什么意思，王宝说："莲子羹是防青春痘的。"

有人问："是处女吗？"

"听她自己说是的，不过没流血。我也不知道她是不是。"王宝说，"看那样子应该是吧，有些处女也不流血的。"

当时我们对处女没什么情结，上帝能发一个四肢健全的女人给我们，已经是厚爱了，就别提那一小块处女膜了。我们主要还是对床上的故事感兴趣,最好能听到各种不同的新鲜内容,比如学生会女干部喜欢用指甲掐人,戴城职大的女大学生喜欢一边看黄片一边玩。关于莲子羹女孩儿,没什么特别的故事,王宝说她中看不中用。有一天他告诉我们:"我干到一半,觉得没意思,拔出来就走,莲子羹也没吃。"

拔出来就走。这句话给我留下的印象太深,旁边有人开始流鼻血,还有人说:"王宝,你他妈的,我们连一个女人都没有,你就这么浪费粮食。"这个人就这么用黄色故事征服了我们。

那时候,我回到家里,深夜手淫,脑子里都是王宝的故事。一方面觉得刺激,另一方面对这个王八蛋恨之入骨。我的早期性教育太糟糕了。一边手淫,一边想到那个莲子羹女孩儿,有几次甚至停下手来,觉得很伤感,差不多要让我阳痿。

一九九一年夏天,那个下雨的午后,在于小齐家里,她说到自己有个男朋友是我们学校的,后来她端上来一碗莲子羹,我眼睛前面黑了一下,有一个巨大的钟槌在敲打我的太阳穴。那时候我已经十八岁了,于小齐也是十八岁,还很年轻,但是已经长大了。我吃着莲子羹,想到那句毕生难忘的话,拔出来就走。我看到她的床,有一道闪电照亮了它。

后来我就不跟王宝混在一起了,那伙高年级的学生和我们一年级打了一架。我们不再怕他们,身体也练好了,该怎么打群架也知道了。那次群殴打得很惨,双方都有人受伤,大飞被人踹到了河里,还是我把他捞上来的。开打之前,王宝就溜了,我们都想趁这个机会揍他,他跑得比兔子还快。一个月之后,他因为搞一个有夫之妇,被户主追杀到学校,学校忙不迭地把他开除了。那以后就再也没见到他。

那次群殴在我生命中具有很重要的意义,打过这一架,我就知道自己不是以前的我了，不用站在街上被傻逼欺辱，不用围在傻逼身边听什么黄色故事。妈的，拳头大，人格才高尚，不然光吹嘘自己鸡巴大，又有什么意思？王宝被开除之后，我偶尔和大飞谈起他，大飞说他是个傻逼，我也承认。但是与此同时我又想，这个人居然曾经影响了我，曾经在我生命中扮演了重要的角色，很不是滋味。我以为那些重要人都应该是亲爱的人，那是一种幸福，事实上，被憎恨的人，憎恨你的人，也有可能成为重要的角色，只是我们不愿意去承认这件事。承认这件事，就意味着整个人生全部失败，悲哀得就像自己前世是个做鸭的。

那年夏末，我在波顿商场的地下室再次遇到王宝，那无非是一次巧合，我起初都没能把他认出来。

他穿着一件短袖衬衫，头发梳得溜光，由于光线很暗，一开始我没看清他，只是一道黑影生长在幽暗的地方。他晃着膀子从仓库里走出来，指着我说："你们是哪儿的？这里不许抽烟！"

我懒得跟他啰唆，就把烟扔在脚下，站起来对于小齐说："我们走。"于小齐早已站起来，看着王宝不说话。

王宝说："别走，跟我到办公室去交罚款。"

我不想在这种时候惹麻烦，一则身边没钱，二则心情不好，为了抽烟这种事被人训一顿，很煞风景。我走过去，发了一根烟在他手里，说："算啦，师傅，抽根烟，帮帮忙。"王宝说："牡丹烟你也好意思拿出来？"说着把烟接了过去，叼在嘴里，等着我给他点火。

这时我才看清了他的脸，他比以前壮实了，不过我也不差。

我说："王宝，是你啊。"

王宝细看了看我，说："噢，你是化工技校的，忘记你叫什么名字了。"

我有点犹豫，最后还是给他点上烟，说："你现在在这里混？"

王宝说："我给波顿商场看仓库。"

他看见了我身后的于小齐，他愣了一下，低头抽了口烟，与此同时我也从那块玻璃中看到了她，我看不见她的脸，只是她整个身影被灰尘所笼罩。在我们的头顶上，一盏日光灯忽然熄灭，又眨了几下，重新亮起。

王宝拍拍我的肩膀，用不高不低的声音说："现在你在搞她？"

屈辱和狂怒一下子涌上我的脑袋，我让开肩膀，恶狠狠地说："你什么意思？"

王宝说："没什么意思，她蛮不错的。"

我伸手从他嘴上把香烟拔下来，扔在地上。王宝退了一步，他的声调没变，足够让我和于小齐都听见："别冲动，我现在跟白锦龙混，你要动了我，明天就把你弄死。"白锦龙这个名字让我再次犹豫了一下，但我还是决定动手。我伸手去叉他脖子，忽然觉得胳膊被于小齐拉住。

她说："我们走吧。"

王宝说："你这个傻逼。"

我说："王宝，我要把你肠子打出来。"

王宝忽然喊起来："来人啊！有人在仓库里抽烟，还打人！"然后对我笑笑，说，"怎么样？去联防队练练？这儿的联防队我全认识。"

我试图挣脱于小齐，但她把我的胳膊扭得非常紧，我愤怒地回头看她，只见她脸色铁青。她大概用上了全身的力气，几乎把我的右手扭到了身后。在狂怒之下我大叫："放开我！放开我！操你妈，王宝！"我冲着他踢出一脚，没踢到他，自己反而被于小齐拽得失去了平衡，一脚踢在墙角那块玻璃上，还好穿着球鞋，要是还穿着拖鞋我就惨了。玻璃被我踢倒，砸在地上，蒙尘的镜子闪着奇异的光芒四散崩裂。

我甩开于小齐，和王宝厮打在一起，先是用耳光扇来扇去，后来挥拳如雨，也不知道是我打他多些，还是他打我多些。商场里冲下来很多人，把我倒拖开来，十七八只手扭住我的胳膊我的脖子我的腿，我好像是被一只章鱼抱住了。王宝撸撸头发，微笑着走到我面前，用食指掂了掂我的下巴，说："小傻逼，吃醋了？"我张嘴咬他手指，没咬上，两排牙齿撞在一起，差点把自己的嘴巴咬破了。他抬手扇了我一个耳光。

后来我被他们拖到仓库里，几个人把我按在地上，脑袋上套着一件衣服，什么都看不见，只觉得有人在踢我。我听见王宝说："怎么收拾他？"有人说："用橡皮棍子打，没有外伤。"又有人说："别用棍子，用电警棍，二十万伏的，一家伙就让他服气。"我大骇，隔着一层衣服狂喊救命，说："我爸爸是法院的，我叔叔是武警支队的，你们要是敢动私刑，我让他们踩平你们波顿商场！"王宝在我腰里踢了一脚，说："别信他的，他化工技校的，他爸爸会是法院的？"我说："我姨夫叫崔卫忠，你们解放路派出所的。"这可不是我撒谎，我的姨夫确实是这一片的警察，尽管只是个户籍警，也够我抬出来救急的。实在是不想挨电警棍。感谢我二姨，嫁了个警察。

那几个人把我松开，把头上的衣服摘掉，我站起来一看，都是五大三粗的。仓库里很暗，没怎么看清他们的脸。那几个人说："你活腻了，敢到波顿商场来闹事？知道这是谁投资的吗？"我说："我没有闹事，我跟他有私仇。"我在几个人之中寻找王宝，没找到，已经跑了。那几个人说："有私仇就出去打架，在这里闹什么？别以为你亲戚是警察,我们就不敢打你。"其中一个人走上来,扇了我一个嘴巴,说:"这耳光让你长长记性,滚吧。"

正午时分,我从波顿商场的后门出来,马路空无而苍凉,阳光就像我踢碎的那块玻璃,穿过零星的树荫,七零八落地照在地上。脸上火辣辣的,后背和腰都在疼,不过还好,没有挨电警棍就算万幸了,那玩意儿的滋味我本人没有尝过,但是耳闻目睹过,别人告诉我,电警棍的滋味终生难忘,就像烙铁烙在了记忆中,等到老了以后,变成一个痴呆,连性高潮是什么味道都想不起来了,但电警棍还是会留在脑海中。

我绕到商场正门去找于小齐,想来她不会扔下我开溜,果然,她正坐在马路对面哭呢。看见我走过来,她站起来擦眼泪,说:"打你了?"我说我没事,虽然挨了几下,但我这个年纪正是扛打的时候,所谓黄金时代。于小齐说:"刚才营业员说,你惨了,肯定被打得半死,这个商场是一个老流氓开的,保卫科都是白锦龙的人。"我说:"还好,老流氓也要给我一点面子。"于小齐说:"我吓死了!"

走在路上的时候,我有点气不过,说:"你说你找什么男朋友不好,找王宝这样的。"

于小齐说:"我那时候年纪小。"

我说:"年纪小就更不应该找。"

于小齐说:"你能不能别说了?太倒霉了,怎么会遇上这个人?"她一生中遇到这种事情只会归结为倒霉,我就不行,我要操他娘一百遍才消气。后来她又问我,怎么会知道王宝就是她以前的男朋友。

我说:"你爸爸告诉我的。"

于小齐吓了一跳,说:"不可能,他一点都不知道,要知道的话早就气死了。"

"他不知道,"我叹了口气,"都是我瞎猜的。"我没跟她说莲子羹的事。

我们走到解放路尽头,我自行车停在那里。于小齐捏捏我的胳膊,拍拍我的腰,说是怕我受内伤,或者骨头断了还没觉察。我说:"小齐,你是不舍得我,还是不舍得自己的人体模特啊?"于小齐说:"我呸,挨了打还贫嘴。"她从口袋里掏出那顶棒球帽,已经被踩得脏不拉叽的了,她再次把帽子扣在我头上,说:"脸有点肿了,好遮住一点。"

给我戴上帽子的时候她又哭了,就这么站在街上,哭得好像是一个雨中的稻草人。我慌了,说:"刚才不是哭过了吗?"

于小齐说:"刚才是吓的。"

我说:"你别多想啦,都是很久以前的事情了。"

于小齐说:"路小路,这是你第三次因为我挨打了。"我说不是,前两次都是挨打,这次是对打,我没吃什么大亏,至少没有在王宝身上吃亏。我早晚还要去找他。于小齐说:"你还是不要去找他了,都忘记这个事情吧。"说完又哭。

我安慰她说:"小齐,你马上就要去上海了,这些事情都过去了。你去了上海就什么事都不用去想了,学会了卡通就可以挣很多钱,我都比不了你,你看,我就是一个工人,一个月挣一百五十块,你呢,一个月挣三千,你就什么事都不用去想,挣那么多钱多有面子啊。挣很多钱,就没有人敢欺负你了。"我结结巴巴地说了半天,觉得很悲伤,就不说了。

她用手背在脸上胡乱抹了几下,伸到我衬衫口袋里掏香烟。我们蹲在树荫里,我忽然觉得浑身的力气都没了,可能是饿的,但又并不觉得饿。还是这个夏天,景物和光线依然如故,我却有陌生感,好像我闭了太久的眼睛,忽然睁开时看到的世界。

于小齐抽着烟,把王宝的事情告诉我,讲得也很简单:初三毕业那年,她没考上任何学校,也不想去招工,就只能晃着。王宝和她是一个学校的,比她高一届,以前就认识,还在一个兴趣小组玩过。毕业以后她又遇到了王宝,就跟他谈恋爱了。后来发现这个人品行有问题,他同时谈着好几个女人,于小齐就跟他分手了。

她没说到上床的事情,我也没问,不知道怎么问。

讲完这些,她说:"你可别告诉我爸爸。"

我说:"知道。"

她又补充说:"你以后也永远不要再问我这件事。"

我说:"好的。"我心想,你最好也永远不要问,王宝曾经对我说过些什么。

永远。

说起来我年轻的时候用过很多极端的词,永远啦,到死为止啦,这些词都没什么分量,说出来纯粹是为了给自己壮胆。可是在一九九一年的那个中午,于小齐说,永远不要再问这件事,我就知道,自己真的要永远去守住一个秘密。可惜这个秘密既不是为了她,也不是为了我,而是为了那个婊子养的王宝。

有些事情是永远也对质不出真相了。我十六岁听到的那些故事,可能是真的,也可能是假的,这些都不重要。重要的是,一旦对质,就会像傻逼一样无聊。谎言,或者是无耻的真话,这没什么区别,最好的办法是在这些人脸上砍一刀,他就知道什么是牛逼了。

我对自己说,这事没完。

智障者不能自拔

那天,从波顿商场出来,我们在街上各吃了一碗馄饨,馄饨端上来,于小齐就匀了一半给我,说:"我吃不了这么多。"卖馄饨的大娘对我说:"看人家小姑娘对你多好。"我一开心,把馄饨吃了个精光,连汤都喝了。卖馄饨的大娘说:"喝吧喝吧,我的馄饨汤里没有味精的。"等我们吃完了,于小齐抢着付账,我假装在口袋里掏钱,裤兜里滚出两个钢镚。卖馄饨的大娘说:"别装啦,一看你就是个白吃的。"我说:"喂,阿姨,你这么说话太过分啦,笑我穷啊?"卖馄饨的大娘说:"穷点怕什么?以后挣了钱,你请她吃海鲜。"于小齐说:"阿姨,你真会说话。"

后来我骑上自行车,带着她上路。我问她:"怎么没见过你骑车啊?"于小齐说:"刚放暑假我的自行车就被人偷了,我妈不给我买新车,怕我骑着车子出去野。我自己有点私房钱也要攒着,等我从上海回来了再说吧。现在就靠走着,搭公共汽车。"我说:"这个简单,明天我去给你搞一辆。"于小齐说:"怎么搞啊?你不会是个偷车贼吧?"我发现自己说漏了嘴,赶紧说:"我去旧车市场给你弄一辆。"其实旧车市场大部分也是赃车,跟偷来的没什么区别,反而还要给小偷付劳务费，还不如直接去偷呢。后来我又想，生平第一次给女孩送礼物，居然送一辆偷来的车，这是不是有点太过分了？

我问她："咱们去哪儿？我送你回家？"

"去你家吧，我还从来没去过报春新村呢。杨一在不在？找他玩去。"

"不知道，大概去补课了。"

"他们重点中学好辛苦。"

"考上大学，辛苦一点也值得，要是考不上就等死吧。"

"考不上就没前途了，嗯。"

我故意加快速度，骑着车子在大街上飞驰，她坐在我后面，用手揽住我的腰。这就对了。此时我又放慢车速，好让自己有更多的时间享受这种感觉。她也没把手挪开。

我说："小齐，其实我很羡慕你的，你还能去上海，我哪儿都去不了。我的活动范围，以家为圆心，半径三公里。出了戴城我就像王八上了岸，很艰难。"

于小齐说："你哪来那么多滑稽的比喻啊，太可笑了。"

"这是真话。"

于小齐说："喂，路小路，跟我一起去上海吧，咱们永远不要回这个地方了。"

"我去不了上海。"我说，"不过我会等你的。"

她不吱声。我不无悲哀地想到，十八岁真是无处可去，如果想去到更远的地方就要花很大的力气，而且很冒险。我并不怕冒险，我连冒险的机会都没有。我跟家里那台挂钟没什么区别，不会走路，只能在身体内部绕圈子，摆来摆去，撞出当当的声音。

我们在进报春新村的时候遇见了杨一，他也骑着自行车，刚刚补课回来。于小齐喊道："杨一！杨一！"杨一说："哟，你们真要好啊！"我说："正经点！"杨一伸手摘了我头上的棒球帽，说："帽子不错，给我戴一会儿。"

在报春新村，高大的泡桐树遮蔽了天空，阳光时隐时现，很舒服。我们深知在这片浓荫之上不仅是天空和太阳，还有随时可能飞到头上的西瓜皮。果然，刚在托儿所那边转了个弯，树叶哗啦一声响，一片西瓜迎头飞下，落在一根火线上，弹了一下，滴溜溜飞旋着往我们头顶砸来。于小齐大喊一声："哇！"我猛踩自行车，西瓜顺着于小齐的胳膊落在地上，嘭的一声，砸得粉碎。

我们住在报春新村36幢，那房子在最后一排，很阴，门口的泥地上长满草，草丛里有几只老鼠在蹿动。这窝老鼠都快成我们楼里的宠物了，打不死，药不翻，逮不住。楼道里的居民小组长想尽办法，还特地借了一只猫过来，结果那猫当天就被毒死了，老鼠安然无恙。这群老鼠鬼精鬼精的，智力可能已经超过了人类。

于小齐说："嘿，有老鼠。"

杨一说："别去惹它们，精着呢，它要是喜欢上你，就会跟你回家的，还会守在楼下对着你窗子张望。"

我说："操，你什么意思？"

我们上楼时，杨一还在介绍，说他家住三楼，我家住二楼。后来听见一阵怪叫，定睛一看，是我们楼里的三炮在打他弟弟。当时是下午，大人都上班去了，楼道里静悄悄的，只有几个退休老太站在楼梯口，对我们说："又在打傻子了。"

三炮比我们大，住在四楼，他们家的地板就是杨一家的天花板。他有个智障弟弟，绰号呆卵，真名没人知道。那时候三炮在农药厂上三班，经常白天睡觉，晚上干活。呆卵是个白痴，根本不知道他哥哥累得跟狗一样，他在家里大呼小叫，弄得三炮神经衰弱，经常

131

把傻子拎起来狂扁。

　　杨一也不喜欢呆卵，他们两家是正对着的楼上楼下。呆卵虽是个傻子，却精力旺盛，喜欢在屋子里跳，或者凌晨两点钟起来用木榔头敲地板，搞得杨一没法睡觉。有一次杨一对三炮说："该把你弟弟送到疯人院去。"三炮听了，一拳揍在杨一脸上。这说明三炮还是很爱他弟弟的，但他打起弟弟来，简直恨不得把他送到火葬场去。三炮是个神经病，他才应该去疯人院。

　　我记忆中的戴城，每条街上总会有一个白痴少年，他们脸形古怪，五官就像盆景一样扭曲着，有些智商比正常人类低一些，有些智商比正常猪类高一些，他们游荡在以家为圆心的两百米范围内（比我少二点八公里），要是再走得远，就会被那些小流氓当狗一样打死。我们楼上的呆卵倒是很听话的，他从不独自出门，他只在自己家里闹。

　　那天三炮简直发了狂，他就穿着一条裤衩，一只脚趿着拖鞋，另一只脚光着。他把呆卵从四楼打到了二楼，呆卵并不逃跑，而是拼命想挤回家，这就给了三炮更多打他的机会。三炮说，让你闹，让你跳，让你不给我睡觉。拳头雨点般泻在呆卵脑袋上。呆卵抱头怪叫。我们在楼梯口看着，后来呆卵从楼上直直地滚下来，摊手摊脚躺在我们面前。呆卵满嘴是血，含糊不清地对杨一说："我要死了。"

　　杨一说："你还不跑啊，你哥今天非杀了你不可。"

　　呆卵说："我要回家。"

　　杨一说："你回家还不是个死？"

　　呆卵大哭，说："妈妈——"

　　这时三炮拎了一根棍子，从楼上冲下来，嘴里喊着："你们让开！"看热闹的老太们吓坏了，对我说："路小路，还不拉住三炮！"杨一说："我来！"老太说："杨一不要上去啊，你是高考生，被打坏了不值得。"我心想，操你妈，我读技校的就这么不值钱吗？这伙老太很势利，尤其是那个居民小组长，她觉得杨一是我们楼里有史以来第一个读重点中学的，应该像大熊猫一样保护起来，至于路小路则完全谈不上，只是某种繁衍过快的害虫，应该早点扑杀掉才对。

我和杨一一起扑上去，架住三炮，三炮的棍子在空中乱舞。三炮大喊："滚开！滚远点！"他狂怒起来，谁都挡不住，连他爹都敢揍。忽然之间，杨一肚子上挨了一肘，摔倒在呆卵身上。我大怒，捧住三炮的脸，一脑袋磕在他的额头上，两个一起捂着头蹲在地上。几个老太说："三炮，你这个不要脸的东西，就知道欺负你弟弟！"三炮被我撞醒了，在群众的一片指责声中脸面丢尽，扔下棍子说："那好，有本事你们把呆卵领回家去，我要回去睡觉了！"说完他就上楼去了。

后来我拉着于小齐往楼上跑，已经晚了，这伙老太早就盯上了于小齐，说：

"路小路有女朋友啦？"

"长得蛮好看的，我还以为是杨一的女朋友呢。"

"路小路早恋，不学好。"

"他反正就是读技校的，早点搞对象也好。"

我在心里骂道：操你们全家！

"小蓓，小蓓。"那是呆卵的声音。

我们坐在杨一家里，惊魂未定。杨一给我们递上可乐。于小齐说："那个人为什么打他弟弟啊？"我们把事情的原委说了一遍，三炮要上三班，他弟弟是个傻子，在家闹着，三炮就要打他。这类打斗在他家几乎每星期都要发生,有时候打几下就结束了,有时候从凌晨打到天亮,视三炮的心情而定。

于小齐说:"欺负傻子算什么本事啊?有本事到街上去打。"

杨一说:"其实三炮也很可怜,他在厂里上三班,每天要赶产量,他那呆弟弟每天这么闹他,他到了厂里睡不醒就要扣奖金,还有可能出生产事故。上个礼拜我妈给三炮介绍女朋友,人家一听他有个傻子弟弟,屁也没说就回绝了他。"

我说:"怪不得把呆卵打得这么狠。"

于小齐说:"你们这都给人家起的什么外号啊,难听死了。"

我说:"我们楼里都这么喊他,文明一点的喊他傻子,他没名字。"

那天我们刚聊了几句,杨一家的窗户就被人劈啪地敲响了。杨一跑过去一看,呆卵正趴在窗口,对着里面张望。杨一拉开门骂道:"呆卵,你偷看什么?"

呆卵说:"小蓓,小蓓。"

"操你妈,你又看见小蓓了?"

"小蓓,小蓓。"

于小齐问:"他喊谁呢?"

我向她解释,呆卵从小傻了吧唧的,什么事都不懂,只有一个爱好:看日本动画片。他很牛逼的,一个智商还不如小学生的人,只要电视里放日本动画片,他就会乖乖地坐在那里,从头看到尾。至于"小蓓",我告诉于小齐,傻子小时候最爱看的动画片就是《花仙子》,还记得《花仙子》里面的小蓓吗?那就是他的偶像。只要看见好看的女孩,他就喊人家小蓓。

于小齐乐了,说:"杨一,你让他进来啊。"

杨一说:"不行的,他进来了就开电视,赶都赶不走。"

呆卵听见于小齐的声音,用身体挤住杨一,拼命想进来,还在嚷着要看小蓓。杨一也拼命顶住他,对着我喊:"帮我一把,把他顶出去。"又威胁呆卵说:"你再敢往里面挤,我叫三炮来打你!"呆卵说:"他睡觉去了,他不会来的。"杨一说:"我操,你倒蛮精的嘛,你是傻子吗?"

于小齐笑得前仰后合,跑到门口,躲在杨一背后,对呆卵说:"小呆,你进来,姐姐给你吃东西。"

我操,我笑翻了。小呆,亏她想得出来。杨一也笑了,对于小齐说:"小什么呆啊,你想做他姐姐,那你把他领回去得了。告诉你别惹他了,他发起疯来不得了,会撩女孩儿裙子的。"他龇牙咧嘴对呆卵说:"你说你有没有撩过女孩儿裙子?"

呆卵说:"我没有!我没有!"还在往里挤。

杨一说:"小路,他妈的!我顶不住他了!"

我靠在沙发上,说:"你照他脸上打一拳,他立马就跑了。"

杨一说:"操,你就幸灾乐祸吧。"

这时,呆卵突破了杨一的防守,闯进屋子里。别看呆卵平时被三炮像沙包一样打,其实他力气非常大。他们家吃核桃,都是让他用手捏碎的,当然,捏碎了以后他就可以走了,吃核桃轮不上他。

呆卵进屋以后倒是挺乖的,搬了一张小板凳,坐在我们三个中间。这下彻底破坏了气氛,于小齐的注意力全都转移到这个傻子身上。杨一说:"呆卵,你去看电视吧。"呆卵说:"我看小蓓。"

于小齐跑到厨房,用手绢蘸了点水,帮呆卵擦了擦脸上的血迹。杨一说:"你别管他了,你给他擦干净了,等于是毁尸灭迹。"

"为什么啊?"

"你把血迹留着,他爸爸下班一看就知道三炮打了他,至少会骂三炮一顿。你擦干净了,他自己又不会告状,算是白挨揍了。"

于小齐说:"真可怜。他多大了?"

135

"不知道,"杨一说,"大概十五六岁吧。"

"就一直在家关着?"

"读过书的。那时候我和小路还在报春小学,上六年级吧。他比我们牛逼,直接就读三年级。没办法,他要是读一年级,那帮小孩都能被他掐死。三年级就比较好一点。他个子比同班同学都高一截,力气大得没边,可是有什么用?别人照样欺负他。其实他也不是特别傻,会做加减法的,四则运算就完全不懂了。还会写几个大字,现在大概全都忘记了。"

"没给他读下去啊?"

"别提了。有次学校大扫除,他看别人擦窗,觉得好玩,也爬上去。傻子嘛,手脚不协调,直接从上面栽了下来。脑袋撞在课桌上。换作别的小孩,肯定撞成傻子了,他就一点事都没有,因为他本来就是傻子。而且很奇怪的,那一下子好像把他撞聪明了,他开始喜欢女孩了,对人家动手动脚的。学校受不了他啦,就把他送回家了。"

"就那时候撩女孩儿裙子的?"

"撩!连女老师都不放过,蹲在地上朝里面看,还跟着人家跑进女厕所。谁受得了他?不过这两年好一点了,不撩了,大概又傻回去了。"杨一拍拍呆卵的头,对他说,"你说你是不是流氓吧?"

"我要吃东西。"呆卵说。

"记性还挺好的,姐姐答应给你吃东西的。"于小齐问杨一,"你家有吃的吗?弄点给他。"

"只有可乐,别给他喝。他要喝上了,以后天天闹着喝可乐,还不给他爹揍死?"

"真可怜。"于小齐说,"怎么跟养狗一样?"

"还不如狗呢。"

于小齐说:"他们家太不人道了。"

杨一说:"没办法,我们这片住的都是工厂里的职工,工资很低。家里养着个傻子,又不工作,在家白吃饭,白占地方。"

我摇头说:"他能吃多少啊?一天三碗米饭,饱也是这点,饿也是这点。一年四季就给他穿一双塑料拖鞋,还说他不怕冷。"

"可他还是占地方啊。还好他是三炮的弟弟,不是我弟弟,否则我要给他烦死。"杨一对呆卵说,"你以后半夜里能不能安静点?你老用棍子敲地板,地板上有什么啊?我都给你吵得睡不着。"

于小齐说:"嘻嘻,他敲地板啊?"

"敲啊,像和尚敲木鱼一样。我们这房子隔音差,他敲的地方就在我床头正上方。妈的,"杨一推推呆卵,"你敲什么啊?"

"下面有鬼,我把它敲下去。"呆卵说。

"操,下面是我在睡觉!"杨一摇摇头,"反正就这样,也没办法。实在敲狠了,我只能睡到小路家里去。"

"你们睡一张床?"

"夏天我可以睡地板,冬天就挤一张床。"

"你们俩睡一起很好玩啊。"

"好玩什么啊,"我说,"经常是傻子半夜里敲地板,他半夜里就抱着枕头来敲我家的门。我睡得迷迷糊糊的,一开门,他就跑进来爬到我床上。他睡着了磨牙,跟吃黄豆一样。第二天一大早,他妈妈就把早饭给端下来了,六点钟把他叫起来,他就坐在我身边喝稀饭,然后接着睡半个小时。有时候我也能饶上半根油条。"

呆卵忽然说:"我要吃油条。"杨一说:"没有!"呆卵说:"油条,油条。"于小齐说:"小呆不要吵,姐姐下次给你带牛肉干。"呆卵说:"那你不要带辣牛肉干,我不大爱吃辣的。"我们都乐了,于小齐说:"哎,还好嘛,不算太傻。"后来呆卵又看中了杨一头上的棒球帽，说："我要帽子，给我戴戴。"杨一不答应，于小齐说："给他吧，反正也是旧帽子了。"她从杨一头上把帽子摘下来，扣在呆卵头上。这下呆卵得意了，在屋子里昂首挺胸地走，还跑去照镜子，浑然忘记刚才被狂揍的事情。

杨一说："他经常有一种错觉，以为自己不是傻子。"

那个下午就在呆卵的叽叽咕咕声中流逝了，四点钟的时候，于小齐起身要走，我说要送她，她说不用，坐公共汽车就可以。我说："那我送你到汽车站吧。"她说好吧，她不认识汽车站。杨一说："我也去吧，不然这傻子赖在我家不肯走。"我们起身往门口走，呆卵也站了起来，跟着我们一起下楼。于小齐说："坏啦，他不会想跟我回家吧？"杨一说："他喜欢上了你。"于小齐就回过身来，拍拍呆卵的后脑勺。

我们往新村外面走去，呆卵始终尾随着我们。于小齐几次回过头去，大概是担心他真的要跟着她回家。我说："你放心，他走到幼儿园那边就不敢往前走了。他平时就走到那里为止。你只管走你的。"果然，到了幼儿园门口，傻子停下脚步。那是暑假，幼儿园空无一人，铁栅栏里是几个油漆剥落的木马和滑梯。呆卵立刻就被这些玩具吸引了，其实他每天都能看见这些玩意儿，可是他每次都会觉得很新鲜。傻子毕竟是傻子。他抓住铁栏杆，想把那个硕大的脑袋钻进去。趁这个工夫，我们拐了个弯，把他甩在视线以外。后来他发现我们不见了，还在后面喊：

"小蓓，小蓓。"

我再次见到于小齐时，她正在家里收拾行李。她说："我后天就去上海啦。"

我说："我来送你。"

她说:"不行的,我妈跟我一起走,她非要把我送到上海才放心。你要是被我妈撞见就惨了,她肯定要盘问你。她恨你们化工技校的人。"

我蹲在一边看她捣腾。她从包里掏出一包牛肉干,说这是给呆卵的,又说她妈妈快要下班回家了。我老老实实站起来,骑上自行车回家。

我整个地瘟了,吃饭睡觉都没心思。到了半夜拿出那本《亲爱的提奥》翻来覆去地看,书很枯燥,讲了很多上帝的事情,我还以为是教我画画的呢。我本来应该失眠的,读了几页就睡着了。

我忘记告诉她一件事,呆卵已经上班了。他爸爸给他找了一家街道工厂,生产蜜饯的,那里面专门安置一些残疾人、瘸子、聋子、侏儒,作为智障呆卵还是头一个。他们家都乐坏了,一个白痴也可以去上班,挣得虽然不多,但他花费得更少啊!白痴上班等于是废物利用,这种成就感比创造发明更为强烈。他爸爸还给他写了个简历,说他身材魁梧,性格沉稳。这几天,呆卵天天拎着个黑色的人造革皮包去上班,搞得挺像回事的。他在厂里负责搬东西,你知道街道工厂的蜜饯有多脏吗?都是摊开了晒在地上的,蚂蚁乱爬,苍蝇满天飞,老鼠爬来爬去。别人用脚踩过的东西,这家伙满地捡来吃,每天都是打着饱嗝回家,连饭都不想吃了。傻子的肠胃虽然比正常人坚强,但我估计他也撑不了多久,迟早会得痢疾。

第二天早上我在街上看见他,他还戴着于小齐送给他的棒球帽。他皱着眉头,流着口涎,对我说:"小路,我肚子疼。"我说你丫活该,少吃点蜜饯吧。后来我看到那顶棒球帽已经被他弄得脏了吧唧,我想起在地下室的时候,于小齐曾经那么温柔地将它扣在我的头顶上,它本来应该是我的纪念品,最后莫名其妙跑到这个呆逼头上去了,而且搞得这么脏,别人还以为是垃圾桶里捡来的。我很生气,对呆卵说:"你帽子也戴够瘾了,还给我吧。"我仗着手快,一把将帽子摘下来,不料这个白痴反应比我还快,他也一把揪住帽子,说:"不是你的!不是你的!"我和他两个在街上拉扯着帽子,呆卵的力气很大,他要揪住什么东西,你就是在他头上打个洞都休想让他松手。这么拽下去,帽子很可能四分五裂,而且过路的人都朝我看,以为我要打劫白痴。操,抢一个白痴的帽子,那除非我是疯子。

我不抢了,呆卵把帽子重新戴在头上,说:"这是小蓓给我的。"我说:"你他妈的还记得小蓓呢?"我对这个多情的白痴感到惊讶,他的脑仁太小,一个小蓓就足以将其塞满。我说:"这样吧,我给你吃牛肉干,你把帽子给我。"呆卵说:"我不要,我现在天天吃牛肉干。"我他妈的差点气昏过去,我忘记他现在在蜜饯厂上班了,虽然他吃的其实是杨梅干和桃脯之类的东西,但他以为自己是在吃牛肉干。他捂着脑袋得意洋洋地走了,留下我一个人在街上倒像个白痴。

下午我的机会就来了。呆卵被一群残疾人送了回来,如我所说,他真的吃坏了肚子。也没人关心他到底是肠炎还是痢疾,他在蜜饯厂里连吐带泻,抱着肚子在屎堆里打滚。蜜饯厂的人还算有点人道主义精神,捏着他的鼻子给他灌下一把黄连素,一点用都没有,傻子休克过去了。他身上沾满了蜜饯和秽物,最后是一群好心的残疾人弄了一辆板车,把他拖回了家。那时候三炮正在楼上睡觉,残疾人敲他家的门,把事情说了一遍,三炮说:"你们先把他放在那里吧,我等会儿就下来。"说完,他又回去睡觉了。残疾人信了三炮,把呆卵从板车上抬下来,放在楼道口,然后就回去了。呆卵在那里躺了一个小时,后来我们楼里一个退休医生路过,大为震怒,这才把呆卵送到卫生站里。说起来也奇怪,呆卵的体质与正常人确实不同，他挂了半瓶盐水就好了，拔了针头自己又回家了。

那天是我把呆卵抬到卫生站的，退休医生把我从家里叫了出来，我虽然老大不乐意，也不能看着傻子死掉。到了医院我就把他的棒球帽摘了下来，然后我就溜了。这顶帽子已经脏得不能再看，完全不像我的定情信物，它本来应该沾着于小齐头发上的香味，现在全是呆卵的臭味。我没辙，只好把它泡在肥皂粉里洗，晾干了以后，它就什么气味都没有了，它就仅仅只是一顶帽子而已。

蜜饯厂再也不敢让呆卵上班了，他把整个厂里搞得臭气熏天，很多蜜饯只能当垃圾扔掉。他短暂的职业生涯从此结束，并且永远结束。他康复以后，我们在楼道里遇到他，把于小齐的牛肉干给他。杨一说："呆卵，这是小蓓给你的。"他似乎已经忘记了于小齐，抓起牛肉干就往嘴里塞。杨一说："你他妈的也不说声谢谢。"呆卵根本不理我们，嚼着牛肉干就回家了。他刚进家门，正撞上他爹。他爹见他在吃东西，勃然大怒，一把将牛肉干抢过来，嗖地扔到楼下草丛里。他爹掐住他脖子，说："你从哪儿又捡来的脏东西？吐出来！"他爹把他按在墙上，捏住他的腮帮子，从嘴里往外掏东西。呆卵放声大哭，双手在空中乱舞，含糊不清地喊着："小蓓！小蓓！"他爹大不耐烦，一记耳光抽在他脸上，说："跟你的小蓓一起去死吧！"

一九九一年九月的第一天，我去火车站送于小齐，她问我："小呆吃了牛肉干吗？"

我说："吃了。"

于小齐问："他说什么了？"

我伤感地说："他说，小蓓，小蓓。"

那天在火车站，人多得要昏倒，到处都是打包袱远行的大学生，原来这个破地方还有那么多大学生呢。那些由家长陪同的基本上是应届的新生，他们目光炯炯，兴高采烈，浑身散发着自豪和自信，他们的家长也都是满面红光。是的，离开戴城是一件多么光荣的事情，简直就像离开地球一样。我有点妒忌他们，我他妈的只是一个技校生，我要是背着铺盖出远门，那除非是被判了徒刑。

我在人群里发现了于小齐，与此同时，她也看见了我，她身边还有一个中年妇女，正在焦急地跟一个警察嚷着什么。我猜那就是我的前任师母。于小齐把食指竖在嘴边，冲我做了个噤声的手势，然后撂下她妈妈，跑到我身边。那天她穿着格瓦拉T衫，格瓦拉，一脸牛逼，至死不休！

我们就在纷乱的人群中道别。那天正是台风到来之前，天色阴霾，彩旗也显得灰暗失色，树木向着四面八方颤抖，惊鸟笔直地掠过人们头顶，寻找着安全的地方躲避即将到来的风暴。于小齐说："小路，对不起，我要走了。"

对不起什么呢？像一名歌者在台上唱错了歌词，那样的抱歉。而我仍要对你的抱歉还以掌声。

我抬头看天，一九九一年的夏天在层云的翻滚中，缓缓地离我而去，永远不再回来。

戴城青少年凶器考

在少年时代，我曾经做过一份记录，有关戴城的小流氓都用什么凶器打架。我这么做纯粹是出于好奇，并不是想成为流氓。

根据我的观察，红砖和木棍是最常见的，只要有砖头在手，别人就会退避三舍，当然也有另一种可能——对方也捡起一块砖头，那就只能比比谁的脑袋硬了。木棍虽然常见，但不如砖头趁手，因为不是每一根木棍都恰好可以用来打人的，有些木棍太短，有些太长，或者太细太粗，有些干脆就是木板，还有些木头上全是刺，捏在手里自己就先被扎了。

棒球棍其实是不错的，但那种棍子非常稀罕，上面还印着外国字，简直不像凶器。有一年，大飞从上海搞来一根棒球棍，非常气派，他拎着棍子想出去招摇，刚出门就遇到几个老流氓。老流氓也觉得棒球棍很稀罕，一把叉住大飞的脖子，把棍子抢去，顺便在大飞头上敲了一下，试试棍子的硬度。很硬，大飞立刻晕过去了。这就说明棒球棍是一种很不靠谱的武器，就像古代的神剑，尽管很牛逼，但也会引来杀身之祸。凶器就是凶器，最好不要太惹眼。

有很多技校学生喜欢用自行车链子，也有用铁链的，这些武器的杀伤力一般,但非常具有恐吓作用,它们实际上被用来吓唬重点中学的书呆子,或者偶尔在打群架的时候派上一点用场。车链子可以弯曲,一方面用来抽人,另一方面可以从后面套过去,勒住受害人的脖子。当然,勒脖子的最佳武器还是钢丝,那玩意儿硬度非常高,很细的一根用老虎钳都绞不断,后世有很多抢出租车的人都喜欢用钢丝,但是在群殴时代,钢丝只能用来剔牙。

比砖头木棍更高级一点的是铁棍,有无缝钢管、镀锌管、铁管、角铁,以及从钢窗上拗下来的把手。其实铁棍的长度很有讲究,最好和自己的手臂等长,用起来很舒展,又便于塞在袖子里。太长的铁管没什么大用,尤其是那种需要用双手抡起来的,这不是流氓打架,成少林武僧了,对流氓打架不能抱太高的期望。棍子太长,拿在手里像旗杆,别人望风而逃,然后很快叫回一群人来揍你,这种笨流氓在生物学上首先会被淘汰掉。

铁棍打人,效果比砖头好,因为砖头只能敲人脑袋,搞不好会把人敲死。铁棍可以随意地往受害人身上任何一个部位敲,避免了把人一下子打成植物人的惨剧。大飞曾经告诉我,最好是打锁骨,一家伙下去立刻丧失反抗能力,锁骨打断了也没什么,反正死不了,也不会致残。

读小学的时候,我们学校附近是一个钢管厂,经常有废弃的管子扔在外面,学生捡了钢管打来打去,一不小心就把同学打成了脑震荡。后来我们小学的校长,一位老太太,在全校大会上告诫我们,空心管子比实心铁棍危险,空心管子具有一种震荡效果,打一下就等于打了一百下,特别容易造成脑震荡。她是好心,可我们误认为这是一种提示,既然空心管子危险,那就用实心的木棍打吧,一时间满地都是被开了瓢的学生,非常惨烈。

后世的人们,抢劫的时候用木榔头,照着后脑勺猛捶下去。啪的一声，受害人立刻像木桩一样倒在地上。如果是嘭的一声，那就说明手艺太差，把人家脑浆打出来了，再打得狠一点，受害人的眼珠会飞出去，像两个溜溜球，挂在眼眶之下。如果不是特别热爱脑浆和溜溜球的，我建议还是啪的一声比较好。我做混混的时候，对脑浆是很忌讳的。

菜刀比棍子更唬人，我说过，烹饪技校的那帮厨子最爱用菜刀，但菜刀很少出现在流氓手中，很多小流氓都认为菜刀太土，是邻里打架用来吓唬人的。打群架的时候，与其举一把菜刀，还不如举一把斧子，别人以为你是旧社会的斧头帮，这就很有说服力。请注意，菜刀砍人，通常用的是刀背，而不是刀刃，这一家伙砍下去足够让对方吓得魂飞魄散，同时又不会伤得太厉害。邻里打架，如果用菜刀刀刃砍人的，一般是因为邻居睡了自己的老婆，所以才这么狠。

尖刀是典型的凶器，按长度分为不同等级。最次的是水果刀，只有手指那么长，钢口也很差，但手劲大的照样可以杀死人。略长的就是一种柳叶刀，刀刃有十公分长，刀口非常锋利，我们叫它"匕子"。马台中学的小混混经常别着这种刀，到戴城来晃悠。这种刀价格不贵，可以在地摊上买到，我一直以为是外地过来的货色，后来才知道，是戴城五金厂的几个工人私造的，他们简直把五金厂变成了兵工厂，靠这个挣了很多钱，也害了不少人。

匕子是可以杀人的，但真正的内行并不用这种刀捅人肚子，而是扎屁股和大腿，那地方肉多，扎不死人。打架的时候很忌讳弄死人，那种一动手就想搞出人命的家伙，其实都是傻逼，这种人气质上很神经病，我们都不跟他们玩，一则怕出了人命把自己带进去，二则怕那种傻逼忽然翻脸把我们搞死，这种人什么事情都干得出来。流氓不应该是杀人狂。

在技校的时候，我们喜欢用一种很宽的锯条片，截成半尺多长，一侧在砂轮上打磨，开刃，另一侧天然的就是锯子，用布条绑住尾端，做成一个刀把，就可以揣着出去吓人。这玩意很厉害，因为这种锯条是用来锯金属的，而不是木头，其硬度极高，划在任何衣服上都可以透到肉里，锯条割在身上就是一条难以愈合的伤疤。唯一的缺点是，硬度高了，韧性不够，很容易断掉。

最可怕的尖刀是三角刮刀，这种刀子是用来研磨钢板的，硬度最高，杀人就跟切豆腐一样，哪怕一个五岁的小孩拿着它都能捅死人。据说欧洲的铁血时代，弩这种兵器是被禁用的，因为当时的盔甲制作工艺比较差，骑士穿的都是锁子甲，弩箭可以轻易穿透，一个小孩用一把弩就能杀死一个久经沙场的骑士。同样的道理，三角刮刀在我们那里也是禁手，它比弩箭锋利百倍，而没有一个流氓会穿着盔甲出来打架。三角刮刀是所有流氓的噩梦，用这种兵器的都是人渣。尽管如此，轻工技校的某些学生还是会拿着它出来混，他们不是流氓，只是一些不知死活的学生。

皮带也可以打架，但必须是很粗的铜头皮带，我被黄莺用这个玩意儿抽过，知道厉害。有些流氓在街头打起来，找不到兵器，就抽出皮带对打。但后来满街都是温州人的皮带，看上去很美观，质地很软，绑在裤腰上都有可能断掉。流氓也爱美，都用这种皮带，还带着花花公子皮尔卡丹的带卡，那就不能打人了。皮带渐渐退出了历史的舞台。与此命运相似的还有条凳，据说流氓在饭馆吃饭，一言不合就抡起条凳打人，后来条凳没了，只有折凳，再后来只有塑料凳，那玩意儿敲在头上也就跟苍蝇拍差不多。

我还见过一些专业的兵器，例如手扣子，这东西小小的，有四个圆环，看起来没什么危险，但要是套在手指上，一拳抡到脸上，受害人会吐出一把牙齿，好像吃石榴一样。还有飞镖和金钱镖，日本忍者用的十字镖，说实话，这种抛掷型的暗器非常难用，扔出去只会把看热闹的人弄伤,所以没什么价值。只有那种幻想自己成为大侠的精神分裂才会花时间去练飞镖,流氓是不会有这个工夫的。

到了夏天,西瓜刀是很常见的兵器。这种刀子拿出去砍人,通常要用一张《解放日报》卷起来,以免暴露行藏,到了受害人眼前,也不说话,连报纸带刀子一起砍在别人脸上,然后撒腿就跑。被砍伤的人送到医院,脸上还能印着反过来的"日解放报"四个大字。

我见过不少西瓜刀,有一种是戴城刀具厂生产的,质量很差。如果想要好一点的,就得买上海生产的。这得看你的西瓜刀是一次性使用,还是多次使用,如果砍人以后扔了刀就跑,或者把刀扔进河里销毁,那我建议用戴城刀具厂的货色,比较经济。如果是要多次砍人的,或者你干脆就是个卖西瓜的,那我建议还是用上海生产的。一九九五年我到上海去看杨一,他枕头底下就塞着一把上海产的西瓜刀,后来他爸爸也去看他,翻出那把刀,上面沾着暗红色的血迹。他爸爸吓坏了,问他:"你用这刀子砍人?"杨一赶紧说:"前两天杀鸡用的。"

后来我还见过一种没有产地的西瓜刀,但这种刀子更长更宽,上面镌刻着 MADE IN CHINA。他们告诉我,这是出口到非洲的刀子,一次就卖掉了上百万把,给国家挣了很多美金。我抢着这把刀子,非常顺手,稍微有点重,考虑到非洲兄弟的力气比我大,这个分量在他们用来应该最合适。长刀掠过空气,呼呼的,我仿佛听到了来自非洲的惨叫声。

刀和棍,永远是斗殴时代的主流。前面说过,包子铺里的飞天大侠用一把中国剑,其实剑和长枪是非常难用的兵器,练家子都知道,那是要用内力的。流氓知难而退,对这种内涵非常深的兵器不感兴趣。

假如把戴城的范围扩大到郊区以外,就会发现,农村的广阔天地，大有作为。农民打架用的是锄头、铁耙、镰刀、杀猪刀，这在我们看来都是重型武器，那玩意儿挨一下，根本想象不出后果。并且，有时也会从冷兵器时代忽然进化到热兵器，比如雷管和炸药。农村有开山炸石的，这些危险品要搞到手很容易。尽管生活水平不如城里人，但农民在打架方面的装备比我们先进多了。

我在化工厂里见识过一种武器，也不知道算不算热兵器，那东西叫金属钠，裹在一个纸包里，我们没有用这种东西炸过人，只炸鱼塘里的鱼，轰的一声下去，就会有很多大鱼翻着肚子浮上来。

整个少年时代，我见过的武器到此为止。

老丁对我说，你要学好，别老是打打杀杀的，揣着刀子干吗？我说这刀子是我亲手做的，有感情了，你老头没见识过这种东西，别大惊小怪的。他就说，你见过枪吗，真正的步枪。我摇头。当时他站在化工技校二楼的阳台上，指着围墙外面那条护城河说，以前这里没有围墙，河对面就是戴城，我就在对岸，拿着一杆步枪朝这里打。我不信他的话，他连扫帚都拿不动的人，怎么可能拿步枪？

他说，那一年他也是十八岁，在橡胶厂做一个小学徒，身体很好，可以横渡这条河。当时这条河很清，水产丰盛，很多人都在河里游泳，还有船在河面上打水，船身左右摇晃，把河水晃进船里，这种水是茶馆里用来泡茶的。井水不能泡茶。他永远不会忘记那样的年月，安静，明亮，充满力量。

后来有一天，忽然打起来了。体育场人声如潮，旌旗翻滚，炽热到不能自拔，辩论者滔滔不绝，大字报如山如海，剃了半边脑袋的人站在远远的司令台上，帝王将相一把火烧成灰烬，满世界都是书，书被拖到大街上，堆在那里，也烧。书不能堆在路上，感觉是一种泛滥，多得像害虫一样应该立刻扑杀掉。军装也泛滥，绿色的身体和血色的心脏。那时候的凶器是什么？人。

很多人从楼上跳下来，当时的戴城几乎找不到什么高楼，想摔死咋那么容易？幸好有那些古代的塔，爬上去蹦下来，倒置着的自我拯救，倒置着的七级浮屠。被活活扔下来的人不算。后世的人们，都不好意思用"肝脑涂地"这样的成语。

忽然之间天就黑了，黑夜也是明晃晃的。几辆卡车开到橡胶厂，一部分人背起行囊就走，悄无声息，据说是撤退。我还守在厂里。撤退的人到了城外，据守着几座桥，先是以长矛为兵器，像罗马军团那样排成方阵往大桥上冲。那种长矛各厂的金工车间都在加紧制造，后来都来不及造，就用钢管，一头削尖了，好像古代的苦竹枪。两伙人冲到桥上，隔着很远的距离开始扔硫酸瓶子，空气中都是酸味，前面的人有点害怕，后面的人喊着口号把前面的人顶上去。往前冲吧，忽然看见自己的车间主任在对方方阵里，还没来得及打招呼，车间主任被一矛扎成了独角兽。双方齐声怪叫，好像女人洗澡时被人偷窥了，急忙往后撤去，留下一个死人侧卧在大桥正中。明晃晃的天空中开始下雨，啪的一声，不是雷，是枪响。操他妈，有人开枪啦！全体扔下长矛逃命。那以后，方阵作战被取缔了。人多白送死，改为阵地战。分别占据了大桥两头，中间就是死亡地带。沿河一带都用沙包垒起来，枪手躲到房子里，每天吃八个包子，撒尿拉屎都在阵地上。居高临下朝着对岸打枪，会走路的一个也不放过，叼着烧饼的小孩也打，有点罪恶，还是对着烧饼打吧，枪法好不好那就再说了，反正我打的是烧饼。河的对面，是一幢两层楼的房子，后来那地方成为化工技校的教学楼。对方的人也躲在房子里，啪啪地打枪，皆无明确目标。通过准星看到的世界是如此狭窄，好像照相机的取景框，每次扣下扳机都像是按下快门，一张照片就被永留在脑子里。弹壳蹦出来，子弹像脱光了衣服的女人，赤裸裸飞奔出去。这样打了七天七夜，想起来就放一枪，好像现在坐在办公室里喝茶，想起来就喝一口。后来头头来了，说要组织水性好的偷袭对方阵地，泅渡过去，一把尖刀插入敌人的心脏。计划在离桥一公里的地方渡河，到达之后向桥头堡突击。在黎明的黑暗中，不知道多少人都下了水，举着枪，抱着一块木板往对岸游。夏季的河水依旧是冰冷的，脑子里一片空白，所有的方向都失去了，只有前方。到了河心，对岸的探照灯猛地打过来，像明月一样天上人间不知是何年，有人乘风归去，子弹像飞蝗一样窜过来。这一辈子没见过飞蝗，只是按照书面上那样来形容。身边的人被一枪掀掉了脑壳。枪都不要了，抱着木板往回逃。子弹激起轻微的水花，像一只只小虾跃入水面。不知道往前游了多久。只听说有人被对方俘虏了，挠钩把人连皮带肉地钩上去，用个麻袋套住脑袋，反绑住，跪下，像信徒那样把脸贴在地上，前面有人踩住脖子，后面的人用钢钎照着肛门捅进去。听到的惨叫好像是一种动物，所以杀人的感觉没有那么强烈了。这些都是听说的，没真见过，只管往前游，和子弹赛跑。再往前推算，上辈子是死在淮海大战的。如果那时候死了，三生三世都是恶死。所以不能死，逃命吧，连前方都不存在了，只有逃。这时天亮了，整个世界是深灰色的。

我说，老头，你和我一样，年轻时候都没干正经事。我希望自己到老了不要有心脏病，否则，说点故事都会被人认为是吹牛。我和你不一样，我会在时间中醒悟过来，你却借着别人掀掉脑壳而顿悟，你固然早慧，但是对于没有脑壳的那位来说，有点悲哀。

社 会 渣 滓

开学那天,我到技校去报到,到了学校门口就遇到老丁,他对我说:"煤气快用光啦,星期天帮我去换一瓶。"我说:"明天就帮你去换。"老丁现在在我心目中、生命中的地位已经大不相同,以前他只是一个挺上路的老师,现在他是于小齐的爸爸,我得巴结他一点。老丁说:"星期天吧,上午你过来,我在家等你。"

我把自行车停在校门口,跑进去一看,很不幸,我们三年级的学生已经彻底没有教室了,这个学期的新生足足有四个班级,他们塞满了教室。其实,化工技校的名声那么臭,很多初中毕业生都不愿意考这个学校,但是那几年戴城的化工企业效益特别好,尤其是农药厂和糖精厂,为了进这些厂,读一个流氓学校似乎也值得。当时我们班的学生都站在过道上,那位挨过枪子儿的班主任鄙夷地看着我们,大声说:"站好站好,立正,向左看齐!"他很古怪,操练我们的时候从来都是向左看,不会向右看。这个老右派,大概在东北劳改营的时候培养出了这个习惯,永远向左,绝不向右。

我们嘻嘻哈哈地推搡作一团,根本不理他。我们讨论的话题集中在黄毛和阔逼搞女人,还有卵七强奸未遂。一个暑假过去了,大家都有点陌生,这些新闻说起来很刺激。我们说的都是戴城本地的方言,班主任听不懂,他只听得懂东北话和普通话。

老右派两年来折磨我们的灵魂,现在他终于要和我们说拜拜啦。我很高兴。班主任很善解人意,居然领会到了我们的意思,说:"哼,你们甭得意,到了工厂里,你们才知道什么叫思想改造。"这下我想起,三年级我们就要去工厂里实习了,我的学生生涯事实上已经提前结束了。班主任说:"你们要是被厂里退回来,不但毕业证书拿不到,还要赔给学校三千块钱。"

是的,化工技校其实是一个人口贩卖机构,它不是传授职业技能,其主要功能是向各类化工厂兜售劳动力,谎称这些人已经接受了职业培训,其实狗屁,我们什么都不会,而且变成了流氓,非常难管。

我们那个技校,像大学一样是采用学分制的,这一点很先进。学分关系到最终去哪个工厂上班。等到分配单位的时候,各个单位都有定额,农药厂五个名额,糖精厂十个名额,他们都坐在一间教室里,学分靠前的学生首先进去报名,学分靠后的在后面。不存在面试,只要不是残废,工厂就不会让你滚蛋。这样,学分高的学生首先把效益好的单位都占据了,而学分低的只能去那些倒闭厂,比如饲料厂。

问题在于,这些学分并不完全以学习成绩为标准,学习成绩只占很小一部分,有相当一部分是思想品德。思想品德完全掌握在班主任手里,他想给你几分就几分,犯了事情的还可以倒扣学分。我操,这么一来,就是陈景润都算不清我该有几个学分。我一年级的时候就是资产阶级自由化,二年级吃了个处分,中间还犯过大小事情反正老子也数不清了,到了三年级的时候,我的学分竟然是负数。我他妈的也搞不懂,读了两年书,我怎么还倒欠他们的?看来饲料厂我是去定了。

班主任站在走道里对我们笑，是一种鄙夷的笑，这种笑容比嘲笑更深刻，是专门为我们准备的。在校长面前他也笑，换成妩媚的笑，比谄媚更天真，好像他是校长的小妾。我认识他两年了，只见过他脸上浮现出这两种笑，鄙夷的，或是妩媚的，其他的他就不会了，大概在东北劳改营里都忘记光了。很不幸，他在校长那里换来的也是鄙夷的笑，没人喜欢他，连校长也觉得他是个傻逼。

我常觉得他对我们有一种与生俱来的仇恨，像我这种流氓学生就不用说了，连那些积极上进的同学也会被他鄙夷。一年级的时候，有个同学乒乓球打得非常好，是市里业余队的，经常参加训练，后来被南京军区乒乓球队看中了，退学到南京去打球。这当然是好事，我们都恭喜他，只有班主任对他说："你这个业余的货色，一辈子就是个陪衬。"该同学差点气昏过去。到二年级的时候，又有一个同学到日本去了，他姐姐在日本读大学，费了很多钱把弟弟接过去。这也是好事，去日本哎，总比留在戴城做工人强，我们都恭喜他，只有班主任对他说："你跑日本去也是刷盘子背死人，给国家丢脸。"我这个同学也差点气昏过去。像这样积极上进的，他也鄙夷，他觉得我们这种人最好的归宿就是做工人。九〇年有个同学出车祸死了，他倒是很高兴，说："谁让他闯红灯的，活该。"也许他是个精神分裂症，把我们当成是六六年收拾他的那伙学生，最好早点死掉干净。

我一直认为，这一类技校职高的老师属于社会灾害，很多年以后，我遇到一个建筑设计师，他是上海的重点中学毕业的。他说一点没错，某些高中老师也是灾害。他参加高考的头一天早上，班主任拍着他肩膀说："你明年复读还是到我班上来吧。"可怜的孩子就抱着这样恶劣的心情走进了考场。我日他大姐。

我问过老丁："你说我们班主任是不是个傻逼？"老丁居然陷

入了沉思,连这么简单的问题都要沉思吗?他说:"他当然不是一个合格的班主任,不过你也不要对班主任抱太大的期望。他是社会的疤痕,那块肉肯定不会好看,但要是没有疤痕,难道流一辈子血?"我听不懂他的比喻,疤痕我懂,那就是一块死肉。我说:"那我这种小混混就是社会的癌细胞了。"老丁笑了笑,说:"你最多也就是社会的过敏症。"

现在,社会疤痕盯着一大片社会过敏症,这社会也他妈够惨的,全身上下没几块好皮了。社会疤痕说:"你们甭得意,明天工厂就来招人了,今年只有农药厂招五个人,剩下的全都去倒闭厂。"我们听了,一起大喊起来,连班干部都急了,说:"以前不是说都去效益好的工厂吗?怎么只有农药厂招五个?"班主任说:"嚷什么?给你们吃一口饭都不错了,你们也配去效益好的单位?"这时只有我和大飞在笑,我们都是负分,好坏都是去饲料厂,那些效益好的单位跟我们没什么关系。

我回到家里,把这个好消息告诉我爸爸:"爸爸,今年大厂都不招人,连你们农药厂都只招五个,看来我要去倒闭厂啦!"我爸本来就阴着脸,忽然拿出一张纸,按到我脸上,吼道:"你自己看看!你们学校寄来的成绩排名表,你的学分竟然是负数!"我把这张纸从脸上揭下来,一看,果然是负分,而且写明我在全班的排名是二十八位。我们班原来有五十五个人,两年来,开除了十六个,抓进去三个,车祸死掉一个,退学溜掉四个,还有一个失踪了,连他亲妈都不知道他去了哪里,这么算下来只有三十个人了,奶奶的,淘汰率比中央戏剧学院还高。我二十八位,也就是说倒数第三位,总算还有两个垫背的。

我爸爸继续狂吼,嘴巴张得可以看见扁桃腺:"我的脸都被你丢尽了!"

他很愤怒，我心里却很高兴，总算把两年的有期徒刑熬过去了，从此再也不用看见班主任那张脸，所有的鄙夷和所有的妩媚都去他娘的吧。我完全没有意识到，去一家倒闭厂是件多么恐怖的事。

第二天我站在学校二楼的走道里，那里都是办公室，现在临时改成招工现场。我手里拿着成绩单，看着我的同学们一拨拨走进去，最初的五个都欢天喜地的，毕竟是农药厂，效益非常好，后面就全都哭丧着脸。制冷厂，橡胶厂，油漆厂，饲料厂，都是那种只有一两百个工人的小厂，奖金发不出来，只有一点死工资，随时都会倒闭关门。有个同学干脆把成绩单撕了个粉碎，说："赔钱就赔钱，我去做个体户了。"我不敢撕成绩单，怕我爸爸把我撕了。轮到我的时候，二楼走道里只有孤零零的三个人了，其他同学都走了，本来说好一起去打电子游戏，大家都没这个心情了，招工办的人也在陆续往外走。我的身后，是大飞，大飞身后是一个绰号叫江南七怪的女生，简称小怪，是我们全校最难看的女生。再往后就是班主任压阵。班主任鄙夷地看着我，说："路小路，进去啊，你这个资产阶级自由化，现在后悔都来不及啦。"

我说："我他妈的有什么后悔的。"说完走进去，一看，心里一沉，连饲料厂的人都在收拾东西走人，这可是戴城最差最差的化工厂啊！我的目光逡巡一圈，终于发现在角落里还有一张桌子，桌子后面坐着个女的，女的前面竖着一块小牌子：前进化工厂。

我对戴城的化工企业也算了如指掌，从来没听说过前进化工厂。那女的倒是很大方，对我招手说："这里这里，过来呀。"她三十多岁，讲着一口翘舌的普通话，显然是北方人。

我走过去把成绩单给她，她皱着眉头说："你的学分怎么是负数？"我说："后面还有比我更惨的呢。"她说："好吧，你也别无选择了，就我们厂吧。"

我问她:"你们招了几个人啦?"

她说:"一个都没招呢,你们学校的人好像都不愿意来我们厂。"

我说:"没人知道你们厂啊,你们生产什么的?"

她一边递给我报名表,让我填写,一边说:"主要生产铬酸。"

我问:"效益怎么样啊?"

她说:"效益不错啊,现在这类产品正好销,不过我们厂规模比较小,可能过阵子会扩产吧。"

我低下头填写报名表,问她:"规模小,你们厂多少个人啊?"

"大概八十个吧。"

我头一昏,八十个人的化工厂,这个概念就等于是一支只有四个人的足球队,你还能指望他们有什么效益可言?女的倒还在宽我的心:"不要紧的,你们过来就是维修仪表嘛,大厂小厂还不是一样?我们这里正缺仪表维修工呢。"我的头再次昏了一下,忘记告诉她了,我什么仪表都不会修。我问她:"你们肯定是第一次到我们学校来招工吧?"

"以前应该没有,我是最近调过来的,厂里没有从你们学校招过人。"

"我就知道。"我摇摇头,心想,你招了我可别后悔。

我把招工表填好了,忽然觉得屁股被人顶了一下,原来是大飞,他和小怪也走了进来。大飞一过来就问:"喂,你们厂在哪里啊?"

女的说:"噢,在马台镇后面,离这里大概二十公里。刚才忘记说了,你们要住宿舍的。"

于小齐离开了马台镇,而我却要去那个地方,在未来几十年里长久地生活在那里,听起来很像个笑话。

星期天上午我打算去老丁家,出门的时候打开信箱拿香烟,我的香烟都是藏在信箱里的，我家不订报不订杂志，也没什么人来信，这个信箱正好被我用来藏香烟。结果发现信箱里有一封信，白色的，软软的，安静地躺在那里。信封上写着路小路收，落款是"于"，我喜出望外，知道是于小齐的来信。

小齐的信很简单，就一张小纸片，告诉我，她已来到上海的一所纺织学院，培训就在那里，住学生宿舍，现在还没有正式上课，她已经和同学结伴到外滩去玩过，外滩很美，她心情很好。信的末尾祝我学业顺利——这事就别提了，我的学业已经顺利结束。她又说，她属于短期委培生，学校压根就没有给他们准备信箱，所以没法收到我的回信。她留了个电话，区号、电话号码、分机号码，让宿舍阿姨去某某宿舍喊于小齐，晚上她都在。

我把信塞进书包，我的书包如今已经是空空荡荡，再也不用装什么书本了。我骑车来到白凤新村，九月初，台风经过之后，天气又毫不留情地热起来。白凤新村与我们报春新村一样，都是满地的西瓜皮，星期天有很多人在新村里进进出出。我到了老丁家楼下，照例把自行车停好，三步两步蹿上去，刚一敲门，他就开门了。我说："老头，你今天倒没睡懒觉。"老丁说："进来说话，进来说话。"我一走进去，他就把门关上了。我有点奇怪，这老头今天举止不正常，以往他总是懒洋洋的，根本不会主动关门，再说了，换一瓶煤气，我马上就要下去，又何必关门呢？我往厨房里走，发现煤气炉上正在烧水，火苗很旺。老丁把我往客厅里拽："这里这里。"

进去才发现，客厅里坐着个女的，不是他老婆，而是他前妻，于小齐的妈妈。她坐在饭桌旁，一手扶着桌面，我一进去她就瞪起眼睛，也不知道是瞪我还是瞪老丁。我很识相地喊了一声："阿姨。"

她说："你就是那个路小路？"

我回头去看老丁，他一脸无辜，假装没发现我在看他。我又不是白痴，马上明白是怎么回事了，心想，今天他妈的撞上鸿门宴了，也没宴，就他妈的鸿门而已，不知道这对冤家夫妻想怎么整我，是一个唱红脸一个唱白脸呢，还是两个一起扑上来掐我？我也不怕他们，毕竟没有什么不可告人的秘密，当然，我也不想嚣张得过头，毕竟是于小齐的爹妈。

我前任师母坐在那里，用一种冷冰冰的目光扫射我，也不请我坐下。倒是老丁很客气，搬了张小板凳给我，说："坐，坐。"我往那儿一坐，小板凳只有半尺来高，跟蹲着没什么区别，本来我站着有一米八的个头，身材不错，结果坐在那张板凳上好像派出所里的犯人，还得仰视他们俩。老头真他妈的损。我再看他：双手垂下，目光温驯，嘴角嵌着笑容，好像被他前妻阉过一样。

我说："什么事儿，直说吧。"

前任师母指了指我，说："你！"顿了一下，接着说，"今年暑假几乎天天到我家来找于小齐。"

她用词非常准确，我都没有狡辩的余地，只好用沉默来表示同意。

她说："你不用狡辩，邻居看见了都告诉我了。"

这下我可以狡辩了，我说："我没有狡辩啊，你听见我狡辩了吗？"

前任师母冷笑："你这种社会渣滓我见得多了，油嘴滑舌，不务正业，游手好闲。我问你，缠着于小齐干吗？"

我还没开口，老丁就很温柔地说："他也是最近才认识小齐的，你说他是社会渣滓，我不能同意，社会渣滓是太严重了。"

前任师母说："不关你的事！你的责任推卸不掉，过会儿我找你算账。"她又转过头，皱着眉头问我："你几岁了？你爸妈是干什么的？你住在哪里？"

我说："十八，我爸是工程师，我妈是会计，住在报春新村。"

前任师母说："我再问你，有一天你脱光了衣服站在窗口，有没有这件事？"

"有，不过我是给于小齐做模特，没干别的。"

前任师母忽然变戏法一样从口袋里摸出一张纸，展开给我看。我认得，就是我的裸体素描，没穿裤子的那张。她捏着那张纸，眼睛里喷出火来，好像那不是一张素描，而是一张通缉令。她说："你这个小流氓，你自己看看，自己看看！"这时候老丁还凑过来，看了半天，说："啧，画得一般，比例都有点问题。"前任师母说："你滚到一边去！"我说："其实那天我是穿着短裤的，画了三张速写，其中有一张就没穿。"老丁说："那你到底穿了没有呢？"我说："穿了！始终穿着！她画得高兴了就假设我没穿，其实穿着的。"老丁就回过头去，对前任师母说："他说他穿着的。"

我前任师母对老丁说："哼，你看看你的宝贝女儿吧，我问她，她居然骗我说根本没有这件事，现在对质出来了吧？"

我心想，坏啦，我难得老实一次，居然把于小齐给出卖了。这样下去可没意思，对这老婆娘得稍微狡猾一点。她看上去四十多岁，正是更年期综合征的高发年龄，对这样的中年妇女不能太直白，她们会因为各种原因而歇斯底里，并不因为你说真话就放过你。

前任师母话锋一转，问我："听说你现在已经实习了，你在哪个单位啊？"

我说："前进化工厂。"

前任师母说："那是什么厂啊？你进去做什么啊？"

我看看老丁，他对我眨了眨左眼，我心领神会，说："噢，那个厂效益不错的，就是离戴城远了一点，可是很大，有一千多个工人。我进去是仪表维修工，现在只拿实习补贴，转正以后就好了，工资奖金加起来一个月有六百多块钱呢……"

我前任师母忽然怒喝一声:"放屁!你以为我什么都不知道?我做护士天天跟病人打交道,你以为我不认识前进化工厂的人?那个厂只有七八十个工人,生产铬酸的,工人的鼻黏膜全都烂掉了,拿一个硬币从左边鼻孔放进去,能从右边鼻孔掏出来!你以为我不知道前进化工厂!那个厂里,车间主任一个月也就六七百块钱,你一个学徒工也有六七百?"

我被她轰得头晕目眩,我想她手底下的那些病人,可能都已经被她吵成神经病了。这个老女人并不像我想象的那么傻,她一点也不好骗。另外,铬酸有这么厉害,我倒还是第一次听说,虽然化工厂里有着五花八门的危险品、剧毒品,但鼻黏膜烂穿乃至可以用硬币掏进掏出,这我闻所未闻。看来我去的那个厂,不是什么好地方。

"你这样的,还说自己不是社会渣滓?"前任师母说。

我有点生气,站起来说:"喂,你不要左一个渣滓右一个渣滓。我他妈的又不是你儿子。"刚说完这话,屁股上被老丁踢了一脚。前任师母勃然大怒,更年期的潮红化作愤怒的烈火烧上她的双颊。这架势我看见了也不由畏惧三分。她开始撕于小齐的素描,嗞的一声,把光屁股的我从脑袋到腚沟劈成两半,接着是四瓣,五马分尸,接着变成八瓣、十六瓣、三十二瓣,千刀万剐。到六十四瓣的时候她撕不动了,纸太厚,然后她把我的碎片朝我脸上掷过来,我眼睛一花,纸屑在屋子里四散飞扬。

前任师母的声音从冷冰冰的,变成压抑的愤怒,最后变成了高分贝的尖叫。后来老丁还夸我,说:"我以为你能挺个十分钟,没想到你两分钟就把她惹毛了。"当时她的声音太尖厉,好像几十个优质玻璃杯一起打碎在地上,我根本听不清她嚷什么。后来听明白了,大意就是,于小齐是不可能跟我这种人在一起的,于小齐将来一定会找个有事业的男人,而我这种男人就是混一辈子也谈不上事业,我是流氓,我是流氓我是流氓我是流氓我是流氓我是流是流是流氓氓氓。

我说:"操你妈,你不就是个护士吗?干吗?想做李嘉诚的丈母娘啊?"

前任师母抄起一个茶杯朝我头上劈过来。

事后,我问老丁:"你老婆以前也是在街上混的吧?怎么这么狠?还说我是流氓?"还好我闪得快,避开了茶杯,只是被浇了一脸的水。要不是老丁挡着,我就惨了,肯定被我前任师母撕成碎片。我一直逃到厨房,听见客厅里一阵噼啪的打斗和尖利的咒骂,前任师母对老丁说:"社会渣滓!跟你一样都是社会渣滓!"老丁嘟哝说:"关我什么事,他又不是我教育出来的。"前任师母根本不听他解释,顺手在他脸上挠出了几条血杠,老丁奋力抵挡,后来他挡不住了,逃到里屋,把门反锁了。前任师母不解气,照着门踹了几脚,返过头找我,我顶住厨房的门,不让她进来,隔着门上的玻璃我看见她那张狰狞变形的脸,我想她看到的我应该是一张恐惧变形的脸吧,反正我们都变形了。我倒也不怕她冲进来打我,她一个护士,手上又没拿手术刀,还能把我怎么样。我怕的是别人说我把她逼疯了,这责任承担不起。

后来也巧了,炉子上的那壶水开了,壶盖被顶起来,热水嗞嗞地溢出来,浇灭了煤气炉上的火。我一手顶着门,一手试图去关煤气炉,但是距离有点远,够不着。厨房的门上有一把插销,我试了一下,根本插不上。这就惨了,我或者被煤气熏死,或者被前任师母扑进来掐死。她在外面噼里啪啦敲玻璃,暂时还没有想到用板砖把玻璃砸了。我在里面呛得有点发昏,心一横,扑过去把煤气炉关了,赶紧开窗透气。那边,前任师母夺门而入,她双手揪住我的衣领，把我拉近她的脸，那样子好像是要强行索吻。我赶紧说："阿姨，我错了。"

前任师母阴沉着脸，好像烈火燃尽以后的灰烬，还好，她没有让我去吻她，只是保持着半尺远的距离。她说："离于小齐远一点，不许再跟她往来，听到没有！"我不说话，她再次问我："听到没有？"

我说："好吧。"

前任师母说："你要是敢碰她，我就杀了你。"她终于松开了我的衣领，环顾四周，指着卧室房门大喊："丁培根，你早点去死吧！"然后她筋疲力尽地拉开房门，消失在楼道里。

她走了以后，我也累坏了，生平没有被老女人这样折腾过。这种更年期妇女所爆发出的能量，我在我妈身上固然体会过，当时还觉得我妈很可怕，现在对比下来，她实在是太温柔、太客气了。

老丁从屋子里探出一个头来，问："她走了？"

我叹息了一声："走了。"

他趿着一只拖鞋从卧室里走出来，另一只在打斗时不知去向。老丁说："帮我捞一下拖鞋，踢到沙发下面去了。"我只得趴在地上，把手伸到那只破旧的单人沙发下面去，捞出拖鞋，顺便还捞出了两个一块钱的硬币，还有一节电池，一个空药瓶，一盒尿素霜，都是圆的东西。老丁说："别捞了别捞了，你坐下来，我们说正经的。"

我说，什么正经不正经的，我看是你不正经，骗我过来换煤气，其实是你老婆在家里候着我，要搞三堂会审。妈的，太不够义气，这叫重色轻友，还是叫迫于淫威？老丁说，前任师母其实早就通过邻居的汇报发现了我的动向，她审过于小齐，起先于小齐什么都不肯说，后来挺不过了，就把责任推到老丁头上，说是她爸爸的学生，化工技校的。前任师母对"化工技校"四个字有强烈的过敏症，一听就炸了，趁于小齐去上海之际，索性闹到老丁这里。老丁也挺不过,就把我诓了过来。他以为我能解释清楚,至少可以让前任师母不那么歇斯底里,我一米八的个头相貌堂堂,很应该是丈母娘喜欢的那种类型,结果却搞成这样。

我对老丁说,你前妻也太悍了,现在看来我对你的第二次婚姻表示理解,地质学家只是难看了一点,至少不会那么蛮不讲理。我说这个话是真心的,一点没有嘲笑他的意思。

老丁说:"她的态度是有问题,但你也太恶毒了吧?你怎么能说她想做李嘉诚的丈母娘?"

我不好意思地说:"想到了就说出来了,管不住自己的嘴,其实我没有那么恶毒的。"

老丁说:"你要跟一个女孩儿谈恋爱,至少要对她父母表示最起码的尊敬,这是做人的道理。你倒好,就图自己嘴上开心。你啊,说到底还是读书太少,缺乏教养。"

我说:"你读书多,你不也跟她离婚了吗?"

"放放放屁!"老丁说,"这是一回事吗?你的思想怎么这么幼稚?"

我看出来了,他知道我喜欢于小齐,就在我面前摆谱,居然敢训我。这老头在技校上课的时候,看见我们这帮流氓学生,根本不敢讲什么大道理的。他生怕对骂起来自己的心脏受不了,会死掉。

我说:"我以后改。"

老丁说:"你这个态度还算像个人样,刚才为什么不克制自己?"

我说:"不知道,我一生气脑子就嗡的一声,全都空了,里面什么都没有。"我摇摇头,"你前妻太狭隘了,说出来的话都很难听。"

老丁说:"只有狭隘的人才会一天到晚抱怨别人狭隘。"

我说:"她不会真的杀了我吧?"

"谁要杀了你?"

163

"你老婆。"我说,"她说我敢碰于小齐一下,她就杀了我。"

"恐怕她会把我也杀了,"老丁担忧地问,"你跟小齐没什么事情吧?"

"没有!"

老丁叹了口气。我站起来,从冰箱里找出牛奶,一口气喝光了,总算稍微舒服一点。老丁问我:"你真的在跟小齐谈恋爱?"

我说:"没有啦,老头,我失恋了。"

老丁说:"你活该,我的女儿,眼界没那么低。"

说了半天,他还是在暗示我,我是一个社会渣滓。说实话,这种咒骂,如今听来,我只当补药吃,社会渣滓多潇洒呀。在十八岁时候,听见别人骂我是社会渣滓,有点受不了。

我说,老头,别瞧不起人,我堂堂七尺男儿,将来做一番事业给你看。老丁说:"你还是多读点书是正经,赌咒发誓管什么用?"过了一会儿他又问我:"你喜欢小齐什么?"

我想了想说,我喜欢她的善良,有时候也很天真,这样就很好。我以为善良和天真都是很容易就能得到的东西,后来发现,这不容易,这些东西在我的世界中已经死掉了(他听到这里翻了个白眼),我觉得很珍贵,所以喜欢她。

老丁听完这些话,觉得我表白得不错,可怜我这些肺腑之言没机会告诉女孩儿,倒先告诉老丈人了。我也觉得有点荒谬。后来他就让我走了,临走之前他说:"听说你要去前进化工厂,那不是什么好地方,早点让你爸爸想想办法,把你弄到农药厂去。"

当天夜里我跑到电信局去打长途,电信局的长途比街头烟杂店便宜,那个年代也没有 IP 电话。我口袋里只有五块钱,拨通了于小齐的电话,转到分机上,这还是我第一次打长途。电话那头传来一个老阿姨的声音。我说麻烦你找某某宿舍的于小齐,老阿姨在电话那头喊,于小齐,于小齐,又有你的电话。

十五次心跳之后,她的声音出现在电话里。

有一个礼拜没见到她,都说小别胜新婚,我算是差不多体会到这个滋味。我说:"喂喂,是我啊,我是路小路。你接得还挺快的。"

"我刚接了个电话,才走开。"于小齐声音有点闷,说,"刚才是我妈的电话。"

我也闷了,攥着电话的手心里起了一层汗。

过了一会儿,她大声说:"你怎么能说她想做李嘉诚的丈母娘呢!"这口气跟她爹是如出一辙。

我说:"我真不是故意的。"

于小齐说:"你算哪根葱啊!"

我估计她听了前任师母的一面之词,只好委婉地向她解释:虽然我的态度欠佳,但你妈妈也不是个省油的灯,她主要诬蔑我是社会渣滓,另外把我定性为流氓,还跟你爸爸打架。她沉默了一会儿,说:"你以后不要这么说我妈,她也是很可怜的。"我说:"知道了,以后死也不说了。"她就这么原谅了我。

我啰唆了半天,时间都耗费在解释问题上,很快就意识到自己身上的钱不够了。电信局不是修车的瘸子,可以给我随便欺负的。我说:"不行了,我还有三十秒钟,必须挂电话了。小齐,我爱你。"她在电话那头咯咯地笑,说:"你在乱七八糟讲什么啊?"我说:"我真的爱你。"

于小齐说:"对了,托你个事情,文森特的主人,就是我们楼里的那个老太住医院了,那只猫没人管,成了野猫。你帮我去找找看,寄养在你家里吧。"

我说:"我刚才说我爱你,你听到了吗?"

于小齐说:"猫的事情你不要忘记,明天早上早点去,趁我妈没上班,你去道歉,看看她能不能接受。"

我啪地挂了电话,三十秒。我恨电信局!

回到家洗了个澡,这一整天过得乱糟糟的,我把闹钟拨好,到了床上立刻睡着了。第二天一早,我就去了红梅新村。我还在街上买了一串香蕉,这个季节的香蕉最便宜,不好意思,我实在是没有钱了,香蕉散发着浓郁的香气,估计再放一天就要发黑,最好赶紧吃掉。

我对红梅新村真是刮目相看,这里的老太平时看不见,还以为她们都在屋子里睡觉,谁知一双双贼眼都盯着我。我拎着香蕉跑到于小齐家门口,敲了敲门,没动静,再敲门,还是没动静。我扒在她家窗口朝里张望,猛然发现窗子上有一张人脸,那是我前任师母。太恐怖了,差点把我吓得跌倒。原来她一直都在窗口看着我,就是不出声,寂静中的人脸像一张遗像挂在窗玻璃后面,算了,这个比喻不吉利。我退了一步,定了定神,说:"阿姨,昨天我态度太恶劣了,丁老师批评我了,今天我特地来向您道歉的。对不起,我不是故意要气您的,主要是我没文化,讲出来的话您就当我放屁好了。您要是不肯开门也没关系,这串香蕉我就挂在门上了,待会儿您自己出来拿吧。"我说完松了口气,这些话我在来的路上都已经想好了,背熟了,然后我就一溜烟滚下了楼,总算可以回去交差了。走到楼下,我正弯下腰给自行车开锁,忽然觉得脑后一阵恶风,想躲闪已经来不及了,想抱住脑袋也慢了点。砰的一声,有个东西砸在我头上,很沉,比较软,我一看,满地的香蕉。

我龇着牙,抬头朝楼上看,前任师母的脑袋像一个灯笼,正挂在窗口。她在对我冷笑。这时我不知该骂她呢,还是该向她鞠躬,早晨的太阳很鲜亮地照在我的脸上。后来我就想通了,还好我只是买了一把香蕉，要是买个榴莲，这会儿我已经是植物人了，要是我师母歹心重一点，扔的不是香蕉而是花盆，这会儿已经是一地脑浆了。我庆幸于此，只好把脑袋上的香蕉抹掉，拍了拍自行车坐垫，乖乖地消失在她的视野里。

不管怎么说，我是再也不想看见这个女人了。

这件事我没告诉于小齐，也没告诉老丁。告诉他们又怎么样呢，我的脑袋反正也被砸了，也不可能要求前任师母来向我道歉。我最多只能追求一些道德上的谴责，但是，像我这样的人，道德不谴责我已经谢天谢地了，我怎么还敢去麻烦道德为我谴责别人？还是忘记它吧。

比较欣慰的是，我在红梅新村的花坛里看见了文森特。它缩在几棵美人蕉后面，看见我过来就叫了一声。它脏了许多，眼神倒还算机灵，看来没生病。我蹲下，向它伸出手指，猫就向我走来，有点犹豫地站在我面前。这猫跟我还算熟，我喂过它几次，都是鱼干片和火腿肠，对猫来说这是很奢侈的了。

我轻轻地抱起它，猫很乖，没有挣扎，感到它腹部很温暖。我将它揽在怀里，骑上自行车，离开了红梅新村。

我不敢把文森特养在自己家里，我妈对一切长毛的动物都感到恐惧，另外，报春新村是老鼠的天堂，猫的地狱，猫在我们那里早晚会被毒死。文森特被寄养在我奶奶家，我奶奶一个人住在城里的平房，我爷爷早就挂了，奶奶养了三只猫做伴，一只叫黑黑，一只叫黄黄，一只叫白白，根据名字你就能猜出它们的毛色，好像以前的全世界人民大团结，正好是黑人白人黄种人（奇怪，为什么不叫黄人？）。现在这个叫文森特，我奶奶说："挺好的，叫它花花。"我说："它有正经名字，叫文森特。"我奶奶说："文森特，我以前的老师就叫这个名字。"别看我奶奶年纪老，她以前在教会学校念过书。

我说:"你得给我管好了,千万别丢了,也别弄死了。"

"放心吧。"

"它就只有一只耳朵了,你可别把它另外一只耳朵也弄没了。"

"哟,这我可不敢保证,你拜托它自己乖一点。"

"借我十块钱。"

我奶奶说:"没钱了,峰峰昨天刚借走我十块钱。"峰峰是我三叔的儿子,刚刚初三毕业。别看三叔在我面前吆五喝六的,他自己儿子也不争气,初中毕业没考上高中,读了园林技校,将来是他妈做花匠的。我三叔瘸着一条腿,把他儿子象征性地揍了一顿,瘪了,今年暑假没再来骚扰我。

没想到峰峰居然抢在我前面了,妈的,我从来没找我奶奶要过钱,偶尔厚一次脸皮,居然还被弹回来了。我奶奶一个人过日子,很清苦。她生了三个儿子两个女儿,都是知识分子,摆在台面上好像很光彩,其实都是穷光蛋,没有一个发财的。我想,我挣了工资,头一件事就是请我奶奶吃一顿饭,当然还有我妈,她也挺爱我的,当然也不能落下于小齐,还有老丁,还有杨一,还有文森特。这么一想,忽然发现世界上还有那么多人爱我,我就不那么难过了。

过了几天,我去奶奶家看文森特,一进门就看见它,正在玩我奶奶的绒线呢。气色不错,这下我就放心了。后来看见我奶奶正在哭,我赶紧问她,谁欺负她了。我奶奶说,街对面老费家晾着的鱼不见了,老费赖我们家的猫,说是猫偷的。我奶奶养了四只猫,当然也算不清楚到底哪一只有盗窃的嫌疑,那就赔吧。老费很牛逼,说不要赔了,照着黑黑猛踹一脚,把猫踢出去两米多远,黑黑惨叫一声,上了屋顶就再也没回来。

老费是农机厂的老钳工,力气很大,这两年老了,自然也就稀松了。过去他是我们戴城的造反派小头目,曾经把我奶奶揪出来批斗,说她是反动会道门,我们全家都很害怕他。我家都是小知识分子,像我爸爸这样的,叫作外强中干。我大伯更别提了,手无缚鸡之力,三叔是个瘸子,中外皆干,三兄弟加起来也不是老费的对手。不过,时代不同了,我们家终于也出了一个杀坯,那就是我。这个消息老费还不知道,太落伍了,看来有必要让他知道知道。

我拎了根棍子,避开我奶奶的视线,跑到老费家门口敲门。那天是星期天,老费在家,刚一拉开门,我一棍子敲在他胳膊上。毕竟是老造反派,很吃硬,惊讶之余对我喊了一声:"打得好!有种再打!"我说:"操你妈,以为自己是镇关西?"一脚踹开门,一棍子撸翻了灶台上的油盐酱醋,老费在后面拽我,喊着:"打我!打我!"我抡起棍子一通乱砍,老费躺在地上狂叫:"杀人啊!杀人啊!"这时我意识到,打人很爽,但后果有点麻烦,因为老费认得我,我跑不了。

我从派出所出来之后,被我爸爸一顿臭骂,幸亏没把老费打坏,否则就不是赔钱这么简单了。还有我大伯我三叔我姑姑,在一边不停地啰唆。我烦了,指着我爸爸说:"你搞清楚,是你老妈被人欺负,你敢出头吗?"又问我大伯:"你敢吗?深度近视,你年轻的时候都不敢跟老费叫板,现在啰唆个屁啊!"又回过头,用脚尖踢了踢我三叔的残腿,说:"你这个瘸子也不用指望了,管好你自己不要被卡车撞死吧。"

全家人都气噎了,愣了十秒钟,暴风骤雨般的咒骂倾泻到我头上。我三叔对着苍天大喊:"天哪,为什么最近没有严打啊?把他抓进去枪毙掉啊!"我爸爸铁青着脸,瞪着我,又瞪着我三叔。三叔希望我被枪毙,这也情有可原,但我爸爸听了这个话,大概有点受不了。我也不理他们，自顾走了。我这个社会渣滓，这次算是跟他们彻底掰了。

我爸在我身后喊道："有种你就不要回家！"

这种老一套的台词，都他妈跟电视里学来的。我说："当初要是没有我，你们厂里能分给你两室户？你那套房子本来就有我一半！"我爸爸彻底气瘪了，自信心崩溃了，希望也破灭了：我是他儿子，当然就是他的希望。

我独自回到奶奶家，她正在吃晚饭，我也跟着蹭饭吃。我奶奶是个很虔诚的人，生平不跟人斗嘴打架，生出来的儿子基因有点问题，只敢欺负自己家人，不敢欺负外人，到我这一辈就倒过来了，只欺负外人，不欺负自己家人。我奶奶还教育我，不要打人，不要骂人。我正敷衍着，只听外面一阵啰唣，跑出去一看，不得了，是我堂弟峰峰，带着他们园林技校的同学杀到老费家来了。十几辆自行车一字排开，三十几个拳头照着老费没头没脑打过去。峰峰手拿一块砖头，骂道："让你欺负我奶奶！让你报警！让你造反派！"喊杀声把老费的求饶声淹没了。我打老费的时候，他还很硬，居然要求我打死他，等到真的有十几个人海扁他的时候，他就软了。老费满脸是血，躺在地上，我凑过去一看，他已经昏过去了。

我对峰峰真是刮目相看，这孩子从小就是个闷蛋，三脚踢不出个屁来，没想到读技校才一个礼拜，就可以叫出这么多人来打架，堕落得比我更快更狠。我从他身上看到了自己当年的影子，不，说他是我的影子那太委屈他了，他是我路小路的加强版。这下我三叔终于可以安息了。

我奶奶让我去劝架，老太太很生气，说我们都成了杀坯。我就跑过去对峰峰说："算了算了，人都被你打昏了，别打啦。"我忘记刚才在派出所门口骂我三叔是瘸子的事情了。峰峰阴沉着脸，忽然又住我脖子，说："路小路，你敢骂我爸爸是瘸子？"这家伙眼睛里一股戾气，已经完全是街头混混的样子了。我才不怕他，说："操，你想打我？"峰峰看了看奶奶，说："今天奶奶在，我不跟你打，以后不要让我在街上看见你。"说完，他招呼同伴，骑上自行车迅速撤退。我说："我就在马台镇，你带齐人马来找我，我等你。"

凶手退去之后，街上逐渐被过路的行人和邻里街坊占领，大家围成一圈，圆心处是老费。这个老造反派，当年心狠手黑，打过无数人，这笔账渐渐被人们遗忘了，居然还有人说他可怜。人老了就是好，不管以前干过多少坏事，只要往街上一躺，就能换来些许同情，尽管不值钱，但对一个衰老的人来说也足够了。

我对奶奶说，这里不能待了，去我姑妈家住几天吧。我奶奶不肯，还是惦记着她的猫。后来救护车和警察都来了，派出所的警察一看见我就骂："又是你动的手？判你几年你才高兴，是不是？"我赶紧解释："不是我，是我堂弟带人干的。"警察把我揪到一边，问明了情况，又训了我几句，这才骑着自行车去找峰峰算账。那时候已经是晚上了，我家的亲戚一窝蜂又跑了过来，三叔那条腿虽然瘸，跑得却比谁都快。毕竟是他儿子闯祸了。我猜想，峰峰这时候已经逃到一个安全的地方了，我也没有必要留在这里了。我跳上自行车，去电信局给小齐打电话。又是乱糟糟的一天，差点把正经事情忘记了。

我在电话里汇报了文森特的情况，没说到打架的事情，只说自己过两天就要去马台镇上班了。于小齐说，那地方挺无聊的，最好带几本书去读读，不然晚上都不知道该干吗。我说，我可以去打电子游戏。于小齐说，马台镇的游戏房很混乱，还是不要去的好，不然又要被人打。

于小齐让我去美工技校找曾园玩，我想起那个眉毛立起来的女孩儿，西瓜刀女皇，我还以为她已经带着帅哥出国去了呢。于小齐说，别提啦，她男朋友跟别的女人跑啦，曾园可伤心了。

我本来觉得去找曾园也不是什么坏事，忽然听说她失恋了，这种女人都很可怕。还是算了吧。

那几天，我和家里闹翻了，我爸爸对我视若无物，我妈唉声叹气，很哀怨地看着我。星期天我出去打了一整天的电子游戏，晚上回到家，全家人默不作声地吃饭，我妈用筷子捅了捅我爸，他清了清嗓子，终于开始发言了。

"峰峰被抓进去拘留了。"

我放下筷子，这小子把老费打成那样，居然没跑掉，给警察抓住了。

"同时他也被学校开除了。"

我说："无所谓，本来就是园林技校，出来做花匠的，还不如去摆个地摊挣钱呢。"

我爸爸说："其实我们家里，对你和峰峰的期望是很高的，你从小就很聪明，峰峰比你老实。现在你们都成了流氓。"

我说："爸爸，你不要乱讲，流氓还有我这样的？在化工厂里上班？"

我妈说："今天白天，你三叔到我们家里来闹过了，说你把峰峰带坏了，峰峰就是学了你，才变成流氓的。"

我说："放屁，他自己不会管教儿子，倒赖在我头上。难道峰峰是我儿子？后来怎么样？"

"后来你爸跟你三叔打起来了。"

我操，太意外了，我爸爸竟然和三叔对打。要知道，在我们这个家族里，瘸子三叔的地位相当高，他仗着自己是个残废，经常凌驾于众人之上。我爸爸什么事都让着他，不过，真要是打起来，我相信爸爸是不会输给一个瘸子的。

后来我爸爸把袖子撩起来给我看,上面横七竖八的血杠,都是三叔挠出来的。我问他,三叔伤成什么样了,我爸爸说三叔脸上挨了一拳,其他就没什么了。我叹了口气,照我看来应该揍他两三百拳才解气,怎么反而被他挠成这样?

我问爸爸:"你为什么要打三叔啊?"

我爸爸说:"他说你把峰峰带坏了。"

我感动死了,毕竟是我爸爸,在这种大是大非的问题上还是有立场的,我一高兴,用大巴掌拍我爸爸的肩膀,从书包里拿出一包红塔山,发给他一根,我自己也叼上。我爸爸也忘记了教育我,很激动地抽着烟。我说:"辛苦你了,被人挠成这样。我做儿子的对不起你,也不能帮你去打回来,只能谢谢你啦。"

我妈说:"你大伯,你姑妈,都来了,说你爸爸欺负残疾人,要跟他断绝关系。"

我说:"断就断,你们又不靠他们养老。"

我爸爸苦笑着说:"现在我倒成了家里的叛逆了。"

我们这两个叛逆,总算相互体谅起来,以前是阶级矛盾主导一切,现在跟我三叔全家闹翻了,民族矛盾上升到主要位置。我知道做爸爸的也不容易,为了儿子要跟家里人翻脸,我爸爸知道做叛逆也很痛苦,并不是自己想做,而是别人把你定性为叛逆,就像定性为反革命。体谅了就好,可以双边合作。

最后,我爸爸把烟掐了,语重心长地对我说:"小路,我希望你不要再让我失望了。"

我说:"爸爸,揍那个瘸子爽不爽?我老想揍他,结果被你抢先了。"

我爸爸叹了口气,再也不说话了。

工 厂 之 旅

在我去往马台镇以前，我曾经深信，我一生中的活动范围是以报春新村为中心，半径不超过三公里，超出这个范围，我就离开戴城了。后来我去了前进化工厂，离家二十公里，但这件事并不值得自豪，因为马台镇是个乡下小镇，前进化工厂是个倒闭厂。

马台镇，深陷在郊区的农田里，有一条公路将它和戴城连接起来，这条路的主要功能是把乡下人送进城里，再送回去。至于城里人是根本不会去那里的，那地方什么都没有。我妈一听我要去马台镇上班，还得住宿，立刻就毛了，指着我爸爸的鼻子骂，说他不关心我，平时在厂里有头有脸的，儿子去乡下插队居然束手无策。我爸爸只好说，让我先熬一年，等到毕业了就把我调到农药厂去。这期间，我可以去前进化工厂学点技术，如果真的受不了也没关系，最多托人给我开张病假条，说我有肝炎，那就可以长期赖在家里了。

我决定到马台镇去上班，反正就当是玩嘛。

我妈给我卷了一张草席，一条毛巾毯，还有一个枕头，这都是工厂宿舍里必备的。她特地给我买了两件硬领的衬衫，一条很时髦的太子裤，还有一双皮鞋。我从小到大没什么像样的衣服，都是我爸爸厂里的工作服，这回跑到前进化工厂去上班，总不能一天到晚穿着农药厂的衣服，会被人笑死。这身行头花费了我妈两百块钱，也算下了血本。我爸爸想送我到马台镇，被我拒绝了，我头一次背着铺盖出门，尽管是去乡下，也要体会一下独自远行的感觉。我爸没说什么，塞给我五十块钱，让我路上小心。在此之前我妈已经给过我一百块了，我爸爸给的是他的私房钱。这下我发财了。

在一片混乱的戴城长途汽车站，我遇到了同样背着铺盖的大飞，他对面坐着小怪。小怪很兴奋，我和大飞却高兴不起来。读书的时候他还能到舞厅里去挣点外快，现在去马台镇，那地方全是乡下女人，根本不会跳 Bo 的，大飞的一身功夫算是废了。

至于小怪，我很庆幸能与她在一起。这女孩儿虽然长得很丑，但技术一流，很多仪表她都会修。我说过，我们学校的老师都不会修表，请来的工厂老师傅是个淫棍，只会把涎水滴在女生的乳沟里，我们根本学不到真本事。只有小怪，真的会修仪表，这不是因为她聪明勤奋，而是因为她爸爸她哥哥都是仪表维修工，她家里的电表经过这两位高人维修以后，不但走得慢，还能倒着走，她家的水表根本不会走，用手拍一下就走一点，总之都在掌控之中。小怪技术好，缺点也很多，首先她的基础课成绩很差，我说的是语文政治英语体育，她只有在修仪表的时候才表现出天赋；其次是爱骂脏话，每天体育课跑步的时候她都会骂娘，因为她喜欢穿着高跟鞋上学，跑起来很难受。体育老师也不跟她计较，每骂一次扣她几个学分，两年攒下来，小怪倒欠学校一千多个学分，史无前例。她最大的缺点当然是难看，如果难看也可以被认为是缺点的话。

小怪暗恋大飞已经很久了，还曾经主动教大飞修仪表。大飞的手指是用来跳 Bo 的，他只喜欢那种摸上去会呻吟的东西，对仪表根本没兴趣，对小怪也是不冷不热好多年。这次被小怪逮住了机会，可以预见,在工厂里,大飞将成为小怪的囊中之物。

我穿着硬领的衬衫,下面是太子裤,老 K 皮鞋,看起来还真像那么回事。我以为大飞会嘲笑我,谁知他比我穿得更夸张,一件白色府绸衬衫,扣子解开四颗,露出黑扎扎的胸毛,下面是一条宽大无比的飘飘裤,加一双温州出产的翘头皮鞋,他本人又矮又壮,仿佛是个哈哈镜里的波斯王子。这身行头是大飞做舞男时候的装束,他大概也就这么一套像样的衣服,因此穿出来去工厂报到了。

我们上了中巴车,车票是三块钱一张。大飞立刻急了,问我:"咱们实习工资是多少钱?"

小怪说:"五十块一个月。"

大飞说:"我每星期回家一趟,来回的车费是六块钱,一个月就是二十四块。我他妈的上了一个月班,最后就只有二十六块钱的利润?"

我摇摇头,说:"你也可以骑自行车去上班,二十公里,当心弄出痔疮。"

大飞说:"我操他妈,把我们发配到乡下去了。"

小怪说:"大飞,好男儿志在四方。"

大飞说:"四方?是正方形还是长方形?"

中巴车挺空的,我们每人占据了一个座位,横躺着,售票员也不管我们。车子一路开下去,不断有乡下农民招手上车,我们就只能坐起来了。不知不觉这车子就塞满了人,九月秋老虎的天气,汗臭弥漫,夹杂着尖锐的狐臭,也不知道是哪个妖精的杰作。车窗全都打开了也不顶用,后来大家都顶不住了,满车的男人都在抽烟。乡下人抽的都是很便宜的"龙泉""牡丹",我和大飞抽红塔山。一路上,大飞骂不绝口,先骂班主任和化工技校,后骂前进化工厂和马台镇,最后骂全世界的乡逼。小怪推推大飞,说:"大飞你消停一点，这车上全是乡逼，他们很凶的，会打你的。"我看了看，还好，乡下人大概都觉得大飞的衣着言行太嚣张了，摸不清他的来历，因此都是敢怒不敢言。我就假装不认得大飞和小怪吧，这两个浑蛋迟早把我害死。

中巴车把我们抛在马台镇的邮电局前面，自顾消失在公路上。我们拎着行李，站在街上茫然四顾，根本搞不清前进化工厂在哪里。有几个赤膊的少年从我们身边走过，用挑衅的目光打量我们。他们当然也是乡逼，不过我们惹不起，这是他们的地盘。

事实上，马台镇就是四条主干道，形成"井"字形，出了这口井，就是乡下的农田，再也没有其他东西了。镇政府，中学小学，邮电局，卫生所，温州发廊摩配店，这些都在井中。我以为戴城已经够差劲了，其实马台镇比戴城更无聊。在这个微型城市里，时间放慢了速度，用相对论来解释，痛苦就会被放大。

我是第二次来这个镇，暑假里我曾经和于小齐、杨一徒步走到马台镇上，搭乘中巴车回戴城。那时候我可没想到，自己还会再跑到这个地方来。趁着小怪去问路的工夫，我用目光逡巡了一圈，看见一幢黑乎乎的楼房在一排门面房后面，好像一块烧焦的面包，没错，那就是美工技校。

小怪跑回来说，前进化工厂离这儿不远，再走十分钟就到了。她向着通往南方的道路，茫然地一指。我们背起行李，朝着那个方向去寻找前进化工厂。

小怪说："你们看过《围城》吗？我们现在很像《围城》里长途跋涉啊。"

大飞说："你他妈的这么深奥的书都看得懂？"

小怪说："我看的是电视剧，我最喜欢陈道明了。"

大飞说："就你这德性也配喜欢陈道明？"

小怪说:"大飞,我操你妈。"

实际上从马台镇到前进化工厂,我们走了足足二十分钟,很快这座井中小镇就被我们抛在身后,越往前走,路越窄,间或有辆卡车开过,证实了前方有工厂之类的地方。后来我们走到一个小村,有河,有铁路桥,就那么一条水泥路,两边全是农村的土别墅——一种二层楼的瓦房,破旧的杂货店,老式剃头店,露天桌球台,静伏在路边毫无警惕性的草狗,穿着西装在挑粪的农民,没有牌照的摩托车随意停在路边。这倒霉地方比马台镇更绝望,是一个"非"字形的小村。我们呆若木鸡,看了半天。小怪说:"我看见前进化工厂了。"过了村子,有一片厂房,围墙中间嵌着一扇锈迹斑斑的铁门,几个头发蓬乱的工人蹲在门口抽烟,有个老工人把鼻涕擤到很远的地方,手一甩,在工作服上擦了擦。一条瘦骨嶙峋的草狗向着地上的鼻涕欢快地奔去。

看到这个场面,我们三个倒吸一口冷气,跑了几十里路,什么他妈的化工厂,原来是个乡办企业。没办法,来都来了,硬着头皮走进去吧。一进厂门就看见那天招我们的女人,她正坐在传达室看报纸呢。她说:"这里这里,跟我去劳资科。"

她叫李霞,是前进化工厂劳资科科长。我们跟着她到所谓的劳资科走了一趟,情况有点惨,那科室里就两张办公桌,她对面坐着一个昏昏欲睡的老头。大中型的化工企业我都见识过,一个劳资科里最起码蹲着十来号人,因为是肥差嘛,去的人当然多。但前进化工厂的劳资科竟然只有两个人,这实在有点说不过去。后来我才知道,李霞还兼任工会副主席和总务科科长,乱七八糟的事情她都要做。该厂只有二十来个干部,剩下六十个是工人,这和农药厂相比简直有天壤之别,农药厂有两千个人,一千个干部,一千个工人。

干部太多的工厂不免令人厌烦，但要是像前进化工厂一样，少到只有二十个，那也未必是件好事，工人会觉得有点恐慌。

我问李霞："李科长，这厂是不是乡镇企业啊？"

李霞板着脸说："虽然离城里远了点，这可是正经的国营企业。你见过有八十个人的乡镇企业吗？"确实，九十年代的乡镇企业规模大多数都很小，八十个人对乡镇企业来说是太多了，但对国营企业来说又太少了。李霞说："你们别小看我们厂，效益不错的，最近在扩产，马上就要招很多人。看！"她指了指窗外，那儿有一块长满野草的平地，中间七零八落堆着些砖头和钢筋。她说："新厂房就要造起来了。"

我又问她："李科长，听说我们厂生产的东西，会把人的鼻黏膜烂穿掉，一毛钱的硬币从左边鼻孔塞进去，能从右边鼻孔掏出来。是不是这样啊？"

李霞干咳了一声，赞许地看着我，说："到底是化工技校的学生，专业知识很扎实啊。我们厂生产的铬酸是用来做电镀的，有一定的腐蚀性，不过你们是修仪表的，平时躲在维修间里，厂房在北边，夏天刮东南风，吹不到你们这里。"

大飞愣头愣脑地问："那冬天呢？"

李霞说："噢，冬天啊，那就把窗关关紧喽。"她又安慰我们说，"其实，把鼻黏膜烂穿也是言过其实，一年两年根本烂不穿的，至少得干上二三十年才会出现这种问题。平时也就是鼻涕比较多而已。"

我们都听得有点发呆，怪不得厂门口的老工人一把一把地甩鼻涕，原来是熏出来的。

我们在一张登记表上填好了个人简历，李霞把这张纸和实习鉴定书夹在一起，塞到抽屉里，然后就带着我们去宿舍放东西。一路上她还不停地表扬我们,说我们来得很准时,又说我们很团结,三个人一起来的,最后还暗示我们,不嫌弃这家乡下的化工厂,职业素养很高。我越听越心寒,须知,国营单位的劳资科长都是土皇帝,你喊他爷爷他都觉得不够尊重,哪里有像她这样随便表扬几个实习生的?这种表扬本身就意味着:该厂的情况不是很妙。到了宿舍一看,一排破房子,很像是农村的猪圈改建的,普通工人十六个人住一间,干部四个人住一间,我们是实习生,当然只能睡工人间。我和大飞把铺盖扔在床上,只听纱布蚊帐里有人大骂:"操你妈,动静小点!"李霞说:"嘘,不要影响夜班工人睡觉。"这时小怪在走廊里尖叫起来:"操你妈,流氓!"我们冲出去一看,原来是一个穿三角裤的赤膊男工,睡眼惺忪地从厕所里出来,大概是碰了小怪一下。我们问小怪:"怎么了?"小怪涨红了脸说:"他顶我。"男工也被她的尖叫吓坏了,看我们人多势众,赶紧往宿舍里跑,钻进蚊帐再也不出声音了。

李霞又指了指另一片长满野草的空地,说:"新宿舍也要造起来了。"我暗叹了口气,心想,等这厂房和宿舍造起来,恐怕老子的鼻黏膜已经烂穿了。

趁着李霞走开时,小怪对大飞说:"大飞,我要回家。"

大飞说:"你疯啦?毕业证书拿不到,你还要赔钱的。"

小怪说:"大飞,我害怕。"

大飞说:"我们三个之中,就你一个人会修仪表,你要是跑了,我们也混不长久。别害怕了,有我和小路保护你呢。"

我说:"她只要你一个人保护就行了。"

爱情的力量就是伟大,小怪为了大飞,立刻就答应留下来了,我顺便沾光。大飞平时虽然浑蛋,在上班这件事上还是挺有责任心的,大飞的爸爸身体不好,病退在家,全家都等着大飞去上班挣钱呢。要是大飞不干了，他爸爸就有可能被气死，不是虚指的气死，而是真的去火葬场。大飞其实是个孝子。

后来李霞带我们去维修车间，那里有电工班、管工班、钳工班、仪表班，还有一个废品仓库。进去一看，几个工人正躺在草包上睡觉呢，天也热，他们都袒胸露乳。换了别的化工厂，劳资科长跑进来，工人早就立正稍息了，这里不一样，工人继续睡，也没人把李霞当根葱。李霞把我们带到车间主任办公室，那是一间很破的房间，墙上还贴着计划生育就是好的海报，光线很暗，桌子上趴着一个人在睡觉。

李霞拍拍他："刘福，刘福。"此人抬起头，额头在胳膊上压得红彤彤的，嘴角亮晶晶挂着一道涎水。

李霞介绍说："这就是车间主任刘福。"

刘福看着我们，说："新来的实习生啊？"

李霞说："就交给你了。"

刘福指着我们，说："实习生，要老老实实，恭恭敬敬。知道什么才是恭敬吗？"我们一起摇头。刘福说："恭敬就是说，你们是学徒，我是主任，我撒尿你们要给我扶着屌。"我们都听傻了。李霞咳嗽了一声，说："刘福，文明点。"大飞对刘福竖了竖大拇指，说："佩服，佩服。"

李霞又带我们去仪表维修间，那里空荡荡的，一个人也没有。李霞问："老包呢？"有人答道："老包拉屎去了。"我们只能坐在那里等。过了片刻，走进来一个头发花白的老头，手里捏着一团揉皱的报纸，边走边说："操他妈的，屎都拉不出来，今天又便秘。"李霞说："包师傅，我给你带实习生来了，三个。"包师傅头也没抬，说："要那么多实习生干吗？"李霞说："包师傅，他们是技校的，还没毕业，要请你传授技术给他们。"包师傅说："传授个屁，教会了他们，我怎么办？"口气非常狂妄。

小怪冷笑着说："狗屁不通的，我还用你教？"大飞赶紧捂她的嘴，在工厂里，师傅是不能得罪的，小怪这样嚣张跋扈，我们都会被这帮工人整死。

李霞对我们说，因为我们是实习生，所以厂里暂时也不会安排什么具体工作，就跟着学技术吧，师傅安排什么就做什么，另外大飞的飘飘裤太扎眼了，马上到劳资科去领工作服。就这样，我们换上了崭新的工作服，回到维修车间，包师傅已经不在了，剩下的工人继续睡觉，也没人搭理我们。我们三个坐在那里，大飞提议去厂里兜一圈。我们从维修车间出来，走进生产车间，里面也没什么人，只有几个电焊工在烧电焊，再往前走不多路就到了工厂的后门，前面是农田，更远处可以看到铁路的路基，高高在上，有一列火车正在视平线上划过。

下午，厂里又来了一拨化工技校的实习生，是我们兄弟班级的，十二个操作工，两个钳工，四个管工，还有轻工技校过来的三个电工。一下子来了这么多人，场面很热闹，我开始相信李霞说的话，这里马上就要扩产，成为一个现代化企业。

下班以后我们去食堂吃饭，我对该厂的食堂不抱什么希望，吃了几口发现味道很不错，菜也新鲜，犹自诧异。李霞坐到我们面前，说："食堂还合胃口吧？"我们频频点头，李霞说："我们这里烧菜的是农村的阿姨，都很老实，工作绝对认真，都是正宗的农家菜。"我说："咱们厂里要是评先进，肯定是食堂拿第一名。"李霞知道我在挤对她，不说话了。

我问她："李科长，你也住在宿舍里啊？"

李霞说："对啊。"

我说："你家里在哪儿啊？"

李霞说:"我爱人在戴城。"

我说:"李科长,厂里怎么也不弄辆厂车啊,这样回戴城也容易些。"

李霞说:"我们这里大部分是上三班的工人,三班工人只能住在宿舍里,不可能安排那么多厂车的。像你们上白班的,加上干部在内,就那么一点人,很多人都有摩托车,直接开回家了,所以有了厂车也挺浪费的。不过,年底厂里就要添置一辆了,到时候你们就可以天天回戴城了。"

大飞说:"难道厂长也住宿舍?"

李霞说:"厂长他当然有轿车。"

得,这么一说,我就全明白了。

夜里我躺在宿舍的床上,翻来覆去睡不着,可能有点认床。另外,跑到这个乡下地方,不知道怎么搞的,心里有点悲伤。大飞睡在我上铺,我坐起来敲了敲床,他说:"你也睡不着?"我叹口气:"睡不着就出去走走吧,抽根烟。"

在工厂里参观了一天,我明白了一条颠扑不破的真理:武大郎玩夜猫子,什么人玩什么鸟。我和大飞,以及小怪,两年来混得惨兮兮的,在一个烂学校甘当烂人,其结果必然是进一个烂厂,做一个继续烂下去的工人。我估计我的同学们也好不到哪里去,在农药厂的别以为效益好,这会儿正被剧毒气体熏着呢,造漆厂的一身香蕉水味道,碳黑厂的就像煤渣子一样黑,饲料厂的正在为猪猡提供食物。班主任说得没错,别得意,到工厂里才知道什么叫改造。我不禁又有点怀念那所烂学校,虽然老师土鳖学生浑蛋,虽然在那么个破楼里,虽然动不动就扣钱就罚站,但它到底还是一个堡垒,把我们圈起来,很安全,只有在这种安全的前提下我们才可以跑出去欺负欺负重点中学的孩子,假如连这个堡垒都没有了,我们就像一个个烂果子掉在野地里，不会生根发芽，只会成为鸟类或蚂蚁的食物。

大飞问我在想什么，我把这些告诉他，他也听不明白。大飞的智商比较低，跟他做个酒肉朋友勉强还可以，谈起人生哲理那就是对牛弹琴了，这种哲理得跟杨一讨论起来才有意思。大飞说："我就觉得亏了，我在舞厅里，一个月能挣三百多块钱呢，现在全都泡汤了。"我跟这个呆逼没什么可多说的，越来越烦他，这时不由得开始想念于小齐，想念杨一，还有最最哲理的老丁。

香烟抽了几口，小怪从女宿舍跑了出来，跟我们蹲在一起。小怪说："你们还没睡呐？"

大飞说："睡不着。"

小怪说："大飞，我害怕。女宿舍里就我一个人，晚上有老鼠叫。"

小怪一撒娇，我们全班的男生都要吓昏过去，连班主任都顶不住。我看见小怪对着大飞那副深情款款的样子，觉得挺恶心的，就把香烟掐灭了，说："我先回去睡觉了。"大飞也很寒，说："等等我，我也去睡觉了。"小怪说："操你们俩的，老娘出来你们就躲进去了，什么意思？你们要是这样，我明天就回家去，我才不稀罕什么毕业证书呢。"我和大飞只能硬着头皮陪她，还劝她："别闹了，半夜三更的，把鬼招来。"这时小怪就自然而然地抱住大飞的胳膊，说："我害怕。"

折腾了好长时间，总算把她劝回去睡觉了。看小怪的意思是要大飞陪着睡，只是黄花大闺女也不好意思提出这么生猛的要求，再说了，跑错了宿舍是要被厂里处分的。我在黑暗的走廊里又抽了好几根烟，直到蚊子把我咬得受不了了，这才回到床上，忽然觉得很累，好像被睡眠的旋涡卷进去，一阵轻微的晕眩之后就丧失了所有的意识。

第二天一早就被一阵哐哐声吵醒，看了看我的电子手表，才六点钟。原来是早班工人去接班，过了片刻，夜班工人下班了，跑进来换衣服吃早饭，也是哐哐的，动静大得吓人。听说上三班的人内分泌失调，脾气都很臭，动静大点也是难免的。我们是上白班的，八点钟才开工，继续睡。到七点多的时候，外面的公鸡开始打鸣，不是一只鸡，而是十几二十个一起叫，狗也跟着凑热闹，这就起床了，刷牙，洗脸，跑到工厂的小浴室里洗了个澡，感觉自己像外国人，居然可以早上洗澡呢。然后换上工作服，去食堂吃了一碗泡饭加一个烧饼，这才去维修车间坐着，所谓崭新的一天就这么开始了。

进厂没几天，厂里停产检修，维修车间的任务来了，我们都很忙，可惜干的都是体力活，技术活轮不到我们来做。包师傅那个浑蛋，维修的手艺很差，很多明明可以修好的仪表，都被他报废掉了。全厂就他一个仪表维修工，也没人管他。小怪来了以后，看见这种情况非常生气，指着包师傅的鼻子骂："你这个傻逼，会不会修仪表？不会修就滚一边去，看你姑奶奶的。"

包师傅大怒，混了几十年，没见过这么嚣张的学徒，还是个女的。这时我和大飞就歪在椅子上，瞪着包师傅。包师傅有点害怕，对我们说："你们等着，我去找人。"找来几个中年的维修工，想揍我们。还没动手呢，我们化工技校那帮学生全都跑过来了，每人手里一根两尺长的无缝钢管，也不知道他们哪里搞来的，反正我们学校的人不管跑到哪里，都是先造武器后搞生产。工人们吓坏了，没敢再挑衅，一个个都溜了，留下包师傅在那里继续被小怪骂。

包师傅咽不下这口气，武的不行来文的，跑到刘福那里去告状。刘福正在睡觉，听了这个事，对包师傅说："老包，几个实习生你都管不了,居然闹到我这里来。我都忍受你几十年了,你最好马上滚。"包师傅一气之下,高血压发作,病休了一个礼拜。

厂里很快就知道了,这帮技校学生不好惹。过了没几天,钳工班的实习生把门房打了一顿,管工班的实习生相互对打,车间里的实习生在宿舍赌钱,还出老千,把好几个师傅的工资都骗光了。乡下小厂,没见过大世面,赶紧召开整风大会。李霞把我们都叫去了,要我们安心工作,克服困难,杜绝暴力行为,还特地把我拉上去表扬了一下,说:"路小路就不错,你们要向他学习。"另外又表扬了一下小怪,技术出众,工作勤奋,只是脾气有点火暴,以后要注意克制自己。训完之后,李霞摇摇头说:"我简直像个幼儿园阿姨。"

回到宿舍,大飞说:"我看这个女人喜欢你,还表扬你。"

我说:"万一她喜欢的是你呢?喜欢一个人不一定要说出来的。"

大飞说:"不会的,喜欢我的女人都喜欢我的飘飘裤,她非要我换工作服,可见她不喜欢我。"

我说:"你这个逻辑倒蛮有意思的。"

小怪说:"听说她跟她老公关系不太好,她老公是个阳痿。"这下大飞得意了,说:"你看你看,活寡妇,我没说错吧?"我冷冷地说:"大飞,你舞厅里玩得太久了,你都成活寡妇专业户了。"

大飞痛心疾首地说:"我要不是迫于生计,我能去舞厅里挣钱吗?"我说:"歇菜吧,你就喜欢老女人,别老是把责任推卸到经济条件上。"这时大飞虎吼一声,扑过来揪我领子,我们俩厮打起来,小怪在一边吃着零食做裁判。大飞力气比我大,拽住我的手臂,试图把我摔倒在地,我拼命挣扎,只听一声清脆的裂帛声,我的工作服袖子齐肩脱线。这工作服也太不经穿了。大飞刹不住,四仰八叉摔在地上,旁边传来小怪的大笑声。

工作服坏了比较麻烦，我自己又不会缝，只好跑到劳资科去找李霞。我说衣服坏了，我要换件新的。李霞说，按规定实习生就只有一套工作服，换新的要另外交钱，三十块钱一件上衣，不合算。她说："给你缝起来吧。"

我挺不好意思地说："谢谢你，让你给我缝衣服，太不好意思了。"

李霞似笑非笑地看着我，说："让我给你缝？你倒想得美。我带你到食堂去，让做饭的阿姨缝。"

我咧了咧嘴，确实有点非分之想了，让劳资科长给我缝衣服，还以为戴城是革命老区？我跟着她去了食堂，阿姨正在择菜，看见我的断袖之风，立刻拿来针线整风。阿姨还说，全厂工人的衣服都是她缝的，这里发的工作服好像是纸做的，一撕就碎。缝好了她又拽了几下，说："没问题了，那个袖子要不要也缝一下？"我赶紧说："不用了，谢谢谢谢，回家让我妈用缝纫机缝一下吧。"正说着，那边大飞也跑过来了，对阿姨说："阿姨，听说你专管缝衣服的。"阿姨说："哪儿又裂了？"大飞夹着裤裆，看看我，看看李霞，很不好意思地说："刚才摔了一跤，刚刚发现裤裆开线了。"李霞笑了，说："这可不关我什么事，这批工作服还是两年前的，那时候我还没调过来。"后来她又说："你们缝衣服，我走了。"

她走后，阿姨让大飞把裤子脱下来，大飞还装嫩，不肯脱。阿姨说，你要穿着裤子我可没法缝，扎坏了你，赔不起。大飞只好脱了裤子，穿着一条白色三角裤坐在边上。阿姨对我说："李科长人很好的，对吧？"我说："好，好。"阿姨说："我们厂里大大小小的事情都要李科长过问，她等于是半个厂长。可惜她丈夫是阳痿。"我只好朝天翻了个白眼，农村的阿姨讲话没逻辑，也不知忌讳，阳痿这种事情，本来是个隐私，可是正因其为隐私，反而引起人们的注意,最后搞得尽人皆知。

后来跟李霞就熟了,路上见到了,喊她一声"李科长",她对我们示以微笑。我当然不会自作多情到以为她真的喜欢我,劳资科长不好玩,说翻脸就翻脸的人。

有一天晚上,我在工厂外面晃悠。工厂的宿舍到了晚上是异常地凄凉,三班工人一茬接一茬地睡觉,夜里也不开灯,不许大声说话,娱乐活动很贫乏。电视机倒是有一台,在活动室里,可是只能收看到中央一套,那里面放的新闻都跟木偶片一样,不好看,我只好跑出去溜达。出了厂门,就是那个"非"字形的村子,街上已经没什么人了,昏暗的路灯下还有几个农村小伙子在打桌球,发出清脆的啪啪声。我在一个马上就要打烊的小店里买了一听可乐、一包香烟,蹲在厂门口嘬着,百无聊赖,脑子里一片空白,好像是有一个黑板擦把以前的记忆都抹掉了,剩下一些粉笔灰簌簌地掉下来。

后来觉得肩膀被人拍了一下,回头一看,是李霞。我对她点点头,这回没喊她李科长。

李霞说:"一个人待着呢?"

我说:"是啊。"

"是不是有点无所事事?"

"反正是挺无聊的。"

"年底有了厂车,你就可以天天回戴城了。"

"回去也是无聊,"我摇摇头说,"不过在戴城至少有办法消磨时间,这里就不行了。"

"平时不看看书什么的?"

"不看。看也白看,脑子不好使,记不住。"

"我本来还想给厂里办个图书馆呢,至少是个阅览室,有点杂志什么的。"

"你好像要把这里变成学习基地。"我半嘲笑地说。

李霞说："我跟你说，十年之内，戴城的化工厂都得搬到这里来，这一片都可能变成工业园区，将来城里就没有污染企业了。我们厂也要整治污染，扩产，招工。将来的事情，超乎你的想象。"

我看看街上，路灯半死不活地亮着，农村的青年安静地玩着桌球。四面八方都是蛙鸣，黑夜在农村显得特别的黑。想象不出这里会变成工业园区，至于戴城那些化工厂，那不关我屁事，他们把戴城弄得乌烟瘴气，然后搬到农村来，继续乌烟瘴气，把这里的黑夜搞得像白天，又把白天搞得像黑夜。这些事情都不关我屁事。我压根就不去想它，它当然就超乎我的想象，无论是前进还是倒退。

我问她："你真的喜欢这里吗？"

"喜欢，这个厂，我倾注了很多心血。"

"我不喜欢这里，哪怕它变成工业园区。"

"这很正常，你要是第一天就喜欢它，它就不是工厂了，可能是游乐场。"

"你讲得也对，我尽量让自己不讨厌它吧。"

李霞说："对了，今天你们班主任来过了。"

我皱皱眉头，说："他来干什么？"

"了解一下你们的实习情况，大老远地跑过来，还认错了路，绕了两个圈子，从后门兜进来的。"

"他能了解什么？无非是看看我们惨不惨。"

"你们班主任还是挺负责的。"

"他说什么了？"

"他说，你们三个都是班级里最差的学生，要我们严格要求，特别是对你，要加强思想品德教育。还有安全生产要注意，听说你们有一个同学去造漆厂实习，头一天就从脚手架上摔了下来，现在已经送到上海去治疗了，把脊椎骨摔断了。"

"我操，那不是变成瘫子了？"

"你们班主任说，这个瘫子是肯定治不好了，"李霞说，"你们工作的时候也要注意安全，班主任还是很关心你们的。"

"他巴不得摔下来的是我呢，"我冷冷地说，"我们全班都摔成瘫子，他才高兴。"

曾 园

星期一的早上,我回到前进化工厂,我是一个人坐中巴车过来的,在汽车站没遇到大飞和小怪。到了厂门口才看见他们,大飞开了一辆嘉陵摩托,小怪坐在他后面,像摔跤运动员一样抱着他的腰。这两个王八蛋玩疯了,不知道从哪里搞来的车子。大飞快乐地说:"小路,我以后就能天天回戴城啦!"小怪说:"我也是!"我气急败坏,说:"你们他妈的就把我一个人撂在这里?"大飞很无耻地说:"反正有李霞陪你。"我说:"你他妈的当心撞死。"到了下班时候,小怪跳上大飞的摩托车,车子发出一阵怪叫,呼天抢地地跑走了。小怪坐在大飞身后,还朝我抛了个飞吻。

工厂是下午四点钟下班,离天黑还早,他们两个一走,我就感到无边的寂寞。我回到宿舍,把裤子换了,上衣还是工作服,沾着几道油污,就这身打扮,去马台镇上解闷。

正是黄昏时候,阳光是昏黄色的,照着这座小镇倒也有几分美色。夕阳照在任何东西上都挺美的。傍晚的小镇上很热闹,街上摆着一些小吃摊,卖的是最便宜的萝卜丝饼炸臭豆腐之类,三三两两的学生围着吃东西,看那样子应该是马台中学的。另有十几个操着南方口音的外地青年在路边抽烟，穿着破破烂烂的工作服，这是附近水泥厂的外来工。这个地方让我想起美国西部电影里的小镇，黄尘四起，风沙眯眼，我一个孤独的牛仔疲惫地来到小镇，走进酒吧，四周都是些随时会拔枪射击的危险分子。事实上，我走过这些人身边，没有引起任何敌意，这里也没有西部酒吧，我找了一家游戏房，径自钻了进去。

可怜的马台镇，游戏房里只有四台破旧的游戏机，里面人头济济，烟味呛人。我看了一下，两台游戏机是打坦克，很过时的东西，还有一台是打小蜜蜂，更加土了。就这么无聊的东西，还是照样围了很多人在观战，打游戏的几个人表情非常兴奋。到底是乡下地方，我想。这时，从围观人群最密集的游戏机那里发出一阵欢呼，我挤过去一看，原来是"街霸"。怪不得这么热闹，街霸是最新的电子游戏，非常好玩，它和我从前玩过的打飞机打坦克都不一样，它是两个人对打，拳脚相加，气功波漫天飞。戴城最著名的游戏房"蓝国"也是不久前才有这个游戏，第一天就有人因为打游戏而对打起来，把游戏中的拳脚诉诸现实。我非常喜欢这款游戏，因为很暴力，玩起来过瘾。

我站在那里观战，有人拍我的肩膀，"喂，你怎么也在这里？"我回头一看，脑袋大了一圈，这人是虾皮。很巧合，上次分手也是在马台镇一带，这个呆逼自以为喝了农药，被送到医院去了，听于小齐说，他白白地被灌了一次肠，搞得很惨。我还以为自己永远不会再遇见他了呢。

虾皮胳肢窝里夹着家伙，用报纸裹着，我猜是西瓜刀。他伸手从我口袋里摸出香烟，叼在嘴上，又拍拍我的工作服，"你现在在工厂里混？"

"嗯。"

"工厂里有什么好混的，傻逼才去工厂。"

"你他妈的嘴里放干净点，谁是傻逼？"我愤愤地说，"你怎么又跑马台镇来了？"

虾皮朝地上吐了口唾沫，说："我现在在追求曾园。"

我说："你不是跟着黄莺混的吗？"

"跟她混没意思，小打小闹，肚子都吃不饱。我现在跟别人混了，上个礼拜我参加了白锦龙的讨债队。喂，你有没有兴趣，跟我一起去讨债？"

我鄙夷地看了看他，说："你这个样子也配去讨债？当心被人打死。"

虾皮说："你不要小看我，我打架虽然不行，但我比谁都狠。前天到常熟去讨债，我把一壶开水浇在那个人头上，他立刻就还债了。我还多拿了两百块劳务费呢。讨债就是比谁狠，懂不懂？"

我才不相信他能把开水浇人家头上，这个家伙笨手笨脚的只会把开水打翻在自己脚上。我说："你跑这儿来就是为了追求曾园啊？"

虾皮神秘兮兮地说："曾园失恋了。"

我说："听说了。"

虾皮说："这次失恋对她打击太大了，她男朋友跟了一个老女人，听说暴有钱，在上海广州都有公司的。以后他就专门吃软饭啦。"虾皮很神往地说，"他妈的，我要是长得那么帅就好了，我也去傍一个有钱女人。"

我嘲笑地说："曾园不就挺有钱的吗？"

虾皮说："那还是差一路的，她的钱都是她爸爸的，她自己没钱。不过，能搞上她也不错了。"

我叹息说："虾皮，那我预祝你成功吧。"

我回过头继续看游戏,虾皮拉住我说:"你看什么电子游戏啊,都是小孩玩的。跟我一起去打人吧。"

我说:"你还能打谁啊?打初中生?"

虾皮说:"去打曾园的男朋友。"

我说:"你脑子有病,我会跟你一起去打人?"

虾皮说:"你不去就算了,傻逼,不是男人。"

这个王八蛋骂骂咧咧地走了,我心里很郁闷,跟我没什么关系的事情,被他白白地骂傻逼。后来我决定去看看,就当凑热闹吧。我分开人群,挤出游戏房,刚出门就看见虾皮,他手拿西瓜刀,照着一棵树猛砍,砍得树皮横飞。

我说:"傻逼。"

虾皮说:"我试试兵器,不错。你他妈的到底去不去?"

我说:"去归去,但我是不会帮你打人的,你要死自己去死。"

虾皮裹起刀子,我们来到美工技校门口。那学校就像是马台镇身上的一块膏药,紧贴在皮肤上,但是与皮肤格格不入,时间长了就成了又脏又臭的一块。里面有两幢黑乎乎的房子,一幢是教学楼,一幢是宿舍楼,都是平顶水泥房,四层楼高,两侧墙面上长着爬山虎,远看是黑的,近看是绿的,总算还有点生机。这学校虽然很破,比我们化工技校强多了。

这种房子在我二十岁以前的记忆中占据着无可替代的位置,工厂、电影院、学校、机关、医院、监狱都是方盒子的平顶水泥房。

我在美工技校门口遇到了曾园。

关于曾园男朋友的事情,虾皮在路上说给我听。曾园的男朋友长得很帅,名字也哆,叫楚怀冰,绰号帅哥楚楚。这个帅哥楚楚是曾园初中时候的偶像,那时候曾园家里还没什么钱,她爸爸只不过是一个街头熟菜店的小老板，帅哥楚楚当然看不上曾园。后来帅哥楚楚考上了美工技校，曾园痴情不改，也跟着一起考美工技校。该校的情况我曾经说过，只要不是文盲，都能去读。那时候曾园家里发了，开了个鸿运酒楼，一夜暴富，帅哥楚楚就跟她谈上了恋爱。曾园答应他，过几年就带他出国。那个年代，出国是件大事，好比死了一次再投胎一样。问题是时间拖得太久了，从许下承诺开始，到实现承诺，中间还要好多年。帅哥楚楚熬不住了，仗着自己帅，暑假里跟一个有钱女人搞在一起，据说这个女人已经三十多岁，三十如狼嘛，把帅哥楚楚包下来了，还给了他一个分公司经理的职位，就这样，帅哥楚楚顺利地洗干净了那身乡下人的黑皮，跑到大城市去做少爷了。

　　九十年代初，帅哥被包养的事情很少听到，只听说美女去傍广东大款的。这件事传出去之后，众多少男顿时意气风发，原来大城市的老女人这么容易搞到手，尽管我们比不上帅哥楚楚，但是，除了脸孔以外，其他方面是不会比他差的，我们这个条件至少可以搞一个四十岁的不那么有钱的女人吧？性饥饿以及贫困的双重压迫，使我们幻想着有一个同样性饥饿但是很有钱的女人，把我们拯救出这个火坑。那时候我们的格言就是：给我一个有钱女人，我可以撬起整个地球。从这个角度说，帅哥楚楚在戴城是一个划时代的人物，他不应该被打，而应该在火车站给他竖个铜像。

　　那天曾园有点惨，以前挺漂亮的，此时眼泡有点肿，脸上发了很多小红点。她还作出无所谓的表情。

　　虾皮说："园园，你哭了？"

　　曾园说："滚你妈的，我哭什么？你不许喊我园园。你拿着西瓜刀想干吗？"

　　虾皮说："我给你报仇，我砍死他。"

曾园说："你要是敢动他一下,我就把你手切下来。"

虾皮说："你也不能眼看着他就溜了吧?"

曾园说："不关你的事。"

我在旁边问虾皮："帅哥呢?"

虾皮说："帅哥在收拾东西,他马上就要走啦,再也不会回来了。"

我说："干吗?曾园你还要送他啊?"

曾园恶狠狠地看了我一眼,说:"走就走,我无所谓。我送给他的手表、耐克鞋、进口的打火机、walkman、任天堂,他都得还给我。"

我赞叹说："真不容易,送给他那么多东西,他还变心了。"

虾皮说："这点东西不算什么,那个老女人送给他一辆丰田车!"

曾园大声说："我操你们俩的!不许再说这件事!"

我们三个就在校门口,等着帅哥楚楚出来。曾园略显邋遢,头发松松地绾了个髻,用塑料发夹夹住,脚上趿着一双粉红色塑料拖鞋,坐在那里不说话。我还有点幸灾乐祸,原来流氓之女也会被人甩掉,太不可想象了。那天校门口挺冷清的,没什么人经过,我和虾皮等得无聊起来,一根接一根地抽烟。后来,从夕阳下走过来一个男生,拎着一个黑色背囊,他走到我们面前,把背囊放在了地上。我一看,此人长了一脸青春痘,完全不是帅哥。

曾园说："楚怀冰呢?"

男生说："楚楚走啦,他让我把这个包给你,说你要的东西都在这里了。"

曾园打开背囊一看,里面分别是游戏机、耐克鞋、牛仔裤,还有各类小玩意儿,最好玩的是一个长毛绒的狗熊,呆头呆脑地瞪着曾园。

曾园一把揪住那男生的领子，问："楚怀冰！人呢？"

男生非常害怕地说："他从后面小门走了，有车在接他。"听了这话，曾园抢过虾皮手中的西瓜刀，穿着塑料拖鞋就往后面追。我和虾皮紧跟过去，只听曾园大骂道："楚怀冰！我操你妈！你别跑！"虾皮说，不得了，曾园发精神病了。我问他，后果是什么。虾皮说，她会见一个砍一个。我听了这话，脚步踉跄，心里有点害怕。直追到学校后门，那门很窄，我们冲出去，后面是一条小巷，跑到大路上一看，曾园手拿西瓜刀，一只脚上的塑料拖鞋已经跑丢了，披头散发呆立在街心。一辆黑色轿车正不紧不慢地向着远处开去，屋顶上的夕阳血红血红的，惨得有点吓人。

很遗憾，我没能见到帅哥楚楚，因此我也形容不出他有多帅。我只是看到那辆黑色轿车的屁股，左边转向灯闪了闪，好像在对曾园眨眼睛。然后，车子就消失在街道拐角处了。我心想，这小子很拉风，虽然是去卖鸡巴，但是够潇洒的。对一个卖鸡巴的人而言，潇洒就是尊严。

那天晚上，我们在美工技校的食堂胡乱吃了点东西，曾园用双手捧住太阳穴，一言不发。虾皮啃着包子说："曾园，吃点吧。"曾园用很低的声音说："滚开。"虾皮就不说话了，坐在那里打嗝。

食堂里人挺多的，都是和我同龄的少男少女，我只看女孩儿，尽管那学校的男孩子都挺扎眼的，有的长头发，有的留胡子，但还是女孩儿好看。有些女孩儿身上沾着画画的油彩，特别可爱，我想起于小齐，戴着棒球帽穿着一条有十几个口袋的裤子的模样。有点想念她。

吃过饭之后，食堂收摊了，我们还坐着。虾皮点了根烟，被曾园一把揪下来，说："我们学校不许抽烟的。"虾皮说："他妈的，谁敢来找我麻烦？"曾园说："虾皮，你能不能安静一点？我真的被你烦死了，你能不能像路小路一样不说话？"

虾皮说："能。"安静下来以后，他继续打嗝。

过了一会儿，有几个学生过来抬桌子，大概他们也知道曾园失恋了，看着她的眼神都很古怪。食堂里的桌子撤到两边，音乐响起，我还没搞明白，就有几个学生在中间跳起舞来，原来是文娱活动时间到了。我说："你们业余生活挺不错的嘛。"曾园说："关在这地方，有什么劲？只能自己跟自己玩啦。"

我们三个坐在食堂一隅，明显有很多人都在朝曾园看，还对着她指指戳戳的。西瓜刀女孩儿估计在学校里很嚣张，此番失恋，被帅哥活活地甩了，让人们很解气。我甚至可以猜到，很多女孩儿也暗恋着帅哥楚楚，她们正在幸灾乐祸地笑着。几曲之后，舞池里的人渐渐多起来，还有几个骚唧唧的中年男人也在和女学生跳舞，这大概是学校老师。

其间有个戴墨镜的男生，走到曾园面前，想请她一起跳舞。他妈的，在夜晚的食堂里还戴墨镜，我怀疑他脑子有病，就对着他看。他大概也注意到了，曾园的左边是瘦小干枯的虾皮，眼神凶恶，嘴里不知道在嚼着什么东西；曾园右边是我，我穿着化工厂的工作服，背靠墙壁，半坐半躺在条凳上。该男生看到这种场面，像个走错了路的盲人一样，绕到别处去了。

曾园对我们说："你们俩，谁会跳舞？"我摇摇头，不会。虾皮说："我会。我们去跳舞吧。"这两个人一起站了起来，剩下我一个从条凳上直接摔在了地上。旁边有女孩儿大笑。我爬起来，独自骑在条凳上，看见几个女孩儿站着，我就说："你们坐啊。"女孩儿们笑着说："我们不要坐，还是留给曾园吧。"

我在舞池里看见了曾园和虾皮。虾皮身高一米六，曾园大概有一米七，身材完全不配，好像她带着自己的儿子在逛街。更可笑的是，曾园穿着塑料拖鞋，舞步散乱，虾皮则是一本正经地用一种国标姿势在跳舞。旁边的人都在笑，也不知道是谁忽然把音乐换成了伦巴，虾皮这个逼居然也会跳，在舞池中扭臀摆肩，闭着眼睛做出很骚的样子。这下所有人都停下来，就看着他跳舞。曾园也不跳了，站在那里咬着嘴唇，忽然一巴掌抽在虾皮脑袋上，说："你他妈的去死吧。"

曾园径自向外走去，经过我身边的时候，对我说："路小路，你别走，在这里等我。"我莫名其妙，不知道要干什么。虾皮坐回我身边，捂着脑袋说："曾园有点不正常，失恋对她打击太大了。"我哈哈大笑，说："我看你对她的打击才大。"

过了半个多小时，曾园回来了，我吓了一跳，她换了一条白色的裙子，头发也梳好了，涂了口红，下面穿着一双亮晶晶的高跟鞋。她俨然是这食堂里最惹人注目的明星。我从来没想到，这个西瓜刀女孩儿，我噩梦中的情人，居然也有如此光彩照人的时候。虾皮喜出望外，站起来迎接曾园，不料曾园把我从条凳上拉起来，搭住我的肩膀，用一种轻微的但是不容置疑的力量把我往舞池里拉。

我说："我真不会跳舞，把你皮鞋踩烂了。"

曾园说："不会跳就学啊，我教你。"

这时我意识到自己陷于众目睽睽之下，想脱身也来不及了。只听身边有人喊："曾园，又哪儿搞来个帅哥啊？"曾园满不在乎地说："帅哥多的是，我不缺这个。"我听了挺高兴的，虽然被她当作是帅哥楚楚的替代品，但好歹也有人承认我是帅哥了。其实我也不差的，只可惜没有有钱女人看中我。

我跟着曾园，很快学会了跳慢四步，其实这也很简单的，只要放松自己就可以了，当然，跳舞的过程中，始终是曾园在带我。舞池里挺挤的，不知道是谁在我屁股上踢了一脚，我回头去看，曾园说:"别理她们,我们班的女生。"

旁边又有女孩儿起哄说:"园园,今天还来一个吗?"

我问曾园:"来什么啊?"

曾园说:"没什么。"

旁边的女孩儿说:"来一个,这帅哥不会是你从化工厂临时找来的吧?"

曾园说:"临时找来的有这么帅吗?"

旁边的女孩儿说:"那就来一个。别他妈的去想那个帅哥楚楚啦,他肯定没好下场。"

我先是没听明白,后来听见女孩儿夸我帅,还挺得意,再听下去就觉得事情不太对了。这时一曲终了,旁边的女孩儿们都对着我看。我有点惊恐,忽然觉得腮帮子被人捧住,两片冰凉的嘴唇贴在我的嘴上。四下里一片叫好声。曾园吻了我。

那个吻很长,我热爱长吻,最好有机会去打破吉尼斯世界纪录,但我不爱在这种场合下被人吻着,很不自在,况且那是我的初吻。当时我还不知道什么是湿吻,什么是干吻。曾园起先是干吻,后来在一片嘘声中变成了湿吻,这下我有点受不了,也闭上了眼睛。还是闭上眼睛吧,周围的一切都消失了。只听有人怪叫:"曾园,好——"我心想,这帮女孩儿都疯了。当众初吻是很刺激的,就像当众初夜,当众死掉。此时此刻,百感交集。

那天吻过我之后,曾园就独自回宿舍去了,也不跟我打招呼。我和虾皮往学校外面走去,虾皮一直不说话,我保持着高度警惕,尽管初吻让我有点恍惚,但我还是防着这个王八蛋随时会捡起砖头把我给开了瓢。

虾皮说:"我本来应该砍死你的。"

我说:"他妈的,我还想砍人呢。"

虾皮说："但我不砍你。"

我说："那你想怎么样？"

虾皮说："曾园喜欢你，你要是对她不好，我就挑了你的脚筋。"

我说："你歇菜吧，别再跟着我了。"

虾皮跑到黑暗的角落里，推出来一辆自行车，说："我回去了，你他妈的小心点。"我很惊讶，这个逼居然骑了一辆自行车来马台镇，想想也对，夜里没有中巴车回戴城，我估计他骑到戴城的时候，睾丸都已经磨熟了。

我对他说："你他妈的也小心点吧，当心被公路上的汽车撞死。"

我独自摸黑回到化工厂，有点饿了，晚饭没吃什么东西，跑到食堂里搞吃的，食堂阿姨一看我的脸就乐了，说："啊哟，路小路，你跑到哪里去鬼混了？"我说我没鬼混，就是去了一趟马台镇。阿姨说："你去温州发廊了。"说完把我拽到一块玻璃前面，我一看，自己嘴角和下巴上都蹭满了唇膏的印迹，赶紧用袖子擦。

阿姨说："还说你没去温州发廊？"

我说："你别乱讲，你看看我的头发，像是洗过的样子吗？"

阿姨说："我哪知道你洗哪个头？"

跟这帮阿姨没什么可多说的，吃过夜宵，我跑到工厂浴室里洗澡。初吻的余香彻底流进了下水道。回到宿舍里，往床上一躺，根本睡不着。

那时候我不由得想，人生是很奇怪的，初吻这么重要的东西，就随随便便地给掉了。如果是为了爱情而奉献，那倒也心甘情愿，可是我并不爱曾园，至少在初吻的那一刻还不爱，就这么给掉了。最奇怪的是，心里有一种异样的东西爬上来，在黑暗中，那东西看着我，用轻小的手指拨弄我的心弦，顽皮地对我扮着鬼脸。这时我忽然想到于小齐，后脖子一阵发凉。情欲一点一点渗入我的身体，在工厂宿舍里，我找不到地方发泄。

此后的几天，我一直魂不守舍，也不知道为什么。大飞和小怪都知道了，我去过马台镇的温州发廊，我说没这回事，他们当然不信。大飞悄悄地对我说："小路，你也该尝试一下了，你再这样下去就变成老处男了。"

大飞的处男之身是被一个老阿姨破掉的，该阿姨是个卖皮鞋的，还没等大飞完全发育成熟，她就摘了这颗果子。大飞是我们班上第一个被破处的，此后陆续有人完成历史使命，到了三年级的时候，我们班上只有一半人是处男了，这里面就有我。大飞是我的哥们，经常为我的终身大事操心，好几次都给我介绍女孩儿，还让我去他的舞厅里见见世面。我说过，我是一个被洗过脑子的人，老是认为爱情和性要结合在一起，才比较美丽。这种理论有两层意思：第一，爱一个女孩儿才能跟她上床；第二，要是不小心跟一个女孩儿上床了，那就必须去爱她。这两层意思后来都差点要了我的命。

我当然不会承认自己去了发廊，我从来没去过，这个小道消息要是传出去，一世英名全都毁了。我警告大飞："你不要乱造谣，当心我把你跟小怪的事情捅出去。"大飞摸了摸头，嘿嘿地笑。我看出这个家伙不对头，就问："你们是不是已经搞过了？"大飞点点头，低声说："小怪还是个处女。"

可怜的大飞，到底还是挡不住诱惑，跟我们学校的著名丑女小怪发生了肉体关系。这一对人间糟粕，雌雄双煞，倒也蛮般配的。我跟大飞握手，祝他幸福。

大飞说："主要是日久生情。"我说："才实习了两个礼拜，日什么久啊？你他妈的就是鸡巴发痒。小怪是处女，你就等着娶她过门吧。"大飞说："我们打算一毕业就结婚。"我一惊，大飞这个王八蛋原来这么有责任感，真没看出来。我再次跟他握手，祝他美满。

大飞说:"小路,我以后再也不去舞厅了,我要改邪归正。"
我说:"这太好了,我一直担心你个呆逼染上梅毒什么的。"

九月末,星期一的清晨,我乘中巴车到马台镇,下车一看,镇上很荒凉,都没什么人,路口停着几辆警车。原来,这之前的一个晚上,当地马台中学的学生与水泥厂的外来工之间发生了一场大规模斗殴,打得非常凶猛。马台中学全军覆没。

有关这家水泥厂,我只知道它是私营企业,老板很有背景。生产水泥的私营厂都是有点来头的。该厂管得很严,不给闲人进去。那厂里用着四五百号工人,全是从外地来的,五湖四海皆有。这些工人的境遇比较惨,工作繁重,薪水低廉,没有休息日,每天干十二个小时,吃着带水泥的饭,睡在地下室里。这么关着会把人弄出神经病,工人的脾气非常暴躁,也是月经男。其中有一些人比较嚣张,主要是盗窃,也打架,偶尔发生命案。那个年代把这些人称为盲流。

外来工不能惹,他们特别团结,我们前进化工厂的人看见他们都不敢说话。马台中学的学生不懂事,也嚣张,自以为是地头蛇,并不知道自己的地盘已经被人家接管了。双方因为打电子游戏发生了口角,当场动手,中学生岂能是外来工的对手?战斗力完全不在一个档次上,双方各自喊人,拉锯战打了几个回合,以两个中学生重伤而收场,并且送到医院没多久就死了一个。

那天早晨,我走过游戏房的时候,发现那地方已经完全被砸烂了,四台游戏机全都支离破碎,好像台风席卷之后的情景,门口的水泥地上洒满血迹,有的是一摊,有的是一串,有的直接喷洒到墙上,好像烟花在空中散开的样子。游戏房旁边的几家店也都被砸了,烟杂店洗劫一空,温州发廊门口蹲着一个神色凄苦的女人,摩配店里的各类五金都散落在地上。

我跑到街对面的豆浆店吃早饭，店老板告诉我，昨天夜里在游戏房里起来的，双方都叫了很多人，混斗一气，镇上的警察根本镇不住，只好从戴城调人马过来，耗了很多时间，人家都打完了。如今，水泥厂已经被警察管制起来了，听说逃了很多人，反正是外来工，天涯海角无所谓，只是马台中学吃了大亏。

我喝着豆浆，看着血淋淋的风景，猛然看见曾园和另外两个女孩儿从对面过来，我赶紧放下碗，往旁边开溜，不料曾园眼尖，对着我喊："路小路，你跑什么？"我只好回过头对她笑笑。

曾园气色好多了，脸上的红点已经消失了，只是有了眼袋。我听说女人有了眼袋就很难消除，不过，在她脸上并不难看，相反还挺妩媚的。曾园身边那两个女孩儿大概也看见过我们接吻，立刻认出了我，诡笑着对曾园说："园园，我们走了，你们俩聊吧。"

曾园问我："路小路，你上班啊？"

"是啊，刚好路过。"我说，又指了指游戏房，"打得很惨呢。"

曾园说："这次马台中学出糗了，活该，平时专门欺负我们学校，这次总算有人教训教训他们了。昨天晚上你没看见，打得那叫一个热闹啊，先是三四个人动手打，后来去叫人，十几个人对打，后来又来了几十个，水泥厂那边冲出来的全都拿着铁管和铁锹，壮观啊，我都还是第一次看到这种场面。好几个人重伤，在医院里死了一个，到现在还在抓凶手呢。"

我发现她话挺多的，她以前给我的印象是很酷，喜欢骂人，而且有点高傲。

我说："得，我要上班去了，下回再聊吧。"

"你在前进化工厂上班？那儿我都没去过。"

"没什么好玩的，就是一个破工厂，我在仪表维修班。"

"那你怎么回戴城？每天坐中巴车？"

"住宿舍，星期六回家。"

"你还挺有耐心的。"

"耐心？"

曾园点点头，说："在这种地方上班，没有耐心的人，三天都过不下去。"

我无可奈何地说："我是挺有耐心的，以前连自己都没发觉。"

这时，豆浆店的老板对我说："你是前进化工厂的？你快去看看吧，你们厂里在抓人呢，围捕杀人凶手！"

"操，逃到我们厂去了？"我卷起袖子，往厂里跑。曾园说："我也要去看。"她跟着我，在早晨的道路上疾步行走，那天是阴天，两旁农田里草木的清香不甚清晰，倒是混杂的肥料味道有点刺鼻。这时是七点多，离上班时间还早。到了村里一看，停着好多警车。工厂的门房老头把住大门，不让闲杂人等进入。我走过去问："凶手呢？"门房老头说："在里面呢。昨天伤了人，被警察追捕，逃到我们厂来了。现在在屋顶上耗着呢，已经搞了两个钟头了。"

我带着曾园跑进去看，只见一个赤膊少年，站在办公楼的天台上，手里拎着一罐液化气，正蹲在那儿呢。下面一群警察，用电喇叭规劝他投降。我看得好玩，想再往前凑，被一个警察推了回来。

赤膊少年非常嚣张，那罐液化气就是他的重磅炸弹。其实液化气钢瓶从屋顶上扔下来，不一定会爆炸，不过也有可能真的炸了。究竟一个液化气钢瓶从三层楼的屋顶上扔下来，它是炸还是不炸，这道应用题恐怕连爱因斯坦都算不清楚吧？我对身边的警察说："警官，把他一枪击毙了，多简单啊。"警察说："你说得容易，煤气瓶爆炸了怎么办？你们这儿可是化工厂。"我说："不要紧的，这里是办公楼，又不是车间。再说我们厂就是污染大，没什么危险品的。"

警察不理我，看了看手表说："都两个钟头了。"

曾园说："你说他是怎么把煤气瓶扛上去的？"我就告诉她，那幢办公楼的顶层有个梯子，爬上去，从老虎窗里钻出来就是屋顶。至于那个液化气钢瓶，我就不知道他从哪里搞来的了。这哥们很瘦，光着膀子看上去像个难民，真不知道他是怎么把钢瓶抱上去的。

我对警察说："警官，还有一个办法，照着煤气瓶打一枪，让它在楼顶上炸了，把他也炸死就OK。"警察说："去去去，后边待着去。"曾园拍拍我的肩膀，说："你够狠的。"

在这种情况下，正常上班已经不太可能了，幸好那几天车间里检修，处于停产状态。上班的工人都被堵在那儿，大家索性蹲在一边看热闹。因为是星期一，厂里的干部们都没在宿舍里，现场也没人指挥，乱哄哄的。

屋顶上的赤膊少年显然陷入了疯狂状态，他指着下面狂喊："不要过来！不要过来！"其实本来就没人打算过去。他又尖着嗓子大喊："给我一架直升飞机！给我一架直升飞机！"我们都笑了，这家伙警匪片看得不少哇，下面有工人答道："我们这里没有直升飞机，只有拖拉机。"赤膊少年听了，就用家乡方言在上面骂，操你妈操你妈操你妈。工人们说："操他妈的，小乡逼，你等着被枪毙吧。"

警察用电喇叭继续喊话，劝降。听了半天我才明白，原来这个人是水泥厂的小工人，到这里来了有大半年，平时很老实，在昨天的斗殴中，他居然用铁锹打翻了四五个中学生，其中一个就是那倒霉的死鬼。警察一来，他就往田里一钻，以为能逃过去，结果被同伴出卖了。公安机关当然不能让他溜了，把联防队和民兵都叫上，在田里梳篦一样地搜，把他逼到无路可走，就逃进了化工厂。

我可怜的戴城，江南鱼米之乡的一个小地方，自古以来吃穿不愁，仅仅只是出产一些市井无赖而已。许文强再牛逼，也不可能是李自成的对手。但是，眼前这个少年，他根本不是什么好汉，他只是一个没怎么吃饱肚子却偏偏杀了人的笨蛋。在群众们的哄笑声中，他微不足道，唯一可以仰仗的就是手里的液化气钢瓶。

曾园说："这小子完了，早知道还不如自首呢，现在这样肯定枪毙了。"

我说："不会吧，看上去年纪还没我大呢。"

曾园说："不一定的，穷地方出来的人，个子都比你矮，看上去比你小而已。"

这时，赤膊少年忽然面向西方，对着天空狂喊："妈妈！妈妈！啊——！！！"我被他喊得毛骨悚然。曾园喊道："你他妈的赶紧投降吧，下来还能保一条命。"可惜赤膊少年根本没听到她的声音，他在喊妈妈。我想，一个人喊妈妈的时候，他就听不到别的声音了。

这时警察开始疏散人群，让我们都往后退，一直退到厂外面。我带着曾园，从边门绕进去，到了铬酸车间，那车间有个很高的平台，可以爬上去俯瞰。检修期间，生产区静悄悄的，也没人。我们沿着铁制的梯子往上走，到了钢结构的平台上，旁边就是避雷针了，只是离得太远，除了警察在电喇叭里的喊话，其他声音一概听不到。从这里可以眺望到远处的马台镇，近处的农田，宽阔的河道，以及迤逦而去的铁路。那个负隅顽抗的赤膊少年就在屋顶上，此刻他的背景不再是茫然的天空，而是纷杂的大地。

曾园说："这里很舒服。"我告诉她，这是因为车间里停产了，最近在维修，否则铬酸的气味能把人呛死。曾园问我什么是铬酸，我说就是一种强酸，跟硫酸差不多的，他们拿这种东西给自行车钢圈做电镀的，其他的我就不知道了。

那天早晨我们两个就趴在车间顶层的平台上，也没有人来打搅我们。远处还在对峙，一点进展都没有。其间赤膊少年站起来朝着下面撒尿。我估计他也撑不了多久，等到尿都撒光了，他就该虚脱了。风很大，吹拂着曾园的长发，好像有一只无形的手在拽她的头发。她的左耳戴着一个银色的蛇形耳环。

曾园忽然说："路小路，你喜欢小齐，是不是？"

我没否认，也没承认。

曾园说："我和小齐是好姐妹。"

我说："你的意思我懂了，没什么的，我不会把那天的事情当真的。"

曾园说："不当真？"

我叹了口气说："就算它不是真的吧。"

曾园说："男人不要老是叹气，会走霉运的。"我听了这话，心想，那位拎着煤气瓶的，恐怕是每分钟都在叹气，才会霉到这个程度。看着这个西瓜刀女孩儿，我竟然把初吻献给了她，也不知道该说什么好。

曾园说："我退学了，明天回戴城。"

我愣了一下，问她："为了那个帅哥楚楚？"

曾园说："我又不会画画，当初考这个学校就是为了他，现在也没必要再读下去了。我又不需要什么文凭。我爸开了一个大酒楼，现在我哥哥在负责，我正好过去帮忙。这个马台镇，有什么意思啊？"

我说："听小齐说，你要出国啊。"

曾园说："没那么容易，出国要钱的。我爸这次开酒楼，把所有的钱都砸进去了，还借了很多，掏不出钱让我出国。现金太短。"

我那个时候不懂这些，什么叫现金流，什么叫资金短促，什么叫周转不灵，我以为有钱人就是有钱，穷光蛋就是没钱。曾园这么一说，我隐隐地听懂了，原来有钱人也不是每时每刻都能掏出钱的，怪不得帅哥楚楚投奔别的山头了。这也难怪，有钱人想让穷鬼跪下来，那就得实实在在地掏钱出来，否则穷鬼很实惠，长着两条腿呢，往哪儿不能跑？我这么说当然也很恶俗，没有把爱情计算在内。

曾园问我："你是不是觉得我很粗暴？"

我说："还好，还好。"

曾园说："就是很粗暴喽。"

我说："比你粗暴的多了去了，比如黄莺。"

曾园说："你还是喜欢小齐这样的，特别温柔，小鸟依人的样子，是不是？"

我说："你们都挺好的，我都喜欢。"

"去你的。"曾园说完又问我，"你为什么不跟小齐去上海？"

我有点伤感，就告诉她：小齐让我一起去上海，我缩掉了，我最终还是决定来这里上班。并非因为我怂，而是我不知道自己去上海干吗，假如我去一个地方不知道做什么好，那么，它再有意思又当如何？我不是成盲流了吗？

我说："我等她回来吧。有些事情，一时间想不明白。"

曾园说："万一她不回来了呢？"

我说："那我也要攒点钱再跟她跑吧？我现在身无分文。"

曾园说："你一个月能挣多少？"

我说："现在是五十块一个月，等毕业了可以有一百五。不错了，以前的学徒工一个月才三十多块钱。"

曾园说："难怪你都不肯去上海了。"

我知道她在嘲笑我，反正我也无所谓，随她去说吧。我社会渣渣做定了。后来，曾园靠在铁栏杆上，伸了个长长的懒腰说："真没劲啊。不想看了，我回去了。"正说着呢，李霞带着几个警察走了上来,看见我在,李霞说:"路小路,快下去,你跑上来干什么?"

我说:"看热闹。"

李霞说:"下去,这地方公安同志要用。"

我遵命,带着曾园走下去。曾园说要回学校,我就把她送出厂区,到外面一看,那儿人山人海,当地农民堵在道路上,都是来看热闹的,甚至还有坐着手扶拖拉机从邻村赶过来的。当地农民和水泥厂的外来工之间关系很紧张,因为外来工经常跑出来偷东西,主要是偷农民的鸡鸭,也有偷田里的蔬菜的。这伙盲流本身也是农民,偷庄稼的手脚非常利索,田里的蔬菜经过他们扫荡以后,简直比收割机割得还干净。当地农民恨死了他们,只能半夜里起来,在田里巡逻。古代叫"看青",现在没人干这个了。听说在抓水泥厂的人,大家都乐坏了,跑过来给警察助威。

曾园说:"别送了,我回去了。上你的班去吧。"

我说:"还是送送吧,反正厂里也停工了。"我们往回走去,已经是上午了,太阳在厚重的云里,若有若无。想到要和曾园分别,我居然还有点难过。后来曾园说:"昨天给小齐打电话,我把这事跟她说了。"我心里的难过顿时烟消云散,有点发急,说:"你什么事都跟她说?"

曾园说:"是啊。"

我苦笑着问:"小齐怎么说?"

曾园说:"小齐说,正好,她也找了个新男朋友。"

我心情大坏,问:"谁啊?"

曾园说:"一个大学生。"

就这么着,我们不说话了,一直走到靠近马台镇的地方,曾园说:"别送了。"我只想回宿舍睡觉,说:"那就再见吧。"

曾园说:"我下个月要去桂林玩,等我回来了就在我爸爸酒楼里,新开的,地方特别大。你要找我,可以到那里来,叫鸿运大酒楼,在新戴路上。"

我记得她爸爸以前的酒楼就叫鸿运酒楼,现在变成大酒楼了,一定发了大财。可惜我没心思再跟她啰唆下去,挥了挥手就走了。倒是曾园,一直站在那里,我能感觉到她在目送我离开。

我想我是不会去找她了,不过也很难说,我对那个飞来横吻还是念念不忘。

回到工厂时,遇到了大飞和小怪。大飞说:"你他妈的去哪里了?在抓人呢!"

我无精打采地说:"都看见了,刚才我在车间顶上,比你们看得都清楚。"

大飞说:"人都抓住了!"

我问:"怎么抓住的?"

大飞说:"这小子是农村出来的,先是把他的老乡叫来,喊了半天也不投降,后来警察找了个女的,听说是他在追求的女人,也是他们水泥厂的,用电喇叭喊了一通,这小子居然哭了,女的也哭了,然后他就投降啦。"

我说:"没劲。"

大飞说:"就是嘛,都拿着煤气罐拼命了,他还被女人骗了下来。傻逼!"

小怪说:"你们懂个屁,这才叫至情至性。"

正说着,那位赤膊少年、杀坏情种被押了下来,反铐着手铐,脑袋上蒙着一件夹克衫,也看不清他的脸。刚才他还很疯狂,这时完全软了,双脚拖在地上,几乎是被警察架出来的。几个警察把他往车里一塞,前面的联防队员分开人群,警车鸣哇乱叫着离开了我们厂。我心想,好不容易做一次亡命之徒,居然用这种方式收场,不肯死在万千群众眼前,偏要去刑场上让人舒舒服服照着后脑勺打一枪,实在没意思。就算为了爱情,也不能死得那么窝囊。后面几个警察带着劝降的女人走了出来,她挺年轻的,长得不错,难怪那赤膊少年会追求她,可惜没追到,余生只能去牢房里追求母蟑螂了。我以为那个女的很悲伤,没想到她笑嘻嘻的,在跟警察握手,对警察说:"你们一定要严惩他。"警察说:"请相信法律是公正的。"

小怪抓着脑袋说:"操,那女的刚才还在哭呢,现在怎么又笑了?"

大飞说:"上当了吧?你的智商跟那个傻逼差不多。"

我心想,这年头我操,真是什么都靠不住。

怀 孕 之 旅

国庆节前一晚,我回到戴城,总算可以歇几天了。用书面的话说,我他妈的有点心力交瘁。

吃过晚饭,我在看电视,杨一来了。我有很长时间没见到他,我只有星期天才回到戴城,他星期天要去学校补习功课,夜里继续伏案。我去找他,都会被他爸爸挡回来。那意思很清楚,我是工人,杨一是高考生,让我不要带坏他。

我兴致不高,失恋嘛,总是这样的。杨一问我:"你怎么跑到马台镇去了?我找了你整整一个礼拜。"我说没办法,谁让自己学分低呢,只能去前进化工厂。杨一说:"你太不走运了。"我说:"你就别再刺痛我的心了。"后来他又问起于小齐,我告诉他,于小齐有男朋友了,还是个大学生。杨一又说:"你太不走运了。人家情场失意,赌场得意,你两头都不靠,一起失意。"

我说:"你他妈的就不能安慰安慰我吗?"

我们跑到楼下去抽烟,杨一好像也没什么兴致,蔫头巴脑的。他问我:"你国庆节怎么过?"

"在家躺着。"

沉默了一会儿,他说:"你表姐在上海,对吧?"

"对啊,怎么啦?"

"她现在是医生,对吧?"

没错。我这个表姐是我妈妈那一系的,比我大八岁,她是学医的,上海人。我小时候,她经常到我家来,不是找我妈借钱就是离家出走到戴城来睡几天,她跟家里的关系也是一团糟。这个表姐是所有亲戚中最喜欢我的人,她曾经说我天资聪颖,文采斐然。妈的,自从我考上技校以后,就没脸去见她了。杨一小时候也见过我表姐。

"你找我表姐什么事吧?"

杨一说:"是这样的,我不小心让一个女孩儿的……例假,停掉了。"

"什么?"我没听懂。

"就是有可能怀孕了,"杨一说,"当然也可能没怀孕,他妈的天知道。"

我说:"怀孕会呕吐的,你怎么会搞不清呢?"

杨一说:"你那都是电视上看来的。怀孕不一定吐的,再说,就算有妊娠反应,那也要等两三个月以后。我这还不到三个月吧。"

"你他妈的倒是比妇产科医生还内行。"我又问他,"是你自己搞出来的吗?"我记得大飞说过,要是有个女的告诉你,她怀上了你的孩子,那你一定要先问清楚这孩子到底是谁的。

杨一很沮丧地说:"当然是我搞的。"

我很生气,杨一搞上了女人,居然不告诉我,太不够意思了。我随便喜欢上哪个姑娘,都会向他坦诚相告,显然我和他之间不是一种平等的外交关系。后来我联想起来了,不久前我跟他讨论过爱情和事业的关系,我是个技校生,本身谈不上任何事业,我的事业就是修一辈子的仪表,倒是爱情还有点多姿多彩的,所以我一贯认为爱情比事业重要。这个问题对杨一而言比较的矛盾,他是要考大学的人,他的事业就是高考,他的爱情就是早恋,学校不同意,家长也反对。色字头上一把刀,色字下面一个巴,别说正常的性生活,就连手淫都妨碍他的事业,爱情和嫖娼对他来说反正也差不多,都是歪门邪道。杨一一贯的看法就是:爱情妨碍事业,主要是没有办法集中精力复习功课,所以爱情和事业是矛盾的。可是前阵子他忽然告诉我:"小路,我觉得爱情和事业是不冲突的,爱情可以促进事业的发展!"我问他,为什么一夜之间改变了观点。其实我早就应该猜到,他勾搭上了某个女孩儿,所以有这种心灵感悟。

没想到同样是十八岁,他们都破处了,连杨一在那么严酷的环境中都做到了,而我他妈的还是个闲置品,不久之前的初吻就像一场灾难。

我问杨一:"你他妈的不是要去清华找女朋友吗?现在变卦了?"

杨一说:"噢,我是放放烟幕弹,省得老师怀疑我早恋。"

我又被他气了一下,问他:"你家里知道吗?"

杨一说:"没有人知道。"

"去医院查过吗?"

"没有,两个月没来例假了,她以前很准时的,这回也许是怀上了,要先到医院去测孕。"杨一说,"最好不要怀上,不然就惨了。"

"你他妈的一点避孕措施都没有?"

"有时候有,有时候没有。"

我说:"就算要测孕,也不用去上海吧?戴城的医院也能做这个的。"

杨一说:"不行的,城里的医院要核查单位的,一个电话打到学校,我们就全完了,肯定开除。我也不敢托人,不能让人知道,只有你是最可靠的了。"

"等等,你搞了你们学校的?"

"操,否则我还能搞哪里的?"

我想想也对,他们重点中学就像个大笼子,把学生都关在里面,然后往脑子里猛塞知识。在这种地方,爱情开花结果都很正常,只是不能公开地这么干,会被人铲除出去的。我说:"得了,我给表姐打个电话,你们过去找她,正好国庆节,神不知鬼不觉。你丫算得够精的。"

杨一说:"我的意思是,麻烦你陪她过去。我国庆节要去参加一个全市高三学生的数理化竞赛。"

我叫起来:"你女人要紧还是数理化要紧?"

杨一黯然地说:"前三名可以加分的,高考加十分。我今年的优秀少年、全市三好学生、奥数都没搞到手,只能靠这个加分了。"

我摇摇头说:"我也真服了你。"想想也可笑,我操,我一个刚刚失恋的人,居然要陪着他的马子到上海去打胎,而他却留在戴城,抛开一切杂念去参加数理化竞赛。这事情本身就很倒错。

杨一说:"小路,我这辈子没求你什么事吧?"

我说:"你这辈子确实不求人。"

杨一说:"这次拉兄弟一把吧,不能出任何纰漏,万一被学校开除了就是三条人命。"

我说:"你倒算得清楚,把你儿子都算进去了。"

杨一说:"我没算那个,我把你算进去了。我要自杀,肯定抱着你一起跳楼。"

我说:"别这样,别人还以为我跟你抢女人。"

我们跑到杂货店,往我表姐家打了个电话,杂货店的长途话费是电信局的一倍,不过杨一已经准备了足够的打胎资金。我表姐是个超级爽快的人,立刻就答应了,我还千恩万谢,我表姐说:"没什么的,现在上海有很多中学生打胎的。"我倒被她吓了一跳。

去上海的事情说定了,十月一日,也就是明天,我带着他的女人去找我表姐,先去测孕,如果怀孕就做人流手术,在我表姐家休息两天,差不多就可以赶回戴城。如果没怀孕,那就可以到静安寺去烧香了。

杨一双手合十,说:"谢天谢地。"这样子有点恶心。后来他把我带到家里,给了我两张火车票,外加一千块钱,这是一笔巨资,我问他钱是从哪里来的,他说从小学开始就省吃俭用,夏天不吃冰棍,冬天不喝豆浆,压岁钱不买鞭炮,偶尔从他爸爸兜里偷一块钱,十来年攒下来的。为了一次不理智,现在他破产了。

我说:"一次不理智?恐怕不理智很多次了吧?对啦,你们平时在哪里搞的?学校?"

杨一说:"放屁,我敢在学校里搞?当然是家里。"

"谁家?"

"我家啊。"

我他妈的搞懂了,按孕期推算,两个月前是暑假。那时候我到楼上去找杨一,经常看见他在门口贴着一张纸条"复习功课,请勿打扰"。原来你他妈的是在复习这个!杨一说:"操,说起这个我就火大,你他妈为什么每次都要照着门上踢一脚?还诬赖人家呆卵。"我说:"吓着你了吧?"杨一说:"操!"

关于这件事要多说几句:那年暑假,杨一失了处男之身,那女孩儿和他在家里,那张单人床上颠鸾倒凤,共享鱼水之欢。最难能可贵的是,女孩儿每次来去都能避开楼道老太的耳目,实在是不可思议。没有任何人发现杨一的秘密,人们都说他是个勤奋用功的好孩子,大热天锁在屋子里复习功课,走过他家门口,看到那张"请勿打扰"的纸条,所有人都会不由自主地放慢脚步,好像狸猫一样,轻轻地,踮起脚尖走路。录音机里放着新概念英语,事实上,在一片英语的后面,是一片喘息和呻吟。只有我,总是很不识相地踹他家的门,把他吓得几乎要阳痿,每次好事干到一半,都要穿起裤子来查看情况,以为是他爹回家了。后来他就习惯了,女孩儿也习惯了,两个人听见踹门的声音就会一起骂:路小路这个傻逼。

那女孩儿认识我,而且对我印象深刻,知道我是个无聊而混账的东西。

她就是欧阳慧。

一九九一年的国庆节,我爬上火车去上海,身边就是欧阳慧。她和杨一恋爱了半年多,上了床,肚子里不明不白的,乍一看见我这个流氓,我以为她会非常害羞,或者根本就出离愤怒。谁知她很镇定,对我说:"走吧。"然后就不理我了。

之前,杨一曾经对我说:"小路,我知道你也暗恋过欧阳慧。我和她谈恋爱,应该不算抢你的女人吧?"我说狗屁,我根本不在乎这件事了,我心里完全只有于小齐,还有那么一点点地方留给曾园。对我当时而言,心里有两个女孩儿,已经足够占地方了。

我很为杨一高兴,十八岁就顺利破处,况且是在重点中学那种戒备森严的地方,很不容易。难怪他对我说,爱情是事业的动力,其实他的潜台词是:性生活是复习功课的动力。我这么说当然很庸俗。想想我自己,到现在才捞了个初吻,我还在起点,杨一已经达到终点了,并且连终点都突破,破处还不够,要加上打胎才爽。

在乱哄哄的火车站,欧阳慧跟在我后面,挤在人群里一寸一寸往前挪。那天国庆节,全城的乡逼都要去上海看热闹。有个小孩在人群里稚声稚气地说:"妈妈,我们要去看南京路了。"孩子妈说:

"孩子，回来写篇作文吧。"我心想，真他妈的无聊。你只要站在火车站，任何一座城市都会显得无聊。

我们到了站台上，我真是绝望透了，人山人海啊，火车上也是，胖子被挤成了瘦子，瘦子被挤成了棍子。我怕弄丢了她，一次次回头看她。她面无表情，说实话，她长得真像于小齐，从某个角度冷不丁地看过去。

火车一停，车门打开，人群呼啦一下轰上去，男女老幼都成了敢死队，不想死的也会被后面的人蜂拥着推上去。据说中世纪欧洲就是这么打仗的，成千上万人拥在一起往前冲，后面的人不知道死活，前面的人想跑都退不回去，全都被扎死在长矛上，那长矛像糖葫芦一样串了十来个人，本来十公斤的武器，硬生生被串成了一千五百公斤，长矛举不起来，阵形就被破了。像我这样的大小伙子，当年都是串长矛的主儿。我当仁不让，挤开一个老头，撞开一个女人，就杀到前面去了。回头一看，欧阳慧和我已经被人群冲开了，她被撞得东倒西歪，脸上还是老大的不乐意，也不喊我。我没辙，只能退回去，拉住她的胳膊说："你到我前面来。"欧阳慧嘟哝了一声："你干吗？"我说你别管这些啦，再拖拖拉拉的，我们就只能坐马车去上海了。我从后面托住她的腰，用力举起她，将她往车门里送，后面有个女的拽住我衣服，大声骂道："你干吗撞我？你这个枪毙鬼！"我大骂："操你妈，不要拉我！"后面有很多手一起拉我："下来下来，流氓！"欧阳慧起先一声不吭，后来感觉我不是在举起她往车门里推，而是要抱着她往地上倒，她就尖叫起来。

我用力挣扎，听见背后哧的一声，衬衫被人拉破了。我没时间理会这些，趁势把欧阳慧往前一送，车门口的列车员伸出手，把她拽了上去。后面几个人继续拉着我，这次是拉我的裤带。我被他们拽了下去。欧阳慧站在车门口,对我喊:"你去哪儿?"我也没时间跟她说话,一肘撞开一个拽我的老头,用膝盖顶开一个中年男人,这他妈的全是泰拳的招数。我跑到车厢那里,瞅准一个窗户开着,双手撑住窗沿,一纵身就钻了进去,一脑袋扎在某个乘客的阴部,然后连滚带爬地从座位下面钻了出来。

费了好大劲,我挤到车门那儿,欧阳慧一声不吭地站在那里,看见我也不惊喜。我说:"喂,我在这儿呢。"这时她才算正经跟我说了第一句话:"我还以为你跑了呢。"

我说:"这怎么可能?杨一托付我的事情,我怎么能跑了呢?"

欧阳慧说:"你别再跟我提他。"显然对杨一很不满。

火车启动之后,她又不说话了,低着头不知在想什么。我和她之间虽然没什么交情,过去的恩怨倒也不少,我曾经羞辱过她是平胸,她曾经带老师来抓过我。那时候很年轻,没什么理智,也都是过去很久的事情了,不谈也罢。我偷偷打量了她一下,肚子不见大,胸也还是平胸。听说怀孕的女人胸部会变大,她好像没什么变化。

这是一班慢车,俗称磕头车,每个小站都停。这也没办法,要是快车根本不会在戴城停车。车厢里很热,人都挤得变了形,慢车就是讨厌,满坑满谷都是从乡下上来的人。只听一个小孩在哭,说:"妈妈,我不要去看南京路了。"妈妈说:"烦死了,别嚎了。"欧阳慧靠在车厢壁上,面带嘲讽地嘟哝说:"孩子,回来写篇作文吧。"我哈哈大笑,原来她是个挺有幽默感的女孩儿呢。

我们站在车厢连接处,晃悠得厉害,也看不见窗外的风景。欧阳慧一直注视着地面,双肩书包挎在胸口,一言不发。我慢慢地想起,自己曾经暗恋过她,还偷过她写的诗。当然,她现在是杨一的女朋友,而且可能怀孕了,我不能对她有一丝一毫的邪念。刘备说过,兄弟是手足,女人是衣服,觊觎自己兄弟的女人就好像是把兄弟身上的衣服扒光，不是人干的事情。

我对欧阳慧说："我来帮你背书包吧。"

她犹豫了一下，说："好吧，谢谢。"

我把书包背在身后。她挺好心地提醒我，挎在胸口比较舒服一点。我说不行，衬衫后面被那几个人拉破了，凉飕飕的，我也不知道破到什么程度，只能用书包挡一下了。

欧阳慧把我原地拽过去一百八十度，看了看我的背后，说："破得挺厉害的，新衬衫啊。"

我说："这是我唯一的硬领衬衫。"

她说："你不穿汗衫的？"

我说："太土了，现在流行赤膊穿衬衫穿西装的。"

她没再接话，我感到她的手在我背后的书包里簌簌地摸索着，回头一看，她翻出了一本书。我以为是课本，后来发现不对，课本没那么小，也没那么薄。她打开书，随意地就着某一页读下去，我弯腰看了看封面，是一本《美国自白派诗选》。

"你写诗啊？"我讪讪地问。

"嗯？"她抬起头。

"写诗挺好的。"

"你也写诗吗？"

"我不会我不会，"我赶紧摆手，免得她把我误认为是诗人，要我背诵床前明月光。一看她的眼神我就懂了，写诗或者不写诗，是我和她之间最大的区别，根本不是一路人。你要是遇到个厨子，他绝不会因为你不懂炒菜就把你归为异类。和于小齐在一起，我也不懂画画，但至少可以充当模特儿，可是面对一个诗人就没么好的运气了，写诗不需要模特儿。欧阳慧又低下头去看书，不理我了。

我讪讪地说："杨一说……"

"别跟我提他,刚才不是说过了吗?"她头也没抬地说。

我索性也闭嘴算了,闲话一多,人像猪猡。想想也对,杨一这个浑蛋把人家肚子搞得不明不白的,国庆节也没个好心情,要跟着我这个流氓一起挤火车,跑到上海去做什么测孕,有可能要打胎,没法不恨他。欧阳慧已经算是很有教养了,换作曾园,大概早就拿着西瓜刀劈过去了。

车到昆山,又上来很多人,全都堵在我身边。我被人挤向欧阳慧,越贴越紧,再这么挤下去我担心她会流产,那就不用去上海费什么劲了。我面对着她,用手撑住车厢壁,跟后面人的较劲。后面是个女孩儿,刚从昆山上车,对着我大声嚷嚷:"你能不能把你这鬼书包拿下来放在脚面上?给我留点空间吧,这么背着你累不累啊?"我回过头说:"不累,不过既然你要我把书包拿下来,你可别后悔。"女孩儿还挺漂亮的,戴着眼镜,像个读书人,她继续对我嚷:"你贫什么嘴?快点把书包拿下来,我都给你挤疼了!"我用力摘下书包,把背后那块破洞亮出来给她看,不,给她贴着。女孩儿说:"我靠!"我感到她的身体被后面的人推了一把,软绵绵地贴在我背后赤裸的肌肤上。我前面贴着欧阳慧,后面被另一个女孩儿贴着,香艳到生不如死的地步。

女孩儿说:"你怎么连汗衫都不穿一件?"说完这话,就听见欧阳慧在诡笑。我哭丧着脸说:"早知道这样,我就穿盔甲了。"欧阳慧对那女孩儿说:"你到我旁边来,这里还能挤一下。"女孩儿谢了她,勉强挤到她身边,两人一起斜靠在车厢壁上,我的背后立刻贴上了一位乡下老大爷。老大爷比女孩儿硬多了,而且有点臭。

路上,那女孩儿和欧阳慧攀谈起来,女孩儿是昆山人,到复旦大学去看男朋友。她瞟了我一眼,对欧阳慧说:"你们俩挺般配的。"欧阳慧面无表情。我赶紧解释,我和她不是那种关系,只是搭伙去上海办事。女孩儿说："嘻嘻，我怎么觉得你看她眼神不对啊？"我说："我天生这种眼神，看老头也这样。"

女孩儿和欧阳慧聊天，后者有一搭没一搭地敷衍着，毕竟是去上海打胎，不是旅游，估计她也没心情。不知过了多久，车到上海，我们跟着人群稀里哗啦下车。外面的空气很新鲜，总算可以缓一口气。那女孩儿的男朋友在月台上接她，他们去复旦大学，我们去中山公园，相反的两个方向。他们一直把我们送到汽车站，这才挥手道别。

欧阳慧说："你还挺有女人缘的。"

我说："别乱讲，人家有男朋友的。"

欧阳慧嘲笑地说："就是因为这个，才说你厉害嘛。"

我很想回答，我哪有杨一厉害啊。没敢说，怕她跟我翻脸。这丫头虽然长得不赖，看上去也挺温和，其实报复心重着呢。我看了看汽车站，天哪，排着长队，比火车站一点都不差，唯一的区别是，火车可以从窗口爬进去，汽车不行，有戴红臂章的老头维持秩序，满口上海话，非常嚣张。要是被他们抓住，肯定得罚死我。上海的汽车站也有意思，排着两队人，一队叫坐队，一队叫站队。这时，汽车来了，坐队的人先上去，占了座位，然后才轮到站队的。我看看时间有点来不及了，对欧阳慧说，咱们还是站队吧。欧阳慧点点头。我提了提裤带，拽着她，再一次扑向人山人海。

两个小时之后，我见到了我表姐。我整个人都已经被汗水浸透了，欧阳慧也很狼狈。

我表姐越来越美了，一个医生长那么美简直有点浪费。她从小就这样，有一种鹤立鸡群之感，到了现在还是在鸡群里，没有找到鹤群。这也挺可悲的，不过她自己无所谓，她仍然是鹤，始终是鹤，这就够了。

我表姐是我的偶像，不是因为她美，而是因为她剽悍。她是我母系家族中第一个叛逆分子，高中时代和一个语文老师谈恋爱，须知，那还是在八十年代，人心皆古，表姐的跨界爱情被全校传为美谈，所有人都恨不得宰了这对乱伦鸳鸯。当时我舅舅才四十多岁，居然被她气成了一个高血压患者，只能天天吃降压灵，我舅妈的更年期提前了十年，后来再也没恢复过来。我表姐为了这个事情，又转学又停学，高中读了四年，有一次还离家出走，在我家住了半个多月。她非常嚣张，谁劝她都被她骂回去，当年只有我支持她，可惜人微言轻，没什么作用，只能精神鼓励了。我表姐这件破事闹了两年多，后来她居然还考上了大学，真是强悍。家里人觉得，她读大学就算成年了，那语文老师还不算老，也就三十岁，这桩婚事大家慢慢也就接受了，谁知道我表姐变卦了，她不爱那个人了。结果又是鸡飞狗跳，语文老师拿着剃须刀在她家门口割脉，被送到精神病医院去了。我表姐爱上了一个有妇之夫，几十万家产，还有一家公司。这下我舅舅被气出了羊癫风，我舅妈倒很开心，毕竟八十年代的大款如凤毛麟角，那个老婆可以忽略掉。离婚大战打了两年，以我表姐的彻底失败而告终——大款不知怎么搞的，下楼梯把脖子摔断了，死了。我表姐什么都没捞着。她沉寂了两年，又搞了一个书法家，我看过他写的字，抖得跟帕金森病差不多，落款是"某某某花甲之年书"，原来已经六十岁了。家里再次翻天，像她这么胡搞，估计谁家都受不了。我等着她嫁给那老头，或者那老头死了也行，谁知她又不玩了，至于原因则不得而知，我看那六十岁的书法家抖得这么厉害，可能是满足不了我表姐。反正又分手了。本来应该庆祝的，可是我舅舅非常害怕，他知道，对我表姐而言，一场恋爱结束就意味着另一场恋爱开始，就像黄河泛滥，水灾之后是更可怕的瘟疫，天知道她会拖回来什么清奇古怪的东西，一代天骄，唐宗宋祖，都没她风流。表姐毕业以后在一家综合医院做医师，关于她的恋爱故事已经多得数不清了，追她的人也多，大概有一个加强连。她的爱情以高频短促的方式刺激着我们的神经。后来我们的神经也麻木了。最近传来的消息是，她在本人管辖的连队里找了个相貌平平的男人，工资不高，谈吐不雅，唯一的优点是死忠，可以马上为了她去死，而且是按照指令死在任何一个指定的地点，你让他去跳黄浦江，他绝不会跳到苏州河里。这么乖的男人很难得，不过，天知道她哪天玩腻了又不想要了，她这个人很没准的。

　　我和表姐的关系特别好，当年她离家出走来到戴城，我把自己储蓄罐里所有的零钱都掏出来，供她四处散心，还给予她精神鼓励。她一直说要报答我，现在找到机会了。

　　表姐住在一个新村里，两居室的房子，是她借的。上海的新村，房间面积都很小，光线也不好，跟鸽棚差不多。九十年代初，尽管上海人很嚣张，但他们的居住环境被全国人民耻笑。后来就不对了，房产私有化，接着涨价了，全国人民扑向上海，租着鸽棚还觉得自己来到了天堂，同时又诅咒着这个天堂。

　　我进了表姐家的门，已经是下午了，她穿着一身泰迪熊的睡衣跑出来开门。上海女人真他妈的剽悍，穿着睡衣敢在大街上走，这股歪风邪气也传到了戴城，并且变本加厉，我们那里的女人穿着睡衣也在大街上走，只是经常忘记在里面加穿一个胸罩，胸口映出两个黑点，害得公交车司机撞死人。

　　好几年没见我表姐，她亲热得很，说我长高了，肌肉也成型了，是个大小伙子了，然后她就叉住我脖子，把我按在墙上，说："你这个小王八蛋，不学好，怎么搞出事情来了？"

　　我挣扎着说："不是我干的，是杨一。"表姐以前住在我家，认识杨一，我们三个还一起去看过电影。表姐说："噢，就是那个小瘪三，从小就很狡诈。他现在读哪个技校？"我说："人家现在是重点中学的高才生，明年就高考了。"表姐说："人家比你聪明，你个猪猡，读了个化工技校，一辈子做工人吧。"我说："工人也挺好的。"表姐说："好你妈个头，自欺欺人，猪猡。有女朋友了吗？"我说："没有。"表姐说："这就证明了你是个猪猡。"

我让表姐别胡闹了，欧阳慧还在门口呢。我表姐回过头，欧阳慧大大方方地说："你好，我叫欧阳慧。"太大方了，没见过打胎的还这么镇定。我表姐也算见多识广了，不由得上下打量了她一下，两个人还握了握手。表姐说："你好，我叫林嘉月。"

进了屋子，照例是泡茶，吃零食。表姐从抽屉里拿了一件男式衬衫，扔给我，说："换了吧，便宜你了，这件衬衫三百块钱呢。"然后，她把欧阳慧拉到了里屋，我要跟进去，被她叉了出来，说："滚滚滚，女孩子的事情你掺和什么？"我只好坐在外面，跑到厕所里去尿尿，跑出来喝茶，打开电视机，翻看我表姐的艺术写真，在里面看见一张露胳膊露腿的半裸照片，很刺激。表姐是一个奔放的女人。后来她们从里屋出来，表姐还在对欧阳慧说："不一定的，要测孕以后才知道。"欧阳慧说："麻烦你了。"

表姐说："今天晚上我和你睡里面吧，让路小路睡客厅。"欧阳慧说："我不大习惯跟人一起睡，可以让我一个人睡吗？"表姐笑了笑说："那也好，你睡里面，我睡沙发，路小路就打地铺吧。"欧阳慧看了看我，说："不好意思。"我说："没关系，我睡地铺没问题。"心里有点不乐意，觉得这妞矫情，她都跟杨一睡大肚子了，居然还说自己不习惯跟人睡觉。

表姐告诉我们，今天去医院太晚了，只能明天一早出发，她这几天也休假，可以一直陪着欧阳慧，我就不用去了。我说不行，我一定得去，我费心费力把她从戴城护送到上海，没看到结果，不放心。表姐说:"你少啰唆,女人的事情不用你管。"

晚上,表姐买了点熟菜,煮了一锅饭。她说自己还有应酬,要出去一阵子,她换了一身漂亮的衣服,宝蓝色的裙子,漆皮小坤包,踩着高跟鞋咯噔咯噔地走了。欧阳慧说:"你表姐真帅。"我就忍不住把表姐的故事都讲给了她听。一般女孩儿听到这种故事,恐怕会很惊讶,欧阳慧却听得有点入迷了,问:"你表姐为什么要跟语文老师分手呢?"

"就是不爱他了。不爱了,就应该分手。我表姐说的。"

欧阳慧若有所思地说:"你表姐真潇洒,她是对的。"

我们在新闻联播的伴奏下吃过了晚饭,中间电话响起来,我拎起来一听,是杨一。杨一问了我几句,就让我把电话交给欧阳慧。欧阳慧压低了声音跟他讲话,我觉得挺没意思的,就跑到楼下,找了个公用电话亭,给于小齐打电话。

在电话里,听见宿舍阿姨大声喊她名字,等了好久,于小齐才接电话。

我说我在上海。

于小齐挺高兴,说:"哎,还好我没回去,不然咱们就错过了。"

我说我在中山公园附近,她说巧了,她的学校在这一带。我说:"明天可以见个面吗?"

于小齐说:"明天我要去外滩,要不你也一起去?"

"好的。"约了时间地点,我把电话挂了,又跑回楼上。

欧阳慧已经不在客厅里,她回里屋了,房门紧闭。也不知道杨一对她说了些什么。我独自坐在客厅里看电视,呆头呆脑,也没什么心情。想到明天要见于小齐,忽然有点心烦,我何必非要去找她呢。

看了一个多小时的电视,欧阳慧一直没动静,估计是睡了。我也昏昏欲睡，索性把电视机关了，靠在沙发上打盹。不知过了多久，觉得脖子酸痛，简直他妈的要断了，睁眼一看钟，十点，表姐还没回来。我站起来揉脖子，听见屋子里有一种细微的声音，好像有根锯条在时不时地锯着东西。我在房间里巡了一圈，发现声音是从里屋传来的，这时我意识到，是欧阳慧在哭。

我点了根烟，绕着房间又转了一圈，女孩儿的哭声还在往我耳朵里钻，声音虽然不高，但是每一下都恰好弹拨在我的神经上。要是世界上每个女孩儿都这么哭，我非变成神经病不可。后来我把耳朵凑到门上仔细听了听，实在忍不住了，敲了敲门，问道："你没事吧？"

里面的哭声本来很低，经我这么一问，忽然变响了。我心想，也许我的问候也正好弹拨在了欧阳慧的神经上吧。妈的，表姐真没说错，女人的事情很麻烦，本来不应该去问候她的，但我总不能任由她啜泣下去吧？我隔着门，也看不见她，只好说："你别哭啦，明天过去了就什么事都没有了。我知道你是戴中的高才生，将来肯定能考上大学，这种事情没什么的。我表姐高二的时候跟语文老师谈恋爱，差点被家里打死，她也挺过来了，照样考上了大学。再坏的事情都会过去的。"

欧阳慧在里面说："你根本不懂，又何必来劝我？"

我说："你不要这样悲观，就算没有这件倒霉事，也会有其他倒霉事，就像船开在大海里，总要撞上礁石，不是这块就是那块。"

我等了半晌，听里面没动静，好像她不哭了。我说："其实，每个人都有撞上礁石的时候。好比我吧，喜欢上一个女孩儿，可是人家不喜欢我，人家跑到上海来了，我他妈的要在马台镇做一辈子工人，这就够倒霉了吧。天下倒霉的事情很多的，有些是一时的，有些是一世的。"

欧阳慧在屋子里说:"我听杨一说了,说那女孩儿长得跟我有点像。"

我说:"嘿嘿,你也知道了?杨一倒是什么都肯告诉你。"

欧阳慧说:"你跟杨一是朋友,对吗?"

我说:"铁哥们,十年了。"

欧阳慧说:"你不觉得他人品有问题?"

我说:"这我可不能评价,得你说了才算。"过了一会儿我又说,"其实这件事,他做得有点缺德,不过他也没办法,他要考清华大学,就必须去参加数理化竞赛,参加数理化竞赛就不能陪你来上海。这个事情很矛盾的。我觉得,他已经考虑得很周到了。"

欧阳慧说:"他周到个屁,他只会考虑他自己!"

我不防她会骂粗话,只好说:"他还给了我一千块钱……"

欧阳慧说:"你告诉杨一,让他去死吧。你也去死吧!"说完,房门上咚的一声,好像是把什么东西砸了过来。我心想,这妞今天装了一天的文静,其实我太清楚了,她没那么大的气量,到了晚上总算爆发出来了。这大概就是歇斯底里,和更年期综合征差不多的。又反过来想想,她也挺可怜的,打胎这么大的事情,居然跟着我这个陌生人跑到上海来,再痛苦也得自己扛着,还不能告诉爹妈。这么大的女孩儿,在家一定像宝贝一样供着,真要上了手术台那跟牲口也没什么差别。算了,我体谅她。

后来她没了动静,估计是睡了。我从衣柜里找出被褥枕头,铺在地上,关了灯躺下。我想,我认识的这些女孩儿都是怎么回事,都不大正常,都有着我无法理解的一面。我睡不着。外面的霓虹灯照在屋子里,紫红色的,在黑暗中可以看见表姐的照片挂在墙上,她美丽的面孔变成了一团黑黝黝的影子。

零点时,一阵轻微的动静,灯一亮,表姐回来了。她以为我睡

229

着了，穿着裙子就从我头上跨了过去，不料我此时正好睁开眼睛，她那点春光被我看了个底朝天。太生猛了。表姐低头一看，吓了一跳，一脚踩在我脸上。还好她把高跟鞋脱了，就光着脚，不然老子的眼珠子都能被她踩出来。表姐恶狠狠地低声问我："看什么看？"我低声说："我什么都没看见！"表姐说："你这个小流氓。"

后来表姐去洗澡，在卫生间里换了睡衣，把灯关了跳到沙发上。我闻到她身上淡淡的香气，似乎不是香水的味道。表姐太诱人了，我要是那群男人，我也情愿为她跳黄浦江。我们两个压低了声音说话。

表姐说："那个小姑娘好镇定啊，我从来没见过这样的，一般都是哭哭啼啼的。"

我说："刚才还哭过呢，关在屋子里闷头哭，还骂人，大概歇斯底里了。"

表姐说："这种情况下，有点情绪很正常的，我还以为她天生神经麻木。"

我说："她会写诗的，其实很脆弱的。"

表姐说："杨一这个小赤佬不错嘛，女朋友会写诗，比你强。"

我说："她跟杨一是同学，近水楼台先得月。"

表姐说："你怎么不去找个女朋友？"

我说："我最近在找，不过，我失恋了。"

表姐说："嘻嘻，失恋的男人我见多了，没你这样满不在乎的。"

我说："我心里很难过，但我有情绪也不表露出来。"

表姐说："你才是天生神经麻木呢。"

我争不过她，还是睡觉吧。临睡前，表姐说明天早上六点她们就要出门，让我在家多睡一会儿。表姐还让我放心，她会照顾好欧阳慧的。她说："不是不让你去，你要是去了，看见这种场面很不好,对人家女孩儿也不好,你又不是杨一。还是我来应付吧。"表姐其实是个善良的女孩儿。我说:"有一千块钱在我裤兜里,杨一给我的,明天你拿着。"说完,我打了个哈欠,五秒钟之内睡死过去。

第二天早上我醒来,屋子里空荡荡的,表姐和欧阳慧都不在了。我确实睡得太沉了。一看钟,已经九点。我从地铺上爬起来把自己收拾了一下,打开冰箱一看,表姐没有为我准备任何能吃的东西。我索性抄着裤兜到街上找吃的,然后直接去和于小齐见面。

那天回来已经是夜里,我在新村楼下看见表姐家的灯亮着,赶紧冲了上去。表姐问我去哪里了,我说我出去逛逛。表姐说:"欧阳慧没事了。"

"什么叫没事?"

"就是说,她经过测孕证明,她没有怀孕。不过,因为孕周比较早,有可能没测出来,所以我建议她下个月再来测一次。"

"他妈的,费了半天劲,原来是个空弹壳。"我说,"杨一这个傻逼。"

"你好像唯恐天下不乱。"

"不是不是,"我说,我当时的心情非常恶劣,只问我表姐,"欧阳慧呢?"

"她回戴城了,说是不等你了,还让我谢谢你。"表姐说,"刚才杨一来过电话了,好像都乐屁了,比人家生了龙凤胎还高兴。"

我一屁股坐在沙发上,说:"我明天走,让我再住一天吧。"

表姐说:"你再多住几天也没关系,难得来次上海,去外滩什么的玩玩。"

我没告诉她,我已经去过外滩了。我只说:"我明天早上回去。"

后来表姐从屋子里拿出一本硬面抄,说:"欧阳慧把这本东西忘在我床头了,我刚才看了看,是本诗集,不知道是她抄的还是她自己写的。看写作风格挺整齐的，应该是她自己写的吧。还不错，你别忘了带给她。"

我翻开本子随便看了看，有几行诗句像水纹一样出现在纸面上。

> 在冬天
> 温暖来临
> 去面壁
> 去伤感
> 关于冬天
> 我还有什么可说的
> 在夏天我们度过了仅有的十年

我又翻过一页，上面写着：

> 亲爱的别在北方定我的棺材
> 冬天我要去南方

诗都没有题目，句子散落在纸上，笔迹一如我所珍藏的那页纸。我觉得自己心脏部位被什么冰凉的东西摸了一下，不敢再看下去。

那天，表姐说，她特喜欢欧阳慧，有一种与众不同的地方，将来会是个很不平凡的姑娘。我说杨一挑的女孩儿当然不会有错。表姐摇摇头说："欧阳慧对我说，她决定跟杨一分手了。"

"为什么？"

"她觉得她不爱他。"

中国话里面"他她"同音，我没听明白。表姐说："欧阳慧认为，自己不爱杨一了。"

我还是没听明白,为什么忽然不爱了。都上过床了,还能不爱?这件事情要反悔起来,好像特别严重。当然我联想到表姐的恋爱生涯,她也是这么干的,说不爱就不爱,或者说爱就爱。表姐说:"我跟欧阳慧谈了很久,她很懂事的。"

我说:"姐姐,她还说你潇洒呢。"

表姐说:"那女孩儿啊,杨一有点配不上,杨一就是个小赤佬。我对欧阳慧说了,要分手就要决绝,没什么好废话的。"

我叫起来:"你也太过分了,怎么能撺掇人家分手?像你这种久经沙场的人,要撂倒一个杨一,那就跟玩似的。你他妈的这不是公平竞争。"

"你嚷个鬼啊,这是欧阳慧自己的选择。"表姐忽然很严肃地说,"爱一个人,不爱一个人,都像一条很长的路,要走上很久才能明白。你明白吗?"

我叹了口气,等我走上很久,我就什么都明白了。

次日天亮我告别表姐,独自回戴城。我想,这下回去没法交代了,杨一完了。我这辈子可能再也见不到欧阳慧了,其实我错了,我后来还遇到过她。倒是表姐,那是我最后一次看见她。一年以后她死于一次凶杀事件,凶手是那个死忠的男人。他将她勒死在客厅里,就是我睡觉的位置上。他一边说爱她,一边缓慢地将她置于死地。他杀了她之后,没有去跳黄浦江,而是镇定地走到派出所投案自首。我看到过凶手的照片,一张平庸的脸,戴一副平光眼镜,鼻子很短,眼镜片子把鼻子压缩成一个很小的像面粉团一样的东西。爱是一条很长的路,与时间无关,我们都不能知道终点在哪里,即便是表姐这样强悍的人。

表姐就这么死了。

有关那本笔记本，我托杨一转交给欧阳慧。杨一接过笔记本，翻看了几页，随后将它合上，像老头那样叹气。我问他，是不是已经被欧阳慧蹬了。他反问我："你怎么知道？"

"她说要跟你分手，"我说，"不过没有对我说，她告诉我表姐了。"

"她跟你表姐还挺投缘的。"杨一说，"听说你表姐还他妈的教了她分手技巧。"

"真的分手了？"

杨一说，分手了，而且实打实被欧阳慧蹬了。这是他人生第一次失恋，非常惨痛。说实话，按照杨一的人品，在戴城这种地方本来是不应该失恋的，可谁让他非要找个女诗人做马子呢？我吃过欧阳慧的亏，只能说，这个妞外表柔弱，内心凶悍，比街上的小太妹不差劲。小太妹的内心没这么强大。

杨一说："很多事情我都想不明白，不过我也没时间去考虑了。"

我点头说："还是考大学要紧。"

杨一说："对了，欧阳慧没怀孕，一回戴城，她就来例假了。我至少不用担心被学校开除了。"

我说："他妈的，你真是得不偿失。"

这事就这么莫名其妙地结束了。

若干年以后，我和杨一在药店里看见一种测孕笔。我对杨一说，当年要是有这玩意儿，你跟欧阳慧可能就不会分手了。杨一把玩着这支笔，说："他妈的，我怎么没想到呢，就是一张 pH 试纸嘛。"说完大笑起来。

他放下那支笔，对我说："没缘分，早晚还是要分手的。"

上 海

一九九一年国庆节,我在上海遇到于小齐,她整个地变了模样。我以为她还是像一个月前那样,穿T衫,黑头发垂在肩膀上。谁知她做了一个后面翘起来的头发,好像一把用久了的芦花扫帚,翘起来的地方一缕一缕的,她穿一条白色连衣裙,像个卡通片里的人物。于小齐问我:"像不像小蓓?"我问她:"这该不是你自己给自己剪的吧?"于小齐说:"这是昨天曾园带我去做的,上海最好的美发店。"我脑袋嗡的一下,忽然屁股上被人踢了一脚,我都不用猜就知道,那是曾园。

我对曾园说:"你别把我当虾皮,好不好?"

曾园对于小齐说:"他自尊心还蛮重的。"

于小齐问我:"我这发型好看吗?"

我点点头,确实好看。

后来我们坐上公共汽车去外滩,我始终缩在一边,不知道是妒忌还是惶恐,反正在这种情况下我的智力会降到很低的水平,本来智力就不行,再一降差不多等于零了。上海的公交车非常挤,街景像看电影一样,马路上有很多骑自行车的人,电车噼噼啪啪打着电火花开过。于小齐始终和曾园站在一起。到某一站时,她们招呼我下车,那地方我完全不辨南北,跟着她们换了一辆车,又不知走了多久,总算到了外滩。

第一感觉是,黄浦江比戴城的运河宽多了,马路对面的房子超级气派,看起来有点历史。我们戴城都是些低矮的平房,即使有楼房也是一坨水泥方块。这些都没法跟上海比。

一九九一年的外滩,眺望浦东方向,对岸是白茫茫的一片,江上有很大的船开过,几只白色的江鸥飞过。游客如云,沿江的围栏上靠着很多男女,大概在谈恋爱。我们三个一起趴在围栏上看风景。曾园问我:"哎,路小路,上次那个扛煤气罐的外地人,他怎么样了?"我说别提了,那个家伙被女朋友感召,举手投降了,他女朋友把他骗下来之后还要求警察严惩他,估计再过几天就要枪毙。曾园说:"他妈的,无聊死了。"

于小齐问我:"文森特呢?"我说猫还好,在我奶奶家过得挺舒服的。

后来就一直趴在栏杆上。不知道人们为什么会觉得外滩好玩,凡是到上海都要来外滩瞻仰一下,这地方风景虽然不错,站久了实在有点腻歪。曾园从包里掏出一个傻瓜相机,对着于小齐咔嚓咔嚓地胡乱按了几张,又让我给她们拍合影。我举起照相机,从取景框里看到她们,她们搂在一起,曾园揽住于小齐的肩膀,笑得非常之得意,于小齐的神色有点茫然,把脸靠在曾园肩膀上,一只手搭在曾园的腰里,她们身后,一艘白色的机轮正缓缓驶过,拉响汽笛仿佛一声嘹亮的叹息。我按下快门的时候忽然觉得,那张底片不在照相机里,而是退后了十公分,留在了我的脑子里。

曾园说:"路小路也来拍张合影。"

我点点头,忽然发现不知道该把照相机给于小齐呢还是曾园。

曾园说："你想跟谁合影？"

我说："随便。"

曾园说："那我给你们拍吧。"她接过照相机，让我站到于小齐身边，一口气拍了三张。于小齐在我身边哈哈大笑，对曾园说："你过来，我也给你们拍几张。"于是我又和曾园合影。后来于小齐找了个过路的女孩儿，让她给我们三个人拍照片。曾园很主动地挎住我的胳膊，说："今天便宜你了，来一张火辣辣的。"我还没来得及反抗，另一只胳膊被于小齐挎住了。于小齐说："那我也不能太小气了。"我被她们两个夹在中间，心里暗骂，这叫什么事吧。

拍照的女孩儿说："放松，中间那个不要愁眉苦脸的，笑笑。"

我咧嘴一笑，女孩儿把快门按了下去，说："后面的船也拍进去了。"

那张照片一直流传到一九九九年。

那一天对我来说是非常神奇的，我，于小齐，曾园，在一起。而我其实是陪着欧阳慧到上海来的。在我短暂的十八年的生命中，这三个女孩儿都扮演着重要的角色，要是每一天都能凑在一起就好了，可以打麻将了。

我们沿着马路往回走，那条街很安静，行人稀少，两旁是高大的梧桐树，放眼望去全是我以前没见过的欧式建筑，又漂亮又结实。阳光温暖得恰到好处，她们一左一右挎着我走路，我既像个被押赴刑场的，又像个花花公子。上海的街道上，当然也有些恋人挎着膀子走路。别人是双数，只有我们是单数。路上有人吹口哨，嘘我。我说："咱们别这么走路了，行吗？你们走我前面去。"曾园说："少啰唆，弄得跟乡下人似的。"我说不出话来。于小齐说："这下路小路可以满足了。"

下午，我们随便找了个吃饭的地方钻进去。这是个咖啡馆，茶色玻璃，火车座，里面空荡荡的。我们坐在座位上，从帘子后面走出来一个女孩儿，问我们要点什么。曾园和于小齐都点了咖啡，我也要了一杯，端上来一看，就一小盅。我问那女孩儿："你这是茅台吗？"女孩儿先是没明白，后来对我笑笑说："好的咖啡不比茅台便宜。"我心想，你就蒙我吧，我又不是没喝过速溶咖啡，泡一茶缸灌下去，可以熬夜打牌。我用嘴唇沾了点咖啡，用舌头舔了舔，觉得完全不是么回事，还不如我爸爸厂里发的速溶咖啡呢。

女孩儿说："你们是外地来的吧？"

我知道她看不起我，索性说："对，我们私奔到上海来了。"

女孩儿笑了，问我："你跟她们？"

我很严肃地说："对啊。"

女孩儿用上海话说："侬老结棍格。"说完走了。

曾园悄悄对我说："我看你离虾皮也不远了。"

我指指这小店的装潢，说："你别信她唬你，就这里，茶色玻璃火车座，到处都有。她要是能弄一杯比茅台还贵的咖啡出来，我就把头输给你。"

后来于小齐把那女孩儿又叫了过来，说："这里有什么吃的吗？"女孩儿说有简餐，递过来一张菜单，说："面包夹培根不错。"

我一看"培根"就笑了。我那位患有心脏病的语文老师，戴城著名散文家，老丁，他的名字就叫丁培根。于小齐也笑了。我说："干吗叫培根啊？"那女孩儿大概觉得我有神经病，一脸的莫名其妙。于小齐说："你以为培根是什么？我告诉你，培根是外国人的名字，我爸爸叫这个名字是因为英国有个散文家叫培根。你以为他是乡下人？"

我告诉她，我以为叫根的都是乡下人。当然美国总统叫里根，这是唯一可以排除在外的。也不知道为什么，我们那边，郊区的农民都喜欢叫"根",土根、水根、红根、建根,好像唯恐全世界不知道他们是乡逼。我当然想不到培根是外国人,我靠,这个名字肯定不是傅雷先生翻译过来的。

我吃了培根,暗想,既然培根是散文家,它怎么又成餐桌上的粮食了呢?后来想想也释然了,我们国家不也有东坡肉吗?

那天的饭钱是曾园付的。她还说,自己想在戴城也开一家咖啡馆,或者酒吧,然后就可以在酒吧里安排一个乐队唱歌,她来唱,肯定很红。

于小齐说:"曾园唱得可好呢。"

我只见过曾园的吉他,没听她唱过,心里有点向往。

天色近黄昏时,我们打车回到于小齐的学校,又是曾园出钱。于小齐问我:"上海好玩吗?"我说好玩。曾园说:"都没玩什么,你怎么知道好玩?"

我说:"本来就是出来散散心,要怎么玩才过瘾啊?能散心就不错了,我要求不高。"

曾园说:"对啊,忘记你是混马台镇的了。"

我说:"他妈的简直是两个国家啊。太不公平了。有些国家玩死了都不开心,有些国家在马路上走走都很满足。这是为什么呢?"

曾园说:"因为你是从玩死了都不开心的国家爬出来的。"

于小齐在一所纺织学院做培训,我还以为纺织学院跟戴城的纺工技校一样,都是教人织布纺纱的,后来才知道,真正的纺织学院不搞这个,学校有服装设计,有装潢设计,有文秘,有模特,就是不会有纺织女工。那天傍晚我跟着于小齐和曾园回到纺织学院,天色很快暗下来,整个学校只能看到一个概貌,它轻易地与夜色溶在一起。

我说:"我要走了。"

于小齐说:"还没正经吃东西,到食堂里去吃点饭吧。"她跑到宿舍楼上去拿饭盆,我和曾园在楼下站着,三三两两的学生从我们身边经过,其中有几个女孩儿非常漂亮,个子跟我差不多高,一看就是模特班的。曾园虽然也是那种高挑妖艳型的,但和正宗时装模特相比,还是要差一路。为了避免和她的视线接触,我使劲看着那几个模特。

曾园说:"好看吗?"

我说好看,美不胜收。我以前有个女同学,也一米八的身高,长得很美,可惜她没去做模特,倒是被戴城篮球队看中了,打了三年篮球,变得又高又壮,后来腿坏了,只好去摆地摊。

曾园说:"你今天来对了,可以看看小齐的男朋友。"

我说:"看个屁啊,我又不是没见过大学生。"

曾园说:"我昨天看见了。"

我说:"什么样的?是不是特文弱,满口之乎者也?"

曾园说:"你还说见过大学生呢,你见的都是电视上的大学生。人家比你壮多了,一拳就能打翻你。"

我说:"我又没惹他,他干吗要打我呢?"

曾园说:"我就拿你跟他对比一下嘛,你读技校的,他是大学生,你肯定没他聪明。打架你也不是他对手,你又是个穷光蛋,又很呆,乡下上来的,一点也不解风情……"说着她很开心地笑了。

这妞存心想让我难过,我偏不,抖着腿说:"你不就是想证明,我和你比较般配吗?"

曾园说:"脸皮还挺厚啊。"

我说:"吃完饭我就走。"

曾园说:"听说是那个大学生追求小齐,还送花呢!你给女孩子送过花吗?"

我说:"求你别再说了,行不行?"

过了一会儿,于小齐从宿舍里走出来,手里拎着三个搪瓷盆子,三把不锈钢叉子。"吃饭去。"她举着盆子叉子说。

在食堂里,两个女孩儿吃一份饭,另一个搪瓷盆子里装着排骨、焖肉、鸡蛋、红烧鱼块,我的盆子里是米饭和青菜豆腐。我什么都吃不下。她们让我吃排骨,我摇摇头。食堂很热闹,都是大学生,有几个好像是情侣,在那里相互喂饭。于小齐指指墙上贴着的标语,我一看,"禁止相互喂食",挺可笑的。于小齐说:"大学里连这个都管。"我说:"可能是怕传染肝炎吧?"

曾园叉着一个肉丸子,对于小齐说:"来,宝贝儿,我喂你。"于小齐张开嘴,笑眯眯地咬了一口。

我说:"你们挺像同性恋的。"

于小齐说:"你跟杨一才是同性恋呢,你们衣服都穿一样的。"

曾园说:"路小路吃醋了,他最近有点衰。"

我站起来说:"我走了。"

她们一起拉住我,曾园说:"跟你闹着玩的,你怎么跟女人一样?"

那顿饭吃得我消化不良,好不容易把盆子里的饭都塞进肚子,我说我一定要走了。于小齐说:"再玩一会儿吧,今天放假,我们到学生俱乐部去唱卡拉OK。"

曾园说:"我要唱歌。"

于小齐说:"那赶紧去,晚了就没座位了。"我被她们两个牵着鼻子走了一整天,头都晕了。到了学生俱乐部,发现里面已经坐了好多人,我们找了个空位子坐下,有个女学生模样的服务员递上饮料单子,其中绿茶最便宜,还能续杯,我和于小齐都要了绿茶,曾园点了一瓶气泡酒,价格不菲,她喜欢摆阔,我也无所谓。曾园说:"今天我埋单。你们也喝点。"我摇摇头,还是喝我的绿茶吧。

那是一个卡拉 OK 大厅,所有人都凑在一起唱歌,每桌人轮番唱过去。我数了一下,总共十二桌,也就是说,如果你想唱一首歌就必须接受前面十一个人的折磨。那伙人唱得这个难听啊,几近杀猪,后来有个女孩跑上去唱了一首邓丽君的《南海姑娘》,还不错,赢得在场所有人的掌声。轮到我们这桌,曾园大大咧咧地跑上去,也唱了一首《南海姑娘》。这就有点飙歌的性质了。她唱得更好,赢得了更多的掌声。唱完之后,曾园跑到我们面前,把杯子里的气泡酒一口喝完,说:"我今天做电灯泡也做够了,我要回去睡觉了,你们继续唱。"说完扔了一张一百块的人民币在桌上,径自走了。

我和于小齐默默地坐着,大厅里的歌声又变成了杀猪。

于小齐说:"你在马台镇过得怎么样?"

我说:"挺好的。你呢?"

"也挺好。"

那时我感觉她变得陌生了,仅仅只是一个月前,她还在那间昏暗的屋子里给我画人体素描,在阳台上给我剪头发,仅仅一个月前我还在地下室里为了她挨打,这些事情忽然变成了久远的往事。一个月是流逝的时间,十年也是流逝的时间,只是我们有一种错觉,以为后者比前者更遥远,也许它们本质上没有区别。

她坐在我对面,漫无目的地闲聊了一些话题。后来又轮到我们这桌唱歌了,于小齐让我上去唱,我的嗓门比杀猪还可怕,还是算了吧。后来她就不喝绿茶了,一口一口地喝曾园留下的气泡酒。我让她小心点,这种气泡酒味道甜咪咪的,可是后劲很足,女孩子喝下去很容易醉掉。说这话的时候似乎已经迟了,她托着腮帮子冲着我直愣愣地看。

她忽然说:"所有羁绊我的东西,都很讨厌。"

我很恐怖地看着她,不知道她喝醉了以后会做出什么事情。

她说:"路小路,我新谈了一个男朋友。"

我说我已经知道了,曾园告诉我的,并且,是他追求的你,还送花了,这事挺有面子的。要是有个女大学生追求我,给我送花,估计我也忍不住。

于小齐说:"我仅仅是出于好奇。"

"好奇?"

"从来没谈过大学生呢,"她说,"他对我很好的。"

"从来没谈过的多着呢,非洲黑人你也从来没谈过。"

"当心我用热茶泼你脸啊。"

我心想,你老妈已经用茶杯砸过我,还把香蕉扔我脑袋上。我就换了一种比较严肃的口气,说:"你不是培训几天就要回戴城吗?谈得长久吗?"

于小齐说:"我一毕业就来上海。"

"好吧,"我说,"反正我是不要羁羁羁绊你。"

于小齐说:"你跟曾园怎么样?曾园很好的。"

我说:"你就算不喜欢我,也别拿曾园来抵罪,好不好?"

于小齐自顾说下去:"曾园是个很热忱的人,有时候脾气很坏。不过呢,大体上还是很懂事的。你也很懂事,我以前认为你是个小混混,你其实不是。你们在一起,很好。姐妹一场,我很在乎你们,哈哈哈哈哈。"

我把服务员叫过来,立即结账。拉着于小齐往外走的时候,她跌跌撞撞的,后面传来一连串的嗯哨声。出门之后,我很小心地扶着她的胳膊,她低着头慢慢吞吞地走。这时夜色已经结结实实地笼罩在校园,路上没什么人。穿过一个草坪的时候,于小齐一屁股坐在地上，呜地哭了。这哭声和我前一天夜里听到的欧阳慧的哭声简直一模一样。我束手无策，又不敢把她扛在肩膀上驮回去，学校里可能会把我当流氓抓起来的，只好跟着她一起坐在地上。

我担心大学生欺负了她。电视里的大学生，都是忘恩负义之辈，考上了大学就忘记了他从前的农村女友，然后变成一个流氓，到处沾惹女孩儿。电视里都这么说的。于小齐摇摇头说，没人欺负她，她就是想哭，就哭了。

我说："没什么原因，哭个屁啊。"

她说："哭就哭了，关你屁事。"

后来我说，小齐我给你讲个笑话吧，你妈妈把那张素描拿到我眼前，哧的一声把我从头到屁股，竖着撕成两瓣，然后把我从奶头和膝盖位置又撕成四瓣，撕得那叫一个准啊，比解剖还精确。我逃到厨房里，顶着门，结果水开了，炉子灭了煤气嗞嗞地往外漏，我他妈的是被熏死还是被打死呢？还有，我去道过歉了，态度很诚恳，结果你妈把香蕉扔到了我头上。于小齐听了这些，哧地笑了起来，说："她也太过分了，不过你也不好，粗鲁得要死。"

我说我是这样的，粗鲁，还特别容易臊。孔子说，知耻而后勇，就是说一个人被臊了，觉得没面子，就要扑上去打架。

于小齐说："你要好好改改，我爸爸说你还是很善良的。"

我说："善良又不是什么值得夸耀的品质。"

于小齐说："我爸爸说你不应该读技校，学坏了，应该读高中考大学。"

我叹了口气，我现在就坐在大学的草坪上，这里生活的人都是百分之二的中国人，从这个意义上说，我才是这片土地上的百分之二，从多数派变成少数派，感觉很别扭，格格不入的。

于小齐问我："最近有跟人打架吗？"

我说:"没有,我又不是打手。"

于小齐说:"以后不要跟人打架,每次都是你吃亏。你压根就不会打架。"

我说:"谁说的,我打架可凶狠呢,只是最近运气不好。"

于小齐说:"不会打架的人,每次都说自己运气不好。"

我说:"是啊,不会谈恋爱的人,每次都说自己遇人不淑。"我从草坪上站起来,眼睛望着马路。我心情不好的时候就会翻着眼珠望向远方,好像那里有个女人的怀抱即将给我安慰。其实狗屁,路上走过的都是大学生,百分之二的人类,只会给我嘲笑,不会给我安慰。后来于小齐也站了起来,推推我。我问:"现在好点了?"

于小齐说:"好多了,要熄灯了,回去吧。"

我说:"曾园还说你要把大学生带给我看,我什么都没看到啊。"

于小齐甜蜜地说:"今天晾晾他,你来了我总要接待好的。"

我心情很坏,跟着她往宿舍走去,妈的,早知道应该是我把这瓶酒喝空了才对,可惜是气泡酒,我应该去喝二锅头。路上我一直都没怎么说话,到了宿舍门口,我还在想是不是要跟她握手道别,这是我第一次来纺织学院,估计也是最后一次来了。她好像伤害了我,但我心里没有什么受伤的感觉,确实如表姐所说,我天生麻木,我仅仅只是意识到自己受伤了。我想跟她来一次握手道别,这可能是一种文化程度比较高的再见方式吧,让我装逼我也不是不会。这时从宿舍门口蹿过来一个男的,搂住于小齐的肩膀说:"我找了你一整天,你去哪里了?"

于小齐说:"噢,我有个老乡正好到上海来,我接待接待。"我一听"老乡"这个词,无名怒火都烧到了额头,可惜天黑,他们都看不见我脑门上的火焰。他妈的,我好像是从革命老区爬出来的。

那个人应该就是她的男朋友,大学生。我打量了一下,确实超乎我的想象，我想象中的大学生都是戴着眼镜，非常文弱，那人却是膀大腰圆，跟我们厂里的钳工差不多。他下巴上居然还留着一把胡子，太他妈的讨厌了！我当时没见过世面，其实，文弱的大学生并不多，大部分跟我一样都很粗野。集体文弱的大学生，我只见过音乐学院的，他们跟戏剧学院的孩子打架，戏剧学院的孩子拎起棍子要敲他们的手指，这帮未来的音乐家就全逃走了，果然是别无选择。

那大学生根本没看我，大学生这手功夫我学了很久都没学会，他明明在看你，却好像没看见你，或者他明明没有看你，却好像在看你。大学生对于小齐说："我等了你一天哎！"很不耐烦的样子。于小齐说："对不起。"

大学生说："今天国庆节，我们宿舍里都出去玩了，就我一个人在学校里，孤魂野鬼地找你。你来个老乡，也要跟我打个招呼。你怎么那么多老乡啊？昨天晚上来了一个，今天又来一个。"

于小齐说："我真的没想到你会找我一整天。"

大学生说："气死我了。你以后不要乱跑乱走的。"

于小齐说："我总有自己的自由吧？"

大学生说："我是你男朋友哎！你这样子说话，我们之间就没法交流了。"

于小齐说："那你也不用嫌我的老乡烦吧，你也不是上海人，你就没有老乡？"

大学生说："我是农村的又怎么样？你这样说话太伤人了。"

于小齐说："我不是那个意思。"

他们吵起来了，我看不下去，原来大学生也是农村的，乡逼一个，跟我没区别。我本来想上去劝开他，可是觉得很没意思，人家夫妻吵架，吵死了也就等于是调情，跟我没什么关系。我对于小齐说："我走了。"说完返身就走。于小齐在后面喊我的名字，我根本不回头，只听大学生在问她："他是你什么人啊？陪一整天？"我加快步伐，免得自己忍不住跑回去照他脸上戳一拳。

那天我独自在上海的街上走。那时候上海还没这么繁华，一路上都很冷清。这样的冷清比较配合我的心情，要是人潮人海的，那就太茫然了。走到中山公园，人渐渐多起来，我有点迷路，找人问了一下，表姐家已经不远了。我那根麻木的神经忽然有点伤感起来，作为一个社会渣滓而言，这显然是太娇气了。

我就叼着香烟一直走回了表姐家。

我们都是残废

一九九一年的秋天,我混迹在前进化工厂,周末回到戴城,过早地过上了两点一线的生活。我的目标是攒钱买一辆摩托车,这样可以天天回家,而且很威风。家里也确实给我准备了几千块钱,本来是要买车的,结果我妈妈忽然生病了,心脏有问题,戴城的医院也查不出个所以然,只能去上海住院治疗。我的摩托车就此泡汤,为了我妈,也算值得。我爸爸陪着她一起去了上海,扔下我一个人在戴城。我反正吃住在厂里,也不需要他们照顾,这段时间成了我的放羊期。

我难得见到杨一,他复习功课很忙,再说他也失恋了,不会有心思来安慰我。他比我还惨,天天得看见欧阳慧,看得见摸不着的事情是最痛苦的。我比较好,眼睛一闭就什么都过去了。十八岁的失恋并不是梦醒,而是跌入了一个更深的梦里,人要到了中年,鸡巴软了,脑子里全是屎,那时候失恋才像梦醒。有一天夜里我回到家,看到杨一塞了张条子在门缝里,说于小齐下午来找过我,见我不在,就去找他了。我上楼去敲杨一的门,他还在复习功课,只告诉我,于小齐给我带了点东西,都是吃的,还有一部分是给呆卵的。

我接过那个装着零食的塑料袋，心里很迷惘。我问杨一："于小齐培训结束了？"杨一说："没有吧，只是周末回来一趟。她没久留。"我就拎着零食下楼了。晚上吃着她的零食，猜测着她找我有什么事。我没再给她打过电话。

我还是和大飞小怪玩在一起。大飞也知道我失恋了，只是不知道我被哪个妞抛弃，问了我好多次，我都不肯告诉他。当然不能告诉他，不然他肯定跑到老丁家里去闹。倒是小怪比较懂事，小怪说："小路，天涯何处无芳草，我给你介绍女朋友。"此后的每个周末，我都要在小怪家里相亲。后来我们索性连工厂都不想去了，每人跑到医院开了一张疝气的病假条，对不起，小怪不是疝气，她是月经不调什么的，反正从病假单上显示，我们每个礼拜都有好几天要犯疝气，要来月经，而且都是一起犯病。这个病假条到了车间主任刘福那里，他气坏了，可是也拿我们没办法，我们是实习生，没有奖金可扣，至于那几十块的实习工资我们根本无所谓。

相亲都是在小怪家里，按说应该去看电影什么的，天气那么好，在家多无聊。可是大飞说，他和小怪希望我尽快把处男之身破掉，这件事只能在家里干，去电影院是不可能的。那天我和大飞在打牌，小怪带了一个女孩儿进来，说是她的初中同学，现在在轻工技校读书，学车工的。女孩儿长得一般，有一个胖乎乎的腮帮子，很文静。我们四个坐在一起聊了几句，后来大飞给小怪递眼色，小怪站起来说："我们出去走走，你们单独聊天吧。"女孩儿说："哎，别走啊，我们打麻将吧。"大飞一听打麻将就不想走了，任凭小怪怎么拉他都没用。结果那天就打了一个下午的麻将，赌得挺大的，那女孩儿打牌贼精，手风也好，连和好几把，我们口袋里的零钱全都到她那里去了。她临走的时候口袋里塞满了毛票，非常开心。小怪骂大飞："你个傻逼，跟她打什么麻将？她爸爸是那边街道上的赌王！"

我说:"她做车工太屈才了。"这样的女孩儿还是算了吧,我怕我把裤子都输给她。

第二个女孩儿是大飞的哥哥的同学的妹妹,关系很绕。女孩儿长得很漂亮,高高的个子,大大的眼睛,反正怎么形容都不够,就是牙齿不太好,灰牙。我也不计较这个,我自己也有很多缺陷。女孩儿一进来,大飞和小怪就出去了,还把门反锁了。我去拽门,大飞说:"你他妈的快点把自己搞定吧,你都成老处男了。"我只好坐在那里,女孩儿也坐着,都不说话。我觉得挺尴尬的,就跑到小怪的闺房里去转悠,猛然发现这对王八蛋竟然帮我把被子都铺好了,枕边还端端正正放着一个没拆封的避孕套。我太感激他们,当场就要昏过去。我又回到客厅和女孩儿聊天,不知怎么的说到了她的牙齿,我说现在有一种办法可以换牙,把满口牙都拔了,换新的,就很美。她听了非常生气。其实我只是想让她更完美一些,换了牙她就可以去拍电影了,何必跟我在一起睡觉?她不领情,一个下午就在看电视。等到大飞他们回来,她还在看,我已经趴在床上睡着了。为此大飞又责备了我一通。

第三个女孩儿是大飞的朋友,不知道他从哪里找来的。我印象中,大飞认识的女人都不是什么正经人,这个女孩儿却很正经,非常正经。她端详了我半天,说:"我好像在哪里看见过你。"我说我记不得了,戴城很小,轧个姘头都会撞上自己的小姨子。女孩儿说:"你有没有向我借过钱?"我差点骂娘,就算仙人跳,也不能这么猴急吧?至少得让我摸几下再讹诈我。这女孩儿显然记忆力不太好,后来她自己也陷入了一种迷惘状态,一直说认识我,我可能向她借过钱。还好当时大飞和小怪都在,不然我肯定被她讹死。把她送走以后,小怪痛骂大飞:"你他妈的找的都是什么人啊?神经病啊?"大飞很抱歉地说:"她以前不是这样的。"我说算了算了,还好没跟她上床，照她这个记性，就算发生了关系，穿上裤子她还是会忘记我。

为了这个女孩儿，大飞一直很歉疚，虽然从他的库存女性中已经找不到什么像样的货色，但他还是通过各种关系给我物色了一个。第四个女孩就是这么出现的，她年纪看上去挺小的，很害羞。我当着大飞和小怪的面问她："你是哪个学校的？"女孩儿说："我是纺织中专的，刚读一年级。"我又问她："你今年几岁了？"女孩儿说："我十五岁。"我把大飞拉到一边，小怪也跟过来了，我说大飞我操你祖宗，奸淫幼女是十四岁还是十五岁？大飞说十四，小怪说十五。我们他妈的争了半天，那女孩儿在后面问："大飞，你找我来干吗？我下午还要回家洗衣服呢。"我赶紧说："那你快去洗衣服吧！"

这件事情之后，我对大飞很失望，我简直不想再看见这个兔崽子。我说："大飞，你像样地给我介绍个女朋友，我不反对，可你都给我找了些什么人啊？"大飞满不在乎地说："我是让你破处，不是给你介绍女朋友。哪个正经女孩儿肯第一次见面就陪你上床啊？"我说操他妈的，八辈子没见过这么相亲的，一见面就要撮合到床上去，我不要上床。大飞很疑惑地问我："你难道一点也不饥渴？"我说："饥你妈个头，你再啰唆我就把你强奸了。"大飞就说："小路，一天到晚靠手淫过日子，也不是个事啊。"

后来小怪说，她豁出去了，打算把她表姐介绍给我。我一听就来劲了，联想到我自己的表姐。表姐才是我们少年时代梦寐以求的天上人间。结果我迎来了第五个相亲对象，她是个长头发高鼻梁的女孩儿，年纪比我大，已经毕业了，正在实习。她不是实习工人，而是实习的人民教师，在戴城实验小学。为了把她和我自己的表姐区分开，我叫她表姐老师。

表姐老师不是为了给我破处的,她很正经,所以我们得从基本的恋爱程序开始:看电影。相亲的时候,小怪也没挑明说,只是骗她说出来玩玩,而且让我把年龄报高两岁。

我们没去电影院,电影不好看,也没去街头录像馆,那里放的全是香港武打片,表姐老师的品位比较高,不爱看这个。我们来到戴城图书馆,那幢楼在我少年时代已经破旧不堪,现在还没倒掉。图书馆里也放录像,我们买了四张票,从中午看到深夜,一共四本录像:《查太莱夫人的情人》《远离非洲》《第一滴血》《洛丽塔》。看《查太莱夫人的情人》时,我们都睁大眼睛,血都快流出来了,因为是完整版的,有一段是女主角蒙着一条丝巾在自慰,我都快看傻了。放到《远离非洲》,大飞和小怪都睡着了,我和表姐老师看得挺认真。看到女主人公为非洲兄弟下跪,表姐老师哭了。到《第一滴血》时,大飞和小怪又醒了,到《洛丽塔》又睡。表姐老师说,其实《洛丽塔》比《查太莱夫人的情人》还色情,只是人家电影拍得干净。

那个下午才是我文艺细胞被激活的时刻,在此之前,《约翰·克里斯朵夫》和《大卫·科波菲尔》都只能算个屁。表姐老师说,《查太莱夫人的情人》和《洛丽塔》都是世界名著。我心想,既然是色情的东西,怎么又成了世界名著。我问她有没有这两本书,表姐老师说这是禁书,她也只是听说过,没看过。

我最爱看的还是《远离非洲》,我觉得在非洲这么住着真是太好了,就算从飞机上栽下来也值得。活在戴城,我们只有可能从自行车上栽下来死掉。只是那男的死得有点不是时候,在女的最需要他的时候死了,那很悲伤,那种爱情就像栽下来的飞机,带着呼啸,带着巨大的能量粉身碎骨。我不要从自行车上栽下来死掉,脑袋磕在马路牙子上,有一个小洞,其死状就跟一枚落地的钢镚差不多,你不觉得太猥琐了吗?

那时候我脑子好像猛然开窍了，那还得谢谢表姐老师，要不是她带我去连看四本经典影片，我可能到现在还在看香港武打片呢。当然，只是开了一个窍，想打通经脉还早着呢。那天夜里我们从图书馆出来，大飞和小怪精神挺好的，我和表姐老师都不行了，眼珠子都快掉出来了。去了个小饭馆吃了点东西，大飞和小怪就走了，我送表姐老师回家。我们骑着自行车，表姐老师的车子很小，上桥的时候颇为费劲，我在她背后推她。戴城河多桥也多，推了多少次我都忘记了。

表姐老师问我到底多大了，我说二十啊。表姐老师说："你就瞎蒙吧，你能有二十？"我只好说，十八岁。表姐老师说："你喜欢看《远离非洲》？"我说我喜欢，很浪漫，活着死着都浪漫，这种生活不是一个戴城人可以想象的。我们这座城里，就几座破塔，几个古典园林，郊外有几座寺庙。外地人来旅游，到此一游，踩几个脚印就走了，不会觉得无聊，可是我们这种生活在戴城的人就不一样了，时间长了觉得很痛苦。

表姐老师说："也有人觉得这里很好，生活在戴城很安逸。"我说我知道，知识分子都这么想，古代的士大夫就喜欢隐居在我们这座城里，拦个小院子题块匾，他就成牌坊了，还假装生活在天堂。我不喜欢这样，一个人觉得幸福，就要把幸福强加到这座城市的每个人头上，他搞得清楚什么是幸福什么是痛苦吗？

表姐老师笑笑说："你还挺能说的，我的意思是，每个人的人生观都不一样，你尽可以去追求你要的东西，但不要觉得是谁欠了你的，也不要觉得是戴城欠了你的。"

我想了想，倒也有道理。戴城没欠我一个巴黎，也没欠我一个非洲。它最多只是欠我一个游泳池，可惜微不足道，我也没啥好抱怨的。

我想，寻找，永远是因为终点之存在，而不能归结于起点吧。

如果归结于起点，那就不是寻找，而是漫游。

表姐老师说："路小路，你总有一天可以去你想去的地方的。"这句话太感动我了，我都快哭了，上桥推她的时候差点捏住她背后的胸罩带子弹她一下。

我后来没再见过表姐老师，不是我不想见，而是她有男朋友了。小怪说，表姐老师对我的评价还挺高的，但是一则她名花有主，二则年龄也有差距，主要是我太小，三则我是一个读技校的，毕竟垃圾，所以就没有见面的必要了。我挺沮丧的，相亲五次，好不容易遇到一个有知识的女孩儿，还就泡不上手。小怪说："我看出来了，你他妈的虽然是个工人，但是跟那些有文化的女人谈得拢，真他妈的邪门！"我说我也搞不明白，大概我天生有这种气质吧，投错胎了？小怪说："我表姐说了，适当的时候给你物色一个师范学校毕业的。"我又高兴起来，可是我运气不好，秋天快要结束的时候，小怪和大飞请我吃了顿饭，告诉我，他们两个不想拿什么技校文凭了，小怪的爸爸去珠海打工，打算把大飞和小怪都带走。珠海可以挣很多钱。这件事太突然了，我一点心理准备都没有，我身边唯一的两个朋友竟然就这么走了。

我对大飞说："大飞，你要对小怪好点，你他妈的以后都要靠她了。"

大飞说："小路，你也跟我们一起去珠海吧。"

我摇摇头，我妈还在上海住医院呢，再说我没法跟小怪比，我什么仪表都不会修，去了珠海只能做苦力，那我还不如偷渡到日本去呢，一样做苦力，日本比珠海强。我说等我再混一阵子，看情况，混不下去就来珠海找你们。

大飞这个王八蛋居然哭了。

大飞和小怪走了之后，我破处的事情就彻底搁浅了。人的一辈子，总有一些事情是过不去的，有人难产，有人嫁不出去，有人考不上大学，有人想死死不掉，我是破不了处，权当好事多磨吧，希望破处那天能爽死我才好。

那年秋天，我捞了一样好东西：摩托车。那车是大飞半卖半送给我的，我答应挣到了钱就给他寄过去，作价三千。车是挺破的了，我也没执照，就在戴城和马台镇之间开来开去，平时不太敢上街。

有一天我遇到化工技校的学妹，她告诉我，老丁发心脏病住医院啦，还好没死。我因为于小齐的事情，很久没去老丁那里，听说他又犯病了，决定去看看。

我家离医院很近，我徒步走到那里。医院里冷冷清清的，我到住院部门口时，被一个花白头发的老头子拦了下来，告诉我下午三点才能探视。那时候才中午，我求了他半天，他不肯放我进去。这些老梆瓜坏透了，他们过了五十岁之后，唯一的使命就是看守住某一扇门，向所有人低头哈腰，单单把我们这些青少年拦在门外。这是他们唯一的乐趣，也是唯一的尊严。

老梆瓜当然拦不住我，住院部的墙头很矮，我轻松跃入，跑到住院大楼里。一楼是产房，有个男的正在仰天大笑，跟谭嗣同杀头时候一样，他说："我生了个儿子！我生了个儿子！"然后到处派香烟，我从他身边走过也顺手拿了一根，夹在耳朵上。

我找了半天没找到内科病房，上次老丁住医院我们还不熟，没来看过他。后来有个护士给我指路，原来心脏病病房在特别偏僻的角落里，那儿更安静，简直像太平间一样。门口好大一块告示牌：禁止喧哗。这种安静使白天变得像夜晚一样不可捉摸。我穿过走廊，每一间病房里都有几台心电图机在嘟嘟地叫，这是生命的节奏，不过也差不多快歇菜了。我觉得人有心脏病真是太悲惨了，那东西跳着跳着忽然罢工了,你也说不清它什么时候罢工,如果一个心脏有自己的性格,它可能像小姑娘一样说翻脸就翻脸,然后,你这辈子的牛逼就烟消云散吧。

老丁住在最靠里面的一间病房,同屋还有一个中年人在昏迷之中,已经到一级护理的程度了。老丁还好,二级护理,正斜靠在病床上看报纸呢。他见我进来,用食指竖在嘴边做了个噤声的姿势,又指指身边的中年人,说:"轻点,这里有个昏迷的病人。"我蹑手蹑脚走进去,一脚踢到了老丁的扁马桶,哐当一声。老丁压低声音说:"你是不是每次不弄出点动静就难受?"我说:"这人都昏过去了,敲锣打鼓他也醒不过来,是你自己大惊小怪。"

我往他病床上一坐,很自然地把脚盘在床上。老头再次表示不满:"你怎么跟东北人一样,进屋就上炕?"我不管,直接问他,到底病成什么样了,我记得他总是很害怕冬天,冬天容易发病,这冷空气还没来,他咋就不行了。老丁叹了口气,说:"跟你说也没用,不说了。"

我翻看他的报纸,又是《戴城晚报》,在某一页上看见了"丁培根"的大名。我说不错啊,又发表散文了。老丁说:"少说这个,跟你没关系。我在看时事新闻。"他指给我看,戴城的化工基地正在紧锣密鼓地筹建中,马台镇的前进化工厂即将扩产,其他化工厂也将陆续搬迁到那里,以解决城市环境污染的问题。我说我不感兴趣,前进化工厂关我屁事,我告诉老丁,大飞和小怪已经去珠海了。老丁很诧异,后来又说:"年轻人是应该出去闯闯。"这都是很老套的话,跟他的散文一样。我说:"闯个屁,也就是去做猪仔,又不是云游四海。"

我继续看他的散文,那篇文章是讲雅致的生活的,兰花啊,古书啊。看得我都笑了,我说丁老师,你家里那几本书都破成什么样了，阳台上种的是葱，你写什么雅致生活啊。老丁很郁闷地说："你怎么这么粗鲁？一点也没改变！"

我告诉老头，我现在一点也不粗鲁，而是颓废。他很疑惑地看着我，说："诗人才颓废，你一个小混混，有什么好颓废的？"

我说："小混混都很颓废的。"

老丁说："没什么审美价值。"

我想还嘴，臭臭他的散文，再一想，我不能再打击他了，不然他装死给我看，我会被抓进去的。为了表示我有点文化，我说，培根这个名字我知道了，是一个英国的散文家。老丁说："谁告诉你的？"我叹了口气说："当然是于小齐。"

我把自己去上海的事情简单说了一遍，没说打胎的事，也没说大学生，我只说见到了于小齐，我们去外滩了，看到万国建筑博览会，还吃了一种叫培根的东西。他问我上海好玩吗，我告诉他，人多车堵，房子挺漂亮。这时他指了指床边的空杯子，示意我给他倒水，趁我拿热水瓶的时候，他问我："你到底有没有和小齐谈恋爱？"

我说："没有啦，我这个社会渣滓。"老丁说："你要是努力一点，将来还是会有出息的。"我说："我谢谢你抬举。"老丁说："前阵子我还以为，小齐会和你谈朋友。"我说："别提了，我白挨了你老婆一顿臭骂，压根没这件事。"

老丁说："你这个小孩也奇怪，有时候很懂事，有时候特别浑。"

我说："这就叫颓废！"

我把茶杯端给他，他喝了口水，接着问我："小齐为什么不和你谈恋爱？"

我说："实话告诉你吧，她有新男友了，是大学生，就那个纺织学院的。"

老丁说:"噢?这不错啊。大学生?"

我听了这话有点生气,自尊心受挫,说:"你别以为大学生就是知识分子,那个人很粗鲁的,比我还粗鲁。"

老丁说:"再粗鲁也是大学生,文化底子还是有的。要我也是选大学生,不会选你。"

我说:"我社会渣滓嘛。"

老丁抱歉地说:"不要这么说,你们都还年轻。刚才那句话,我是开玩笑的。"

我不会对他发飙,他都心脏病了,讲话有气无力,随时都可能挂掉。我说:"我觉得,年轻根本不是优点,而是……是一种残疾。"

"为什么会这么说?"

"年轻的时候老是被人欺负,跟残疾人一样,别人抽你一个耳光,你只好哭着回家,没劲。不过老了也没劲,也被人欺负。你说,到底怎么样才能不像个残疾人呢?"

老丁说:"我也不知道,我希望你不是在嘲笑我。"

"不会的啦,我们同病相怜吧。"

这时我看了看他的床头柜,冷冷清清的,别人住医院,床头都有很多水果,甚至还有鲜花的。那个年代送鲜花还很少见,也不懂规矩,送一束菊花的都有,要是在外国就被人砍死了。老丁的床头柜什么都没有,只有一束阳光照着,代替了那些礼物。我有点惭愧,身上没几个钱了,不然也该给他带点水果之类的。

我说:"老头,这次你和死神之间的赛跑又赢啦,你运气真好。"

老丁说,这次的运气好到家了,下班回家,在楼梯上忽然发病了,一脑袋磕在三楼人家的门铃上,里面的人一开门,发现他歪倒在地上,赶紧叫救护车。要是脑袋没磕在门铃上,要是那户人家家里没人,他就可能救不回来了。我说:"别让你老婆总在青海找石油了,也该尽尽人妻之道了。"老丁说:"她可能明年就调到上海,这样可以经常见面。"

那天我就在他病房里坐着,他精神不错,起初话也挺多的,后来有点讲不动了。我正打算告辞,外面走进来一个黑皮肤、戴着眼镜的年轻人,年龄和我相仿,手里拎着一袋水果,还有两个王八。他一进门,老丁的精神又来了,说:"李翔来了。"

那个人叫李翔,我是第一次见到他,因为他说话有点害羞,而且带着浓重的乡下口音,戴一副黑框近视眼镜,我私下里就喊他残废。其实他很健康,但我看见这种文质彬彬的乡下小哥,觉得有点受不了,残废这个绰号挺适合他的。

他从莫镇来。

那个小镇我听老丁说起过,他就是莫镇人,少年时代生活在那里,后来考上了戴城的中专,就从乡下上来了。他写了很多关于莫镇的散文。那里风景优美,古色古香,出产枇杷和橘子,还有著名的太湖三白,白鱼、白虾和银鱼。镇后面有一座山,是个坟场,葬着很多人,其中以戴城人和上海人居多。过了坟场就是太湖,他小时候经常在太湖里游泳。这都是从他的散文中读到的。

那年暑假,在于小齐家里,她曾经拿出一张江苏省地图,用铅笔在某一点上戳了个洞,说:"这里就是莫镇。"地图上没有标出这个小镇的具体位置,她说要在戴城地图上才能找到这个地方。她还说,自己童年时代就生活在莫镇,和爷爷奶奶住在一起,这是一个冷冷清清的小镇,也不知道它为什么会出现在世界上。一个镇子的人,守着后面满山的阴魂。她说她不像老丁那样热爱家乡,她不喜欢莫镇,因为太孤独了,没有一点希望,好像遭受了遗弃。每次她看到山上漫布的墓碑,白惨惨的,只想快点离开这个地方。

残废也是从莫镇来的。他喊老丁为"丁老师",我一时没搞明白,问他:"你是化工技校的?"残废说:"不是。丁老师是我写作上的老师,他经常指点我的散文。"我一听差点又要嘲笑老丁,后来想想他是个病人,就忍住了。残废对老丁说:"我打电话到学校找你,说你又住医院了,我赶过来看你。"说完把水果和王八都放在了床头柜上。老丁说:"水果我收下了,这老鳖我也不能生吃,也没人给我烧,你还是带回去吧。"残废说:"小齐没回来看你?"老丁说:"小齐还在上海,不知道这件事。你们先别告诉她。"我和残废一起说:"噢。"

残废说:"老鳖既然带来了,要是再拿回去,我爸爸会说我的。"他又对我说:"你家里可以代办着烹调一下吗?或炖或煮都可以。"我听他说话不文不白的,挺好玩,就说:"没问题,我让我奶奶烧。"残废说:"那太感谢了。"

后来残废说:"我听小齐说起过你的。"

我问他:"你也认识于小齐?"

残废说:"我们从小就认识。"

我装模作样地说:"噢。"

老丁和残废寒暄了几句,谈谈莫镇,又谈谈戴城。我听出来了,残废全家都认识老丁,在莫镇的时候他们住在一条街上。残废受了老丁的熏陶,也是个文学爱好者,经常写点散文什么的。老丁作为戴城小有名气的散文家,县级市的培根,当然不会放过这种栽培文学苗子的机会。他他妈的还曾经想栽培我呢,可惜我不争气。我看得出,老丁很喜欢残废,他们才是同一类人。

残废坐了一会儿,护士进来赶人了,说主任医师要来会诊,让我们回家。老丁对我说:"小路,你送送李翔,他不大认识路。带他去吃顿晚饭,饭钱我给你,把他送到长途汽车站。"他给了我五十块钱。我说没问题,就拎着王八,带着残废,离开了医院。

路上我问残废:"你从小就认识于小齐的?"

"是啊。"残废说,"以前她叫丁小齐,小时候她住在莫镇爷爷奶奶家里,我是他们家的邻居,住在一条街上。后来她读小学才来戴城的,我们一直有通信。她放假还经常回莫镇。"

"噢。"我点点头,又问他,"你在什么学校念书?"

残废很不好意思地说:"我今年高中毕业,什么学校都没考上,就回家帮我爸爸开店了。"

"什么店啊?"

"理发店。"

我心里一咯噔,他大爷的,总算知道于小齐剃头的手艺是从哪里学来的了。我故意嘲笑残废:"剃头的还写散文?"

残废涨红了脸,说:"我只是有这方面的爱好,还从来没发表过作品。"

我说:"你别太谦虚了,能写点文章已经很不错了。"

残废说:"我真没谦虚,我跟丁老师没法比。"我哈哈大笑,谁想跟这老头比,真是吃错了药。

天还没黑,我带他去吃饭。在街上逛了几圈,都是面馆和包子铺,既然老丁给了我五十块,我就不能太寒酸了。我们钻进一家国营饭馆,叫了三个炒菜,我还要了一瓶啤酒。我给残废发香烟,他很礼貌地说:"不会抽,谢谢。"

本来,请他吃完饭,把他送到长途汽车站,我的任务就完成了,结果出了岔子。吃饭的时候,邻桌有个傻逼喝醉了,先是在饭馆大吵大闹,我们不免多看了他几眼,醉鬼忽然认准了残废,跑过来对他说:"你看什么看?"残废吓坏了,本来是讲普通话的,慌里慌张的,舌头没捋直,一不小心露出了乡下口音,说:"我没看你。"

醉鬼说:"你这个小乡逼,跑到城里来做啥?"残废涨红了脸,不说话。跟醉鬼一起吃饭的人是个壮汉,手背上有刺青,他过来劝,说:"算了算了,乡下人不懂事,你跟他们起什么劲?"把醉鬼劝了回去。醉鬼坐下之后,又指着残废,大声说:"我最讨厌乡逼!"

我吃着盘子里的炒蛋,看了看残废,这个呆货涨红了脸,眼睛直勾勾地看着炒蛋,也不敢骂回去。忽然之间,我的神经有点受刺激。我把整瓶啤酒一口气喝空了,让自己也有点醉,然后拎着空瓶走到邻桌,说:"你这个傻逼,想死啊?"

邻桌那刺青壮汉瞪着我,也抄起酒瓶,想站起来。我岂能让他反客为主?一瓶子砸在他脑袋上,这人叫了一声,捂着脑袋摔到桌子底下去了。这是我第一次用啤酒瓶砸人,我以为瓶子会啪地碎掉,可是没有,电影里那种刺激的镜头压根没发生,瓶子还好好的,也不知道是我砸得不够狠,还是这瓶子太牢。趁着一片尖叫,我又把瓶子砸到了醉鬼脑袋上,这次它碎了,我手里只剩下一个玻璃瓶颈,带着尖刺。我拎着这把凶器,拽起残废就跑,后面女服务员大声喊道:"抓住他们!还没付账呢!抓凶手!"她越是这么喊,路人越是给我让道,跑出去有一千米,钻进一条小巷,四周静悄悄的。我在巷子里放声大笑,这一阵子郁积下来的悲痛一扫而光。再一看,残废从后面跟上来,手里还拎着两个王八,他扶着墙瘫坐在地上。

我说:"喂,散文家,你该多锻炼锻炼身体,乡下空气多好啊,每天早上晨跑,就不会这么喘了。"

残废说:"你也,跑得,太,快了。"

我说:"你也不赖,还记得这俩王八。"

残废说:"我看你,拎着,啤酒瓶子,打人,我就把王八,拎起来了。我没你想得,那么傻。"

我点了根烟,天黑了,小巷里的路灯也亮了起来,照着我们。

我对着头顶的灯光吐了一缕烟，说："太他妈的爽了。"

残废缓了口气，说："你不应该把那两个人都砸了。"

我说："你他妈的书呆子啊？这种事情还要计较？"

残废坐在地上，冲我挥挥手，说："谢谢。"

因为打人，残废误了最后一班汽车。他说要去住旅馆，我说不用，到我家睡一晚上就可以，我家反正也没人。残废答应了，我看看才七点钟，回家太早了，就提议去"蓝国"打电子游戏。残废说："我想去一趟书店，我们那里买书很不方便。"我只好陪着他去新华书店，残废在里面疯了一样地摘书，好像丰收季节的果农。我蹲在外面，守着王八狂抽烟。过了一个小时，我见他还不出来，就跑进去揪他领子。残废手里捧着一摞书，又摘了一本很厚的，对我说："这是维特根斯坦的。"我翻了翻，完全读不懂，幸好我读不懂的书成千上万，也不值得为了维特根斯坦羞愧。残废说："我也读不太懂，不过，丁老师向我推荐过好几次。"他翻了翻书后面的价目，又说："太贵了，这次就不买了。"说着又把书放了回去。

我说："你他妈的能不能快点，我拎着王八到书店来，被人笑话。"残废连声说抱歉，抱着一摞书去付钱。我们走出新华书店，他拎着一袋书，好像很开心，还捧起来翻看。我从夹克衫里面掏出那本维特根斯坦的精装本，塞到他手里。残废说："你买的？"我说："是啊，送给你。"残废用中指顶了顶眼镜，疑惑地说："你偷的吧？"我说："买的。"他翻开书，检查了一下，说："没敲图章，偷的，我去还给人家。"我一把抢过那本维他妈斯坦，说："你他妈的不要就算了，我拿回家做草纸用。"

这孩子太轴了，一路上就跟在我后面唠叨，偷书是不对的，偷书有违道德。我被他说烦了，骂道："操，打人还有违道德呢，刚才我打人你怎么跟着我一起跑了？"残废吧嗒吧嗒地眨着眼睛，说不出话来。我说:"你们这种知识分子,不打你们,你们就要讲道德,打了你们,你们就什么都忘记了。"残废说:"你这么说话太恶毒了。"

我看出来了,残废是个书呆子,虽然没考上大学,他照样呆。我带他去见识见识什么叫大场面,穿过解放路,到了"蓝国",里面全是小混混在打电子游戏。我一进去,好几个人招呼我,都是技校同学,其中有阔逼黄毛。阔逼在炭黑厂上班,手指甲黑得跟眉毛一样。黄毛在乳胶厂上班,顺手塞给我一把避孕套,都是半成品,细一看才发现是乳胶手套上剪下来的手指部位。残废看呆了,我让他把王八和书都放在地上,选了一台游戏机,教他打"街霸"。残废很警惕地看着周围的人,注意力完全不在游戏上。

阔逼说:"小路,你他妈带了个什么人啊?"

我说:"喂,老丁生病了,你们不去看看他?"

阔逼说:"关我屁事。"

我们玩了好几个回合,我索性把残废晾在一边。后来发现香烟抽完了,我掏出那张五十块的钞票给残废,说:"帮我出去买包烟,红塔山。"残废答应了一声,拿着钱出去,过了一会儿跑回来,把香烟给我。我拆开烟,分给众人,才抽了一口,所有人都说这是假烟。黄毛对残废说:"你个呆逼,不是本地人吧?难怪别人蒙你。"残废哭丧着脸说:"那我赔你一包吧。"我说不用,带齐了人马,大概有十来个人,然后拽着残废出去算账。残废指了指马路对面的一个香烟摊,说:"是他。"我们一伙人拥过去,凶神恶煞,面带微笑。我拿出那包红塔山,对摊主说:"假烟。欺负我兄弟?"摊主立刻怂了,说:"换给你,换给你。"阔逼说:"假一罚十吧。"摊主说:"我小本经营的……"话音未落,阔逼抽了他一个耳光,一脚踹翻了烟摊,我们每人拿了一包外烟,拆开尝了尝,觉得味道不对的就再换、再尝。残废对我说:"你也适可而止吧。"我就对众人说:"算了算了,每人拿一包烟走吧。"这时候不但香烟被扫空了,烟摊上的钱也被搜刮一空,摊主早就跑出去八里地了。干完了这些,我们担心摊主喊人来报复,就相互打了个招呼,四散而去。

路上,残废左手拎王八,右手拎书。我空着手抽烟。残废一脸迷惑,好像对这个世界有意见。

残废问我:"你这么干,是不是很得意?"

我说:"没有得意。经常这么干,都习惯了,心里很平静。"

残废说:"你这不是流氓吗?"

我说:"都像你这样,早晚被人卖到泰国去做人妖。"

残废说:"去你的!"

我们在黑漆漆的道路上走着,夜里很凉,残废穿得比我多,拎的东西也重,我冻得有点哆嗦,他却气喘吁吁的。那时已经是晚上九点多,我带着他走回了报春新村。

在路上残废还问我,平时写不写散文。这乡下文学家很天真,我估计他还不是很了解我。我故意说,写啊,我写诗。残废一下子来了兴趣,眼镜片子铿铿地发光,说:"你能背两首给我听听吗?我也爱写点诗,不过写得很差,投稿到杂志社连退稿都没有。"我骗他,说我从来不投稿,我的诗要是给杂志编辑看了,他们会跳河的,因为写得太好了。残废更来劲了,说:"背一首来听听嘛。"我本来想背一首床前明月光裤子脱光光给他听,让他昏过去一次,后来鬼使神差地,我背了欧阳慧的诗。亲爱的别在北方定我的棺材,冬天我要去南方。我把这首诗缓缓地念出来,听到自己的声音,好像黑夜中有另一个我在说话。残废听了,忽然停下脚步,拎着书和王八,朝着明月朗朗的夜空翻白眼。我问他写得怎么样。残废说:"牛的。"过了一会儿他又说:"你的诗写得比我好。你太有天赋了。"

我说:"你也背一首来听听。"残废很无奈地摇摇头说:"我跟你简直没法比,你让我一下子开窍了,诗应该怎么写。"

我心里很抱歉地说,小子,你又被我骗了。与此同时我又很佩服欧阳慧,她写的诗真有那么好吗?残废兀自在那里嘀咕:"写得太好了!"又问我,"还有其他诗吗?"我背不出其他了,只好说:"就这两句,随便胡诌的。"残废说:"这哪里是胡诌啊?我自己虽然写不好,但好诗坏诗还是听得懂的。怪不得丁老师那么喜欢你。"

我说:"喂,你现在怎么不说我是流氓了?"残废摇摇头,看来还沉浸在我的诗里,说:"道德归道德,才华归才华,论诗谈艺,道德可以先不讨论。"我听得云里雾里,知道他又开始冒傻气了。

当天晚上,残废就住在我家,我把杨一也叫了下来,出去买了点罐头肉,又买了几瓶啤酒。我和杨一喝酒抽烟,残废也喝着,但不抽烟。杨一和残废聊得挺欢的。说到残废和于小齐的关系,杨一总结说:"噢,你们就是所谓的青梅竹马。"残废挺不好意思地说:"我追求于小齐也好几年了,都没结果。"杨一指指我,说:"这儿还有一个呢。"

残废说:"小齐给我写信,说起过小路。我们也算有缘分,来,一起喝了这杯。"我摇摇头,勉强把酒喝了。杨一搂着我的脖子,说:"哥们,我和李翔,都是你的情敌。"残废没听明白,以为杨一也喜欢于小齐,又要和杨一干杯。杨一说:"不是,我以前的女朋友,小路也是暗恋过的。"我说:"他妈的,我又没有要跟你们抢女朋友,纯粹是巧合。"

残废说:"小路,我们没有说你是第三者。"

我说:"你放屁。首先,杨一和他女朋友前几天分手了,他现在比谁都痛苦。其次,于小齐已经找了个大学生做男朋友啦。我看我们三个都是多余的。"

残废说："大学生的事情，小齐也写信告诉我了。"他独自喝了一口酒说，"我们还是应该祝福她。"

杨一说："哥们，你脑子有点不拐弯，祝福个屁啊。你应该祝福那个大学生被汽车撞死。"我说："我也赞成。"残废摇头说："这太过分了。"

那天晚上都喝多了，我搂着杨一说："你看人家散文家，从小就有青梅竹马。我呢，从小就你一个玩伴，我们这叫什么？竹马竹马？"残废笑得把啤酒都喷了出来，说："小路，你说话真好玩。"

后来残废问我们："你们戴城的人，为什么那么讨厌乡下人？"

杨一说："因为戴城人全是傻逼。"

残废想了想说："这句话太精辟了。我跟你喝一杯。"喝完了，他又说："我去过上海，他们上海人喊我巴子，我很难过。可是到了戴城，他们喊我乡逼。"

"比上海人恶毒吧？"

"我很难过。"残废摇摇头，"为这个世界。"

我说："喝酒就是喝酒，你他妈的别再抒情了。你要是把自己当一个散文家，就会很敏感，要是把自己当成是个剃头的，你就无所谓了。"

残废争辩说："我不会一辈子剃头的。"

后来他说到莫镇。显然，他和老丁一样，也很热爱自己的家乡。顺便说一句，这种古怪的感情在我和杨一看来，近乎于狗屁。残废说，莫镇是一个非常安静的地方，将来我们要是有空，可以到莫镇去找他，他一定好好招待我们。在那里可以吃到太湖三白，还有一种鱼叫激浪鱼，可以烤着吃。山上的水果和野菜，家里的腌菜和咸肉。可以到太湖边上去游泳，坐着船在湖里漂着，湖滩上全是巴掌大的鹅卵石，天气好的时候可以看到远处的岛，下雨的日子可以坐在家里。他说那地方很少有人去,它在交通线的岔道上,哪儿都不通,只是一个安静的地方,好像迷宫中错误的角落。

杨一说:"我的理想就是,挣很多钱,然后到一个小镇上住着。"

残废说:"那等你发财了,来找我玩。"

这酒一直喝到深夜,杨一摇摇晃晃地回去睡了,临走前跟残废互相拍肩膀,拍得胳膊都快脱臼了。夜里,我睡在里屋,残废睡在外面。我看他有点醉了,估计他很快就会睡着,谁知关灯之后没多久,残废忽然从床上爬了起来,站在我的房门口对我说:

"小路,你真的喜欢小齐吗?"

我用被子蒙住嘴,瓮声瓮气说:"你有病,睡觉去。"

残废说:"我也很爱她。"

我说:"三更半夜能不能别说这个事?不觉得讨厌吗?"

残废说:"我和小齐认识很多年了,从小就在一起玩,我从小就喜欢她。后来她走了,我非常想念她。"

我说:"你到底喝了多少酒?我没让你喝二锅头吧?"

残废说:"丁老师说,我们都太年轻了。"

我说:"这老头就只会说这一句话。"

残废说:"我很难过。"

我从床上坐起来,看见他在黑暗中穿着短衫短裤的样子,细胳膊细腿,脑袋的比例偏大,汗衫上全是破洞,他没戴眼镜。我说:"难过就去睡觉。你不冷吗?你要乐意在那里晾着,你就晾着吧。"

残废说:"我希望小齐能幸福。"

我根本不想听这个,可能也是喝多了,对着残废骂道:"你他妈的能不能少说几句?你是不是言情小说看多了?"

残废站在那里,不说话,光是瞪着我。我在黑暗中努力地与他的眼睛对视,好像彼此都把对方当成是黑夜中的噩梦,要用尽全部的力气才能看清楚它。过了好久,他扶着门框说:"小齐不会再回到莫镇了。"我心想,你知道个屁,她也不会再回到戴城了。我们都是多余的人,我们都是残废,我们都很年轻,这样总可以了吧?

当天夜里,被残废这么一搅和,我几乎没怎么睡,眼前浮现出于小齐的影子,又有那个纺织大学的男生,又有欧阳慧和曾园。这些人在我眼皮上跳舞。又想起王宝,我差点把这个婊子养的给忘记了。我再次从床上坐起来,抽烟,觉得自己脑袋里装了太多的东西,这大概是一种纠缠着的痛苦吧。

第二天早上,我开着摩托车把残废送到长途汽车站,那里全是中巴车,去往周边的各个乡镇县市。每辆中巴车上都伸出一个售票员的脑袋,大声地招揽乘客,场面很混乱。残废上了车,我坐在摩托车上注视着他,我戴着墨镜。他递给我一张纸条,上面写着他在莫镇的地址,说:"有空和杨一来莫镇。"我接过纸条,从夹克衫里掏出那本维特根斯坦,照着车窗扔进去,说:"这个给你,我他妈的用不上。"残废捧着书,从车窗里伸出头来,很认真地对我说:"小路,你以后真的别去偷书了,这样很不好的。当然,你很够哥们,我不会忘记你的。"我把墨镜摘下来,很潇洒地冲他挥挥手。这个残废,我也喜欢他。

死

十一月中旬,下雨。我把王八送到奶奶家时,车子不小心滑了一下,差点把我的骨头摔断,所幸车子还好。这件事让我有一种很不好的预感。在奶奶家,我又见到了文森特,它还是老样子,这猫特念旧,看见我就很主动地蹭过来,在我的两腿之间绕来绕去。被老费打跑的黑黑却再也没有回来过。

当天我又请假,反正就是疝气。下午我把炖好的一个王八送到医院去,另一个留着明天送。我拎着雨衣和王八进了病房,老丁那床铺上空荡荡的,边上那个昏迷的中年人照旧还在嘟嘟地叫着。我跑到护士台,问:"21床的人呢?"护士看了看我,用很冷静的声音说:"他今天早上去世了。"

我脑袋嗡的一下,说:"你们这儿天天死人的,你别弄错了,再查查。我前天看见他还挺好的。"

护士说:"21床,叫丁培根,是不是?"

"对。"

"对不起,他确实去世了。非常突然,之前他的状况很稳定,今天早上忽然不行了,都没来得及抢救。"

我失魂落魄，再次走进病房，坐在雪白的床单上。那床单已经换过了，不是老头睡过的。我打开抽屉，里面还有两卷草纸，乍一看还以为是书，其他的一切都消失了，连同他这个人。细微的雨水打在窗玻璃上，从这里望出去，外面是一棵棵发黄的树木，一幢红色屋顶的房子，红得非常黯淡，倒是树叶的黄色显得刺目。天空是空无的，白得没有内容，但我知道那毫无内容的白色其实是云层，雨就是从那里来到世界上的。我非常难过，握着雨衣的手心觉得冰冷刺骨。后来我把炖好的王八放在床头柜上，对着空床说："老头，说走就走啊？太不够意思了。"

我跑到水房里，冲了冲脸，又回到护士台，问："现在人在哪里？"护士说，已经在太平间了。我说要去看看，她不让我去，说是已经通知单位了，按规矩，我要见到他只能是在追悼会上。我当着护士的面就哭了。

回到病房，我瘫坐在凳子上，背靠着墙，看着旁边那个昏迷的病人，仪器里嘟嘟的心跳声。这声音让人放心。我希望老头也能有这种声音，哪怕他也昏迷了，哪怕再过一小时就死，总比这么突然死掉的好。我还没跟他道别呢，他就被人拉到太平间去了。我想起老头说过的，他和死神之间是一场短跑比赛，这次不一样，死神在终点等着他。

我想起他好多次用一种叹息的口气说到我和于小齐，他总是说，你们还这么年轻。我想不明白这句话里的意思，我还打算问问他，这句话究竟是暗示还是感叹。现在是屁也问不到了。死亡就是置一切于不顾，踏上了另一种旅程，所有的疑问，所有的恩怨都一笔勾销。我很爱这个老头，他要是我的老丈人，我就简直要爱死他，现在只能用一种普通的爱来为他而悲伤，但这简直不够分量。我为什么哭得那么厉害呢？

我在医院的楼道里走了很久,到楼下去抽烟,一楼静悄悄的,产房前面没有激动的父亲。老头的死,好像把所有一切都挡住了。我冒雨走到小杂货店,拎起公用电话,拨了上海的区号。当时犹豫了一下,我是不是该去做这只报丧鸟呢?后来我还是坚持着把这组号码拨完,宿舍阿姨去喊于小齐,我拿着电话,又给自己点了根烟,我在雨中静静地等待着她的声音。

十一月下旬,天气晴朗。那天上午,我蹲在殡仪馆的火化车间外面抽烟,追悼会已经结束了,老头的告别展览还算热闹,学校里来了人,报社也来了人,还有文联的。悼词念了足足十分钟。老头躺在那里很安详,穿着西装打着领带,这样比较好,我不大愿意看到他穿着寿衣的样子,好像年画里的财神爷。总之,他很体面地走了,对一个小知识分子来说,这点要求也不算过分。

于小齐站在灵柩边,告别仪式的时候,每个人都走过去跟她握手,我落在最后。她两眼肿得厉害,但是一直没哭。在这个场面上我始终没见到前任师母,也没见到现任师母。倒是于小齐的姑妈,趴在地上大哭大嚎,说哥哥啊你的钱都让那个女人骗走啦她这个没天良的你走了她也不来看看你啊。于小齐的姑父义愤填膺地说,一定要把那个女人找到。我知道他们说的是谁了,那个还在找石油的女硕士。哭完之后,他们就安静了,好像之前并没有哭过。

然后就是收骨灰,那要等很久,其他人都去吃豆腐饭了。本来是于小齐的姑父去收的,后来他嘀咕了一声,说自己拉肚子,跑去上厕所就再也没回来。我和于小齐进了火化车间,她手里捧着一个预先准备好的骨灰盒子。那天上午就老丁一个人火化,算是包场了。我们戴城的殡仪馆很变态,可以去亲眼看着死人被拖进去、被烧掉的情景。有个工作人员大声对我们说:"你们要看吗?"于小齐摇摇头,我没好气地对工作人员说:"我谢谢你,我们就坐这里吧。"

那个过程很漫长,我们到外面去透气,我抽烟,于小齐也要了一根。我们蹲在十一月灿烂的阳光里,听着车间里轰轰的声音,烟囱开始冒烟。于小齐抬头望着那烟,轻轻地说:"爸爸。"

我说:"等会儿收骨灰的时候,你千万不能哭的,眼泪不能掉在骨灰上。"

"为什么?"

"因为他会永不安宁。"

"我都没怎么哭。你看我哭了吗?"

"没有。"

不知为什么,烟飘上去,树叶就落下来了,掉了好多在我们脚跟。烟向着南方的天空中飘去。于小齐说:"爸爸去南方了。"这时我猛然想起了欧阳慧写的诗,亲爱的别在北方定我的棺材,冬天我要去南方。我身上起了一层寒栗。

我问于小齐:"怎么他老婆没来?"我又补充说,"我不是问你妈妈,是他现在的老婆。"

于小齐说:"我姑妈打电报通知她了,没回音,大概还在野地里找石油呢。我妈当然根本不肯来的,但她昨天晚上也哭了。"

我说:"李翔也没来。"

于小齐说:"李翔我是通知了,但他今天来不及赶过来了,反正我爸爸要落葬到莫镇去,李翔在那儿已经看好墓地了,他会接我爸爸过去的。"过了一会儿她说,"李翔说起你,说你人特别好。"

我说:"我也挺喜欢他的。"

于小齐说:"肉麻死了。"

我说:"曾园呢?她没来陪你?"

于小齐说:"曾园去旅游了,还没回来。我没通知她。"

273

我说:"行吧,那就我们两个送老头走吧。"

她告诉我,按照规矩,只有冬至和清明才能落葬,之前,骨灰寄放在殡仪馆,反正离冬至也就一个月了。到时候她就去莫镇,把老丁和她爷爷奶奶葬在一起。人死回故乡,那里比较温暖。

于小齐说:"我跟大学生分手了。"

"怎么会?你爸爸听说你找了个大学生,还挺得意的。"我说,"为什么分手?"

"以后细说吧,今天不想说这个。"

我点点头,说:"反正那大学生也呆逼得很,分手就分手,没什么好留恋的。"

于小齐摇摇头,说:"乱讲。"

这么聊着,时间就不那么漫长了。后来工作人员把我们叫进去,还是那个讲话不知轻重的家伙,我看着他,心想,你丫要是敢说一句"烧好了",我就把你脑袋按到炉子里去。不料他这回很懂礼貌,说:"请吧。"

那天我们没去吃豆腐饭,把骨灰寄存在殡仪馆,于小齐跪在那排更衣箱一样的铁柜子前面,双手合十,嘴里不知道在念着什么。我也跪下来,我在心里对老头说,老头,咱们永别了,小齐就暂且交给我来照顾吧,万一我照顾得不好,你也别怪我。

我们空着手离开了殡仪馆。我开着摩托车,带着于小齐从郊区回到戴城。不知为什么,猛然从火葬场回到这个城市,觉得它很陌生,我就像一个异乡人。在路上,她戴着头盔,脑袋一直靠在我的背上,双手把我的腰搂得紧紧的。她说,你再开快点。我把车速拉起来,全神贯注开车,风吹得我四肢冰凉,但我还是坚持着开回了戴城。

到了城里我觉得很饿,问她饿不饿,她也说饿,但是什么都吃不下，就想找个地方喝口水，坐一坐。我看见一个咖啡厅，这是戴城挺著名的地方，叫"犁人小驿"，犁人就是宰人的意思，里面的东西都贵得离谱。我决定豁出去一次，带她去挥霍挥霍。跑进去，中午刚开张，就我们两个顾客。点了咖啡，喝了几口觉得更饿了。于小齐对服务员说："你们这里有什么简餐吗？"服务员递过来一张菜单，瞟了一眼我们手臂上的黑臂章，说："中午只有面包夹培根。"我一听，脸色都变了。于小齐呆头呆脑地看着那张菜单，忽然之间，鼻子里哧的一声，终于忍不住哭出了声音。

一九九一年的晚秋，有个人来我家找我。我觉得她似曾相识，后来想起来，是我的现任师母，那个女硕士，老丁最后的爱人。她跟照片上长得很像，黑头黑脑的，也不甚漂亮。气质倒是不错，穿一件皮夹克，蹬着一双靴子，左臂戴着一个黑臂章。这种款式的皮夹克是我梦寐以求的东西，披着它去开摩托车，简直拉风到了极点，可惜我买不起。

因为太艳羡这件皮夹克，我就让她到家里来坐着，还给她泡了一杯茶。我对这女人有意见，老公死了都不出场。我本来不想对她那么客气的。

"你家里真够难找的，我在新村里绕了三个圈子。"

"这新村比精神病医院还绕。"我说。

她一坐下就说："你这家里可够乱的。"我环视四周，床上有两个烟缸，脏衣服臭袜子星罗棋布，剩菜剩饭空啤酒瓶都堆在桌子上，摩托车零件和维修工具把房间里的空地都占据了，还有几十盘录像带堆在书桌上。自从我爸妈去上海以后，这个家就彻底变成狗窝了。我对女硕士说："无所谓，先混着吧，我妈生病住医院了。等她回来就能收拾干净。"女硕士说："你够可以的，自己不会收拾？"我见她一进门就教育我，有点生气，故意说："我以前看见老丁家里，也乱得跟狗窝一样，我还特别纳闷。后来我知道了，家里要是没有个女人，就会变成那样。"女硕士听了，瞪起眼睛要反击我，又硬生生地把嘴边的话咽了下去。

她说："可以啊，路小路，丁培根说你最擅长狡辩，你还真没给他丢人。"

我找了一个小板凳，坐在她对面，问她到底有什么事，直接说吧。女硕士从茶几上拿起一包烟，看了看牌子，抽出一根，点上，又指了指床上的烟缸。我把烟缸给她递上，她吸了口烟，说："我接到电报已经晚了，人都火化了，赶回戴城花了三天时间，昨天晚上和他们家亲戚吵了一架，今天才抽出时间来找你。"

我问她吵什么，她告诉我，于小齐的姑姑怀疑她藏了老丁的存款，还拿出一张五千块钱的借条，说是老丁生前借的，要女硕士还钱。老丁本人还有一张八千块钱的存折，是省吃俭用攒下来的工资和稿费。这笔账根本算不清了，到底是应该先还钱再分钱，还是先分钱再还钱。当时于小齐也在场，什么都没说，后来抄起一个扫帚打在她姑姑和姑父的脑袋上。

我问女硕士："那你到底藏了钱没有？"

女硕士说："我当然藏了，不过这钱是丁培根留给小齐的，我私下里给小齐了。"

我说："你挺够意思的。你今天来就为了告诉我这个？这跟我也没什么关系啊。"

女硕士说："我是特地来看看你的，他在世的时候经常提起你，说你给他换煤气，对小齐也挺照顾的。"

我说："没什么，应该的。你跟小齐聊过了？"

女硕士说："是啊，聊得还挺好的。第一次见她，以前经常听他说起你和小齐，我还在想，哪天到戴城来，要看看你和小齐。他把你们形容得很可爱。真没想到，会是在这种情况下见到你们。"

她有点伤感，但没有满脸的哀痛，这一点给我留下的印象还不错。说实话，我还以为会遇到一个哭哭啼啼的老寡妇。三十八岁的老处女嫁人，没过一年丈夫就死了，其实她也够背的，但我实在不希望看见她哭丧着脸的样子，我对悲伤已经麻木了。

她和老丁认识十年了，过去只是朋友，靠通信交往，这中间也见过几次。去年她来到戴城，跟老丁聊着聊着，忽然决定结婚了。这挺像互联网出现以后的网恋，可见网恋也不是互联网带来的东西，只要世界上有邮政系统，这件事就会发生。反正在我看来是有点疯，不像三四十岁的人干出来的事情。但三四十岁的人谈恋爱，究竟应该怎么个谈法，我他妈的也不知道。像老丁这种条件的，女人要是不疯，我看也不会嫁给他。

她说自己本打算过了年调到上海，就不用满世界跑了，不料出了这个事情，看来还是得在这个世界上继续跑下去。没办法，人的命，想怎么扭转都没用，什么样的幸福都经不起命运的一个小玩笑。

我告诉她，我就是一个小学徒，目前在化工厂里混着。其他没什么好多说的了。

女硕士忽然很认真地问我："喜欢小齐？"她冷不防地掷出这个问题，我点点头。女硕士看着我，那种感觉好像一个姐姐在看着她的弟弟。她说："那你要好好待她。"我说我知道了，我也懒得解释什么。她说："其他不多说了，我走了，以后有机会再见吧。"

我站起身，送她到门口，她说不用再送了。我忽然问她："你到底爱不爱老丁？"她愣了一下，眼圈忽然红了，说："当然。"

我说："他活着的时候对我说，你很可爱。"

"还有呢？"

"没了。"

"那么,再见吧。"

老丁落葬,是在一九九一年的冬至。本来我应该去送他的,结果那几天我妈妈在上海动手术,我去照顾她,没来得及顾上老丁。事后知道,那边的事情都是残废家里安顿的,于小齐和残废一直把老丁从戴城送到了莫镇。女硕士没出现,她独自回到了她该去的地方,恐怕永远也不会再来戴城了。我猜她是爱着老丁的,这一点她不会骗我,爱着就够了,至于能不能为他送葬,在这个大得没边的世界上,在纠缠着痛苦的命运中,其实并不是那么重要。

他的坟就在莫镇的那片墓区,我后来还看到过照片,于小齐和残废,神情庄重地站在墓碑前,后面是弯曲起伏的山麓。墓碑明晃晃的,像一把砍刀的侧面。

我一直打算去莫镇看看老丁,顺便找残废喝酒,可是我在此后的那么多年里,竟然把这件事忘记了。我也不知道自己在忙活些什么,总之,都是些无关紧要的事情,但是,要紧的事情是否真的一定要去做,那又另当别论了。

我十八岁那年很古怪,很多人都要我照顾。比如我妈生病了,老丁死了,又比如杨一的女人要打胎,我奶奶的猫让人给踢了,残废在饭馆里被人嘲笑为乡逼,曾园失恋需要有个临时男友……这些事情,有的很重要,有的很不靠谱。反正我当时也闲着,就都接受下来了。后来他们让我照顾于小齐,这件事很悲伤,我也接受下来了。那已经是一九九一年的岁末,这倒霉的一年终于就要过去了。

老丁死了以后的那段日子,于小齐结束了上海的培训,又回到戴城。按照戴城的规矩,人死了要做七,每隔七天大吃一顿,磕头烧纸,搞得不亦乐乎。我去看过几次,到了老丁家里才发现,原来这老头竟然有这么多亲戚，足足一屋子，也不知道谁是谁，其中我唯一能认出来的是于小齐的姑妈。这伙人像土匪一样占据了老丁的屋子，男的抽烟喝酒，女的扎堆唠家常，小孩子尖叫着在大人的裤裆里钻来钻去，里屋摆了两桌麻将，围了好多人在那里赌钱。我跑到厕所里尿尿，一看那地方，都快赶上火车站的公共厕所了，水箱里没水，马桶里堆满秽物，臭不可闻，草纸用光了，他们就把老丁的旧书放在马桶边上，随便撕一页下来擦屁股。我一看书名，《复活》，吓得一激灵，差点尿在自己裤子上，老头在冥冥之中一定气得想坐起来，可惜不能够啦，已经烧成灰了。我跑到他的遗像前面，默默地说：你别多想了，复活是不可能的了，我给你换一本《西游记》吧。老头的遗像盯着我看，目露凶光。

这伙人都要闹到后半夜才肯消停，有些走了，有些躺着睡觉，还有一些继续打麻将，一直要到第二天天亮，才留下一个狼藉不堪的现场，让我们打扫。

那天我在人头济济的屋子里找到了于小齐，她正蹲在厨房啃一个鸡爪，非常认真地啃着，把鸡的脚趾骨头一节一节地咬下来，细细地啃着上面的皮肉以及软骨。我走过去，也蹲下，对她说："你怎么躲这里啃鸡爪？"于小齐面无表情，把手指蘸到嘴里嘬了一口，把半个鸡爪送到我面前，说："吃。"我说："你也不至于给我吃半个鸡爪吧？"于小齐说："你不吃可就没了，晚上肚子饿了自己去泡方便面吧。"我很诧异，因为那天晚上的菜都是我去买的，足足有一个大圆桌的熟菜，怎么一会儿的工夫就全没了。于小齐说："我好不容易抢到一个鸡爪。"

我问她："你妈没来？"于小齐摇头说："怎么可能来呢？她到死也不会来的。"这时我就觉得很伤感，到死都不能释然的恨，也不知道是一种什么恨。我把女硕士的事情说了一点给她听，她神情木然，只说："那个女的，人还挺厚道的。"

外面吵得太厉害了，后来于小齐的姑妈冲进来，大声说："要死啊，我们都磕过头了，你怎么还躲在这里？"于小齐"噢"了一声，捏着鸡爪出去磕头。我独自靠在厨房的门框上，看着她跪在老丁的遗像前面，一下一下地把前额撞在地上，发梢沾着地上的灰尘。

一直熬到断七。

那阵子，我还去马台镇上班，后来请了个长假，到上海照顾我妈。回到戴城时，老丁已经落葬了。断七正是在元旦的时候，很喜庆，新的一年就要来临了。那年冬天非常冷，下了很大的雪，我冒雪去于小齐家，进屋一看，这帮冻不死的家伙个个都在。我也输给他们，不就是吃点熟菜吗，他们倒是场场不落。有个阿姨还拖住我问："你是不是小齐的男朋友？"我说："不是啊，你忘记了？我是你表叔的阿姨的干儿子。"阿姨翻着眼珠算辈分，我趁机溜了。

进屋一看，一大圈人都在赌钱，押二八。于小齐竟然也在赌，我凑过去一看，她已经输了一百多块钱，脸都红了。押二八基本上没什么技巧，只要不出老千，纯粹凭运气赢钱。看来她运气很差。我对小齐说："你下来，我给你赢回来。"于小齐嘟哝说："输了怎么办？"我说："输了算我的。"结果那天晚上我手气非常好，赢了十来把，口袋里塞满了毛票，不但把于小齐输掉的钱捞了回来，连我自己摩托车的油钱都挣出来了。坐庄的大叔直龇牙。后来我不想赌了，他们也没拦我，大概觉得我手气太骚包，还是早点滚蛋为妙。

我把一大把票子塞到于小齐口袋里，留了几张给自己。那已经是深夜，走掉了不少人。于小齐跑到楼道里烧纸钱，在一个脸盆里，火苗忽高忽低，映着她的脸。我帮着她一起烧，把折好的纸钱扔进去，它们无声地化作了灰烬。

于小齐说："总算结束了。"

我说:"是啊,连死都这么费劲。"

于小齐说:"一开始觉得闹,头昏脑涨的,后来我也想开了,还是热闹一点好。冷清清的,那就太难过了。"

那天我就陪着她,一直到天亮。人都走光以后,来了几个五大三粗的工人,开始搬家具。我问是怎么回事,于小齐说:"这些家具都送给亲戚了,房子要退还给厂里。"我这才知道,这套房子还是橡胶厂的,老丁死了,户口上没有人,就得还给公家。那个年代还没有私房改制。于小齐说:"都搬走,我什么都不要。"指挥搬家的是她姑父。

我说:"你留点纪念的东西吧。"

于小齐说:"该留的都留了,这些都不要了。"没过多久,屋子里就全空了,剩下一些杂物,连亲戚都不要的,散落在房间里,凌乱不堪。后来她姑父指着那堆发了霉的破书,问于小齐要不要。小齐说不要了,没地方放。她姑父说:"那就卖了,还能称几十块钱。"小齐脸色铁青,从我兜里掏出打火机,就在空荡荡的屋子里烧书。一架子书,绵长不息地烧着,天花板都熏黑了。后来发现根本烧不完,小齐说,算了,还是卖掉吧。房间里全是灰烬,风一吹就跟地狱里的场景差不多。

当天晚上,我们烧老丁的衣服,这次就我们两个人。我和小齐在新村的花坛边把衣服堆起来,浇了一点煤油,一点火,火苗子腾空而起,气冲斗牛,把花坛里的树枝都燎着了。老头没什么好衣服,但还是挺耐烧的。我在打开最后一个包裹的时候,发现里面还有一件皮夹克,我都没见他穿过,在身上比了比,还挺合我身。于小齐说,这件皮夹克还是女硕士送给老丁的。我很喜欢这件衣服,但于小齐说:"不吉利,你真想要,我以后送你一件。"说完把那皮夹克也扔进了火堆,烧出一股臭味。

后来于小齐又拎下来一叠稿纸，说这是老丁的手稿，也烧。我说："不要吧，烧了太可惜了，以后说不定给他出本书呢。"于小齐说："这都是些废稿，出书的稿子我都放起来了。烧吧。"我说："那你要是给他出了书，一定要送我一本。"于小齐没说话，一抬手就把稿子扔火堆里了。这件事做完，老丁生活过的痕迹便彻底消失了。

小齐说："我怎么觉得这么痛快呢？"

我说："小齐，你好像一下子长大了。"

她在火光中看了我一眼，说："你也是啊。"

我问她："接下来，你去哪里呢？"

小齐说："我还得回美校，放寒假之前有两门课要补考，都是文化课，补考也就是过过场，多交个几十块钱给学校。然后就可以去找工作了。"

"去哪里工作？"

"我去吴县，上次带你去看的那个学姐，她肯带我入行。"她说，"你呢？"

"我还是去马台镇上班。"

她拉拉我的手，说："那我们还能在一起混几天。"

我说："是啊，真不容易。"

温暖的逃亡

在元旦的时候,我开着摩托车带她去我奶奶家,把文森特接回去。我们顺便在奶奶家吃饭。我奶奶知道小齐家里的丧事,也知道老丁是我的老师,她对小齐说:"我已经为你爸爸祈祷过了。"小齐说:"谢谢奶奶。"

吃饭的时候,文森特跑了过来,小齐把它抱了起来,说它胖了。我问她是不是要把猫还给人家,小齐说,文森特的主人上个月也去世了,这猫现在没人管。我说,那就给我奶奶养着吧。小齐摇摇头说:"我养着吧。"

猫很不乐意地叫了一声。

吃过午饭,我和小齐告辞走了,奶奶一直送我到门口,也不知道是舍不得小齐还是舍不得猫。我开着摩托车,小齐抱着猫,把它披在自己的羽绒服里面。我不知道该去哪里,就在城里胡兜,后来到了我们化工技校的门口。小齐说:"停一停,我们进去看看吧。"

我带着她走进化工技校,学校很小,根本没什么可看的。这时还在午饭时间,里面没什么人,我自然而然地把她带上二楼,看了看老丁生前的办公室。他那张办公桌上已经有了新的茶杯,看来有一个新的语文老师及时地顶替了他的位置。

我们站在走廊阳台上,望见墙外的河。那是戴城的护城河,也就是京杭大运河,在冬天它没那么臭,河水散发着凛冽的光芒,和夏季完全不同。这时我想起老丁对我说的,一九六六年他还很年轻,身体非常好,也能横渡这条河。他说他抱着枪从对岸游过来,对面探照灯一开,子弹啪啪地飞来,身边有个同伴的脑壳噗的一声,被掀掉了一半。他说自己掉头就逃,连枪都不要了。游回去的那段路,非常地漫长,简直就像游过了自己的一生。

老丁说,经过了那样的事情,他就对河流有一种恐惧感。被打穿了脑袋,直挺挺地死在岸上,非常幸福,像个烈士。假如沉到河里,浮上来的时候就变成一个浸胖的死猪,脑袋都没了,不懂事的农民可能真的会把自己当成个猪,把肉割下来腌着,过年时候烧一道咸肉菜饭,这就太恐怖了。

他对我说,要好好地活着,还这么年轻,不要像他一样,起初像个孩子,然后就老了。没有自己的青年时代。青年都死光了。在河里,被一颗子弹掀掉脑袋,所有的青年都这么死了。他说,不要这样,都这么年轻,不会像他一样穷途末路,在漫长的时间中不是只有逃命这一条路,还有其他路可走。

我说:"老头,你要是能多活个十来年,等我三十岁了,坐一起喝茶,你就知道我有多年轻了。"

我惘然地看着小齐,她站在阳台上,好像有更多的风吹在她脸上,在她的眼睛里我看到了河流般的浑浊。

元旦过后,我又去了前进化工厂。我爸妈回到了戴城,妈妈的病还在康复中,只能歇长病假。为了让她高兴高兴,我又要老老实实去做工人。这也没什么,小齐也在马台镇,我只想离她近一点。

有一天我在车间里蹲着。我那个修仪表的包师傅，从来也不教我什么技术，我就只能蹲着了。后来发现休息室的窗口有一个人在对我招手，原来是小齐。我跑过去，她笑吟吟地说："你穿工作服的样子真难看！"我说没办法，厂里就是这个样子。小齐又说："怎么大冬天的还穿这么薄的工作服？没有棉袄？"我告诉她，厂里的工作服就这一个款式，比牢房里还惨，如果怕冷那就只有在外面罩一件棉大衣了。她问我为什么不穿，我说本来有一件棉大衣的，洗澡的时候被人偷走了。

小齐说："你看我多有远见。"她从手上的塑料袋里拎出一件皮风衣，说："这个送给你。"

我问她："多少钱？我给你。"

小齐说："说了送给你的。"

"你哪来那么多钱啊？"

"别忘了，我刚继承了一笔遗产。"

我说："你还是省着点花吧，这是你的嫁妆，都花光了，你说你嫁给谁吧？"

小齐说："我过年就能去上班了，挣得比你多多了。"

我把脏了吧唧的工作服脱下来，换上崭新的风衣，真牛逼，还带毛领子的，对着窗玻璃照了照，简直就像我们厂长。我很开心，带着她在厂里参观了一圈，还告诉她那股刺鼻的味道叫铬酸，能把人的鼻黏膜烂穿了。我说："我们这里的农民很无知的，捡了厂里的废渣做地基造房子，结果那房子的味道比车间里还厉害，蟑螂都没有一个，只能推倒了重新造。好多人都破产啦。"小齐说："你们太缺德了，这种废渣还让人捡啊。"我又告诉她，不只是废渣，工厂里排放出去的污水，似乎可能造成基因突变，最近有农民反映，鱼塘里打上来的鱼，脑袋上竟然长着角，隔壁的母狗生了六条腿的小狗,反正都很诡异。小齐做出很恶心的样子,说:"好恐怖。"

工厂里没什么有趣的话题,只有恶心的话题。上次我陪着曾园在厂里,也曾说过铬酸的故事,很无聊,我这一辈子难道就是讲些化工厂的笑料给别人听吗?我带着她转了一圈,她咳嗽起来,我就把她送出了厂门。在门口遇到了车间主任刘福,刘福指着我说:"你他妈的穿成这样来上班?你脑子有病啊?"我瞪了刘福一眼,暂时没跟他计较。

有了皮风衣才叫麻烦,厂里的工人没几个,小偷倒是不少,连破破烂烂的棉大衣都有人顺走,就不用说皮风衣了。我有个更衣箱放杂物,但那箱子根本不牢靠,一锤子就能砸开。我只能每天穿着皮风衣上班,不穿的时候也把它挎在手上,要是去洗澡,我他妈的就把它寄存到保卫科。厂里只有两个人敢穿着皮风衣晃进晃出,一个是我,另一个是厂长,而且厂长那件皮风衣的款式跟我的差不多,工人遥遥地看见我过来了,以为是厂长,就做出认真工作的样子。走近了看见是我,就骂我傻逼。后来隔着老远就骂我傻逼,结果走过来的是厂长。

有一天我披着棉大衣到马台镇去找小齐,她问我风衣呢,我说回了一趟戴城,把皮风衣放回家了,又把这件皮风衣造成的麻烦跟她说了一遍,她很无奈地摇摇头说:"小路,你还是别在这地方待着了,趁早走吧。我也要走了。"

她还说:"对啦,曾园回来啦,有空你可以去找她哦。"

我挺不好意思地说:"我才不要去找她。"

小齐说:"臭美死你,还脸红。"

我说:"我哪有臭美?后悔都来不及。"

小齐拽住我的袖子,故作神秘地问:"嗳,她亲你的时候,感觉怎么样?"

"不怎么样啦，大姐！"

那天她带我到镇上去吃晚饭，火锅涮羊肉，吃得热气腾腾的。这顿饭开销也挺大的，我怀疑她要把老丁那点遗产都挥霍殆尽。我也不知道她到底得了多少钱，也没问。

吃饭的时候我们聊起了残废。

"他这个人，是个书呆子，可惜又考不上大学，只能蹲在莫镇做他的书呆子了。"小齐说，"很失败，太失败了。"

我说："残废对你还是不错的。"

"谁是残废？"

"就是李翔，我给他起的绰号，叫残废。"

小齐抿着筷子说："哎，被你这么一说还真挺像的。虽然他不是残废，可是身上有一种残废的气质。"

"你那剃头的手艺就是跟他学的吧？"

"你错了，我是跟他爸爸学的，他爸爸是莫镇最好的剃头师傅，其实那个镇上也就只有两个剃头的。"

"我记得你说过，你不喜欢莫镇。"

"小时候喜欢，后来不喜欢了，觉得太孤单，没意思。现在我爸爸葬在那里，我又开始喜欢它了。"小齐说，"以后有机会，我带你到莫镇去走走，那地方特别安静，很适合度假。"

"不知道有没有这个机会。"

"你别把自己搞得老气横秋的，以后有的是日子呢。"过了一会儿她又说，"我不该说李翔很失败，最好大家都活得很成功。"

"这是不可能的。"我一边往嘴里塞羊肉，一边含糊不清地说。

这次她没跟我争辩，而是微笑着看我吃肉的样子，说："羊肉好吃吧？你们厂的食堂一定很糟糕。"其实我们厂的食堂还不错的，但我故意说："很差劲，蔬菜就是白菜皮，荤菜就是槽头肉。"小齐说:"那也太惨了。"我问她:"你们学校伙食怎么样?"小齐说:"我们学校有两个食堂,大食堂比较差,小食堂很好,但是菜很贵。曾园都在小食堂吃饭,我有时候跟着她也能蹭点好吃的。"我说:"曾园家里开饭馆的,她应该带个厨子来上学。"小齐说:"胡诌吧你。"后来她又说:"告诉你个事,那天你离开纺织学院以后,曾园和大学生打起来了。就为了这个,我跟大学生分手了。"

这故事我没听说过。小齐说,那天我离开了纺织学院,曾园在小齐的床铺上睡觉,后来醒了,听见大学生在宿舍走廊里训斥小齐。曾园听了一会儿,就拎了一个热水瓶走出来,照着大学生脑袋上扔过去,还好是空瓶,不然就出人命了。大学生蒙了,撒腿就跑,曾园指着他的背影说,你要是再敢欺负小齐,我找人把你脑袋切下来。大学生回头一看,扔热水瓶的是个女的,大概觉得很羞辱,就跑回来论理,被曾园左右开弓扇了两个大耳光。宿舍里的女孩儿们都拥出来看热闹,看到曾园抽男人耳光,一起怪叫,集体鼓掌。这次大学生跑掉了就再也没回来。我听完这个故事,虽然没见到曾园的剽悍样子,但还记得她拎着西瓜刀的绝代风姿,不愧是老流氓的女儿,给我们戴城人长脸了。

小齐说:"后来,那个大学生就跟我分手了。"

我说:"你统共也没认识他几天,分了就分了吧。"

小齐白了我一眼说:"你这么安慰我,我可不乐意。"

我说:"我本来就不会安慰别人,不过呢,你下次再要找大学生做男朋友,我拜托你也不要找那么个浑蛋。下巴上还留一撮胡子,跟他妈阴毛长错了地方一样。"

于小齐说:"呸啊!"

我说:"你爸爸一直以为你会跟我谈恋爱,后来听说你谈了个大学生,还特别惊喜。"

于小齐说:"我爸就是这样,知识分子,很虚荣。"

我说:"还好,你爸爸活着的时候也没歧视我。"

说起老丁我们又很伤感。吃完了羊肉,小齐说:"我东西都收拾好了,下个礼拜补考结束我就走。"

"去吴县?"

"不,我先去莫镇过春节,然后去吴县。你跟我一起去莫镇吧?"

"到时候再说,我可能要在家照顾我妈,我妈身体不好。"

"那你早点给我个回音,我好准备一下。"

一九九一年的冬天,我记得非常清楚,气温在零下七度。这在北方城市根本不算什么,但是对戴城而言就超出了极限,这地方没暖气,冬天阴冷无比,在屋子里待着,那种滋味和室外差不多。很多北方人都受不了南方的冬天。

元旦之后的几天,我经常开着摩托车去马台镇找小齐,厂里找不到我,非常生气,后来车间主任刘福搞来一把大锁,把我的摩托车锁了起来,并且规定,每天下班以后到他那里去拿钥匙。我气坏了,在厂里撬了一辆自行车,我照样去马台镇。有一天保卫科长和劳资科长李霞把我叫去,说:"路小路,你这样可不行,偷车太恶劣了。"我说,想让我改邪归正也可以,先他妈的把我的摩托车还给我。保卫科长吓唬我,说:"再这样,送你到联防队去!"我看着他,根本无所谓。这位保卫科长是个毁容的人,他以前在硫酸厂上班,不小心被硫酸喷到了脸上,整个成了《夜半歌声》里的宋丹平,他的脑袋就像个地球仪,海洋部分是好的地方,陆地部分就是被硫酸洗礼过的。就这个样子,不用把我送联防队,也足够吓唬我了。

我说:"我只是借车,根本不是偷。"保卫科长说:"狡辩,狡辩。"

李霞说:"路小路,我一开始还对你抱很大期望,现在看来,你有点散漫。"我说:"李科长,不是我散漫,压根就没人教我技术,每天就是让我去锅炉房打水,一个车间的人喝水都是我去弄,他们就用这水洗饭盆,冲热水袋,还洗衣服。我他妈的都成了热水供应系统了。"

李霞和保卫科长面面相觑,后来他们商量了一下,李霞说:"要是这样,我们安排一下,你先借调到保卫科来吧。最近厂里安全方面缺人手,你管夜班,白天你想去哪里就去哪里,但是晚上八点钟一定要回来上岗。可以吗?"我立刻笑了,太好了。第二天我就从保卫科借了一身橄榄绿的制服,还像模像样地戴上大盖帽,逡巡在厂区。我穿着这身衣服去找于小齐,她笑翻了,说:"你穿着警服更像混混了。"我有点羞惭,把制服还给保卫科,还是继续穿我的工作服吧。

我发现厂警并不好当。每天夜里顶着寒风去巡逻,这也就算了,关键是我们厂正在打地基造新厂房,冬天太冷,土都冻住了,暂时处于停工状态,那些钢材、电缆都堆在工地上。固然有一个建筑工人负责看管,但那家伙是个六十多岁的老头,而且是个哑巴,强盗来了都不用捂他的嘴。他住在一个工棚里,晚上听见动静,就往棉被里钻钻,反正他也喊不出个屁来。工地经常被偷,我对保卫科长说:"这也太离谱了,怎么让哑巴管工地?"保卫科长说:"要不你去睡工棚?"我摇摇头,合理化建议,最后就是这种下场。

春节之前,马台镇的水泥厂继续拖欠工资,那厂里都是外来工,要回家过年,连他妈盘缠都没有,当然要造反。他们四处盗窃,什么都偷,后来发现我们厂的工地是一个巨大的财富源,男男女女来了百十号人,嘿哟嘿哟地喊着号子从工地上搬钢材,廉价卖给废品收购站。起初警察还来管管,后来警察也管不过来了,因为这伙人还嘿哟嘿哟地从民宅里搬东西。马台镇就那么几个警察,相比之下,当然是民宅的安全比较重要。厂里只好自己组织保安队,把工人都叫上,连生产第一线的都抽调过来,每天晚上守在那地方。就这样,还是守不住,对方人太多,女人挺着胸脯朝我们扑过来,我们立刻软了,齐刷刷向后退去。后面男人就跟上来抢钢材,等到我们报警,那伙人就一哄而散,影子都没了。这么连续几天下来,我们都累坏了,很多人冻得感冒,连班都不能上,损失非常惨重。

厂里就此事召开研究会,商量对策。我们都说,照这样下去,没有对策。厂长说,死也要有对策,不然厂里就要破产了。后来,车间主任刘福说:"你们这群傻逼,笨得要死。抓他们一个过来,好好修理一顿,他们就不敢来了。这群乡逼就欠修理!"他说这个话时,右掌狠狠地往下一切,仿佛要把自己的鸡巴切下来的样子,其实是表示斩钉截铁的意思。保卫科长说,这样恐怕不太好,违法。刘福说:"你这个怂货,白做保卫科长了。"这时厂长就说:"刘福的主意虽然有点冒险,但可以尝试一下。这样吧,刘福,今天晚上你带队,就按你说的来。"刘福一龇牙,说:"厂长,我没说我要带队啊……"厂长说:"就这样吧,散会。"

其实刘福的主意不错,我记得于小齐说过,宿舍里抓了老鼠,就拼命折磨,令其惨叫,其他老鼠就不敢来了。只是这个办法用到活人身上,不知道管不管用。

当天夜里我们就得手了。刘福指挥,几个工人向工地上扑过去,用蛇皮袋套住一个小偷的脑袋,绑了绑就扛回了厂里。这种做法很古怪,好像我们是绑架犯。

在保卫科里,刘福坐在椅子上,两条腿放在桌上,周围站了十七八个保安队的,我也在其中。这场面酷似老地主家里用私刑。刘福很嚣张,对着蛇皮袋大骂:"乡逼,今天让你生不如死。"我们这些打手都很紧张，因为从来没有折磨过大活人，不知道怎样才能让他生不如死。蛇皮袋掀开，所有人都傻了，原来是个女的，还挺年轻，长得有点惨，黄头发，脸上皱得不像样子。这他妈简直就像拜堂成亲了，就差再给她个新郎。女的看着我们一副凶神恶煞的样子，放声大哭。刘福指着我们骂："你们这群傻逼，怎么给我绑了个女人回来？让我打她还是强奸她？"女的一听强奸，嗷的一声昏过去了。我们只好去掐她的人中，醒来后，她继续嚎哭。

刘福说："不行，今天无论如何要让厂长满意。你们再去绑一个。"几个保安队的只好拎着蛇皮袋出去，到了工地上一看，一个小偷都没有，似乎全都跑光了，犹自窃喜，佩服刘福手段高明，果然杀鸡儆猴。忽然间，听到呜哇呜哇的喊杀声，远处拥来成千上万的外来工，都是水泥厂的，黑暗中不知道有多少人，只见无数手电筒的光芒，像开演唱会一样晃动着。有人大喊："化工厂把我老婆抢走啦，大家快来啊！"忽然之间，人群就杀到眼前，木棍砖头铁锹也到了眼前。几个保安队的看见这架势，拔腿就跑。有人冲到保卫科报信："快跑吧！外地人全都冲进来啦！"

我把脑袋凑到窗外去看，根本看不清，但喊杀声比我能看到的更为惊心动魄。我忽然想起，不久前那个被活捉的赤膊少年，也曾经站在屋顶上狂叫，现在他应该已经被枪毙了。黑暗中的喊杀声就像无数个赤膊少年的阴魂要来报复我们。说实话，我虽然见识过群殴场面，但对这样的混斗根本没有经验。我也吓傻了，忽然一块砖飞来，把我脑袋边上的窗玻璃砸得粉碎。我赶紧缩回脑袋，一看屋子里，人他妈的都跑得精光了，有人临走把灯也关了，就剩下那女的还在黑暗中哭。我也跑吧。这伙农民工很快闯进了办公大楼，乒乒乓乓砸东西，撬锁。显然，偷钢材还不如直接抢现金呢。我沿着走廊往外跑，再反过来绕着办公楼，往宿舍方向逃去。只听有人在办公楼里喊:"找到小芳啦!"那个叫小芳的女的大喊:"他们要强奸我!"我心想,刘福你这张臭嘴,现在惹麻烦了吧?只听众民工齐声大喝:"这还了得?砸!继续砸!把他们厂的电闸拉了!"

我跑到宿舍那边,迎头撞上保卫科长和李霞,他们本来都在宿舍里,听见喊声也冲出来了。与此同时,住宿舍的工人穿着棉毛裤的,穿着短裤的,乃至裸睡的,都冲出来四散而逃。有人大喊:"快去报警!"李霞一把揪住我说:"到底怎么样了?"我喘息着说:"来了几百号人,办公楼都砸了,说要拉我们厂电闸。"李霞说:"不行,车间里还在生产,要是拉了电闸就全完了。"我说:"李科长,你别管这些啦,快跑吧!"

李霞说:"我不能走,路小路,你跟着我,我们一定守住配电房。"这时我不由得打量了她一下,真没看出来,她这么勇敢。李霞厉声说:"路小路,关键时刻你可不能趴了!"这时,保卫科长忽然朝我手里塞了样东西,是根细长的棍子,我想这么根棍子能顶鸟用,后来反应过来,这是电警棍。

我们几个人快步往配电房跑去,配电房是工厂重地,在最偏僻的角落里,有个小院子围住,铁栅栏的大门,锁得紧紧的。我们狂按门铃,过了一会儿,里面走出来一个女工,说:"才九点半,你们就来查岗?"李霞说:"废话少说快开门。"

我们进了配电房,李霞命令把门锁了,又加了一把链子锁,对我说:"你们守在这里,绝不能让人进来。"我看了看周围,不由叹息了一声:两个值班电工都是女的,保卫科长除了那张脸可以吓人,再也没有可圈可点之处,剩下还有两个老师傅,虽然很坚决地要保家护厂,但实力也等于狗屁。所有人中间,就我一个是精壮小伙子。

那天在配电房门口,保卫科长教我怎么使电警棍,我试了试,就把电警棍别在自己裤腰里。李霞问我:"怕不怕?"我说不怕,大场面见多了，只是不要出人命才好。我又问她，有没有后路，别他妈的外地人冲进来了，我们都没地方跑，我最讨厌死胡同。有个女工说："后面有个墙洞，可以钻出去。"这样我就放心了。这样在门口候了一会儿，几个老弱残兵都耐不住冷，进配电房里躲着去了，只剩下我和李霞站着。外面的喊杀声似乎近了些，只能盼望着他们找不到配电房，或者抢点东西就走，或者警察快点来。李霞说："我去给你拿件棉大衣。"不知道是冷还是害怕，我有点发抖。

她进去之后，外面忽然一阵杂沓的脚步声，几个面部模糊的人来到我面前，隔着铁栅栏门喊道："这儿还有一个！"又有人喊："配电房就在这里！"我强忍住颤抖，说："他妈的，抢点东西就可以了，别过分啊。"有个年轻的对我说："再嘴硬，弄死你！"隔着铁栅栏，一根木棍朝我飞来，砸在我胸口，疼得要死。后来那几个人试图拉开铁门，但弄不开锁，有一个人试图翻进来，我大骇，捡起木棍，跳起来照着他头上敲了一下，这人惨叫着跌了下去。这时，又有很多人跑了过来，指着我喊道："抓住这小子，不能让他跑了。"我也豁出去了，隔着铁门大骂："操你妈，工人阶级有多厉害，老子今天让你们见识见识。"

黑暗中，有几个人同时翻上铁门，我一棍一个，都敲下去了。后来我脑子里全都空了，把棍子也扔了，拔出腰里的电警棍，隔着铁栅栏，照着那伙人的脖子一通乱戳，前面惨叫着倒下一片，鼻子里闻到屎尿的臭味。那个朝我扔木棍的年轻人也被我电翻在地，躺在那里抽搐。外面的人齐刷刷向后退。操他妈，人多有屁用，武器先进就是牛逼，难怪八国联军把义和团给打败了。

再后来，形势完全逆转了，很多人从围墙上爬上来，但围墙上有一道铁丝网，把那些人的衣服都挂住了。正门口的人往后撤去，被电翻的人也倒拖了回去，他们开始向我扔砖头，雨点般从我头上落下来。我看看周围，就我一个人守着这块阵地，其他人都不知道去哪里了。我不想死，被这伙人抓住了，也许会把我抽筋剥皮，先奸后杀之。趁着这伙人还没扑进来，我扔下电警棍，拔腿向着配电房后面跑去。只见李霞站在一棵树下，对我喊："快！这里！"我一看，那儿果然有个洞。这一切就像一部电影，我陷入绝路，从暗道里脱身。我钻进树丛，也顾不得地上有多脏，手脚并用爬了过去。站起来一看，外面是冬季荒凉的农田，有一丝薄雾笼罩着，远处的灯光不甚清楚，鼻子里闻到粪缸的熏臭。原来我已经逃出化工厂了。

后来李霞也钻了出来，她环顾四周，说："人呢？"原来保卫科长他们早就逃出来了，此时不知去了哪里。这时听见围墙里面有人喊："搜，把那小子搜出来。"我和李霞蹑手蹑脚离开了墙根，沿着黑暗中几乎不能辨认的田埂往前走。后来走到一条土路上，李霞说："路小路，你走吧。"

我问："你呢？"

李霞说："厂里都这样了，我怎么能走？已经报警了，我们这里太远，警察也没那么快就到。"

我说："那我也不能留你一个人在这里。"

李霞说："我不要紧，你还是快跑吧，你被他们认准了脸，抓住就没命了。"她摇摇头，又说，"你也实在太狠了。"

我说："我都忘记自己干了些什么。"

正说着，远处有一拨人沿着大路狂奔过去，李霞把我按下，我们蹲在土路上。只听有人在说："一定要抓住那个小子，十八九岁，短头发。弄伤了我们很多人。"后面的人说："把住路口，别让他跑了。"

我悄悄对李霞说："不知道我们厂里伤了多少个。"

李霞叹了口气，说："反正你是肯定已经捞回本儿来了。"

后来这伙人都消失了，李霞让我沿着土路一直往前，千万不要上大路，走过去就是马台镇，一到马台镇就去派出所。她推推我，说："去吧，最近不要回厂了，有事我会通知你的。"

我撂下她，独自往黑暗中走去。走出很远，回头再看她，雾渐渐起来了，什么都看不见。我就继续走我的路。

冬天的夜里气温很低，雾起来，衣服和头发都湿了，这种潮湿的寒冷砭人肌骨。我掏出打火机，走一段路，点亮一会儿。冬天的夜里没什么声响，只有脚步，以及打火机的嚓嚓声。越走越冷，后来顶不住了，我跑到田边，从捆扎成堆的稻草垛里抓了好几把，塞进怀里。这样走了很久，雾又淡了，看到远处的灯光，我一直来到马台镇。

我没去派出所，我既不想报案也不想投案。经过派出所的时候，看见我们厂有几个工人，鼻青脸肿地坐在里面。我径直向美工技校走去。

到了门口，发现里面挺热闹的，食堂那边好像在开联欢会，有人在唱卡拉OK，三五个学生隔着铁栅栏大门，在吃烤肉串。我没走正门，绕到旁边，翻墙进去。走到食堂那边，果然是联欢会。我看了看钟，这才夜里十点半，我在田野里走着的时候还以为是凌晨呢。

走到明亮的地方，我才发现自己脏得不像样子，衣服上全是泥，里面还有很多稻草，一只鞋子被什么化学品染成了绛红色。这还算运气，没掉进粪缸里。我问一个女孩儿，有没有见过于小齐。女孩儿很嫌恶地让开身子，说："你哪儿来的？"她说的是戴城口音，我马上说，我也是戴城的。她总算相信了我，对着卡拉OK的电视机那边喊："于小齐，有人找你。"

小齐跑出来，一见我的样子就明白了。"你又跟人打架？"

我说:"不是啊,说不清啊。"我拽着她离开了食堂,一路上把事情的原委告诉了她。我说:"我现在在被人追杀。"

小齐说:"你也太刺激了,干吗不去派出所?"

我说:"我不想去,我就想见到你。"说着,连我自己都没想到,我居然有点要哭出来的样子。我一身泥巴,又冷又饿,命在旦夕,与我想象中的自己相去太远。我本来应该很牛逼的,甚至在片刻之前,我走在漆黑的路上,还有一种苍凉的威风。天哪,我只是用电警棍戳翻了几个穷困潦倒的农民工而已,我被人拖出去打死在田埂上,不会成为烈士,我逃亡在田野里也不是一个孤独的旅行者,我只是个脏了吧唧惊慌失措的小混混。

小齐把我带到宿舍里,女宿舍在四楼,楼道口有一个大妈看守着。小齐让我站在那里,趁着大妈转过身,我一出溜就窜了过去。进了寝室,这是一个十六人寝室,八张床,分上下铺。房子很旧了,头顶上的泥灰都剥落了,一片片地挂着。床是很牢固的木床。寝室里没有其他人,床铺也都收拾起来了。我问:"其他人呢?"小齐说:"我们三年级,早就回家找实习单位了,就我还在等补考。"我说:"你是不是成绩最差啊?"小齐说:"嘿嘿,我文化底子差。"

我把外套脱了,坐在板凳上,她出去打了点水,又用热水瓶兑了点开水,让我洗洗。我把自己弄得稍微干净了一点,看见桌上有面包,抓起来就吃。喝水。我也不知道自己为什么这么饿。

我说我没地方去了,夜里这么冷,不可能回戴城,只能来找她。她坐在自己的床沿上,看着我。我这个样子,混得也忒惨了,不免有点惭愧。小齐叹了口气,说:"让你别在这厂里上班,你有病,干吗要到马台镇来啊?"

我说:"我没地方去。"

她盯着我看了好一会儿,什么都没说。后来我听见床底下有猫叫,我说:"文森特,文森特。"猫很乖地探出头,我把它抱起来,问小齐:"就养在宿舍里?"小齐说:"是啊,可惜冬天,没有老鼠,不然它开心死了。"我说:"我怀疑它不会逮老鼠。"小齐说:"我带它去莫镇过春节,然后去吴县。"我把猫放在桌子上,它好像不太喜欢这样,走到桌沿上,弓起腰往下一跳,又钻到床底下去了。

后来,楼下有一些脚步声传上来。小齐说:"联欢会结束了,你不能再坐着了,等会儿查寝室,会把你赶出去的。"我说:"没关系,你给我找个男生寝室,我随便什么地方睡一会儿,早上就走。"小齐说:"都是低年级的男生,我一个都不认识,再说你外校的,查到了还是要赶你出去。你就睡我这里吧。"我说:"那也行。"看了看其他床铺,都只剩下床板了,这么睡下去不会舒服。

小齐说:"你睡我的床。"

我说:"那你呢?"

她不说话,站起来铺床,把蚊帐放下来。见我不动,小齐说:"快点啊,等会儿查寝室的人就要来了。"这时,倏忽一下,头顶的日光灯灭了,熄灯了。走廊里的灯光映进来,斜照在她脸上。她说:"喂,你不要这么磨叽。"我说:"好吧。"把毛衣和裤子脱了,穿着汗衫毛裤钻进蚊帐,小齐一脚把我的衣服鞋子都踢到了床底下。

我半躺在被窝里,小齐顺手把帘子也拉上了。我感觉自己有点像古代偷情的书生,很滑稽,不知道接下来会发生什么。片刻之后,宿舍大妈进来了,小齐说:"王老师,我正要睡呢。"大妈说:"啊哟,这么冷的天,快上床吧,当心感冒。我走了。"小齐说:"再见。"我听见门关上了的声音,她穿着拖鞋快步跑到床边,一脑袋钻了进来,和我并排躺下。

屋子里很安静,我都能听见自己心跳的声音。我在靠墙的那半边,床很窄,得半侧过身体才能让出一点位置,我努力往里面挪了挪,说:"我还是睡外面去吧。"

小齐说:"真冷啊。"她整个地钻进被窝,头靠在我的手臂上,并且,把身体侧向了我。

在黑暗中,我感觉到她紧贴着我的身体是这样柔软,她的头发也是软的,狭窄的床很温暖,取代了田埂上的潮湿和寒冷。我的身体在经历了黑夜中的寒冷之后,对于柔软和温暖,忽然有了一种反应。

小齐问我:"难受吗?"

我结结巴巴说,有一点,不过它会好的,主要是太紧张了,根本睡不着。她的手渐渐地向我身上移来,伸进去握住。那种感觉对我而言还是第一次,天旋地转的,被一个女孩儿握在手里。我也去抚摸她,她说:"别,我今天身上不方便。"

她说:"让你不要那么难受,好不好?"

我说好。

事后我一直没想明白,自己到底还算不算处男。这个问题让我想起远在珠海的大飞,他也曾经在舞厅里被老女人握着,他说这就是破处。但是,我认为,这是错的,肚子饿了去喝水,也能顶饿,但其实没有摄入任何有机物。那个夜里,我和于小齐之间发生的,我不能认为自己被破处,但我又情愿承认,自己已经不是处男。那么,就算我把处男之身交给了她吧。这是我们之间唯一的纪念。

后半夜我醒了,一看,她不在床上。我撩起蚊帐,脑袋钻出帘子,看见她披着衣服在黑暗中抽烟。我也坐起来,要了一根烟。抽完了烟,她把衣服一脱,又钻进被窝。这时感觉到她的肌肤,冰凉的。

她说:"刚才很多警车开过去,就醒了。"

我说:"我什么都没听见。"

"那你怎么醒了?"

"觉得身边有点空,就醒了。"

她笑了笑,"我们还是第一次睡在一起吧?"

"以后呢?"我转过头看她。

她说:"以后的事情以后再说。"

"说得也是。"

第二天早上我醒来,听见有个女生在寝室里对小齐说:"小齐,我把早点给你带上来了,找钱给你。"小齐说:"好的。"我没敢吱声。等那女生走了,我伸出脑袋,看见桌上有烧饼油条和袋装牛奶,都热气腾腾的。小齐说:"吃早点。"我从床上爬起来,在床底下捞出我的衣服,穿上。吃得饱饱的,又去楼下男厕所里放空存货,然后启程,坐中巴车回戴城。

她一直把我送到车站。早晨依旧很冷,天色阴阴的,我还是穿着那身工作服,一路走走跳跳,让自己暖和起来。小齐裹在一件羽绒服里,一条白围巾在脖子上绕了好几圈,显得有点胖。事实上她一点都不胖。我上了中巴车,她把冻得红红的鼻子凑在玻璃窗上,对我说:"路小路,再见。"

她那样子可爱极了,我闭上眼睛,她就被我永远沉在了脑海最深的海底。

最后的历险记

我回到戴城就发烧了,烧到四十度,我爸爸和杨一在大雪纷飞之夜把我扛到医院里,查出来是肺炎。我住了一个礼拜的医院,那家医院就是老丁去世的地方。烧退了以后,我觉得浑身无力,连走路都困难,后来才慢慢恢复过来。有天下午,我趁着比较暖和的时候,到老丁生前住过的病房里去转了转。那里依旧安静,窗外的树木已经掉光了叶子,对面的红色屋顶是纯白的,积了一层雪,也没有化掉。唯独阳光照在床头柜上,一如我当初所见到的情景。

李霞来找过我,说工厂里损失很重,不过总算没把电闸拉下来,农民工也没有冲进生产区,他们仅仅只是砸了办公大楼,哄抢了一些东西,打了一些人。比较悲惨的是车间主任刘福,他在逃跑的时候掉进了一个粪缸里,粪缸已经结冰了,他就在冰面上摔断了大腿骨。

李霞还说,厂里体念我一个实习生,如此搏命,以一当百,又搞出了肺炎,所以特殊照顾,我可以一直歇着,直到毕业。我谢谢她照顾我,仅仅是谢她,没有谢厂里。后来我说,我的摩托车还在厂里,哪天要去开回来。李霞说,那车被砸烂了,现在扔在仓库里。

我想了想,我没钱去修那车,暂且就扔在仓库里吧。

出院以后,我还要每天去卫生所打针,打得我的屁股像草莓一样。得了肺炎,我成了个老人,一直咳嗽,气喘不过来,香烟也不能抽了。我每天待在家里,只有打针时才出门。有一天,我独自在卫生所的走廊里坐着,屁股上又酸又痛,我在发呆,回忆自己发烧的时候,梦见小齐独自去往莫镇,怀里抱着文森特。那女孩儿和那只猫,踏上了她们的旅程。我非常伤感。后来看见大门口急冲冲地跑进来一伙人,为首的一个,大眼睛,眉毛立着,是个女孩儿。我认出来了,是曾园。后面几个小混混搀着个血人,大声喊:"让开让开!"我坐在走廊椅子上瞄了一下,没什么大问题,只是脑袋被敲开了。血人还在喊:"我操你妈!我砍了你!我砍了你!"我又认出来了,这个人是虾皮。

把虾皮送进去之后,曾园在走廊里踱来踱去,根本没发现我。我也懒得喊她,伸出脚绊了她一下,曾园趔趄着骂道:"操你妈!找死啊!"后来发现是我,她照着我膝盖上踢了一脚,说:"你不是死到莫镇去了吗?"

我虚弱地说:"别这么野蛮,好不好?前阵子你还挺温柔的。"

曾园说:"你他妈的,这种时候来惹我,你好死不死。"

我问她到底怎么了。她说,下午他们去纺织厂的俱乐部溜旱冰,结果遇到几个小混混调戏她,就打了起来。虾皮非常勇猛,可惜实力太差,旱冰场也找不到任何可供行凶的武器,反而是对方比较凶悍,以铁栏杆为武器,将虾皮的脑袋往上面撞,这种效果跟拿起铁棍敲脑袋其实是一样的。哐哐几下之后,虾皮头破血流,被送到这里来。

我嘲笑地说:"你就算要找保镖,也应该找我这样的,怎么能让虾皮去送死呢?"曾园说:"你他妈的说什么风凉话?你怎么半死不活的？"我说："我得肺炎啦，会传染的。"曾园说："怪不得你没去莫镇。肺炎啊，傻逼，不知道戴个口罩？"

这妞脾气太大了，我跟她没法说话。后来我站起来，瘸着腿往外走。曾园说："那条狗腿怎么回事？也给人打了？"我大怒，说："打针打出来的！"曾园哈哈大笑，说："你瞧瞧你这个倒霉样。"

我气坏了，从玻璃窗里照见自己，确实很衰，半佝着的腰，身体是斜的，脸上还带着点浮肿，走路的样子像个前线退下来的溃兵。我从前很帅，走路一阵风，说话一串炮，现在完全不是那么回事了。这也没办法，人都会老，只是我老得比较突然。

我转回头问曾园："你有没有什么工作可以介绍给我？"

曾园说："干吗？"

我说："想挣点盘缠。"

曾园说："去哪里啊？"

"这不用你管，我就要挣钱。"

"你要是想去看小齐，我可以借钱给你。"

"不要你的钱。"我说。

曾园说："你还挺臭的，这样吧，我爸爸的大酒楼里缺跑堂的，你可以来试试看。一个月两百块钱，够不错了吧？我再给你加一百，三百。不过你得把肺痨先治好，我们那里可不许传染病人进来。"

我说："你也要去治治耳朵，我是肺炎，不是肺痨。"

曾园说："你就嘴硬吧，等你来了，我好好收拾你。"

一直熬过春节，我的病痊愈了。这期间，于小齐从吴县给我寄了张贺卡，她不知道我生病的事情。天气暖和起来，我决定去找曾园。

鸿运大酒楼在戴城新建的新戴路上，那条路是八车道，这在我们戴城是绝无仅有的。为了造它，推倒了无数小巷，连我小时候流连忘返的少年宫也一起给灭了。鸿运大酒楼非常醒目地矗立在街上，外墙挂着很多条幅，上面写着祝词。门口两个大石狮子，不知道的人还以为是衙门。到了夜里，一片霓虹灯招摇，照得天地失色，只是那灯管的质量有点问题，不久就坏了半边，变成鸟运大酒楼。这就是曾园爸爸最新投资的超级大饭馆，据说大堂里可以同时开五十多桌酒席，楼上还有四十个雅间，也就是包厢。这个规模，在当时被称为餐饮巨头。

我走进去，刚进门就滑了一下，这地砖有问题，我的鞋子也不太防滑。四个服务员一起来扶我，说，先生小心。我说我来找人的，应聘工作。他们就很势利地放开手说，以后记得穿防滑的鞋子，不然摔死你个小逼的。

我在办公室里找到了曾园，她身后还站着虾皮。曾园似笑非笑地说："终于来啦。"虾皮说："喂，路小路，以后我就是你的领导。"我说："你是做什么？"虾皮说："我保卫科的。"

曾园在办公室里给我开了张纸条，说："你得先去做体检，要有食品卫生上岗证的。"我拿着这个条子，跑到一家医院，进去做了全套的体检，验血，验尿，胸透，摊开手掌看看有没有鹅掌风，后来跑到一个小间里，有个满脸横肉的医生让我把裤子褪下来，我以为他要验我性别，不料他让我趴在桌子上，我还没反应过来，肛门里被他用棍子狠狠地捅了一下，我他妈的当场喊了出来："啊！！！"医生说："喊什么？很舒服是吗？"我心想，操你妈，我的肛门又不是下水道，有你这么乱捅的吗？后来想到我们化工技校的恶咒，所有的人都要被捅屁眼，我才算平衡了一点。我捂着屁股出来的时候，看见一个高鼻梁、白白净净的青年站在门口，估计也是来等着被捅的。当时我想，万一是个女人，难道那医生也这么捅？或者万一是个女医生，我也任由她捅？这个问题倒挺有意思的，想着想着，屁眼也就不疼了。

在鸿运大酒楼里，我负责传菜。有句话说得好，宁得罪厨子，不得罪传菜的。可是我们戴城的人好像都不懂这个道理，经常对我吆五喝六的，还有人打我。店里有规矩，打不还手，骂不还口，要尽量让顾客感到满意，绝不能让人看出这是流氓开的酒楼。当然，店里没规定不许逃跑，凡是有人想打我，我就撒腿狂奔，他们也逮不住我。酒店里铺着豪华的地砖，只是质量有点问题，太滑，我们都知道这地砖厉害，穿着防滑的球鞋，很多顾客穿的都是温州皮鞋，冲出来追我，只听啪的一声，早已四仰八叉摔了出去，沿着走廊吱吱地往前滑行，甚至滑得比我跑得还快。有些服务员脑子比较笨，不肯跑，就会被顾客暴打，不锈钢茶盘在脑袋上哐哐地敲，他们就哭。哭有屁用。

干了没几天我就知道，为什么这里的顾客脾气都这么大。这家饭馆的管理实在是太差了，酒楼规模大，人手不够，还全都是新手，楼上四十个包厢根本连我们自己都会迷路，菜传到哪里去，只有天知道。有时候两个人吃饭，面前堆了二十多个菜，顾客都吓坏了，以为我们讹诈，而隔壁十个人坐了半个小时，桌上只有稀稀拉拉几个凉菜。更多的时候，菜的顺序都完全不对路子，先上一道汤，再上主食，然后是热菜，凉菜压阵，顾客还以为自己吃西餐。

厨房更乱，很多厨子都是烹饪技校刚毕业的，根本不会烧菜，把手指头剁进菜里的都有。至于那菜的口味，就只有上帝知道了。这帮厨子手艺很差，坏习惯一个都没少，有一次我跑到厨房去催菜，一道王八汤，看见一个厨子在咕嘟咕嘟狂喝王八汤，然后往锅里兑热水。我说操你妈，这样子的王八汤端上去，老子不得被人打死？厨子振振有词地说："我师傅说的，王八汤得自己喝！"

我把这些事情告诉曾园,曾园大怒,尤其对喝王八汤的厨子不满。她带着我闯进厨房,那会儿还是下午,厨房歇着,只见几个厨子一边啃着鸡腿,一边在打牌,大厨师和经理们都不知道去哪里了。曾园拎了一把切菜刀冲过去,厨子们见了,四散而逃,好像一群被狐狸追赶的北京鸭。扑克牌在空中像天女散花一样飞舞。

有一天我去一个包厢伺候客人,当时我穿着服务员的制服,一身黑色的立领衣服,非常时髦,胸口还别着一个徽章,上面是我的工号:十三。包厢里面是四个中年女顾客,看起来都挺有钱的。吃到一半,有个女的把我叫了进去,手指尖掂着一个黑乎乎的东西,说:"这是从你们菜里面吃出来的。"我凑过去一看,是个半大的蟑螂。女的很镇定,对我说:"你怎么说吧?"我二话没说,把经理叫来。经理是个四十多岁的女人,看见蟑螂也很镇定,说:"这么冷的天,怎么会有蟑螂呢?"女顾客说:"难道是我自己放进去的?"经理赔笑着说:"这样吧,给您这道菜免单。"女顾客说:"这道玉米粒才几个钱?要免单可以,全免。"经理说:"那我没有权力决定,要不给您打个九折?"女顾客说:"我不要九折。你要不能全免单,就把这个蟑螂吃下去吧。"

我在一边看得很开心,等着经理吃蟑螂。经理转过头,微笑着对我说:"十三号服务员,把蟑螂吃了。"我吧嗒吧嗒眨着眼睛,好像看外星人一样看着她。经理说:"吃吧,不要紧的。"我说:"那你怎么不吃?"经理对我瞪瞪眼睛,温柔地说:"你是传菜的,当然是你吃。"我说我不吃。这时候,外面围了好多服务员看热闹,大家都劝我,十三,吃吧,吃吧。

女顾客冷冷地看着我,手指尖掂着蟑螂说:"怎么样?还要我喂你吃?"我不动弹,我倒不是怕吃蟑螂,烧熟的老鼠我都敢吃,问题在于,我不能在这种场合下吃蟑螂。她的手指很圆润,指甲油是红色的,难道我还要凑过去温情地嘬她的手指?好让她下面分泌一些黏液?好让她爱上我?

我觉得羞辱不堪,掉头就走,包厢被其他服务员堵住了,又进来一个男经理,对我说:"十三号,快点吃。"

我说:"我不吃。"

男经理说:"那你被开除了。"

我叹了口气,要是开除了,我还能去哪里混吧?只能回过头,用一种忧郁的目光看着蟑螂。这时,门口的服务员向两边撤去,曾园走了进来。

曾园说:"吃什么?吃蟑螂?"她走到我身边,把我往后面一拉,说:"路小路不用吃,我来吃。"我听了,立刻拽她,说:"我吃,我吃。"我手比她快,捏起蟑螂就塞进嘴里,要了杯茶,连水带蟑螂咽下去,并且很恶心地伸出舌头给那个女顾客看,"看清楚了,吃下去了啊。"女顾客很恶毒地说:"你别走远了,等会儿我再吃出蟑螂,他们还得叫你过来。"

曾园恶狠狠地对经理说:"给她们全免单,再吃出蟑螂就算我请客。"

那天,我独自走到饭馆后面的夹弄里,那里很脏,堆满了垃圾,还有泔水桶。这已经是三月里,傍晚的天幕是暗蓝色的,天空中飘着很细的雨,春天已经来临了。我坐在台阶上,抽了一根烟,觉得不够,又抽了一根。我想这样的日子何时会是尽头?我何时能凑足一笔钱,修好我的摩托车,到吴县去看于小齐?后来曾园走到我的身后,她递给我一支"三五",我继续抽着第三根烟,觉得气管里有点呛。

曾园说:"你没事吧?"

这小太妹其实很温柔,这一点我领教过,简直比她粗暴的时候更让人受不了。我说:"我没事,吃个蟑螂而已,你是老板,怎么能吃蟑螂呢?"

曾园叹了口气,说:"路小路,我还真有点喜欢上你了。要不是你喜欢小齐的话。"

我惊恐地看着她,往后退了一步,怕她又捏着我的脖子吻我。曾园瞪了我一眼,说:"你怎么这么讨厌?"说完把手里半包"三五"扔给我,说:"本来要给你发奖金的,现在没了,就这半包烟自己拿去抽吧。猪猡!"

她走了以后,我继续蹲在夹弄里,好不容易酝酿一点伤感情绪,也被她闹得烟消云散了。过了一会儿,后面有人捏我屁股,我很温柔地说:"曾园,你不要这样粗鲁,好不好?"回头一看,我大怒,是他妈的虾皮。

虾皮跑到我面前,要了一根烟,低着头吱吱地吸了几口。我看着他,心想,你也不要太自不量力,在这条没人的夹弄里打起来,我绝不会手软。没想到虾皮很幽怨地抬起头,对我说:"路小路,你以后一定要对曾园好一点,你要是对她不好,我一定会杀了你。"我心想,你个神经病,脑子进水了。

我说:"你不是说,除了你以外,谁也不能动曾园吗?"

虾皮摇摇头,悲伤地说:"我的条件实在太差了,曾园不喜欢我。我很伤心。"

我说:"我条件也差啊,穷光蛋,长得也不如那个帅哥楚楚,当然比你是强得太多了。"

虾皮说:"她自从跟帅哥分手以后,就有点神经兮兮的,你千万不要在她面前提帅哥,她会发疯的。你要像我一样对她,她就会跟你在一起了。"

刚才吃蟑螂的时候我还好,这会儿看见虾皮的样子,有点恶心。

我理也不理他,扔了烟头,走回酒楼。虾皮在后面说:"路小路,我看你就是个傻逼。"

吃蟑螂事件之后,饭馆里的人都知道我是曾园的凯子,还说我跟虾皮、曾园之间闹三角恋,总之对我都很客气。我当然也有点得意,没办法,当时才十八岁,老流氓的女儿爱上了我,还是觉得挺有面子的。不料流言蜚语传到了曾园哥哥的耳朵里,他才是这家酒楼的当家人,一句话就把我和虾皮送到厨房后面去打杂,每天通阴沟、扛垃圾、搬箱子,累得跟狗一样,也没有立领制服可穿了。擦锅子洗碗的时候,这帮厨子给我起了个绰号,叫威猛先生。日他大姐。

和虾皮相处时间久了,发现他不那么讨厌,至少在干活的时候他很卖力。有一天我们干到深夜,蹲在夹弄里抽烟,我问他,为什么要在这里受罪。虾皮说:"我以前根本找不到正经工作,连扫垃圾都没人要我,后来曾园给了我一份工作。曾园对我很好的,就是打杂我也认了。"我问他:"你怎么不去讨债队了?"虾皮说:"我跟着白锦龙混的,后来发现他们贩毒,我就不想玩了,会被枪毙的。"

这时我想起一件事,我问他:"白锦龙那里有没有一个叫王宝的人?"我回到戴城以后,曾经去波顿商场找过王宝,他已经不在那里了。我记得他对我说过,自己跟白锦龙混。

虾皮说:"有啊,帅哥啊,号称情圣。以前在波顿商场看仓库的,现在跟黄莺搞在一起。"我说:"黄莺这么难看的女人,他都肯上?"虾皮说:"黄莺开了一个服装店,生意很好的,她养王宝。"

虾皮对我说,黄莺十几岁的时候曾经把上过一个很出名的流氓,后来那流氓被抓进去了,黄莺也就没人罩着了,所谓的少女帮只是一个子虚乌有的故事。她不是女流氓,戴城没有女流氓,只有流氓的女人。虾皮跟着黄莺混,可惜资质太差,打架不行,相貌也惨了点,连做跟班都嫌丢人,就别说是面首了。没多久他就被黄莺抛弃了,王宝取而代之。虾皮无奈地摇摇头,说:"黄莺是个傻逼,王宝把她的钱花光以后,就会去找别的女人了。"

我没心思听他讲这些流氓界的恩怨,我只问清了黄莺的店址,第二天拎了一根铁棍去找王宝。

一九九二年的春天,我从戴城看守所里出来,曾园开着那辆白色桑塔纳在街边等我。我回望看守所的大门,鲜红的五角星就在正上方,天空灰暗得毫无内容,背着自动步枪的武警战士挺立在细雨中,银白色的刺刀指向天空。

我沉默地坐到副驾上,曾园发动汽车。她问我:"在里面挨打了吗?"我铁青着脸说:"没有。"曾园说:"好汉啊,拎着棍子沿街追杀,居然掉到窨井里去了。"我回想起那天在街上,王宝在前面跑,我提着棍子在后面猛追,一路上打烂了很多小吃摊。我认为自己肯定能追上王宝,我在化工技校天天跑步,没几个人能跑得过我,后来发现自己被王宝越甩越远,我这才想起,这个人从前也是化工技校的。追他的时候,我没看见地上有个窨井,盖子被人偷了,一脚踩了进去,脑袋磕在井沿上,眉角划了一道口子,破相了。后面愤怒的摊主冲上来把我扭送到了派出所。这件事挺可笑,但我不想笑。

曾园说:"你先去洗澡还是先去吃饭?洗澡我就不陪你了,吃饭呢,我也不想跟你这个一身臭气的人在一起。"我没话可说,在掉进窨井并拘留五天之后,我身上的味道已经赶上一头猪了。

后来我去农药厂的职工澡堂洗澡,换上曾园给我的干净衣服,顺便回了趟家。我妈妈抱怨说,出差五天,也不打个电话回家。她又指着我的眉毛问，怎么搞出这么个大口子？我说，不小心掉进窨井里了。这句话倒没有骗她。我爸爸脸色哀恸，把我送出门的时候，低声说："小路，你要好好做人，千万不要破罐破摔。"我说我知道了，跳上汽车扬长而去。

我和曾园在一家小饭店吃饭。曾园告诉我，王宝被我敲了一棍，可惜伤得很轻，倒是我，掉在窨井里，眉毛上拉出了一道伤疤，还被拘留，还赔了很多钱，这种做法完全得不偿失。曾园说："差点让人来鉴定你有没有精神病。"

我说："你去找过王宝了？"

曾园说："我找他？哼。是黄莺来找的我，说王宝以前打过你，差点让你挨了电警棍，这件事就算扯平了，以后不要再找麻烦了。扯平他个鬼。你啊，越亏越大。"

我说："你可别替我答应什么事情，免得把你自己也搭进去。"

曾园说："喂，黄莺说了，要请你喝茶。你去不去？"

喝茶就是谈判的意思，她还真把我当个人物了，可惜我不是流氓，我只是一个满腹怨气的人。我说："去他妈的逼，我根本不想看见她，小心连她也一起砍了。抽了我一皮带，我还没跟她算账呢。"

"随便你，"曾园说，"你现在忽然变得厉害起来了。"

我说："你不会明白的。"

曾园沉默了一会儿，说："你进去那几天，我到吴县去看小齐了，把你的事情一说，小齐都告诉我了。"

"她说什么了？"

"她说，请你不要再去找王宝了。"

"这是我和王宝之间的事，跟小齐没关系。"

"你那么恨他？"

"是的。"

"你还真挺爱小齐的,为了她这么拼命啊。"

我摇头说:"我都说了,跟她没关系。我不用把所有的事情都告诉你吧?"

曾园说:"好吧,随你要死要活。还有一件事,你最好知道一下。"
我看着她,她说:"小齐昨天去深圳了。"

略过九二年的春天吧。那大概是我一辈子最无聊的春天,哪儿都去不成,身上没钱还倒欠了一屁股债。戴城的四月阴冷潮湿,雨下得很细,延绵不绝,年年如此。过于凄苦的天气,街上的流氓都看不到几个,只有披着雨衣骑着自行车的上下班人流,叮叮当当按响一片车铃。这时,你会觉得戴城也不那么讨厌了,它在喧闹之中有一种宁静,它的衰老与我们的年轻何其相似。

我仍然在鸿运大酒楼打工,不是我不想走,而是这个鸟店拖欠工资。由于下雨,鸿运大酒楼的生意非常差,甚至有一天吃了零蛋,对一艘餐饮航母而言,没有顾客就等于没有了能源,一切陷于停顿。厨子们在厨房里打闹,服务员在大厅里打瞌睡,我们这些打杂的也清闲了,蹲在外面的夹弄里无所事事。后来,曾园的哥哥想了一个办法,开除了一批不合格的厨子,还特地请了报社的人来报道,鸿运大酒楼为了提高质量开除了十几个厨子!这种新闻,现在叫炒作,完全是为了吸引眼球的。可惜这位傻流氓完全不懂公关技巧,弄巧成拙,顾客看了这条新闻以后再也不肯到这里来上当了。有一天下雨,有个顾客进来吃饭,大概穿的也是温州皮鞋,不防滑,而且大厅里的地砖上沾着水。在十来个服务员的夹道欢迎之下,这位顾客像杂技演员一样摔在地上,锁骨断了。这件事很不幸又上了报纸,从此就没人来吃饭了。

快到劳动节的时候,天气渐渐好起来,我们都盼着生意也能好起来。谁知附近几幢大楼里爆竹喧天,有三家大酒楼同时开张了。他们吸取了本店的教训,没有招戴城烹饪技校的学生,而是从杭州、成都、广州找来了一批厨子,手艺好,工资低,还守纪律。他们的地砖同样光可鉴人,同时也防滑。报社又做了一批新闻稿子,表扬了这些酒楼。然后人家就说,曾园的爸爸就等着上吊吧。

他开酒楼借了一百多万,还把自己的几十万现金搭进去了。没过多久,现金没了,工资发不出来,债主看见这种状况当然也恐慌,上门讨债,带了好多人堵在店门口。讨债队的人也来了,据说还是白锦龙那伙的,只是我没资格看到这个场面。曾园的哥哥没辙,把住宅抵押出去,那年代房子也不值钱,抵了一部分的债务,那辆汽车也被人开走了,后面还有一百万再也还不出来了。从开张到停业,这家大酒楼仅仅经历了半年多的时间。

有一天,我和虾皮在储藏室里打牌,那地方原先满满腾腾的,如今空荡荡一无所有。虾皮说,小路,你不知道,这店里刚开张的时候可热闹呢,各路流氓都来送花篮,炮仗放了整整一个早晨,把附近的聋子都吵醒了,他妈的如今变成这样,真是邪门。我说,丧乱之年啊,流氓也有完蛋的时候。正在感叹,外面呼啦一声啰唣起来,有人大喊:"老曾和小曾都跑啦!我们的工资没人给啦!"我和虾皮跑出去一看,外面十来个厨子和二十多个服务员正在闹,有人喊道:"曾园还在楼上,让她出来说清楚!"汹汹的人群往办公室里冲去,我们也跟了上去,踢开门一看,曾园一个人坐在沙发上,尽管她从前很牛逼,但毕竟没见过这种场面,吓得脸都白了。

有个厨子指着曾园,问:"你爸爸你哥哥都跑了!你怎么说?我们的工资呢?欠了两个月,到底什么时候还?"曾园说:"我不管钱的,你们想拿什么东西就随便吧。"厨子们听了,一声呐喊,翻箱倒柜抢东西,有人搬台灯,有人抢电话机,有人扛沙发,还有人跳起来摘墙上的书法，玻璃柜里的工艺品特别抢手，最扎眼的是那台传真机，三个厨子抱着它在地上打滚。后来服务员也冲上去了，大部分是女的，抢不动什么东西。有个中年女服务员冲到曾园面前，劈手给了她一记耳光，说："操你妈！老娘拿不到钱，天天来扇你一个耳光！"这要是在从前，她早就被曾园砍死了，可是那天曾园捂着脸什么都不说。我和虾皮冲过去，架开那个女人，她兀自对着曾园痛骂不休。

那天，鸿运大酒楼被扫荡一空，现在它谈不上什么鸿运了，只有无穷无尽的霉运。我看着这一片狼藉的景象，不由得发呆。我也算见过一点世面了，在前进化工厂的时候拿着电警棍戳人，在数百人的喊杀声中死里逃生，但我想不通，几百万的家产怎么一下子就没有了。生命如云烟，我已经知道了，现在知道财产也是云烟。

人都跑光之后，曾园才回过神来，说："你们俩为什么不走？"

虾皮说："还走个屁啊，走了就剩你一个人了。"

曾园说："那也好，你们陪陪我吧。"

我们很奇怪，她爸爸和哥哥都逃了，为什么不带上她？曾园说："我爸爸先逃走了，把剩下的钱都卷了，还带了他的女人。"

我问："你爸还有女人？"

虾皮说："她爸爸当然有女人，还不止一个呢。"

曾园说："他跑了，我哥也急了，我哥管店的，讨债队来了头一个就是剁他的手，他把家里的钱也卷走了，带着他的女人也跑了。"

我说："你们家真是光荣传统。"

曾园说："剩下我和我妈，我妈早就去广州的舅舅家了，她还不知道这个事。我本来打算明天也去广州。"

我问曾园："去了以后呢？"

曾园说:"躲啊,欠了一百万,还不躲?警察不会抓我,他们抓我爸爸和我哥哥,但是讨债队的人不管这个,被他们找到了,我的手也要剁下来。以后我不可能回戴城了。"

我和虾皮都说不出话来。后来曾园站起来,说:"走吧,这个地方不能待了。"我们跟着她下楼,把前门锁了,把电闸也拉下来,又在店里逡巡了一圈。最后,曾园从我们惯常抽烟的夹弄里走了出去,拐到一条小马路上,一直往前。走出很远之后,她忽然停下脚步,回望鸿运大酒楼的方向,我也回头,只见灰暗无光的一串霓虹灯悬挂在高处,在白天看来,它们宛如一个白内障患者的眼睛。

曾园说:"真可惜。"

后来她把我们带到一家宾馆里,房间已经开好了,显然她做好了逃亡的准备,只是没想到会被那帮厨子闹出来。既然厨子都知道了,讨债队的人肯定也知道。曾园告诉我们,这次追她爸爸的讨债队,就是白锦龙的手下。她开玩笑说:"你们现在要是去通风报信,我就死定了。"她这话显然是说给虾皮听的,我不认识什么讨债队的。

虾皮说:"我不会出卖你的。"

曾园说:"那很难说的,你他妈的什么事情干不出来?"

虾皮听了这话,非常伤心地说:"曾园,都要分手了,你说点好听的话可以吗?"

曾园说:"好好好,我爱你。操。"

我们在宾馆里坐了一会儿,虾皮说:"我去白锦龙那儿探探。你们别走,我去一会儿就回来,万一有情况,我给你们打电话。"

曾园笑笑说:"那也行。"

虾皮走了以后,曾园一言不发,我在房间里踱来踱去。五分钟之后,曾园忽然站起来,从衣柜里拿出一个黑色背包,说:"我们走。"我问她去哪里，曾园说："你真的相信那小子去打探消息？你也太笨了。"我说："虾皮对你很忠诚的。"曾园说："没有人对我忠诚过。"

我跟着她从安全楼梯下去，她对这个宾馆挺熟悉，并没有走正门，而是从边门绕出去，连房间都没退。我们跳上一辆机动三轮车，到了市中心的另一家宾馆，曾园问我有没有带身份证，我说带了，于是就用我的名字开了一个房间。这妞真可谓心思缜密，毕竟老流氓的女儿，不是白吃这口饭的。

在宾馆里，曾园说："不是我不相信虾皮，而是我比较相信自己。"

我说："这都已经无所谓了。"

我到楼下去买了一点面包，带上来。面包很难吃，都不知道放了多久了。曾园啃了几口，忽然低下头，眼泪簌簌地掉了下来。我说："那我去买点小笼包吧。"曾园摇头说："算了，就吃这个吧。"

我也有点难过，和她相处了好几个月，虽然谈不上知心知肺，到底也是有感情了。我第一次看到她哭，这时意识到，她再嚣张再厉害，也就是个十八岁的小丫头。我伸手替她擦眼泪，曾园哭得更厉害了。她说，帅哥楚楚抛下她走了，爸爸和哥哥也抛下她走了，现在她抛下了虾皮，这些事情都很操蛋。她说的原话就是操蛋，我也觉得挺操蛋的，但这种操蛋我只能旁观，无能为力。

那天在宾馆里，天黑了，就我们两个，没有做爱。我以为会有这件事，但是没有发生。她哭过以后到里面去洗澡，传来沙沙的水声，我坐在椅子上惴惴不安地等着她出来，结果她出来的时候穿得好好的，只是头发湿漉漉的，很好看。她说太累了，房间里有两张床，她和衣睡在其中一张床上。我坐在椅子上，抽了几根烟，看着外面的天色渐暗，市中心的霓虹灯亮了起来，从这个角度来看，戴城还是很繁华的。一节节车灯从道路上闪过,在黑夜里急速奔驰的人可曾知道我在远处注视着他们?

后来,霓虹灯关掉了,路上的车灯也逐渐稀疏,以至于无。我坐在椅子上,茫然地看着曾园,我有点疲倦,但这疲倦并非来自夜晚的睡意,而是从很久以来,紧紧跟随我的东西,忽然断裂了。

我想我再也不会去做一个小混混了。

第二天早上,我醒来时,曾园就睡在我身边。我想了想,到底是我睡到她床上去了,还是她睡到了我床上。后来我确定,是她睡了过来,但她没有把我弄醒。她的头就靠在我肩膀上,柔软的头发盖住了自己的脸。那种柔软,我在小齐身上也曾经感受过。

我怕她误了去广州的车,推了推她。她在梦中哼哼哈哈的,完全不知道自己将要踏上什么样的旅程。后来我捏住她的鼻子,她醒了,很没好气地说:"你他妈的捏我鼻子干吗?"我说:"那你说我还能捏你哪里吧?"曾园瞪了我一眼,说:"去死吧你。"她又恢复了以前的样子,我还是很欣慰的。

她说:"路小路,看来我永远也不会把你忘记了。"

我吓了一跳,说:"永远这种词,最好不要去用。"

曾园说:"但不包括'永远不忘记'。"

这话说得我心里有点难过。我说:"我也永远不会忘记你拎着西瓜刀的样子。"

躺在床上的时候,她莫名其妙地对我说了一些小时候的故事,说她小时候,爸爸是个流氓,开了一家熟菜店,生意兴隆,尤其到了冬天过节的时候。每天放学后,她就蹲在一盏白炽灯下面,看着爸爸用刀子剁鸡剁鸭,砧板发出有节奏的巨响。

"每次都担心他把自己的手指头剁进去,可是从来没有发生。"曾园说,"那时候我还小,看见他剁东西,我就很害怕。"

她说在夜里看着自己家的熟菜店，有一种非常好的感觉，很安全，很平静。在黑暗的街道上，只有熟菜店亮着一盏白炽灯，如果下雨，灯光会特别温柔。爸爸妈妈在店里忙活，哥哥在帮忙收钱，她坐在一个板凳上做功课。这些情景她都忘不了。后来我说："曾园，我忽然想起来了，我小时候看见过你的，你爸爸的熟菜店就在报春新村附近。"

曾园说："没错没错。你和我说过话吗？"

我说："没有。要是那时候找你玩就好了，我们就是青梅竹马。"

曾园笑笑说："我没有青梅竹马。"

那天我们出了宾馆，上了一辆出租车，我以为她要去火车站，或者是汽车站，但她对司机说："打表，去上海。"我问她，不是去广州吗。她说："我从上海走，比较安全。"又说："你碰到虾皮，就跟他说一声。"

在车上，她从黑色背包里拿出一沓钱，大概有一万块，点了一千给我，说这是我和虾皮的工资，一人五百。我犹豫了一下。曾园说："你别推了，把这些事情做掉，该给的钱给掉，我们就永远再见了。"我接过钱，说："好吧，原来永别只值五百块。"她坐在我身边，忽然抱过我的头，再次捏着我的脖子深吻了一下。

车子要出城的时候，她把我放了下去，摇下车窗对我说："路小路，我以后罩不住你了，本来你是会被王宝打死的。别再去找王宝的麻烦了。去找小齐吧。去吧。"

我一下子明白过来，问："你怎么罩我了？你赔了多少钱给他？"

曾园说："一万。"

我脑袋晕了一下，我这条狗命原来是她用一万块换回来的。我说："曾园，你带我去深圳吧。"

曾园说："我去广州。"

我说:"广州,深圳,我都想去。"

曾园看了我良久,说:"你要去,就自己去。"

我点点头,她说得没错,要去自己去。曾园对我挥挥手,汽车撂下我,绝尘而去。

那已经是一九九二年的初夏了。

曾园走了以后,我一直在找虾皮,也找不到。我对他的行踪路线不熟。后来我把他的那份工资也花光了,就更不敢去找他了。七月初,我回到技校去拿毕业证书。班主任指着我说:"路小路,你被拘留了,本来应该被开除的。不过……"我说:"不过我要是被开除了,学校就收不到培训费了。"同学都笑了起来。我懒得理他们,拿了毕业证书就走。

学校已经扩建了,新的教学大楼正在建造中,从此以后,化工技校的学生再也不用一半上课一半跑步了。但这件事和我没关系,我已经毕业了,与此同时我又觉得和我有关,是的,将来我说起这种可笑的场面,将不会找到证据了。那些消逝的东西最终会把我们身上的某一部分也带走。

我回到报春新村,遇到高考结束回家的杨一。很长时间没和他在一起,我经历过的事情只好等暑假里慢慢告诉他了。和杨一在一起,有一个最大的好处就是:我会进入一种比较正常的生活里。我还是生活在报春新村,还是会去打游戏,还是会防着呆卵闯进来看动画片,我看到有些人在上班,有些人考上了大学,有些人待在家里做无业青年,今年十九,明年二十,这样很正常,不会变成一个精神病。

那年夏天,杨一接到了大学录取通知书,不是清华大学,而是上海的某一所化工学院。他既没高兴也没不高兴,表情有点古怪。

同日，残废从莫镇来到戴城，他背着一个硕大的背包来找我，我们问他去哪里，残废说："我去深圳找小齐，顺路来看看你们。"

杨一拍拍我，说："小路，你什么时候去深圳？"

我看着他，又看着残废，说："不用这么多人一起轰过去吧？"我对残废说："你去深圳，可别让于小齐养你，不然你就吃软饭了。"

残废说："我会剃头的，我去做美发师总可以吧？"

我说："妈的，会一门手艺就是好，跑到哪里都饿不死。"我想想自己虽然读了个技校，到现在还是不会修仪表，看来有必要去珠海找大飞和小怪了。

我们三个人上街闲逛。在体育场那边，看到卖彩票的大场子，一等奖是摩托车，二等奖是彩电，当然更多的人赢到的是床单和勺子，更多更多的人什么都没赢到。我让残废赌一赌，说不定能赢一辆摩托车呢，残废很紧张地说："这是投机，我可不想把路费都输光了。"杨一说："他就等着你把路费输光呢。"

我们钻出人群，打算回家，听见有人喊：快去体育场看公判大会啊！人群呼啦一声，扔下彩票，都往体育场跑去。我们也跟着跑了进去。在我的整个少年时代，戴城的体育场都像尼姑庵一样，不给闲人进去的，也不知道这个体育场造来干吗。它存在于戴城，却不存在于我的回忆中，它在我的回忆中就是一堵又长又高的水泥围墙，比较讨厌，经常让我绕路。开亚运会那年我曾经去过，在细雨微微的夜里迎接圣火，我们化工技校是当晚表现最差的学校，还被点名批评了。除此以外，我在体育场里能看到的就是公判大会。顺便说一句，那也是我生平最后一次看到公判大会了。

我们三个在人群中仰望高处，高处站着十几个人，都是犯罪分子。喇叭里嘹亮的声音盖过了人群的嘈杂。只是围墙外面彩票市场的喇叭也嘹亮，还放鞭炮，未免让公判大会略嫌失色。

我们凑近了过去,听见有人说:"女的,还有女的。"再往前就看不到了,因为人堵得太多,把视线都挡住了,这样我们就只能遥遥地看着,仔细地听着喇叭里的声音。

我听见:路小峰,盗窃,故意伤害。就这一条已经足够把我吓昏过去了,我那位沉默寡言的堂弟,瘸子三叔所有的希望,竟然这么快就坐牢了。后来又听到:黄莺,藏匿毒品。我感到身边的杨一震了一下,黄莺这个名字,萦绕于少年时代的一场疼痛的春梦,此刻被高悬在专政武器的示众台上。我努力想看清,黄莺在哪里,她是不是被反绑起来,有没有剃光头,但是距离太远了,什么都看不到。

这时杨一很忧郁地拍拍我的肩膀,说:"小路,我们的噩梦结束了。"

我对杨一说:"这个噩梦,现在对我来说根本就不算什么,你知道个屁。人生的噩梦多着呢。"

杨一说:"反正我的噩梦结束了。"

残废说:"什么噩梦啊?"

杨一说:"没什么。"

那天最后听到的是:王宝,贩毒。我完全呆住了,王宝也在上面,王宝,你他妈的终于要和我做个了断了,可惜不是我捅死你,而是你找死。

杨一说:"这个人肯定被枪毙啊。"我对着司令台大喊:"王宝!你他妈的去死吧!"杨一和残废都很惊讶地看着我。残废说:"枪毙人,你也不值得这么高兴吧?"我说:"你知道个屁,我今天高兴死了。"我很想对他说,残废,可惜我不能把王宝的事情讲给你听,他马上就要被一颗子弹掀掉脑壳啦,假如他从来没有顿悟的话,他将因为自己的脑壳掀掉而明白过来,我操,对于掀掉脑壳的那位来说,实在很悲哀,但对他自己来说,这件事还真他妈的有点幸运。

这些我都没告诉残废,也没打算告诉于小齐,她会怎么想呢?我希望她忘记掉,彻底地,仿佛出生时那么干净的,不带一丝恩怨,没有纠缠的痛苦。去深圳吧,笨蛋。

我非常高兴,不,是癫狂。我没有同情心,哪怕过了一百年,你们说我没良知,说我不懂艺术的美,不懂人性的复苏,不懂装逼式的谅解。我和我的十六岁永远不会谅解。就让他死吧,我不需要通过忏悔走向天堂。

我在心中问道,小齐,噩梦结束了吗?

路小峰,有期徒刑五年。

黄莺,有期徒刑两年。

王宝,死刑。

听完这些,我跑到彩票市场,那天我又有点神经质,看着那些摩托车,闪闪的,非常动心。我把所有的钱都掏出来,买了两大把彩票,一张张刮开。我希望自己能中一辆摩托车。我要去远方,我再也不想留在戴城了。杨一和残废在旁边紧张地看着我,我刮到第五张彩票时,杨一说:"五等奖!奖品是马桶刷!"我说操他妈的,继续刮。

"又是五等奖!马桶刷!"

"还是五等奖!马桶刷!"

最后一张彩票刮开时,我中了三把马桶刷。太他妈的爽了,我身无分文,有三把马桶刷,我决定送给残废和杨一各一把,可惜他们都要去远方,他们不需要马桶刷。我抬起双手,将一把刮开的彩票抛向天空,杨一和残废也都抬起头,看着彩票飞起,落下,它们像节日的焰火一样,翻滚着,旋转着,带着已知的命运在空中呐喊。

杨一的逃亡

很多年之后,杨一坐在路小路身边,手里握着一个 PS2 的手柄,嘴里嘀咕着杰克·韦尔奇的财富理念。在他还是少年的时候,他对路小路说,要去挣很多很多钱,要去一个安静的地方住着,要娶一个会写诗的女孩儿,去开一家孤儿院,再也不要回到戴城。

当年,杨一考取了上海的一所化工学院,他没有去考清华。就算考了也没用,他分数不够。

那年我把他送到火车站,去上海,他瘸着腿。暑假里他独自去太湖游泳,刚一下水,一脚踩在一块玻璃上,当场划开一条口子。这伤口直到九月都没好。到了火车站一看,天哪,又是人山人海,简直就跟难民逃亡一样。我对杨一说,你知道吗,去年我带欧阳慧去上海,也是这个风景,我是把欧阳慧举起来塞进车门的。杨一说,你就别提欧阳慧了。那年欧阳慧考取了南京师范大学,她和杨一向着沪宁线的两个方向离开了戴城。

杨一看着如潮的人群涌向列车,中间夹杂着尖叫和咒骂,欧阳慧带来的伤感情绪彻底消失了。现在他要考虑的是怎么爬上那列火车,去化工学院,做一个上海人。他对路小路说,你能把我也抱起来塞进去吗。路小路摇摇头,说,你做梦吧。杨一瘸着腿,拄着一根老头拐杖,走到车窗那里,对路小路说,快点他妈的来不及了你赶紧把我塞进车窗里。于是我举起杨一,车窗里是两个女孩儿,看见杨一要钻进来,齐声尖叫,下去下去!有个女孩儿举起一根黄瓜,照着杨一的脑袋猛打。杨一大喊,操你妈不要打我。我在后面推着他,把他往里面塞,并且大喊,他是残疾人,他是残疾人。后来他一头扎进了某个女孩儿的裤裆里,女孩儿大叫,流氓啊抓流氓。我把他的包袱和铺盖都扔进去,对那女孩儿说,他不是流氓,麻烦你路上多照顾他啦。女孩儿把黄瓜扔到了我的头上。

杨一站直了身子之后,开始跟女孩儿聊天,我叫杨一,今年高中毕业,我是某某化工学院的,你们叫什么名字。黄瓜女孩儿说,我叫华丽娜。对面那个女孩儿说,我叫阮婷,我们也是刚毕业,去上海。我站在车窗外面破口大骂,你他妈的能不能稍等一会儿泡妞,你就不跟我告别一下吗。杨一对女孩儿们说,这是我的哥们,他是无业青年。黄瓜女孩儿居高临下瞅瞅我:哦,无业青年啊。

我对杨一说,哥们,再见啦,你十年来的理想就是离开戴城,从此不做乡逼,我现在亲眼看到你的理想实现,非常之欣慰。杨一眼眶也湿了,说,小路你见到于小齐,替我问个好,还有那骚大姐曾园。

这时我想起九岁那年,第一次看到他,他坐在一辆黄鱼车上,他爸爸骑着车子,后面有一口带镜子的大橱,还有乱七八糟的杂物。杨一坐在车沿上,两脚挂在外面,正在慢慢地啃一个包子。他看到我站在报春新村那幢楼下面,就问我,你叫什么名字。我说,我叫路小路。杨一说,以后我们就是邻居了。

那以后,我们在同一个班级里念书,老师说,路小路和杨一,既然你们是邻居,那就应该互帮互助,你们同桌吧。杨一说,老师,我想跟女同学坐一起。老师说，杨一，你的思想品德有点问题。结果，那个学期的成绩单上，在操行一栏，老师特地写上：该生不太纯洁，建议多加教育。那年他才读小学二年级。小学老师当然不好意思说他"淫荡"，于是改用"不太纯洁"这种模棱两可的字眼，成绩单拿回家一看，杨一的爸爸也傻了，什么叫不纯洁呢？是不是衣服穿得太脏了？

十岁那年夏天，三炮带着我和杨一去偷看女浴室。那是丝织厂的职工浴室，我们跟着三炮，爬到宿舍楼顶上，那是个坡顶房子，很陡，要是不小心就会滑下去，从三楼摔到地面上肯定完蛋。我们穿着塑料拖鞋，小心翼翼地走在屋顶，三炮在屋顶上铺了一件雨衣，我们趴在雨衣上，向着对面的女浴室张望，夏日的夕阳使眼前的景物处于逆光位置，什么都看不清，但是异常美丽。屋顶上的温度很高。这时三炮从口袋里掏出一个望远镜，对我们说，用这个看最清楚。这是一台军用望远镜，是三炮的爸爸从新疆带回来的，非常稀罕。三炮用望远镜对着女浴室看，并且说，哇，真的看见了，有女人光着身子。杨一说，三炮给我看看。我也说，三炮，快点把望远镜借给我。三炮说，望远镜借给你们可以，但是你们要去给我买雪糕吃。我们说，看完了就给你买。三炮不相信我们，让我们马上去买，然后才能看。

那样美丽的夏日黄昏，好不容易跑到屋顶上，却什么都看不到，这太遗憾了。我和杨一没辙，只能从老虎窗爬下去，给三炮买雪糕。下楼的时候，刚洗完澡的女工，头发湿漉漉地端着脸盆走上来，对我们喊，小鬼，不要乱跑。我们窜到楼下，把所有零钱凑起来，只够买两根雪糕的。那个年代雪糕是一件非常奢侈的东西，我们能吃到断头冰棍已经很不容易了。看着白色的雪糕，闻到奶油的香味，我和杨一都忍不住了。其实我们可以合吃一根雪糕，把另一根贡献给三炮，但我们实在太饥饿，再说爬上楼顶也很麻烦，我们就舔着雪糕回家了。

可怜的三炮在屋顶上等我们，起初他很高兴，今天看到了赤膊女人同时又能吃到雪糕，后来，望远镜里的女工们一个个穿上衣服消失了，再后来天黑了，云霞陷入暗蓝，街灯亮起，屋顶上不再炎热，无数蚊子围着他飞来飞去。三炮还在惦记着雪糕，那个杨一和路小路为什么还不上来呢？终于，他意识到我们是不会再上来了。他只能独自从老虎窗爬下来，天色太黑，他什么都看不清，一脑袋扎进了窗子里，摔进一堆破箩筐，人倒还好，只是把那台望远镜砸得稀烂。三炮哭着回到家，他爸爸一看，望远镜坏了，拎起棍子就打。这时候我和杨一已经洗好了澡，蹲在楼道里下军棋了。三炮嚎哭着对我们说，你们赔我望远镜！我们说，你脑子有病，关我们屁事啊，又不是我们弄坏的。

我和杨一就这样成为了异姓手足。如我所说，别人是青梅竹马，我们呢，只能是竹马竹马。后来的女孩儿看见我们，都误认为我们有同性恋的倾向，其实这是假象，我们只是经历了一个比较残酷的少年时代，成年以后未免有点相互疼爱。这种感情当然很恶心，我倒觉得同性恋比它还要正常一些。

三年级的时候，男生经常玩一种游戏：面对墙根，比谁尿得高。那时候没有人比杨一尿得更高的，他的绝技是捏住包皮，露出一小点口子，让尿液飙出来。这和高压水龙头的原理是差不多的，他可以尿过自己的头顶，我们都做不到。同时我们都会躲得远远的，防着他的尿把我们的头发打湿了。他用这个绝技赢了无数的玻璃球、橡皮筋、冰棍、洋画。

四年级时，我们正在教室里上课，教室门口来了几个穿白大褂的医生。班主任是个中年女老师，她拍拍手掌对女同学说，女同学们今天上体育课,到楼下去跑步,男同学留下来。女同学叽叽喳喳地像谷场上的麻雀,呼啦一下都消失了,剩下我们这些男同学,不知道老师有什么吩咐。白大褂医生们在教室一角拉开一个屏风,也是白色的,看不见后面有什么把戏,只听见叮叮当当的声音。杨一凑在我耳朵边上说,打预防针,你可不要哭。

班主任说,现在请大家起立。我们都站了起来。班主任说,请大家把裤子褪下来。我们面面相觑,打预防针都是捋袖子的,没听说要脱裤子。没有人动手。班主任指着杨一说,杨一,你是好同学,你先脱下来,给大家做个示范。杨一就把外裤脱了,挂在膝盖位置。班主任说,把内裤也脱了。

杨一看看自己的内裤,又看看老师,可怜巴巴地说,老师,我内裤里面什么都没穿。班主任很不耐烦,走到杨一面前,把他的小裤衩往下一拉,露出白生生的一橛东西,然后说,大家都这么脱。我们看到杨一都脱了,也就无所谓了,一起解开裤子,拉下裤衩,站在那里。风从窗外吹入,凉飕飕的,很舒服。有一个穿白大褂的男医生在教室里转了一圈,忽然指着一个男生说,你怎么发育了。那个男生很苦闷地说,我留级的。医生对班主任说,割,都要割。

那天我们轮番走到那扇白色屏风后面,每进去一个人,都会发出一声惨叫。最后所有人都眼泪汪汪,夹着腿坐在那里。我和杨一也哭了。说实话,割皮包本来是件好事,最好一生下就割掉,假如等记事以后割,就会留下非常惨痛的印象。我在那屏风里的时候,有个女医生还特地捂住我的眼睛,对我说,不要看。我懵头懵脑,然后尖叫起来。

手术结束以后清点包皮,医生发现,班上坐着三十三个男生,而包皮只有三十二个。医生说,肯定有人没割。班主任说不可能,我们班上就三十二个男生,没错的。医生又数了一遍,猛然发现最

327

后一排的角落里坐着一个女生！她是我们班上的留级生，留过两级，和若干年以后的黄莺是同一种类型的。她偷偷地坐在后面，把我们三十二个鸡鸡都鉴赏过来了。班主任勃然大怒，说，你为什么不到楼下去跑步。女生满不在乎地说，我今天来例假了，我不能下去跑步。

割过包皮以后，我们比赛尿尿，杨一就再也没赢过，他终于恢复了正常态。当时我们都不知道，究竟为什么要割那玩意，割过了以后好在哪里，这些都要等女孩儿们来告诉我们。

一起割过包皮，就会成为患难兄弟。六年级的时候，班上有个女孩儿是学生干部，她很喜欢杨一，经常跟他一起出黑板报。当时我也和他们凑在一起。有一天，那女孩烦了我，就说，其实你根本不配跟我玩。我目瞪口呆，那女孩接着说，你也不配跟杨一玩。杨一听了这话，对她说，得，我看我们俩都不配跟你玩。然后我们撂下那女孩，像一对同性恋那样手拉手回家了。

杨一经常对我说，小路，我为你做过很多牺牲。我说去你的，我也牺牲了很多，没少挨打，没少被人羞辱。我又不是玻璃，搞得那么爱你的样子，简直奇怪。杨一说，确实奇怪，都不是玻璃，彼此都没从对方身上得到什么安慰，有点可惜了。

一九九一年，在戴城郊区的运河里，他告诉我，重点中学有一个孩子跑到农药厂的水塔上，跳了下来。因为没考上大学，就要去死，这件事我很想不通。我安慰杨一，放心，你一定会考上大学的，然后就此离开我，去伟大的首都北京。杨一说，世界上没有绝对的事情，高才生落榜的先例有很多。我问他，如果考不上大学，那该怎么办，复读？杨一说他不会去复读，他愿意和我一样在厂里做个工人。我说那挺好的，只要不去自杀，怎么都好。

杨一说，他爸爸不让他考清华，北京的大学不许考，还是考考上海的化工学院算了，子承父业，三代都跟农药打交道。我说，恭喜恭喜，我也是子承父业，我们以后就是同行啦。他听了这个话非常郁闷，他说，小路，我要永远离开戴城，这个乡逼横行的地方。

那年夏天我们一起去农药厂的水塔下面，水塔像黑人的阴茎，直挺挺戳向天空。穿过长草，道路越来越窄，化工厂里的气味越来越重，草丛里横七竖八的废弃钢筋就像史前动物的骨骸。杨一说他要爬上去，真他妈的高啊，他跟自己打了个赌，假如能爬上去，他就去报考清华，假如爬不上去，那就听天由命吧。那时候，他的眼神是认真的，他常年狡黠的眼神一旦认真起来，那就说明要出事了。

他攀住水塔上的钢筋梯子，说，好烫。抬腿就往上爬。到半空的时候，他朝我看了看，腾出一只手来敬了个礼。天空中的太阳晃着我的眼睛，再后来，我只能看到一团蠕动的影子。我喊道，喂，你要是像他一样跳下来，我就输给你一包红塔山。这句话刺激了杨一，他在半空中发出悠长的啸声。那一刻我甚至预感到他真的会掉下来，和死鬼一样，变成一个自由落体，沿着光线的轨迹与他自身的阴影紧贴在一起。

后来，道路那边走过来一群工人，看见了杨一，都大声叫好，把厂里的干部也引来了。干部大骇，不久前刚有人跳水塔死了，害得厂里的安全奖金都没了，怎么又来了个不怕死的？干部们在下面大骂，把我也揪住。忽然一团黑影飞下来，掉在众人头上，原来是杨一的拖鞋。我急了，扯着脖子对杨一喊，操他妈的，你还不赶紧下来，我要被抓到保卫科去啦。

后来他抖抖索索地从上面爬下来，衣服上蹭了很多铁锈，干部们掐住我们的后脖子，把我们赶出厂门。我问杨一，爬上去了吗。他很沮丧地摇摇头说，上面加了个盖子，还有锁，爬到一半就歇菜了。

沿着长满蒲公英的荒地往回走,他告诉我,爬到半空时候,风很大,放眼望去是工厂仓库黑乎乎的屋顶,还有远处的反应釜和管道,杂草浓缩为一片灰绿的颜色,世界好像一块废弃的电路板。他觉得很神奇,想停下来观赏,但梯子非常烫手,停下来就可能把手心的皮给烫掉。于是他只能往上爬。他听见下面有一群工人在叫,不知喊些什么,到了那样的高空孤零零地挂着,耳朵里就只有一些莫名其妙的声音,好像是低频的声波。然后他就发现,这个水塔在接近顶部的地方被锁住了。其实铁锁本身并不妨碍别人自杀,就算从梯子上跳下去也是一样死掉,但杨一并不是为了来死的,他只是想爬上去许愿而已。他试图用手推开盖子,可是那玩意焊得很牢,纹丝不动。他停在那里,双手抓住铁制的梯子觉得钻心地烫,只好下来了。

那时候我不知道,他和那女孩儿约定了,一个考清华,一个考北大,他们一起离开戴城,一起去别的城市。其实北京还有其他的大学,他们都不用这么玩命。也是幼稚,没办法。后来那女孩儿跟他分手了,她去了南京,他去了上海。

在去上海之前,杨一说,他会永远爱着欧阳慧,因为他把处男之身交给她,同时也得到了一份处女之身的回报。可惜欧阳慧已经不再理他了,暑假里他几次去找她,她的态度都冷冰冰的,最后欧阳慧告诉他:"我已经不爱你了,你还不明白吗?"杨一不明白。欧阳慧就解释说:"其实你根本不是我爱的那个人,只是在那个年龄上,我爱上了你。"这句话杨一也不明白,因为它本该是一个三十岁的女人说出来的,而她只有十九岁。我想,假如一个女孩儿写诗,她就有可能在十九岁的时候说出三十岁的话吧?可惜杨一才十九,而且距离三十岁还有差不多十年。他觉得,性爱是不能遗忘的,那东西烙在脑子里,怎么说不爱就不爱了?欧阳慧就说:"你以后会想明白的。你走吧。"

那天我把他送上火车,看着他急吼吼地跟两个女孩调情,我想,所有这些想不明白的事情,爱与性,追随与叛逃,都可以留待以后去寻找答案了。我为杨一感到庆幸。火车带着他离开了戴城。我返身走出月台,刚才还是人山人海,忽然变得空荡荡的,地上散落着好几个鞋子,火车站有点像散场之后的电影院。

当我在人世游荡到厌烦的时候,想起杨一,去上海的化工学院找他。那已经是很久之后的事情了,我背着一个破包,头发蓬乱,身无分文。我看到杨一躺在寝室里,只穿了一条裤衩,同样也是头发蓬乱,身无分文。他无力地对我挥挥手,说,小路,我钱都花光了,已经两天没吃东西了,你能给我去买个包子吗。我说我也没钱了,还打算找你借点呢。杨一说,那你有烟吗,香烟你不会没有的。我从口袋里摸出了最后一根烟,点上,自己吸了两口,塞到他的手指缝里。

我说他笨,没钱不会去借啊。杨一说,我们寝室里每个人都是举债度日。我一看那寝室,完全就是狗窝,我都不用去形容了,反正读过大学的人都知道。几个床铺上各躺着一个奄奄一息的人,都只穿着裤衩,对杨一说:杨一,有烟啊,给我抽一口。杨一说,今天的课还去上吗。下铺的兄弟说,我走不动了,我会因为低血糖而晕倒在离教室四百米的地方。杨一就对我说,小路,你帮我到某某教室去,点名的时候答应一声,然后你去给我弄点吃的,树皮也行。

那时候我就幸灾乐祸地狂笑起来,杨一,这他妈的就是你的理想吗,离开了戴城你没有变成一个上海人,而是变成了乞丐。杨一没力气跟我斗嘴,只是虚弱地说,不要诬蔑知识分子。

我摇摇头,跑到那教室里,照着他说的,点名时候答应一声,然后再溜出来。很麻烦，我也没钱了，到哪里去弄吃的呢？忽然在校园的小道上看见一块手帕，女孩子的，我把手帕捡起来，再往前走看见一把钥匙，我乐坏了，快步上前，寻找那个漏了口袋的女孩儿。再追上去，看见一个女孩儿的衣服下面飘出一张两元的纸币。这短暂的追随她的旅程让我发狂，上帝啊，两元。我揣着那张钱，买了四个实心馒头，一路啃着回到寝室，给了杨一两个馒头，他眼睛都绿了。我喝了一口水，抬头一看，他手里只剩一个馒头了，我再喝一口水，另一个馒头也就剩下一小块了。下铺的兄弟还在喊：杨一，剩下那小块给我吧，求你了，我用手掌机跟你换。

吃过了东西，总算可以下床走走了。这时有个胖乎乎的学生干部跑进来，说，选学生代表呢，你们怎么还没填好。杨一大怒，说，老子肚子里都空着呢，饭没吃饱，选他妈逼代表。抬手在选票上写了个麦当娜。下铺的兄弟说，杨一，帮我也填了。杨一说，你选谁。下铺的兄弟说，克林顿吧。还有一个躺着的说，我选机器猫。学生干部说，你们这三张选票全是废票。

我问杨一，怎么他妈的都穷成这样，要等着饿死？杨一说，也不是穷，而是家里的汇款没寄到，大学生的贫穷和家里有没有钱并无直接关系，有些人家里挺阔的，照样吃不饱，因为上半个月就把钱花得精光了。要是我早半个月来找他，就能过上大款一样的生活。

傍晚我们坐在大学的草坪上，周围都是谈恋爱的男女，抱着脑袋狂啃嘴。我问杨一有没有女朋友，杨一说没有，已经读到大三了，一直荒着，以前读高中的时候倒是很滋润的。说到这里又不免想起欧阳慧，唏嘘一番。杨一考上大学以后就再也没见过她。他问我有没有女人，我不告诉他，免得他嫉妒死。那天聊着聊着，时间过得真快，我们又饿了，并且烟瘾难熬。杨一就带着我去学校的诗社，说那里女生多，比较容易借到钱。我就嘲笑他，毕竟受过良好的启蒙教育啊，到现在还跟女诗人扎在一起。

就是那天，我目睹了一场诗歌朗诵会。那是一个挺大的教室，据说这就是诗社。有一个诗人在前面朗诵，后面有二十几个诗人在排队，女生们围着他们，眼里闪烁着幸福的光芒。再后面就是一群佝偻着身体的穷光蛋，像农村里的闲汉，抄着手，缩着脖子，面露痴呆式的笑容。杨一也是这样一副形象。倒是我，虽不是大学生，看起来还有点英姿飒爽。有个女学生正在上面朗诵，下面的闲汉们呵呵地笑着，好像在看一出皮影戏。

后来有个诗人朗诵道："冬天的农民，都是我的父亲。"刚念完这句，就听见下面一片狂笑，杨一喊道，歪诗别念啦，当心你妈砍了你。我看着杨一，觉得有点羞愧。有个女生回过头对杨一说，讨厌，听不懂诗就滚蛋。杨一冷冷地说，我脑子笨，只听得懂评书。我赶紧向那女孩儿道歉，对不起对不起，他脑子受刺激了，他以前女朋友也是个诗人，把他抛弃了，所以他现在听不得这个。说完赶紧把杨一拖走了。

我和杨一走在校园的道路上，他还是缩着脖子，衬衫敞开，露出奶头，一双塑料拖鞋在地上踢踏踢踏的。看上去很有魏晋风度，其实狗屁。我说，操，真没想到你会变成这样，我还以为你天天在实验室里搞研究呢，你他妈的这哪里是读大学啊。杨一说，你这就不懂了，大学里分为两种人，第一种是好好学习早日混上去的精英分子，一出校门就能找到好工作，第二种就是我这样的，黑道帅哥，不用读书，由你玩四年反正能混就混。这时我意识到，眼前的杨一，已经不再是当年爬上水塔发誓要考清华大学的少年了。

到了晚上，我们都饿坏了，喝了很多水，后来杨一说，也罢，小路你好不容易来看我一次，我总不能让你饿着，为了你，我铤而走险一次。他回到宿舍，从枕头底下捞出一把西瓜刀，用报纸卷了卷，对我说，我们去打劫中学生。

我跟着他走出学校，一路走一路劝，别这样，抓住就判十年。杨一说不用担心，抢完了就往大学里一钻，黑咕隆咚的谁也认不出我们。还记得当年我们被人抢劫的样子吗？那伙小流氓一个都没被抓到过。到了街上，黑漆漆的，冷冷清清，连中学生的影子都没有，这是晚上，中学生都回家了。我说，操他妈的，选错时候了。杨一说不要紧，附近有个卫校，都是女孩儿，晚上有很多都会到化工学院来玩的，挑一个落单的抢。我说，你真是人性泯灭啊。

我们在卫校附近蹲了半个多小时，果然有一个落单的女孩儿走过来，整条街上就她一个人。杨一从电线杆后面闪出来，我闪到女孩儿后面，把她包抄住。杨一说，小妹妹，借点钱。女孩儿指着杨一说，你想吓死我啊。杨一说，别喊，我带着西瓜刀呢，借五十块钱。女孩儿说，操，我就只有二十块饭票。杨一说，饭票也行。抢到手一看，还是化工学院的饭票，非常高兴。女孩儿说，够意思吧，我就在你们学校搭伙的。杨一说，哎，你怎么知道我是化工学院的。女孩儿说，我操，一看你就是大学生，我们卫校没有男生。就这样，杨一谢了那女孩儿，让人家留电话，说是隔日奉还，然后撒腿就跑。女孩儿可能被他迷住了，竟然没有喊人。

回到学校，我们用饭票换了两包烟，又去吃了点东西，还剩下一点饭票，明天吃早饭。夜里我和他睡在一个铺上，他提醒我，别再像从前一样，遗精遗到他屁股上，他现在脾气比我大，可能会为此杀了我。

深夜我躺在床上，前胸贴墙，后背贴着杨一，想到我们少年时代经历过的一切，戴城的流氓，技校与重点中学，欧阳慧，于小齐，曾园，残废，虾皮，还有死掉的老丁以及他的两个老婆。所有的脸都浮在我意识的表面,没有思考的余地,只是让他们飘过去。我没告诉杨一,我现在经常失眠,失眠的人是不会遗精的。

我问杨一,你还爱欧阳慧吗?

杨一说,我也不知道。他又反问我,你还爱于小齐吗?

我说,假如我有一天能找到她,我就会知道自己爱不爱她了。

说到欧阳慧。

杨一大四那年,我又去化工学院找他,没找到。他失踪了。下铺的兄弟偷偷告诉我,杨一跑到学校外面去打电子游戏,遇到两个小流氓,结果打起来。以一敌二,当然不是人家的对手。杨一满脸是血,跑回宿舍,抽出西瓜刀再冲回去。过了一个小时,他满身是血地跑回来,换了一身衣服就走了。估计是把人砍了,有没有出人命就不知道了。

我打了个电话回家,让我爸爸上楼去问问,答复是:杨一没回家。于是我躺在他的床上,这张鸟床,十一月的天气,下面铺的还是草席,上面的被子散发着一股酸臭,床上堆着古龙的武侠小说和大量淫秽杂志,不但有图片淫秽的,还有那类专门描写强奸杀人的法制类杂志,真不知他已经饥渴到一种什么程度了。我和衣躺在一堆不知为何物的东西中,睡觉,等他回来。

他一直没回来,睡到第三天早上,有人对着我喊:"杨一,有人找你!"我从床铺上伸出脑袋,看见一个女的站在宿舍门口,背着一个背包,戴着一顶贝雷帽,挺帅的。我当时睡眼惺忪,看见那张脸,几乎从床上滚下来。

"小齐?"

那女的说:"咦,怎么是你?杨一呢?"

我揉揉眼睛。我终于看清了,她不是于小齐,而是欧阳慧。我把她错认为于小齐了，而她也发现我不是杨一，我是路小路。

我心里非常伤感，跳下床，有几本淫秽杂志跟着我一起下来了。欧阳慧走进来，捡起杂志看了看，脸上有点烧，嘲笑地说："他现在天天看这个？"我说："不是不是，还看些世界名著的。"我拽过一本《多情剑客无情剑》。欧阳慧说："床都跟狗窝一样了。"

我告诉欧阳慧，杨一跑了，出事情了，不过看来问题不大，我在这床上躺了三天也没警察来找我。只是要找到他不容易，得等他自己回来。欧阳慧说："我不是来找他的，顺路经过，来看看。"

她是来化工学院的诗社玩的，她也写诗，想起杨一也在这里念书，就找了过来。欧阳慧的气质和从前大不一样了，从前她只是一个穿着橙色校服的平胸女孩，经过了几年时间，她变得成熟了，身上有一种说不出的味道，仿佛与这个世界格格不入，而她的神色又是这么平静。我想，世界就是这样保持着平衡，我们不认识的人有一天会认识，而曾经认识的人却会变得不认识。

欧阳慧说："就是来看看他吧，好几年不见。"

我说："他一直挺想见你，到现在还没找到女朋友。"

欧阳慧说："行了，既然不在，我就走了。"显然她并不愿意和我多交谈。我送她到宿舍楼下，她说："对了，替我问候一下你表姐。我特喜欢她。"我黯然地说："我表姐出事了，被人害了。"欧阳慧愣了愣，吁了口气说："是吗？那也太……太遗憾了。"

临走前，她从背包里掏出一本书，说："这是我最近出的诗集，你给杨一。"我接过那本书，看了看，书名叫《我的旅程》。我翻到作者介绍，这时我才知道，站在我面前的是一位小有名气的女诗人，已经发表过很多作品，是南师大的才女，并且被归入了某一个诗歌流派。欧阳慧笑笑说："自费印的书，稍微自我膨胀一下，不要当真。"我说："过谦了。"

她走了。我只送她到宿舍门口，我想我此生也不会再见到她了，包括杨一也是，她是来和他告别的，或者只是因为好奇才来看一看，当然，那几本淫秽杂志和狗窝一样的床铺，已经足以填补她的好奇心了。非常遗憾的是，她见到的人是我，我代替了杨一与欧阳慧说再见。

两天之后，我半夜睡在床铺上，忽然有人摸上来，把我吓一跳，那人也很害怕，说"什么人"。我一看，杨一回来了。他非常脏，头发倒是剃得很干净，完全变成光头了。他告诉我，那天拿着西瓜刀出去，他候在游戏房外面，等那两个人出来，深夜里抡起西瓜刀一通胡砍，听见一连串的惨叫，伤者鼠窜而去。他把刀扔进河里，回到宿舍换了衣服就溜了。一直跑到杭州的亲戚家，躲了一个礼拜，再打电话回学校，发现对方没有报案，他就溜回来了。这时他很得意，说："这辈子终于也砍了人。"

我只告诉他，砍得很不是时候，他错过了与欧阳慧的见面。我从一堆淫秽杂志中翻出女孩儿的诗集，像还债一样郑重地交到他手里，同时扔给他一根香烟。我想他此刻需要抽烟。

杨一大学毕业后，本想在上海找份工作，但他爸爸坚持要他回到戴城，就这么一个儿子，不放心他在外面。杨一考虑了一下，就真的回去了。他在上海也找不到像样的工作，还不如回家。

回到戴城以后，他买了一台游戏机，每天蹲在屋子里打游戏。坦克大战，轰掉了几万辆虚拟的坦克。这个游戏是双人组合的，他找不到同伴，我在外面游荡呢，于是他把呆卵叫来，教这个傻子打游戏。一个无业的本科毕业生和一个同样无业的白痴，每天对着一台黑白电视机狂打坦克，中午想起来饿了就吃点泡面，顺便给傻子也弄一碗，吃完了继续打。有时傻子跑到幼儿园外面去看风景，杨一独自打坦克，觉得很孤独，就冲出去把傻子拉回来，央求他一起玩。傻子也不是每次都肯陪他玩的，傻子也有尊严，也有厌倦的时候。

有一天，杨一扔下游戏机手柄，跟着他爸爸去农药厂报到了。

在那个破烂、陈旧、散发着古怪气味的化工厂里，他再次看到了曾经有人自杀的水塔，想起那一年，他爬上去，路小路在下面看着他。他在半空中感到世界就像是一块集成电路板，滚烫的阳光和滚烫的铁架子，几乎让他把持不住，那只拖鞋代替了他坠落在草丛里。

这时他不再愤怒了，进了农药厂就没什么好愤怒的，拿西瓜刀砍过人又有什么用？这里很多人都使用过这种兵器，没什么大不了的。他再牛逼，也还是一个业余的砍人选手，玩票而已，甚至连玩票都嫌迟。

他顿悟了，进了工厂就下车间倒三班，第一年在昏天黑地中度过。他用甜言蜜语征服了车间里的阿姨和车间外面的领导，第二年调到供销科，开始贩卖农药。很多人都认为，他很适合去做销售，大概世界上只有路小路知道他其实是个忧郁的人。

在盛夏的时候，他去外省，那些名字听上去都差不多的县城。从城市再到乡村，滚烫的阳光和滚烫的中巴车，车子里有人，有鸡鸭，有一只散发着膻味的山羊。他没有歧视山羊，因为他本人身上也散发着膻味。夜里住在县城的招待所里，被子好像是被山羊睡过的，他也无所谓，因为这条被子比他大学时代的还略为舒服一点。

也不知道走过了多少县城，卖掉了多少农药，他像一个古代的货郎，游走于乡村之间，陪农科站的人喝酒，在麦田里和农民聊天，把宣传横幅挂在县城的商店门口，给生病的农作物开处方，甚至在卫生所帮忙抢救那些喝药自杀的妇女。渐渐地，他对于丰收有了一种感情，他憎恨大水，因为庄稼都死了，农药也就卖不出去了。他喜欢看到农民丰收的神情，在他的故乡戴城，人们把拥有这种表情的人统称为乡逼。

他在县城里遇到过流氓，那不是戴城拿着西瓜刀和铁管斗殴的小混混，而是乡下的黑帮，用杀猪刀抵住他的腰，说着他完全听不懂的方言，把他洗劫一空。这让他回忆起初中时代，和路小路一起被人打劫的事情，很相似，但是更恐怖。他曾经变成一个同样凶暴的人，抡着西瓜刀把少年时代所受的屈辱都报复回去，但是，这没用，这仍然只是噩梦的一部分。

他在某个县城和一个老板做生意，货到付款，一卡车的农药运到老板那里，钱却迟迟不给他。一百万啊。他蹲在老板家门口，苦苦央求着。老板说，你再等一个月吧。他打电话回厂，厂里说，要不到钱，你就提着脑袋回来吧。他在那个县城待了两个月，打电话给大学同学，学习了制造汽油弹的方法，拎了两个土炸弹去找老板。后来他全身回到厂里，钱也要回来了，成了全厂的英雄、当年的楷模，连他爸爸都要向他学习，这种为了集体不怕坐牢不怕炸死的精神。

揣过了汽油弹，他又有点恢复自信了，他没想到自己也会变成个讨债队的，但这感觉还不错。有一次跟着科长去某个县城讨债，十万块钱。对面坐着个乡下土老板，杨一拍着桌子说："我会造汽油弹，你想想清楚。"乡下土老板怕了他，给了他们十万块的现金，让他们写收条。科长揣着那包钱出门的时候非常害怕，杨一不明所以。走出去五百米，后面走过来一个蒙面大汉，手拿一杆猎枪，对着科长的后脑勺轰了一枪，抢了钱就走。杨一站在街上，看见科长直挺挺地倒下，脑浆和鲜血向着正前方甩出去。他不敢回头，他怕一回头就他妈的变成盐柱，他只能看着科长的死尸。有一只苍蝇轻快地飞来,落在杨一的头上,苍蝇脑子也有病,放着满地的脑浆和鲜血不去舔,为什么要爬到活人头上?这才是噩梦的开始。

关于火药枪轰脑袋的事情,他变成了一个失忆症,别人问他,他都想不起来了。在某个深夜他把这件事讲给路小路听,说着说着就哭了。这时路小路想起老丁:在你们年轻的时候,并不是只有逃命这一条路。路小路想,老丁的意思是要我们把命运掌握在自己手中,但是,假如是有人用枪指着你的脑袋,或者是指着你身边人的脑袋,这时,选择逃命也不那么丢人吧。我愿意自己的奔跑是一种追寻,而不是逃命,但这仅仅是我愿意。

那一年杨一走到了不知什么地方,揣着他的农药宣传单,带着他的《害虫防治指南》。他住在一个小旅馆里,不知有谁扔了几份过期杂志在茶几上,他拎起来看,其中有一份是诗刊。旅馆的茶几上居然有诗刊,也真见鬼了。他翻开杂志,用一种嘲笑的表情浏览着,后来他看见有一个名字,他曾经非常熟悉,为之念念不忘。可那女孩儿的名字前面印着:四川。她明明是戴城人,怎么会跑四川去了呢?她是他从前遇到的那个人吗?

夜里他半躺在旅馆的床上,像路小路十七岁那年一样,就着昏暗的灯光读女孩儿的诗,内心的迷惘就像杂志上的字。这个陌生的县城,他为什么会来到这里?为什么会在这里遇到她的诗?

后来有人敲门,他以为是查房的,拉开门,外面闪进来一个女的,爆炸头,红衬衫,一对大胸将他逼退三步。女的说,一百块,好不好。杨一看着这种装束,多年前的恐惧感忽然当头砸下来。太他妈的可怕了。然而,与此同时,他感到下面起了一种反应,这是他少年时代经常体会到的,同桌的你,幽幽的香味飘到我的鼻子里,简直就像条件反射。

杨一给了她一百块,女的说,先生你真爽气,我还第一次遇到先付钱的呢。杨一就把钱塞到她衬衫里。女的返身锁门。做事的时候,女的说,哇,亲爱的你好威猛。杨一说,我小时候割过包皮的,所以威猛。女的骑在他身上,问,先生你有多久不近女色了?杨一想了想说,五六年吧。

后来他说,我认识你的,你叫黄莺,你还认识我吗,我叫杨一。女的说,先生你真会说笑话,我不叫黄莺,我叫飘飘,不过你要是把我当成那个黄莺,我也无所谓。杨一说,公判大会的时候我见过你的,现在放出来了。女的说,噢哇,亲爱的,温柔点。

还是就着昏暗的灯光,杨一仔细端详她的脸,他不能确定这个人是否就是当年的黄莺,在她的头颅一侧,是一本摊开的诗刊,他又去看那些字。觉得自己很可笑,就闭上眼睛专心地消费。

做完这些事情,女的坐在床上,要了根烟。杨一陪着她抽烟。女的捞起床头的诗刊说,你是文化人啊,还读诗。杨一说,你他妈的别去碰,放下。后来他又说,我真的认识你的,不过呢,有可能你患上了失忆症,也有可能我精神分裂。女的穿上她的红衬衫,说,亲爱的你真有意思,我给你留个拷机号码,下次你还找我。

那女的走了以后,夜晚还没有结束。时间真是漫长啊,除了衰老特别迅速,其他一切都是慢悠悠的,好像永远都过不去。他想,在我们的一生中,难道就是用这种方式与往事干杯的吗?

第二天中午,杨一走出旅馆。天气非常热,县城的景色让他想起了很多年以前的戴城,如今的戴城已经变成了一座现代化城市,街上不再有流氓,河里也不再有游泳的少年。在酷烈的阳光下,他忽然想起,也是这样一个夏天,躲在家里和女孩儿亲昵的场景。那已经太遥远了,这中间隔着一个漫无边际的人世。那女孩儿说,在夏天我们度过了仅有的十年,她要去这人世面壁思索,她说亲爱的不要在北方定我的棺材。杨一站在县城荒凉的马路上,忽然回头张望，好像那女孩儿在遥远的过去呼喊他。是啊，她说过，十八岁的杨一只是她在那个年纪上爱过的人，可是她当时不知道：这样的决绝本身也是一种迷失，并不存在一个可以被抛弃的过去，并不存在孤立于生命中的十八岁。

这时他想，原来，这些年在人世无目的地游荡，推销农药，讨债，逃命，也可以视之为一种追寻。只是很可悲，最后追随到了一个大胸爆炸头红衬衫的妓女怀抱里，并且她还不承认自己就是往事。那就只能承认他自己是精神分裂了。

杨一回头的刹那，是那女孩儿在人世中想到了他，还是在人世以外保佑他呢？他不知道。他只看到四个赤膊的抢劫犯，手里拿着尖刀向他走来，呈扇形的，脸上都带着残忍的微笑。假如他没有回头，他将会被人捅死在县城的小街上，他追随她的旅程就此告终。他只能将这看作是一种天意。

他非常恐惧，恐惧得近乎迷惘，后来是那女孩儿在遥远之处扇了他一个大嘴巴，把他打醒了。

杨一撒腿就跑。

尾 声

我在莫镇的理发店门口坐着,一直过了中午,我也饿了,出去找吃的。小女孩一直跟着我。走出去两条巷子,有个小吃店,我坐在那里吃面,给她叫了一碗馄饨。她说:"我吃不掉的。"用调羹舀了几个馄饨在我的碗里。

吃完了,我们两个打着饱嗝在那里看风景。小镇很安静,看来昨天做丧事的那些人都已经离去了,远处的大路上空荡荡的,车都不见一辆。有一些零星的鞭炮声在提醒着我,千禧年啦,二十世纪就要过去了。这个世纪关我屁事。

我问小女孩:"你干妈多久来一次?"

小女孩扳着指头,算了半天,没算清楚。到底还小,而且父母方面都没有数理化的遗传基因。我问:"你干妈漂亮吗?"

"漂亮的,"小女孩说,"你不是看见过她的吗?"

我点点头,我是问她现在漂不漂亮。

说话的时候,外面有一群小男孩呜哇乱叫着跑过,都是十来岁的样子,其中一个手上拽着根绳子,绳子另一头拖着一团白乎乎的东西,细看才发现是只猫,已经死了。

男孩们跑到大路边，围在一起商量了几句，然后把绳子拴在了街边的铁栏杆上，猫的尸体僵硬地挂在半空。我看清了，那只猫是白的，背上有一团黑，好像一只乌龟。我没看清它是不是残耳。孩子们很兴奋，大概平时也很难捉到猫来玩耍。有个胖男孩把一枚鞭炮塞到猫嘴里，点燃，砰的一声。可惜是个死猫，没反应。他们觉得不过瘾，又搞来很多枯草和废纸，点起来烧，好像要把那只猫烤熟了一样。火很快把猫毛都燎着了，变成黑乎乎的一团，飘出来一股焦味，有几个大人在咒骂，这骂声使孩子们更兴奋。有个男孩大声说："我们应该把猫眼睛先挖出来，猫眼很值钱的。"另一个男孩说："你笨猪，你说的猫眼不是猫的眼睛。"这时火烧得更旺了，臭不可闻，男孩们却不肯退去，他们站在外围，向火中投掷废纸和鞭炮，好像是一定要亲眼看见这死猫化作尘埃。猫有九条命，我猜它在这么多年里已经用尽了好运。

小女孩拉拉我，说："我们别看啦，走吧。"

我说："对对对，女孩儿不能看这个，走吧。"

我带着她往理发店方向走去，我忽然想起来，还不知道她叫什么名字，我说："叔叔我叫路小路，你叫什么？"

小女孩说："我叫李蓓，你就叫我小蓓吧。"

图书在版编目（CIP）数据

追随她的旅程/ 路内著. -- 上海：上海文艺出版社, 2023
（路内追随系列）
ISBN 978-7-5321-8140 7
Ⅰ.①追… Ⅱ.①路… Ⅲ.①长篇小说－中国－当代
Ⅳ.①I247.5
中国版本图书馆CIP数据核字(2021)第203744号

发 行 人：毕　胜
责任编辑：张诗扬
封面插图：周子曦
封面设计：山川制本workshop
内文制作：艺　美

书　　名：追随她的旅程
作　　者：路　内
出　　版：上海世纪出版集团　上海文艺出版社
地　　址：上海市闵行区号景路159弄A座2楼 201101
发　　行：上海文艺出版社发行中心
　　　　　上海市闵行区号景路159弄A座2楼206室　201101　www.ewen.co
印　　刷：苏州市越洋印刷有限公司
开　　本：889×1194　1/32
印　　张：11
插　　页：4
字　　数：262,000
印　　次：2023年7月第1版　2023年7月第1次印刷
Ｉ Ｓ Ｂ Ｎ：978-7-5321-8140-7/I.6442
定　　价：68.00元
告 读 者：如发现本书有质量问题请与印刷厂质量科联系　T:0512-68180628